어른의 계단

어른의 계단

ⓒ 이미사 2013

초판1쇄 인쇄   2013년 7월 25일
초판1쇄 발행   2013년 7월 30일

지은이   이미사

펴낸이   박대일
편집   이문영 · 임수진 · 손수지 · 임유리 · 신지연
교정   박준용
마케팅   송재진
표지디자인   김은희

펴낸곳   파란미디어
출판등록   2004년 9월 14일 제313-2004-00214호

주소   121-897 서울시 마포구 성지1길 32-36 (합정동)
전화   02. 3141. 5589(영업부) 070. 4616. 2012(편집부)
팩스   02. 3141. 5590
전자우편   paranbook@gmail.com
블로그   paranbook.egloos.com
트위터   @paranmedia

ISBN   978-89-6371-084-6(03810)

어른의 계단

이
미
사

장
편
소
설

파란

차례

Step 1

The Funeral

장례식

한국병원은 집에서 걸어서 가도 될 만큼 가까운 곳에 위치한 종합병원이다. 나는 이따금 퇴근하는 길에 이 병원 장례식장으로 '연도'를 하러 다니곤 한다. 연도煉禱란 죽은 자를 위한 위령기도로 천주교식 제례인데, 시편 구절을 단조로운 음률로 노래 부르듯이, 혹은 기도를 하듯이 모인 사람들이 함께 소리를 모아 읊조리는 것이다.

"송엘리사벳을 구원하소서……."

아버지는 아니었지만 엄마가 가톨릭 신자였기에 나는 신자가 아니어도 가톨릭에 상당한 호감을 갖고 있었다. 그래서 나는 시간이 날 때 무작정 장례식장을 가서 그중에 천주교식 장례를 치르는 상가喪家가 있다면 참여하고 돌아오곤 했다.

대형 병원이라 그런지 장례식장은 항상 붐비는 편이었고,

그중 한 집쯤은 가톨릭식으로 장례를 치르는 경우가 꼭 있게 마련이었다. 연도는 같은 성당을 다니는 신자들이 모여 망자를 추모하고 상주를 위로하는 일종의 봉사 같은 개념이었다. 직장인 중에도 퇴근한 후 참가하려는 사람이 많아서 내가 퇴근을 하고 들러도 대부분 참가할 수 있을 만큼 늦은 시간까지 진행이 되었다.

기분이 우울하거나 만사가 귀찮을 때, 혹은 살다 보면 왜 사는 걸까 싶을 때가 있지 않은가. 그렇게 마음이 어지럽고 텅 빈 것 같을 때, 약 한 시간 정도 걸리는 연도를 하다 보면 마음이 가라앉는 기분이 든달까. 혼자 사는 다 큰 처자의 취미가 장례식장을 돌아다니며 연도를 하는 것이라 하면 나를 너무나 엽기적인 사람으로 생각할까 봐 다른 사람에게는 '절대로' 말하지 않는 나만의 비밀이지만.

오늘은 퇴근하는데 약하게 비가 내렸다. 남부 지방은 장마 전선 때문에 비가 많이 온다고 했지만, 서울은 그 정도는 아니었다. 다만 축축한 공기가 괜스레 마음을 가라앉게 했다. 그래서 집에 가는 길에 들른 장례식장에는 젊었을 때 꽤나 멋쟁이셨을 할머니가 인자하게 웃고 계셨다. 딱딱한 영정 사진이 아니라 꽃구경이라도 가셨던지 알록달록한 꽃밭 배경에 멋스럽게 모자를 쓰고 실크 스카프까지 두른 채 환하게 웃고 있는 사진은, 보기만 해도 코끝이 찡했다.

연도는 보통 정시에 시작한다. 그래서 다음 연도를 하기 위해 장례식장 밖 의자에 앉아서 기다리고 있다가 다른 신자들에

묻혀 분향소에 따라 들어갔다. 퇴근 시간이 지난 시간이라 분향소뿐 아니라 영안실도 사람들로 북적이고 있었다. 구석쯤에 자리를 잡고 옆에 계신 분이 건네주는 기도책을 받아 펼쳤다. 연도를 시작하려 하자 두 명의 상주가 피곤한 얼굴로 들어서며 모인 사람들에게 인사를 꾸벅했다.

어차피 아는 사이도 아닌지라 별 관심은 없었지만 할 수 없이 마주 인사를 하고 얼굴을 슬쩍 봤는데, 어라? 저 녀석, 내가 아는 사람이잖아!

"……이 세상을 떠난 송엘리사벳을 기억하시어 사탄의 손에 넘기지 마시고……."

서른한 살이라는 나이를 따져 보면 엘리사벳 할머니의 손자쯤 될 것이다. 피곤하고 침울한 얼굴이었지만, 내 기억 속 녀석보다 훨씬 멋있게 변해 있었다. 처음 볼 때부터 몹시 인상적이었던 큰 키와 떡 벌어진 어깨는 여전했지만, 몸매는 예전보다 슬림해지고 다부져진 것 같았다. 아직도 짧게 친 머리였고, 안경을 쓰지 않아 더 깊어 보이는 눈매와 반듯한 코는, 아, 여전히 내가 좋아했던 그 얼굴이었다.

'너란 애, 정말 여전하구나.'

괜스레 가슴이 떨리고 얼굴이 붉어졌다. 심장이 불규칙하게 빨리 뛰는 것이 꼭 심계항진心悸亢進 같았다. 숨이 잘 안 쉬어져 잠시 눈을 감고 숨을 골랐다. 사람도 많고, 마침 기도 시간이라는 게 다행이었다. 이렇게 만나게 될 줄은……, 꿈에도 생각지 못했는데. 손이 떨리고 있어 기도책을 움켜쥐었다. 엘리사벳 할머니를 곱게 보내 드려야 할 시간에 무슨 망발을 하고 있는 것인지…….

나는 무의식적으로 기도문을 읊으며 힐끔힐끔 그를 쳐다보았다. 그 녀석이라는 것을 알면서도 정말 그 녀석인지 자꾸 확인하고 싶었다.

힐끔. 눈이 마주쳤다. 앗! 황급히 기도책으로 눈을 내렸다. 하지만 뭐……, 그럴 수도 있지.

다시 한 번 힐끔. 어라? 또 눈길이 부딪쳤다. 저 녀석, 뭔가 고민하는 얼굴이네. 그런데 뭘?

이번엔 조심스럽게 힐끔. 여전히 고민하고 있군. 혹시 날 기억 못 하는 거 아니야? 나는 한 번에 알아봤는데, 나 좋다고 그렇게 쫓아다니던 녀석이 나를 단번에 못 알아채? 이거야 정말 자존심 상하는군.

힐끔. 이젠 대놓고 뚫어져라 나를 보고 있다. 왠지 멍한 표정. 이제야 기억나는가 보구먼. 얼마 안 되는 기간이었지만 사귄다고 전교에 소문까지 났던 사이라면, 그것도 지가 매달려서 그렇게 된 사이였다면 적어도 나보다는 먼저 기억해 냈어야지! 그래, 아직도 자존심은 상하지만 지나간 세월이 얼마냐. 기억이라도 남겨 둔 정도로 만족하자.

'참, 벌써 몇 년이 지난 거냐.'

고등학교 졸업하고 못 봤으니, 이거야 원. 그동안 강산이 한 번 변하고도 남았다. 녀석과 만나지 않게 되고선 녀석을 전혀 떠올리지 않았다. 아니, 그건 거짓말이다. 어쩌다 생각날 때면 연이어 줄기줄기 따라오는 여러 불편한 감정 때문에 마음 한구석 저 깊이로 묻어 버렸다. 그냥 있어도 없는 척, 모르는 척……, 그렇게 지냈다. 어차피 '자잘한 행복'이란 나하고는 별로 상관없는 말이었다. 그냥 나에게 주어진 일이나 척척 해내면서 살면 그만이었으니까.

'집중하자, 집중!'

흐트러진 자세를 다시 바로잡고, 기도책에 쓰인 문구로 초점을 맞추었다.

91세에 돌아가시다니 엘리사벳 할머니는 다복하고 건강하셨던 모양이다. 아까 대기실에서 언뜻 듣다 보니 다들 호상이라고 말하고 있었다.

사실 호상好喪이라는 표현은 언제나 좀 거북하다. 하지만 말년까지 건강하게 사시다 크게 고생하지 않고 조용히 돌아가셨다고 들었다. 또 넘쳐 나는 화환과 손님들로 발 디딜 틈 없이 북적거리는 장례식장을 보니 자식들도 훌륭하게 키워 내셨다는 생각이 들었다.

영정 사진으로 보건대 할머니는 충분히 하실 것 다 해 놓으시고, 누릴 것 다 누리시다 돌아가신 것 같았다. 어떻게 죽느냐는 것도 오복五福 중 하나라는데, 그렇게 따지면 엘리사벳 할머니는 정말 복이 많은 사람이셨다.

내 아버지는 45세에 심장마비로 돌아가셨고, 엄마는 그 후로 8년을 내 곁에 계셔 주시다가 돌아가셨다. 엄마에겐 지병으로 심장병이 있어서 아버지랑 나는 엄마 걱정만 하면서 살고 있었는데, 참 이상하게도 아버지가 먼저 세상을 뜨셨다.

엄마의 심장병 때문에 내 밑으로는 동생이 없었고, 엄마, 아버지 모두 친척이 많지 않았다. 그래서 두 분의 장례식은 자리를 지키고 있는 내가 무색하게도 한가로울 정도로 문상객이 적었다.

당시 어렸던 나로선 장례식이라는 게 원래 그렇게 쓸쓸하고 외로운 것이라고 생각할 수밖에 없었다. 그나마 성당 분들이 연도하러 오셔서 장례식장을 채워 주지 않았다면 그 넓디넓은 공간을 어떻게 메워야 했을지……. 내가 소일거리 삼아 연도를 다니는 것도 어쩌면 그때의 보상을 하는 것인지 모르겠다.

"……아멘."

어느새 연도가 끝나 주섬주섬 일어서는데 나를 부르는 소리 같은 것이 들렸다. 이제야 아는 척을 하는 걸까? 왠지 두근거리는 가슴을 안고 고개를 돌리는데 그때 문간에서 웬 아가씨 한 명이 쪼르르 들어왔다.

"오빠!"

어라? 내 기억에 그 녀석은 3형제 중 막내였다. 그러니 여동생일 리가 없었다. 게다가 그 옆의 젊은 상주에게는 인사만 하고 녀석에게 덥석 매달리는 품이……, 애인이나 약혼녀쯤 되는 건가?

갑자기 잠깐 들었던 설레는 마음이 싸늘히 식었다. 그 아가씨의 부모님도 문상을 왔다는 말을 흘려들으면서 나는 입구로 나와 조금 서두르며 신을 신었다. 그리고 등 뒤에서 녀석의 어머니가 '왔어?' 하며 그 아가씨를 환대하는 목소리가 들려왔을 땐, 내가 이미 신을 신고 있었다는 사실에 진심으로 감사했다. 바로 그 자리를 떠날 수 있었으니까.

누구에게나 상냥하고 품위 있게 대하시는 그 목소리. 하지만 컨디션 안 좋을 때면 악몽처럼 꿈에 등장하는 목소리였다. 녀석을 만났다는 기쁨에 잠시 잊고 있었지만, 그분의 목소리는 차가운 현실의 벽으로 다가왔다.

'어차피 그 녀석과 너는 안 되는 거였잖아.'

그 녀석을 떠올릴 때마다 가혹하게 나를 내리쳤던 채찍질이 었지만 오늘따라 고통이 심했다. 한시라도 빨리 집에 가서 홀로 그 고통을 달래고 싶었다. 나는 연도가 끝난 후 우르르 몰려 나오는 사람들 속으로 재빨리 몸을 감췄다.

'서른한 살쯤 됐으면 결혼해서 애 한둘을 낳아도 충분할 나이지.'

이제까지 여자 하나 없는 것도 뭔가 부족한 녀석인 거다. 예전에 잠깐 알았던 사람을 뭣 때문에 장인 장모 될 사람을 놔두고 쫓아 나올까. 지금 와서 아는 척 인사해 봤자 뭐 좋은 일이 있을 거라고. 그냥 스쳐 가며 잘살고 있는지 얼굴 한번 본 걸로 됐다. 어차피 녀석하고 엮인다는 건 그 녀석 어머니의 눈을 피해선 어림도 없는 일이었다. 그리고 그 어머니와 마주치는 건, 살면서 제일 하고 싶지 않은 일이었다.

그래도……, 준석과 한마디 말도 못 한 채 그냥 가려니 조금 섭섭하기는 하군.

'엘리사벳 할머니! 할머니 장례식에 와서 뜬금없이 첫사랑타령이나 하다니 죄송해요. 그래도 할머니 덕분에 준석이 얼굴이라도 봤네요. 고맙습니다. 할머니 분명 복 받으실 거예요. 좋은 곳 가시라고 기도 많이 할게요.'

뒷덜미를 잡아당기는 느낌이 계속 있었지만, 나는 다른 성당 분들에 섞여 나오며 꿋꿋이 뒤를 돌아보지 않았다.

원래 인연이란 한번 깨지면 다시 이어 붙이기가 힘든 법이다.

*

다음 날 아침, 내가 발인에 가겠다고 집을 나선 것은 순전히 새벽의 변덕이었다.

아침 7시까지 영안실에 가야 하는 수고는 굳이 할 필요도, 의무도 없었다. 하지만 어쩌다 보니 새벽에 눈이 뜨였다. 오전 근무 없는 날이었기에 병원 출근도 1시까지였고, 딱히 오전에 할 일도 없어서 그냥 집을 나섰다.

평일이지만 이른 아침이라 한적하기만 했다. 장마전선 때문인지 구름으로 흐렸다. 바람은 적당히 불고 비는 안 오는 날씨였다. 엘리사벳 할머니를 보내 드리기엔 덥지도 않고 적당하게 좋았다. 아니, 엘리사벳 할머니는 마음에 안 드시려나. 왠지 할머니는 쨍쨍하게 맑은 날을 좋아하셨을 것 같다.

부지런히 걸음을 옮겨 도착한 영안실 앞은 상주들과 친척들, 그리고 어제 뵌 몇몇 성당 분들로 분주했다. 어제 한 번 봤다고 한 성당 분이 눈인사를 건네기에 고개를 꾸벅하고는 슬쩍 그 뒤에 가서 섰다. 괜히 그 녀석이나 녀석의 어머니 눈에 띄어 곤란하기 싫었는데 생각보다 사람들이 많아 그럴 걱정은 없어 보였다.

저 앞에서 준석은 굳은 얼굴로 할머니의 영정 사진을 들고 있었다. 지금은 슬퍼한다기보다는 긴장한 얼굴이었다. 장례식 기간 동안 상주들은 고인을 떠나보내는 슬픔보다는 예식을 어떻게 잘 진행하느냐에 신경을 집중할 수밖에 없었다. 예식이란 것이 어쩌면 겉치레일 수 있겠지만, 보내 드리는 마음을 최대한 정중하게 보이는 것이라는 점에서 필요한 것이니까. 고인이 곁에 없다는 슬픔은 가슴에 평생 품고 가는 것이다.

마지막 길을 떠나는 관 앞에서 슬픔 속에 짧은 기도를 드리고, 여섯 명이 하얀 리무진으로 운구를 했다. 소곤거리는 말을 슬쩍 들어 보니 생전에 할머니께서 꼭 하얀 리무진을 영구차로 해 달라고 소원하셨다고 했다. 역시 할머니는 와우, 진짜 멋쟁이셨다!

다음 순서는 성당에 가서 장례미사를 드리는 것. 그냥 돌아갈까 망설였지만 여기까지 와서 미사도 안 드리고 가는 것도 어중간해서 일단 미사는 끝내고 돌아가기로 했다. 성당에 들어서서도 영정 사진을 들고 있는 준석은 계속 선두를 지켜야 해서 영안실에서 잠깐 얼굴을 본 뒤로는 뒤통수만 보게 되었다.

몇 번의 성가와 기도, 신부님 말씀.

미사가 끝나자 준석은 영정 사진을 들고 앞장을 섰다. 영정 뒤를 관이 따랐고, 다시 유족들이 그 뒤를 따라 걸었다. 성당에 있는 다른 신도들은 낮은 소리로 연도를 했고, 성당의 가운데 길로 관과 유족들은 그렇게 천천히 길을 나섰다.

나는 사람들 뒤쪽으로 숨듯이 서 있었다. 준석은 길을 떠나기 전 신부님께서 할머니께 드리는 마지막 기도를 할 때 손으로 눈을 가리고 어깨를 들썩이며 울었다. 이젠 꼭 '상남자'처럼만 보이더니 울고 있는 모습에서 고등학생 때의 준석이 보였다. 준석이 정말 사랑했던 사람이었구나 하는 생각이 들자 나 또한 눈물을 멈출 수가 없었다. 내가 이렇게나 감수성 풍부한 사람이었다는 데 나도 놀랄 정도였다. 준석의 어깨를 안아 주고 위로해 주고 싶은데 선뜻 다가갈 수 없는 상황이 안타까울 뿐이었다.

발인에 참가할까 말까 했던 새벽의 고민은 다 부질없는 것이었다. 헤어진 이후로 처음 만난 것이 하필 이런 자리라니. 그래도 이런 순간에 준석과 함께할 수 있다는 사실에 그저 하늘에 계신 분들께 감사할 뿐이었다.

그러나 안 보이게 잘 숨어 있었다고 생각했는데, 준석은 내가 서 있던 의자 옆을 지날 때 돌연 내가 있다는 사실을 알아챈 모양이었다. 나와 시선이 마주치자 갑자기 눈이 커지면서 순간 멈칫하는 것이 아닌가.

'뭐야, 너! 빨리 움직이라고.'

조마조마하게 지켜보고 있던 나만이 알 수 있는 작은 멈춤이었다. 그러나 영정 사진을 든 선두가 걸음을 멈출 수는 없는 법. 준석은 뻣뻣하게 다시 앞으로 향했다. 뒤따르는 유족들 중엔 어제 본 그 아가씨도 있었다.

나는 잠시 놀란 가슴을 진정시킨 후에 성당을 빠져나가는 무리의 끝에 붙어 천천히 성당 밖으로 나왔다. 장지葬地로 떠날 사람들이 저 멀리 성당 옆 차도에서 대기 중인 버스에 올라타고 있었다. 나는 멀리서 하얀 꽃으로 뒤덮인 영구차에 대고 마음속으로 할머니께 잘 가시라고 기도드렸다. 이 정도면 예전의 마음 빚은 갚은 셈이었다.

그대로 돌아서서 집으로 향하는 길은 어느새 아침의 중간이었다. 출근하기 전에 빨래 한번 돌려 놓고, 청소기도 한번 돌려야겠다. 조금은 허탈해져서 이런저런 생각에 빠져 걷고 있는데 뒤에서 누군가 큰 소리로 내 이름을 불렀다.

"누나! 효진이 누나!"

걸음을 멈추고 뒤돌아보니 준석이 다급하게 뛰어오는 것이 아닌가.

"장지에 가야 할 사람이 여길 왜 와?"

"누나야말로 왔으면서 왜 나한테 아는 척도 안 하는데요?"

숨을 몰아쉬면서도 준석은 살살이 나를 살폈다. 가까이서 보니 조금 변한 듯 아닌 듯, 하지만 예전 얼굴 표정이 있어 그리 낯설지는 않았다.

"반갑다고 인사할 자리가 아니었잖아. 어서 가 봐. 너 찾는 것 같네."

준석의 뒤쪽에서 친척 어른으로 보이는 분들이 그를 부르는 소리가 들렸다. 준석은 흘끗 그쪽을 보더니 안주머니에서 지갑을 꺼내 명함 한 장을 건네주었다.

"여기 내 전화번호 있어요. 누나도 전화번호 주세요."

아, 정말 연락처까지 주고받을 생각은 없었는데. 그런데 준석의 '급해요!' 하고 재촉하는 소리에 무의식적으로 지갑에서 명함을 꺼내 들고 말았다. 그리고 잽싸게 명함을 받아 들고는 씩 웃는 준석의 얼굴을 그저 바라보고만 있었다.

"연락할게요!"

준석은 순식간에 뛰어 돌아갔고, 영구차에 올라타자마자 기다렸다는 듯이 차는 출발했다.

모자란 녀석, 지금이 어느 때라고 여잘 쫓아다녀. 차에 올라타자마자 구박당할 녀석의 모습이 눈에 선했다. 진짜 모자란 녀석 같으니라고.

"어쩌지?"

어제 저녁 이후 잠잠해진 마음이 다시 설레기 시작했다. 이른 아침의 시원한 바람이 발그레 달아오른 얼굴을 살랑살랑 간지럽혔다. 앞으로 며칠 동안은 연락이 오면 오는 대로, 안 오면 안 오는 대로 싱숭생숭할 것이다.

연락이 오면 좋을 것 같다. 10년이 넘게 안 만나고도 바로 서로를 알아볼 수 있는 사이였다는 것을 방금 확인했잖은가. 커피 한 잔, 혹은 술 한 잔 마시면서 예전 추억에 빠져 보는 것도 재미 삼아 한 번쯤 해 볼 만할 것 같다. 옛날 학교 얘기나 지나간 얘기 하면서 한두 시간 웃고 즐기면 평범한 일상의 유희로 그만일 것이다.

'그런데 만나도 되는 건가?'

우리는 이제 30대 성인 아닌가. 한 번쯤 만나 본다고 누가 뭐랄까……마는, 그동안 내 마음에 경계선으로 그어 왔던 것을 넘어가는 일이라 주저하는 마음이 앞섰다.

간만에 만나는 건데 어색하지 않을까? 녀석은 애인도 있는 것 같은데. 사심이야 있어도 없는 척하고 만나면 된다지만, 괜히 애인한테 오해라도 사는 건 아닐까? 혹시 그 녀석 어머니가 알게 되면 안 좋은 소리를 듣게 되지 않을까…….

'에이, 연락이 안 올 수도 있는 거잖아.'

연락이 안 와도 할 수 없는 거지만……, 이번 가정은 왠지 맥이 빠졌다. 흥분돼서 걷던 걸음이 갑자기 축 처졌다.

그래그래, 나도 아직은 여자구나. 여전히 남자 만나는 것에 흥분하고 설레는 기분을 가질 수 있는 것만도 어디냐. 아직 나의 연애 세포는 죽지 않았다네. 이날을 자축하자. 축배를 올리자.

터덜터덜 왔어도 어느덧 아파트 엘리베이터 앞이었다.

'에이, 모르겠다. 시간 지나면 알게 되겠지.'

나는 엘리베이터에 올라타 문이 닫히는 걸 보면서 집까지 걸어오는 내내 머릿속을 어지럽혔던 모든 가정들을 깨끗하게 지워 버렸다.

Step 2

The Job

직업

　나의 직업은 치과 의사이다. 그렇지만 아무리 전문의를 땄다고는 해도 임상 경험이란 또 다른 것이어서, 아직은 선배의 병원에서 월급쟁이 의사로 월급을 받아 살고 있다. 딱히 부양가족이 있는 것도 아니어서 지금 정도 월급만 받아도 나 혼자 사는 데는 전혀 무리가 없다. 뭐, 동갑내기 회사원들보다야 많이 벌기도 하지만 말이다. 남한테 말하기도 좋고, 돈벌이도 되는 직업인 셈이다.

　내가 근무하는 곳은 선배의 이름을 딴 '이정근 치과'로 강남에 위치하고 있다. 사실 선배라고 부르기엔 너무나 까마득해 할아버지뻘인 이정근 원장님은 자그마한 키에 온화한 얼굴로 치과를 여신 지 벌써 40년이 되었다. 그동안 아들 이현우 선생님 또한 치과 의사로 키워 같이 근무하고 있다. 학교 선배는 아니지만 현우 선생님도 친오빠처럼 살갑게 대해 주신다. 이정근 치과는 규모는 크지 않아도 꾸준히 찾아 주시는 단골도 많고, 그분들이 주위에 계속 소개를 해 주기도 하여 환자들은 꾸준히 많은 편이다.

나는 이정근 원장님이 연세 때문에 많은 환자를 보시기 힘들다는 이유로 채용되었는데, 사실 아주 운이 좋았다고 생각한다. 전문의 시험을 통과한 후 자리를 알아보던 중 채용 공고를 보게 되었는데, 인터뷰하러 와서 직접 보고는 병원 분위기에 한눈에 반해 버렸던 것이다.

사실 이정근 치과는 크기로 보면 오히려 동네 의원급 규모로 '작은 편'이라고 말할 수 있다. 강남 한복판에 위치해 있다는 것을 고려하지 않는다면 과연 이곳에 세 명이나 되는 의사가 필요할까 싶을 정도로 말이다. 하지만 근무하고 있는 사람들이 한자리에서 수십 년간 일하고 있다는 점을 나는 높이 샀다.

40년을 한자리에서 운영해 오신 원장님은 말할 것도 없거니와, 같이 근무하는 치위생사 세 명 모두 나보다 나이가 많았다. 그중 둘은 40대인데, 20대 때부터 이 병원을 나오기 시작하여 벌써 20년 이상 장기근속 중이었다. 나머지 한 명도 30대 후반으로 17년째라고 했다. 다들 이 병원을 다니면서 결혼도 하고, 아이를 낳아 키웠다.

그 외에 간호조무사들이 있는데 20대 초반 어린 친구들이라 좀 자주 바뀌기는 한다. 하지만 지금 있는 이들은 이제 나와 같이 2년차가 되었다.

그래서인지 여기는 정말 '가족' 같은 분위기였다. 말로만 '가족 같은 분위기'를 내세우는 병원들도 있다는 얘기를 보고 들었기에 하는 소리다. 아무튼 나는 이곳에서 나이로 보나 연차로 보나 꼼짝없이 '막내'였는데―물론 치위생사들보다 직급은 높지만― 그 덕에 자잘한 관심과 배려를 많이 받고 있었다.

내가 가족 없이 혼자인 걸 아시는 원장님과 사모님은 꼭 명절을 같이 보내자고 살뜰히 챙겨 주셨다. 그래서 설날엔 세배 드리러 갔다 눌러앉아 며칠 지내기도 했는데, 작년 추석엔 전날부터 가서 같이 음식 준비하는 것을 도와드렸다. 추석 당일에 부모님 성묘를 다녀와 집에 우두커니 있었는데, 혼자 못 챙겨 먹고 있는 거 아니냐며 부르시는 바람에 나머지 휴일을 원장님 댁에서 보냈다.

다른 직원들과는 매달 일정 금액을 갹출하여 서로의 생일을 챙기고 있었는데, 그 김에 나는 원장님과 사모님의 생신 때 나 혼자 별도로 선물을 챙겨 드렸다. 그러고 났더니 또 다른 고마운 답례를 받았다. 정말 운 좋게도 마음 좋으신 원장님과 사모님, 그리고 다른 직원들 덕에 그나마 직장에서라도 혼자가 아니라는 기분을 느낄 수 있었다. 가족이 없는 나에게 이정근 치과라는 새로운 가족이 생긴 것이다.

치과는 화요일과 금요일엔 직장인들을 위한 야간 진료를 하여 오후 9시까지 문을 연다. 대신 금요일 오전 근무는 없기에 나름대로 시간 운용하기가 좋았다. 그래도 화요일은 장시간 근무였고, 역시 남들 다 노는 토요일이 대목인 업종인지라―병원이라면 다 그렇다— 토요일만큼은 사람이 많이 몰려 힘들다고 할까. 그래도 원장님께서 근무하시는 첫째, 셋째 토요일 오전 은 쉴 수 있게 여러모로 내 편의를 보아 주신다. 이 정도면 정시 출근에 정시 퇴근하며 딱히 응급 환자도 없는 치과 생활이 란 나에겐 황송하리만큼 고마운 삶의 원천이었다.

오늘의 마지막 환자인 김정미 씨 보철 치료를 봐 주고 일어서니 등이 뻐근했다. '수고하셨어요' 하는 치위생사 맏언니인 박 선생님에게 손을 가볍게 흔들어 주고는 휴게실로 들어갔다. 오늘도 5시쯤 간식으로 때우고 9시까지 버티다 보니 배가 고파 속이 메슥거릴 지경이다. 역시 야간 근무 날은 좀 힘들다.

가운을 벗고 혹시 소독약 냄새가 날까 열심히 손비누로 손을 씻고 핸드크림을 바르고 꼼꼼히 향수를 뿌렸다. 치과 의사라는 직업상 안 좋은 점 하나가 바로 이것이다. 병원 밖에 나가서까지 소독약 냄새를 풍기는 건 자기 관리 차원에서 마이너스라고 생각한다.

가방을 챙겨 휴게실 밖으로 나오자 현우 선생님은 벌써 퇴근하고 없었다. 친구들과 술약속이 있다고 종종거리더니 참 잽싸기도 하다. 뒷정리를 하고 있는 조무사 선생님들에게 인사를 하고는 휴대폰 문자를 확인하면서 병원을 나섰다. 연락 올 데가 없기는 하지만 자고로 전화기를 들고 다니는 현대인들은 장소를 옮기기 전엔 무조건 문자를 확인해야 하는 법이다. 딱히 중요한 연락이 있을 것 같지 않으면서도……

앗! 그런데 부재중 전화에, 문자까지 와 있었다!

준석입니다. 아직 병원 안 끝났어요?

혹시 이 문자 보면 늦더라도 전화해 주세요. 기다리고 있겠습니다.

문자 메시지를 세 번 연달아 읽고서야 메세지 속 '준석'이 '그 준석'이라는 것이 실감났다. 혹시나 해서 핸드백을 뒤져 일주일 전에 처박아 두었던 명함을 찾아 전화번호가 똑같은 것을 확인까지 했다.

'어머머, 웬일이야.'

떨리는 가슴을 부여잡고 일단 전화번호를 '백준석'으로 저장시켰다. 엘리베이터를 타고 내려오는 내내 전화기를 꼭 붙잡은 채 두근거리는 가슴을 억지로 진정시켰다.

건물 밖으로 나오자 한낮의 여름 땡볕 기운이 가신 밤바람이 달아오른 얼굴을 식혀 주었다. 태연하게 목소리가 흘러나오면 좋겠다고 생각하면서 일단 통화 버튼을 눌렀다.

— 여보세요? 효진이 누나?

내 이름이 굵직하게 흘러나오는 소리가 꽤 듣기 좋았다. 준석은 두 번의 연결음 만에 전화를 받았다. 전화기를 손에서 안 놓고 있었던 모양이었다.

"아, 그래. 준석이구나. 이제야 근무가 끝났어."

전화와 문자가 온 시간은 6시였다. 혹시 내 전화를 기다리고 있었다면 벌써 세 시간이나 흐른 셈이었다.

— 그럴 거라 생각했지만, 혹시 전화 안 해 주면 어쩌나 걱정도 좀 했어요.

"에이, 전화 안 할걸 그랬나?"

— 그럼 또 전화하죠, 뭐.

서로 피식 웃으며 주고받는 말들. 예전부터 준석과는 이상하리만큼 편하게 말이 통했다.

— 이제 끝났어요? 지금 어디예요?

"응. 지하철역 내려가고 있어."

— 어? 지금 제가 병원 근처 카페에 있는데. 안 바쁘면 잠깐 얼굴 좀 봐요.

"어딘데?"

역으로 내려가던 계단을 바로 되짚어 올라 준석이 말해 준 카페로 향했다. 우리 병원 옆 건물에 있는 카페였다.

할머니 발인이 저번 주 금요일이었고 그 후로 일주일이 지났다. 그사이 삼우제도 치르고 집안 정리하랴 직장에 복귀하랴 꽤나 바빴을 것이다. 그래도 급한 일을 처리하자마자 바로 나에게 연락을 준 것이니 기쁘기도 하고 행복했다. 배도 고프고 등과 허리도 뻐근해서 기분이 안 좋았던 것이 언제 적 일이냐 싶게 활기가 돌았다.

"효진이 누나!"

준석은 카페 문 앞에 서 있었다. 어련히 알아서 찾아가련만 조급하게 문 앞까지 나와 있는 녀석이 우스워 풋 웃고 말았다.

"오랜만이야, 백준석."

"오랜만이에요."

내가 내민 손을 잡으며 준석도 마주 웃어 보였다. 우리는 둘

다 지난주에 본 것은 없는 일인 양 고등학교 때 헤어져 지금 처음 본 사람들처럼 약간의 감동을 안고 손을 맞잡고 있었다.

"어디 가는 길이에요? 약속 있어요?"

"아니야. 퇴근하고 집에 가는 길이었지. 너는? 참, 회사가 이 근처였던가?"

준석이 준 명함으로 보건대 녀석은 대기업 계열사인 자동차 회사에 근무하고 있었다. 그리고 그 회사는 우리 병원에서 얼마 멀지 않은 위치에 있었다.

"잘됐네요. 어디 가서 술이나 한 잔 마셔요. 참, 저녁은 먹었어요?"

"아니. 엄청 배고파. 그러는 넌?"

"저도 아직 전이에요. 여기 근처에 술도 마시고 밥도 먹을 수 있는 곳 아는데 거기로 가죠."

준석은 한 걸음 나서며 나를 돌아보았고, 나는 준석의 들뜬 목소리가 우스워 계속 웃음이 떠나지 않았다. 그동안 준석에게 연락이 오면 만나야 하나 말아야 하나로 고민했던 것은 전혀 떠오르지 않았다. 그저 눈 한가득 준석의 웃는 얼굴만 들어올 뿐이었다. 누군가가 퇴근 후의 나를 기다려 주고, 같이 밥을 먹으러 가자고 하는 상황이 이렇게나 짜릿한 일인가 싶었다.

준석이 데리고 간 가게는 사거리 건너편 모듬전집으로 점심엔 주로 식당으로, 저녁엔 식사에 막걸리까지 걸칠 수 있는 자그마한 곳이었다. 여기 막걸리가 맛있더라고 준석은 여전히 들뜬 목소리로 말했고, 나는 그저 좋다는 표정으로 고개를 끄덕여 주었다. 도토리묵과 해물파전이 먹고 싶다는 내 말에 준석은 주저 없이 콜했고, 일사천리로 주문까지 마쳤다.

"이젠 치과 의사 강효진이네요."

"그래, 치과 의사 강효진이야."

준석은 감개무량한 표정으로 마치 내 얼굴을 처음 보는 양이곳저곳 살폈다. 하지만 그런 시선의 홍수 속에서도 왜 그렇게 아무 말 없이 쳐다만 보냐고 묻지 않았다. 나 역시 그냥 바라만 봐도 가슴이 그득한 느낌이었으니까.

예전에도 준석은 종종 나를 빨아들일 듯이 바라보곤 했다. 혹시 알아챌까 싶으면 얼른 눈을 돌리면서도 내가 다른 곳을 볼라치면 또다시 내 쪽으로 시선을 옮겼다. 동경이 가득한 그 시선은, 솔직히 말하면 정말 기분이 좋았다. 때로는 우월감에 사로잡히기도 했다. 이렇게 멋진 녀석이 숨길 생각도 않고 좋아한다는 티를 팍팍 내면서 바라본다면 어떤 여자가 싫어할 수 있을까.

학교 졸업한 지도 벌써 십수 년이 흘렀는데, 아직도 준석의 눈길에는 그때의 감정이 섞여 있는 것 같았다. 왠지 흐뭇하군. 하지만 나란 여자는 역시 이성의 동물이었다. 가슴 한구석에 박혀 있던 어떤 아가씨의 존재가 그저 행복한 느낌 속에 빠져 있으면 안 된다고 경고했다.

"벌써 그런 아빠 미소가 자연스러울 나이는 아니라고 본다."

때마침 도토리묵과 막걸리가 나왔다. 서로 각자의 잔에 막걸리를 따라 주고 잔을 맞부딪쳤다.

"에헴! 원래 남자는 군대 갔다 오면 어른 되는 겁니다. 지금
은 삼촌팬이라고 하더라고요."

"윽, 너도 혹시 아이유나 소녀시대 팬이야?"

"당근이죠. 예쁘고 귀엽잖아요."

씩 웃는 녀석은 진짜 아저씨 같아 보였다. 하긴 이 녀석은
고등학교 때도 교복을 벗으면 성인이라 해도 아무도 의심하지
않았다.

"할머니 장례식은 어떻게 알고 온 거예요? 아, 누나도 그 성
당 다녀요?"

"음, 그게……, 그렇지 뭐. 아무튼 할머니께 연도해 드릴 수
있어서 정말 다행이야. 할머니께 감사하다고 기도했어."

어머나, 하마터면 취미로 연도하러 다닌다는 말이 나올 뻔
했다. 슬쩍 할머니 얘기로 말을 돌리자 준석은 할머니 생각이
나는지 표정이 아련해졌다.

"저도 할머니께 감사하다고 기도했어요. 누나를 다시 만날
수 있게 해 주셔서 고맙다고."

같은 공간에서 같은 내용으로 우리는 그렇게 기도를 했나
보다. 준석은 조금 울컥한 듯 코끝이 붉어졌다.

"너, 우리 아버지 장례식에 와 줬잖아. 그때 빚 갚은 거다."

갑자기 분위기가 가라앉아 부러 놀리는 투로 말을 던졌다.

"그걸 어떻게 빚이라고……. 누나도 참, 얄밉게 말하는 건
옛날이랑 똑같네요."

준석이 사뭇 화가 난 듯 인상을 썼다. 역시! 내가 놀리는 걸 못 참는 그 모습이 옛날을 떠오르게 해 절로 미소가 그려졌다.

"그래도 그때 너 와 준 거 정말 고마웠어. 엄마도 가끔 너 생각난다고 말씀하셨고."

아버지 장례식이 끝난 후 준석과 나는 만나지 않게 되었다. 하지만 그때의 슬픔과 아쉬움은 서로가 잊어버린 척, 우리는 즐겁고 좋은 감정만 나누었다.

"어머니는 건강하시죠?"

"돌아가신 지 5년 돼 가. 원래 지병이 있으셨잖아."

"아!"

준석은 당황한 듯 말을 멈췄다. 내 나이 지금 서른두 살이지만, 부모님이 이미 두 분 다 돌아가셨다고 말하면 대부분의 사람들이 무척 당황해했다. 의학 기술의 발달이 평균수명을 무척이나 늘려 놓은 덕에 아직 내 나이쯤 되는 사람들의 부모님은 거의 다 살아 계시기 때문이었다. 혹여 한 분쯤 돌아가셨어도 나처럼 두 분 다 돌아가신 경우는 흔하지 않았다.

나이도 먹을 만큼 먹었으니 고아孤兒는 당연히 아니고, 뭐 고성인孤成人 정도 되지 않을까. 홀로된 어른이라. 하긴 부모님이 다 돌아가셨으면 하늘 아래 날 보호해 줄 사람 없이 홀로 세상을 겪어야 하니, 이거야말로 진정한 어른 아닌가.

"넌 그 회사에……?"

"혹시, 결혼……?"

서로 동시에 말하는 바람에 풋, 웃음이 터졌다. 잠시 웃으며 준석을 보다 내가 먼저 말을 꺼냈다.

"네가 회사에 취직하다니, 의외야. 공부 계속하고 싶어 했잖아."

"제대하고 나서 그냥 들어갔어요. 돈 벌어야죠."

씁쓸하게 웃는 준석의 얼굴을 보니 그다지 회사에 애정이 있어 보이진 않았다. 고등학교 때의 활기차고 순수했던 준석의 모습을 찾던 내 눈에 순간 30대의 텁텁한 얼굴이 들어왔다. 그간 무슨 일이 있었던 걸까. 왠지 안쓰럽고 가슴 아팠다.

'아서라. 웬 오지랖이니?'

남의 남자에게 별걱정을 다 하고 있다. 지나간 세월이 얼마이고, 계획대로 되는 세상사가 얼마나 되던가. 정신 차리자. 괜한 연민에 빠질 때가 아니다.

"어떤 부서인데? 자동차 부품 회사잖아. 그럼 공대 출신이 많이 갈 거 같은데."

"R&D 쪽은 그렇죠. 저는 해외 영업 쪽이에요. 제가 영어가 좀 되니까요."

잘난 척하며 말하는 건 아니었지만, 영어깨나 한다는 걸 아무렇지 않은 듯 말하는 게 좀 얄미워 보였다. 세상에 영어 좀 되는 사람이 어찌 이리도 많더란 말인가.

우리 병원엔 외국인 환자들이 꽤 있는데, 비록 치료는 내가 하더라도 모든 상담은 미국에서 공부한 경력이 있는 현우 선생님이 도맡고 있었다. 간혹 통역을 부탁하는 경우도 있는데 왠지 자존심이 상했다. 미국에서 전공을 하나 더 해 볼까 하는 생각이 있어도 영어가 안 돼서 고민인 나로서는 그저 부러울 따름이었다. 나도 영어 좀 잘해 봤으면 소원이 없겠다!

"거기 아버지 다니시던 회사지? 임원이셨잖아."

"얼마 전에 사장 되셨어요. 아, 그래도 아버지 백으로 들어간 거 아니에요. 정정당당하게 공채로 들어갔다고요."

나의 꼬인 마음을 들킨 걸까. 준석은 그게 아니라고 단단히 못을 박는 것처럼 말했다. 그 모습이 '나도 어른이야'라고 주장하는 어린애 같달까. 자못 귀여웠다.

"알았어. 누가 뭐래? 그런데 아버지 정말 대단하시다. 사장님까지 되시다니. 그래, 큰형은 예전에 사법연수원 다니셨지? 작은형은 의대였던가?"

나는 오랜 시간에 걸쳐 한길을 파는 사람을 존경했다. 예전에 듣기로도 준석의 아버지는 회사 임원이라 항상 바쁘시다고 했다. 그런데 세월이 지나고 그 결실을 보는 것은 또 다른 감회에 잠기게 했다. 그동안 안 보이는 뒤에서의 노력은 얼마나 대단했을까. 준석의 형들도 마찬가지였을 것이다.

"아, 큰형은 지금 수원지검에 있어요. 그리고 작은형은 대학병원에 있고요. 그런데 누나 혹시……, 결혼했어요?"

준석이 주저하면서 물었다. 이 녀석, 첫 질문으로 왜 하필? 울컥 심통이 나 어깃장을 놓을까 하다가 그냥 순순히 말해 주기로 했다. 녀석 앞에선 왠지 솔직해야 할 것 같았다.

"음……, 한 번 했었어."

"한 번 했었다고요? 그럼 지금은 이혼한 거……예요? 맞아요?"

"참 나, 뭘 그렇게 꼬치꼬치 묻고 그래? 그냥 그러려니 하고 듣고 흘리지."

준석이 하도 정색을 하고 묻기에 장난삼아 대답을 회피했다. 이혼한 경력, 돌아온 싱글이라는 이력은 나를 자유롭게 하는 표현이면서도 어딘지 비참한 뒤끝을 남겼다. 마치 인생에 커다란 흉터를 안은 사람처럼.

"그러는 너는?"

"전 아직이요. 할 사람이 있어야죠."

준석이 헛웃음을 지으며 고개를 살래살래 흔들었다. 어라? 입에 침도 안 바르고 거짓말하는 태도가 괘씸하지 않은가! 참아야 했지만 결국 내가 먼저 선수를 치고 말았다.

"뻥치시네. 장례식장에서 '오빠, 오빠' 하면서 쫓아다니던 아가씨는 어쩌고?"

"누구 말하는 거? 아, 혹시 정연이 봤어요? 걘 아버지 친구분 딸이에요. 진짜 오빠 동생으로 지내는 거라고요."

그저 오빠 동생 사이라니, 지가 무슨 연예인인가? 믿을 수가 없어 노려봤지만, 억울하다는 듯이 극구 부인하는 준석의 태도가 그저 그 아가씨의 짝사랑일 뿐인가 싶어 이쯤에서 그만두기로 했다. 짝사랑이면 어떻고 그냥 사랑이면 어떻겠는가. 어차피 내 소관은 아닌 일이었다.

"그래서 지금은요? 사귀는 사람……, 있어요?"

준석이 다시 조심스럽게 물어 왔다. 미안한 줄 알면서도 꼭 알아야겠다는 듯이.

"지금 뭐 하는 거야? 프라이버시잖아."

짜증이 나서 인상을 찌푸렸지만, 준석은 그저 소리 없이 웃고 있었다.

"뭘 그렇게 헤실헤실 웃고 있는 거야?"

"누나를 다시 보면 어떨까 궁금했는데……, 그냥 좋네요."

준석이 나를 보는 눈길은 자꾸 예전의 기억을 떠올리게 했다. 나만 보면 눈에 하트가 그려진 것처럼 반짝반짝 빛나는 것이 예전에는 마냥 좋았다. 하지만 지금은…….

부담스럽고 불편했다. 실은 예전 그대로인 것 같은 준석 때문이 아니라 엄청나게 변한 내 상황이 부담스럽고 불편한 것이겠지. 괜스레 침울해졌다.

"또 시작이니? 우리 고등학교 때 헤어지고 10년도 지나 다시 만난 거거든. 나도 너 만나서 반갑기는 한데, 옛날 기분 살리려는 것도 좋지만 그렇다고 너무 옛날이랑 똑같이 구는 것도 별로야. 자꾸 그러지 마."

사실 준석이 날 만나게 되어 고맙고 좋다고 자꾸 말해 주는 게 눈물이 날 만큼 기쁘고 행복했다. 헤어질 때도 별로 좋은 상황이 아니었던 사람에게 보고 싶었다는 말을 듣는 것만큼 감사한 일이 또 어디 있을까. 이건 절대 남녀 관계를 떠나서 인간 대 인간으로 느끼는 인지상정이었다. 그리고 준석은 나의 고등학교 생활에서 가장 소중한 위치에 있던 사람 아닌가. 내가 느끼는 이 감정은 너무나 당연한 것이었다.

하지만 옛날에도 그랬듯이 나는 속마음을 그대로 드러내는데 무척 서툴렀고, 지금은 나이가 들어서인지 더욱 낯간지럽기만 했다. 한동안 내가 입을 다물고 있자 이번엔 준석이 먼저 입을 열었다.

"집은 어디예요?"

"일원동."

"아, 한국병원 옆이군요."

"그래. 덕분에 발인에도 갈 수 있어서 좋았지."

"그럼 지금 누구랑 살아요? 혹시 혼자 살아요?"

나는 고개를 들어 준석을 똑바로 쳐다보았다. 준석도 시선을 피하지 않고 진지하게 나를 바라보았다. 만약 준석이 아닌 다른 남자가 이렇게 물었더라면 어땠을까? 분명 뒤도 돌아보지 않고 자리를 떴을 것이다.

이혼한 지도 어언 3년째였다. 지속적으로 만나는 남자는 없었지만, 주위 분들의 소개로 맞선 비슷한 소개팅을 한 적도 있었고, 가끔 바(bar) 같은 곳에서 남자를 만나 본 적도 있었다. 지금까지 굳이 진지한 관계를 정해 놓지 않았을 뿐이었다. 처음엔 매너 있게 다가오던 남자들도 내가 이혼하여 혼자 살고 있다는 것을 알면 이상하리만치 끈적하게 구는 경우가 다반사였다. 그런 눈길과 손길, 으, 생각만 해도 치가 떨린다. 날 어떻게 보고 감히!

"뭐예요, 그 심란한 표정은?"

"그래, 너 참 심란하다."

내 얼굴에서 어떤 기운을 느꼈는지 준석이 분위기를 바꾸려는 듯 장난스럽게 말했지만, 그렇게 호락호락 넘어갈 일이 아니었다.

"오랜만에 만났으니까 한 번 더 연장이야. 지금 투 스트라이크거든. 나 이런 얘기 너랑 하고 싶지 않아. 조심해 줘."

눈과 목소리에 한기를 실어 경고를 날리고는 부지런히 도토리묵과 파전을 집어 먹었다. 입이 타서 빈속에 안주도 없이 막걸리만 계속 마셨더니 핑 도는 느낌이었다.

"오랜만에 만났으니까 물어볼 수 있잖아요. 궁금해요, 누나 얘기."

"우리 나이엔 적당히 쓸데없는 주제만 가지고도 얘기 나눌 수 있어. 날씨 얘기, 직장 얘기, 업무 얘기, 연예인 얘기 같은 거. 그게 제일 안전하고 평화로운 거야."

나는 고개도 들지 않고 웅얼거렸다. 준석은 불만스러운 것 같았지만, 작게 '알았어요'라고 말하고는 더 이상 내 이야기를 묻지 않았다.

그 후로 준석은 내가 묻는 말에 대답만 할 뿐 계속 잔뜩 뭔가를 말하고 싶지만 꾹 참는다는 표정이었다. 한참 내 병원 식구들 얘기, 병원 생활, TV 드라마 얘기를 풀어놓다가 시계를 보니 벌써 12시였다. 슬슬 헤어질 준비를 해야 했다.

"내일 출근해야지? 아 참, 토요일이라 넌 출근 안 하겠구나. 난 내일 진료가 있어서 그만 가야 돼."

"그래요. 내가 바래다줄게요."

"무슨. 택시 타고 가면 돼. 넌 집이 어딘데?"

"청담동이요. 누나 데려다 주고 가면 돼요. 나가요."

준석은 계산을 한 후 가게 앞으로 나가 택시를 잡았다. 한사코 안 바래다줘도 된다며 거절해도 부득불 택시에 같이 올라타더니 준석은 택시 안에서도 별말이 없었다.

집으로 가는 서울의 밤거리는 참으로 한산해 택시는 운전기사가 밟는 대로 날듯이 달렸다. 그러다 보니 막걸리집에서 아파트 단지 안에 도착하기까지 불과 15분밖에 걸리지 않았다.

"내리지 말고 그냥 타고 가. 난 이 앞 동이 집이야. 아저씨, 그냥 가 주세요."

그러나 준석은 내 말은 들은 척도 안 하며 기사에게 요금을 지불하고 내렸다. 어라? 어쩌자는 건데. 살짝 짜증이 났다.

"왜 그러는데? 집까지 바래다줬으면 이제 됐잖아. 우리 집까지 따라 올라오려고?"

"그래도 돼요?"

준석이 성큼 다가서면서 물었다.

"얘가 무슨 소리야? 집에 안 가? 난 내일 출근해야 된다니까. 나 피곤해서 얼른 씻고 자고 싶어. 그러니까 너도 빨리 가."

나는 준석의 팔을 툭툭 쳐 주고는 그대로 뒤를 돌아 집으로 향했다.

"누나! 효진이 누나!"

"왜 자꾸 불러? 얼른 가. 잘 가. 안녕. 굿바이."

돌아보지도 않은 채 손만 흔들어 인사하면서 계속 집으로 향했다.

준석은 계속 그 자리에 서 있는 것 같았다. 무슨 바보 같은 생각을 하고 있는 건지 궁금하기도 하고 두렵기도 했다. 빨리 녀석의 눈에서 안 보이는 곳으로 사라지고 싶었지만, 그렇다고 도망치듯 뛰어가는 것도 우습지 않은가.

"효진이 누나, 또 연락할게요."

그다지 크게 말한 것도 아니었지만 내 귀엔 너무나 똑똑하게 들려왔다. 나는 순간 도망치듯 후닥닥 아파트 안으로 뛰어들어갔다.

예전부터도 익히 알고 있었지만, 저 녀석은 정말이지 생긴 것과는 달리 어딘가 모자라도 한참은 모자란 녀석이었다.

*

준석을 처음 만난 건 그가 학생회장에 출마하겠다고 친구들과 함께 나에게 인사를 왔을 때였다.

2학년 때 학생회장이었던 나였지만, 이젠 고3 수험생인지라 열심히 하라는 말 이외엔 딱히 해 줄 조언도 없었던 때였다. 나에게 눈도장 찍는다고 해서 학생회장에 당선되리라는 보장도 없는데 굳이 3학년 교실까지 친구들을 대동하고 찾아와 인사를 하겠다는 준석이 처음엔 거만하게만 보였다.

"선배님, 백준석입니다. 이번에 출마했어요."

"아, 그래요? 바쁘겠어요. 열심히 해서 꼭 당선되세요."

의례적인 말 한번, 미소 한번, 악수 한번. 속으로 냉소를 담았을지언정 나는 해 줄 수 있는 전부를 다 해 주었다. 그러고는 미련 없이 돌아서는데, 뒤에서 감격에 찬 목소리가 들려왔다.

"네, 열심히 하겠습니다."

슬쩍 뒤돌아봤을 때 내 눈에 들어온 건 친구들이 그 녀석을 툭툭 치며 낄낄대는 모습이었다. 하지만 다시 교실로 들어와서 내 자리에 앉을 때까지 기억에 남아 있던 것은 친구들이 옆에서 뭐라고 하는지도 모르고 잔뜩 상기되어 발간 볼로 나만 쳐다보고 있던 반짝반짝 빛나는 녀석의 눈동자였다.

'뭐야, 그 녀석.'

남녀공학의 여자 학생회장이었기에 나는 남학생들에게 꽤 인기가 많았다. 초콜릿이나 사탕, 각종 선물이나 심지어 러브 레터에 고백까지, 지난 2년간 나는 남학생들의 구애를 받을 만큼 받아 보았다. 마음에 드는 남학생이 없었던 것도 아니지만 공부에 학생회 활동까지 내 일만으로도 너무나 바빠 무조건 거절만 했는데, 이 사실이 오히려 내 이미지를 '닿을 수 없는 존재'로 이상하게 신격화시켜 버렸다. 나를 아는 친구들은 그걸 굉장히 재밌어 했고, 실제로 나도 때로는 즐기기도 했다.

하지만 민감한 사춘기 시절에 만인의 주목을 받는 위치에 선다는 건 굉장히 피곤한 일이었다. 매일 아침마다 밥은 못 먹어도 샤워에 머리 말리는 일까지 안 하고 학교에 간다는 것은 상상도 못 하는 일이었고, 학생회장이었기에 공부도 뒤처질 수는 없는 일이어서 하루에 두세 시간 자는 날도 흔했다. 그래서

고3이 되어 교실에 틀어박혀 공부만 할 수 있게 되자 차라리 한숨 돌리는 기분이었다.

준석과 같은 눈빛은 이미 수차례 받아 봤던 것이었다. 자신의 상상 속에서 나를 특별하게 규정해 놓고 애타게 그리워하는 것이다. 그것이 실제로 나와 얼마나 닮았을지는 아마 며느리도 모를 것이다. 짝사랑인지 그저 동경인지 모르겠지만, 그 당시 나는 그런 눈빛들에 약간은 시니컬해져 있었다. 어차피 팍팍한 고교 시절에 잠시 지나칠 유흥거리 아닌가. 나에게는 하등 도움이 되지 않을.

그래서 준석이란 아이는 그때로 내 기억에서 사라진 존재였다. 다시 만나게 될 때까지는.

준석을 두 번째로 만나게 된 건 학생회장 이취임식 때였다. 월요 조회 시간을 통해 학생회장 이임사와 새 회장 취임사를 하게 되어 나는 그 전에 학생주임 선생님께 지시를 받으러 학생부실로 내려갔다. 들어서면서 문을 닫으려는데 문 닫히는 소리가 들리지 않아 뒤를 돌아봤더니 웬 곰 같은 녀석이 뒤를 따라 들어오는 게 아닌가.

"안녕하세요, 선배님."

이름표 색깔을 언뜻 보니 2학년이어서 고개만 까닥하고는 바로 학생주임 선생님 책상 쪽으로 향했다. 자리에 선생님이 안 계셔서 어찌해야 하나 머뭇거리고 있는데, 그 녀석이 뒤따라오더니 다시 말을 걸었다.

"선생님께서 화장실 다녀오신다고 잠시 기다리라고 하셨

어요.”

그제야 나는 그 녀석의 얼굴을 알아보았다. 저번에 학생회장 선거에 출마하겠다고 교실까지 찾아온 녀석이었다. 슬쩍 이름표를 보니 이름은 ‘백준석’.

“이번에 학생회장 되었죠? 축하해요.”

다시 인사 한번, 미소 한번. 의례적인 인사를 끝내자 녀석은 ‘감사합니다’ 하고 꾸벅 인사를 했다. 숙인 옆얼굴의 귓바퀴가 발갰다. 나의 아무렇지도 않은 한마디에 어쩔 줄 몰라 하는 녀석은 그 커다란 덩치에도 귀여웠다.

대체 나는 그동안 뭘 했을까 싶게 녀석은 한 살이라는 나이 차이에도 불구하고 신체적으로 월등했다. 내 머리는 겨우 녀석의 어깨에 닿을 정도였고, 넓은 어깨와 두툼한 팔다리는 나 같은 체격은 두셋도 한 번에 안을 수 있을 것 같았다.

“혹시 운동해요?”

“아, 네. 저 검도부예요.”

“아하.”

검도라. 왠지 녀석의 딱딱한 이미지에 딱 들어맞았다. 녀석은 요즘 애들 같지 않게 스포츠형 커트의 짧은 머리를 하고 있었는데, 그 모습이 굉장히 금욕적으로 보인다고 할까. 찬찬히 살펴보자니 흐트러진 데 없이 단정하게 입은 교복과 넥타이, 안경을 쓰지 않은 홑겹의 눈매, 이마에 몇 개의 여드름이 나긴 했지만 전체적으로 하얗고 깨끗한 얼굴이 아주 마음에 들었다. 이상형을 생각해 본 적이 없어서 비교할 수는 없었지만, 만약 나의 이상형이 있다면 바로 '이 녀석'이라 할 만큼 내 마음에 썩 흡족한 외모였다.

"검도하는 거 보러 가도 돼요? 어떻게 하는지 궁금하네."

축제나 체육대회 준비 때 검도부장을 만나는 일 외에는 검도부라는 것에 관심을 둘 일이 없었다. 검도라면 철가면을 쓰고, 검은 도복을 입고, 죽도를 휘두르는 것 정도가 내가 아는 전부였다. 흠, 그런데 이 녀석이 하는 검도라면 왠지 괜찮을 것 같군.

"네, 언제든지 오세요. 지금 선생님 만나 뵙고 나면 바로 체육관으로 갈 건데 같이 가실래요?"

녀석이 얼굴까지 벌게지면서 열정적으로 말하는 바람에 인사치레 삼아 얘기했던 내가 오히려 민망할 정도였다.

"지금은 좀……. 나중에 한번 갈게요."

"아……, 네. 나중에, 나중에 꼭 오세요."

지금 당장 못 간다는 말에 무척 실망한 얼굴이었지만, '꼭'이라는 말을 강조하는 것이 나중에라도 안 간다면 당장이라도 내 손을 잡아끌고 갈 기세였다. 그 진지한 얼굴에 대고 웃을 수도 없어 알겠다고 대강 얼버무리는데 마침 선생님이 오셨다.

"효진이는 공부 열심히 하지?"

"네에."

학생주임 선생님이라면 보통 학생들의 천적인 셈이라 일반 학생들은 별로 좋아하지 않는 편이지만, 학생회장이었던 나로서는 학생주임 선생님과는 친할 수밖에 없었고 선생님 또한 나를 무척 아끼셨다.

"준석이 녀석이 전대 회장이 너무 잘해서 앞으로 고민이란 다. 준석아, 모르는 것 있으면 효진이한테 물어보고 하면 돼. 효진이 너도 준석이 많이 챙겨 주고. 알았지?"

눈에 한가득 웃음을 품고 대하는 투가 녀석이 벌써 선생님 의 귀여움을 한껏 받고 있다는 인상을 주었다. 선생님은 '제가 언제요?'라고 손사래를 치는 녀석의 모습에 껄껄 웃으며 어깨 를 툭 치시는데, 내가 학생회장이었을 때보다 더 격의 없어 보 였다. 선생님의 사랑 또한 물려줘야 하는가 싶어 조금 쓸쓸해 지는데 녀석이 대뜸 나에게 말했다.

"선배님, 자주 찾아갈게요. 잘 부탁드립니다."

"네? 아……, 네. 그러세요."

그렇게 찾아올 일이 뭐 있을까 싶어 그러라고는 했지만, 이 녀석, 땡잡았다는 기색이 역력했다. 뭔가 속은 것 같은 느낌. 썩 개운하지는 않았지만 선생님과 이후 일정을 논의하고 준석 과 함께 학생부실을 나왔다.

"선배님, 저한테 말 놓으세요. 계속 존대하시니까 불편해요."

"그래요? 그래도 처음인데……."

"이번이 두 번째죠."

"아, 그렇죠. 훗, 알았어요. 다음에 보면 말 놓을게요."

"네, 다음에 보면 꼭이요. 그럼 안녕히 가세요."

준석은 활짝 웃더니 계단을 우당탕 뛰어 올라갔다. 아아, 아 이들이란. 훗 웃음이 터졌다. 덩치는 산 같아도 남자는 역시 철이 늦게 드는가.

날 좋아한다는 티를 팍팍 내면서 하는 행동 하나하나가 손에 잡힐 듯이 보여 귀엽기 짝이 없었다. 조만간 사귀자고 고백이라도 하려나. 아니, 저 녀석 성격에 그런 말이나 할 수 있을지 모르겠군. 나는 계속 낄낄거리며 교실로 돌아갔다.

잔인할 것 같은 고3의 봄이었지만 어디선가 훈풍이 밀려들고 있었다. 깔깔하기만 했던 나의 마음에.

중간고사도 끝난 금요일, 나는 집에 돌아가다가 문득 체육관으로 발길을 돌렸다. 아무리 고3이어도 일주일간 고생했던 시험 기간이 끝나자 다들 좀 놀아야겠다며 뿔뿔이 헤어진 상태였다. 나도 어느 그룹에 끼어 놀까도 생각했지만, 잠을 너무 못자 피곤한 탓에 엄마와 약속이 있다며 같이 놀자는 청을 다 거절했다.

체육관 문을 열자 고요한 분위기에 죽도 부딪치는 소리만 들렸다. 나는 조용히 문 옆에 놓여 있는 의자에 앉아 그들의 모습을 지켜보았다.

일반적으로 검도부가 있는 학교가 드문 탓에 우리 학교 검도부는 학생들에게 꽤 인기 있는 편이었다. 그러나 담당인 체육 선생님께서 꽤 엄하게 하시는 통에 단지 '멋있어 보여서' 시작한 학생들은 길게 남지 않는다고 했다. 어려서부터 검도를 해 왔던 애들이나 힘들어도 심지 굳게 버티는 애들이 남는 정도랄까. 여학생도 몇 명 있다고 들었는데, 다들 도복을 입고 있어서 멀리서는 잘 구별이 되지 않았다.

학생들은 양쪽에 도열하여 앉아 있고 가운데에서 두 명이 대련하고 있었는데, 검도에 문외한인 나로서는 그냥 잘하는가 보다 정도 생각이었다. 준석이라는 녀석이 하는 모습을 보고 싶은데, 지금 대련하고 있는 학생 중에 있는 건지 양쪽에 앉아 있는 녀석들 중에 있는 건지 도무지 알아볼 수가 없었다.

"선배, 선배."

누군가 어깨를 흔드는 느낌에 눈을 떴다. 어느새 깜박 잠이 든 모양이었다. 눈앞에는 준석이 도복을 입은 채 서 있었다.

"오늘 시험 끝나서 오신 거죠? 피곤하시면 나중에 오지 그 랬어요?"

아직도 잠이 덜 깬 내가 너무도 안타깝다는 듯 준석은 울상 이었다.

"그러게. 오늘 아니면 시간이 안 날 것 같아서 왔는데 깜박 잠들어 버렸네."

주위를 둘러보자, 어느새 활동이 끝났는지 물건을 챙기면 서, 혹은 체육관을 나서면서 우리 둘을 보고 수군거리는 애들 의 시선이 한 번에 밀려왔다. 나는 준석의 그늘에 몸을 숨기며 얼굴을 톡톡 두드렸다.

"으, 창피해."

"뭐가요. 3학년들 오늘 시험 끝난 거 다 아는데요, 뭐."

준석이 씩씩하게 대꾸했다. 그러고 보니 준석은 아직 도복 도 안 갈아입은 상태였다.

"아까 대련한 거 너였어?"

"어, 보셨어요?"

"보기는 했는데 넌 줄은 몰랐지."

"아하하, 하긴요. 그런데 어디 가서야 돼요? 저 옷 갈아입고 와야 해서요."

"그래서 나보고 기다리라고?"

"아, 네. 그렇죠. 하하."

"알았어. 얼른 갈아입고 와."

"네이."

준석은 탈의실 쪽으로 뛰어가다 다시 돌아왔다.

"선배, 이번엔 말 놓으시네요."

"그러라며. 왜? 싫어?"

"아니, 좋아요. 정말 좋아요."

준석은 탈의실로 쏜살같이 달려갔다. 날듯이 뛰어가는 발걸음엔 흥이 넘쳐 있었다. 아, 고2 남학생이 저렇게 귀여워도 되는 건가? 꼭 껴안고 뽀뽀라도 해 주고 싶은 심정이었다.

"저기에 잠깐 앉았다 갈까요?"

준석이 옷을 갈아입고 오자 같이 집으로 향하려던 나는 그가 이끄는 대로 학교 옆 공원 벤치에 가 앉았다. 바람에 벚꽃잎이 날리는 나무 밑이었다.

"아, 예쁘다. 꽃잎 다 지기 전에 보게 돼서 다행이네. 나 이번 봄에 벚꽃 처음 보는 것 같아."

매일 새벽에 나와 밤늦게 들어가니 이렇게 한가롭게 벚꽃을

구경하고 있을 새가 없었다. 그러나 하염없이 벚나무만 올려다보고 있는데도 나는 준석의 찌를 듯한 시선을 줄곧 느끼고 있었다.

학생부실에서 준석을 만난 이후 나는 학교 교정을 지나다닐 때면 어디선가 나를 보고 있는 시선을 느낄 수 있었다. 점심시간이면 같은 반 친구들과 수다를 떨면서 운동 삼아 운동장을 한 바퀴씩 돌곤 했는데, 그때도 그 시선은 여지없이 나를 향해 날아왔다. 쉬는 시간이나 교무실에 갈 때, 이동 수업을 받기 위해 교실을 옮겨 다닐 때도 느낄 수 있었다. 그리고 나는 그 시선의 주인이 준석이라는 것을 알고 있었다.

"선배, 오늘 와 줘서 고마워요."

"뭐가 고마워. 그냥 심심해서 한번 들른 건데."

불특정 다수의 시선이 아닌 특별한 한 사람의 시선, 오로지 나만이 느낄 수 있는 특별한 시선이었다. 지금쯤이면 그 이유를 들어 봄직도 하다 싶어서 그 시선의 주인공을 찾아간 길이었다. 사실 기다리고만 있다 보면 평생 안 찾아올 것 같은, 아니, 못 찾아올 것 같은 기분도 들긴 했다.

"아니에요. 그래도 제가 꼭 오라고 해서 온 거잖아요. 바쁘고 피곤한데도 약속 지키려고."

"그렇지 않아. 재밌었어. 너도 볼 수 있었고."

"네? ……네에."

준석은 무슨 생각을 하는지 계속 얼굴이 상기되어 있었다. 이 녀석아, 멍석을 깔아 주면 춤은 못 출망정 윷이라도 던져라.

무슨 말을 할 때마다 이렇게 얼굴만 붉어지면 나보고 어쩌라는 말이니!

"다음 주에 시험이지? 오늘 학원은 없어?"

"저녁 먹고 가야죠."

"그래? 그럼 이만 가자. 집에 들렀다 가려면 바쁘겠다."

내가 벌떡 일어서자 준석은 놀란 듯 내 팔을 붙잡았다.

"그게……, 저, 선배, 조금만 더 있다가 가면 안 돼요?"

"왜? 무슨 할 말 있어?"

"그게 저……."

아이고, 답답해라.

"특별히 할 말 없으면 얼른 가자. 나도 이만 가야 되거든."

나는 조금은 매몰차게 일어서서 길을 나섰다. 기분이 상한 것은 아니었다. 이 답답한 구석도 이 녀석의 매력이니 어찌하겠는가. 일단은 내가 주도권을 잡고 있는 것 같으니 앞으로도 계속 내가 리드해야 할 것 같은 현실이 조금 암울할 뿐이었다.

그런데 준석이 앞서 걸어가던 나를 멈추더니 결심한 듯 말했다.

"선배! 저 선배를 누나라고 불러도 돼요?"

"뭐? 누나아?"

"네……."

준석은 어떤 대답이 나올지 상당히 긴장한 눈치였다. 하지만 아, 진짜! 덩치가 산더미 같은 녀석이 기껏 용기 내서 한다는 소리가 '누나'라니. 푸하하 웃음만 나왔다.

"그러고 싶다면, 뭐, 좋아. 난 남동생이 없어서 누나라는 말은 처음 들어 보지만, 네가 그렇게 불러 준다면 나도 기분 좋을 것 같아."

내 말 속엔 어찌할 수 없는 즐거움이 들어 있었다. 명색이 고3인데 녀석이 날 좋아한다느니 사귀고 싶다느니 하는 반응이 나오는 것도 사실 걱정이었기 때문이다.

"네, 누나!"

말을 꺼내는 건 그렇게도 힘들더니 준석은 '누나'라는 소리를 넙죽넙죽 잘만 했다. 그리고 나는 그 굵직한 목소리로 '누나'라고 부르는 소리가 전혀 싫지 않았다.

"누나, 우리 저녁 먹으러 가요."

"학원은?"

"저녁 먹고 바로 가면 돼요. 누나, 제가 밥 살게요."

"에이, 명색이 선배인데 내가 사야지."

"아뇨. 제가 살게요, 누나."

우리는 옥신각신하며 학교 옆 분식집으로 갔고, 그날 밥값은 끝내 준석이 냈다. 준석은 그날 나를 백 번쯤 '누나'라고 부른 것 같다.

Step 3

Being an Adult

어른이 된다는 것

어렸을 땐 무조건 빨리 어른이 되고 싶다고 생각했다. 어른이 되기만 하면 날 구속하는 이 답답한 현실을 무지 멋지고 쿨한 방법으로 다 해결할 수 있을 거라고 생각했다.

어리다. 학생이다. 경제력이 없다. 이런 제약이 하나도 없는 상태. 그게 내가 생각하는 어른이었다.

어리니까 무조건 어른 말씀을 들어야 하고, 학생이니까 어떤 상황에서도 공부만 열심히 해야 하고, 경제력이 없으니까 돈을 대 주는 사람에게 무조건 '항복'해야 하는, 그런 어린애는 딱 질색이었다. 그래서 어서 빨리 어른이 되고 싶었다.

그런데 지금은······.

예전을 생각해 보면 분명 어른이 된 건 맞는 거 같은데, 막상 이 나이쯤 되고 보니 어른이란 기준은 꽤 상대적이었다. 비록 학생의 신분도 벗어나고, 먹고살 수 있을 만큼 충분한 경제력이 생긴 지금 이 순간에도 나를 어리다고 생각하는 '어른'은 주위에 넘쳐 났다.

하지만 어른이 된다는 것은 서서히 비탈길을 올라가는 게 아니라 계단을 성큼성큼 올라가는 것이다. 어떤 사건과 맞부딪치면서 한 번에 쑥 점프하는 것이다. 이 논리로 보면 나는 내 나이 또래의 다른 이들보다 훨씬 어른이라고 생각한다. 그만큼 여러 번 좌절하고 깨져 봤으니까.

남들보다 더 많은 것을 겪고, 더 많이 생각해 본 사람이 어른이었다. 그런 사람은 다른 사람들에 대한 배려도 남달랐다. 하지만 아무리 나이가 많아도 자기만 대접받을 줄 알았지 남을 배려할 줄 모르는 사람이 많았다. 그래서 아무리 나이가 많다고 해도 의지하고 존경할 만한 어른은 찾아보기가 힘들었다.

'존경? 의지? 누굴? 그 아줌마를?'

준석을 생각하면 동시에 준석의 어머니가 떠올랐다. 마음의 평화를 위해 고이고이 접어 두었던 고통이 얼굴을 들이밀었다.

'괴로워. 너무 싫어.'

'만족'은 '욕심과 기대'의 크기에 비례하는 듯하다. 어떤 것에 대한 기대와 욕심이 클수록 성취했을 때 만족이 컸다. 때문에 나같이 욕심과 기대가 별로 없는 사람에겐 인생이란 항상 심심하기 이를 데 없는 것이다.

하지만…….

이상하게도 욕심과 기대가 없으면 없을수록 만족의 질은 더욱 풍부해져 아주 사소한 것으로도 가슴을 울릴 수 있게 변하기도 한다는 것을 알게 되었다. 기대가 없던 어떤 순간에 우연하게 맞닥뜨린 뜻밖의 행운, 세렌디피티(serendipity). 꿈에서라도 내게 그런 기회가 굴러 떨어지리라고 생각하지 못했다. 그런 내 눈앞에 준석이 나타난 것이다.

아마도 내가 어른이 되고 싶어 했던 어릴 적 그 시절이었다면 무조건 멋지고 쿨하게, 주위 사정 생각지도 않고, 오로지 '나만을 위해서' 돌진하고 쟁취해 내야 한다고 주장했을 것이다. 그게 바로 내가 바라는 어른이었으니까. 그런데 지금 나는……, 아직도 어떻게 해야 하나 고민만 하고 있었다.

막상 어른이 되었다고 생각해 보니 어렸을 적 내가 생각했던 어른은 다른 어른들도 굉장히 되고 싶어 부러워하는, 자신감과 능력으로 똘똘 뭉친 모든 어른들의 이상형이자 우상인 '슈퍼 해결사'였던 모양이다.

"강 선생, 무슨 고민 있어?"

"네?"

"왜 밥 먹으면서 말도 없이 그래? 여름 타?"

현우 선생님과 점심을 먹는데 문득 준석 생각을 하다 보니 멍하게 있었던 모양이다.

"그러게요. 나이 먹어서 그런가 봐요."

"지금 나 들으라고 하는 소리야? 그 나이에 나이 먹어서 여름 탄다고 하면 다들 욕해. 남들이 안 하면 내가 욕할 거야. 그러니까 운동 좀 하라고 했잖아. 종일 에어컨 바람만 쐬고 있으니 있던 밥맛도 다 떨어지지."

"치, 맨날 잔소리만 하셔."

원장님의 아들인 현우 선생님은 올해 마흔이다. 생각날 때마다 내가 운동 안 하는 것에 대해 잔소리를 퍼부어서 얄밉기는 하지만, 내가 봐도 현우 선생님은 '운동' 덕분인지 30대로 볼 수 있을 만큼 젊고 활기찼다. 치위생사 박 선생님에 의하면 젊었을 때는 여자 문제로 집안 들썩이게 했던 전력도 있단다. 하긴 지금도 본인 입으로 여자들한테 인기 짱이라고 맨날 떠들어 댄다. 사실 훤칠한 키에 꽤 잘생긴 얼굴, 운동으로 탄탄히 다져진 몸매로 충분히 짐작되는 바이기도 하지만.

솔직히 현우 선생님 정도 외모면 여자들에게 인기 없기도 힘들 것이다. 성격이 좀 지랄맞다는 게 흠—흠치고는 좀 크다!—이라면 흠이랄까. 저 성격으로 어떻게 바람둥이 소리를 들었을까 싶기도 하지만, 뭐, 내가 처음 병원에 들어왔을 때 화통하게 대해 주었던 선생님의 모습을 생각해 보면 처음 만나는 여자들은 한눈에 뿅 갈 만큼 매력을 발산할 줄도 아는 것 같다.

내가 처음 인터뷰를 왔을 때 미혼, 기혼을 묻는 난에 체크하지 않은 사실을 물어보던 현우 선생님은 내가 이혼녀임을 밝히며 머뭇거리자 오히려 이혼했다는 사실이 더 플러스 요인이라며 만약 취직하게 되면 한턱내라고 슬쩍 내 기분을 풀어 주었다. 나중에 왜 그렇게 말했냐고 물어보니 현우 선생님은 '이혼 같은 굴곡도 겪어 봐야 사람 되는 거지. 어른 된다는 게 쉬운 줄 알아?' 하고 어깨를 툭툭 쳐 주었다.

알고 보니 현우 선생님도 돌아온 싱글이었다. 박 선생님은 우리 둘 사이에 섬씽이라도 있을까 싶어 자꾸 우리 둘을 붙여 주려는 노력을 하곤 했지만, 우웩, 현우 선생님은 절대로 내 취향이 아니었다.

나는 어떤 여자에게도 친절한 태도를 보이는, 그리고 오는 여자 안 막고 가는 여자 잡지 않는 그런 바람둥이가 싫다. 어렵고 무서운 것 하나 없이 방자한 행동을 일삼아 여러 여자 모두 불행에 빠뜨리는 그런 이기주의가 싫다. 대부분 '잘난' 남자들의 특성인 이 이기주의는 다른 부분에선 마초 같은 카리스마로 나타나 속기가 쉬웠다. 하지만 나는 그런 모습에 두 번 다시 속지 않을 것이다.

겉으로만 강한 것은 절대 진정한 '강함'이 아니다. 한 여자도 행복하게 책임지지 못하면서 어떻게 '어른' 운운할 수 있을까. 나는 조금 모자라 보여도 무조건 나만 좋아해 주고 어떤 상황에서도 내 편만 들어주는, 그런 남자를 좋아할 것이다.

'그런 남자가 과연 있을지 모르겠지만.'

아무튼 이혼한 후에 나의 냉소적인 성격은 좀 더 비뚤어져, 사람을 대할 때 언제나 한 단계 깎고 보는 나쁜 습관이 생겼다.

"그렇게 심란한 얼굴 하고 있으면 복이 들어오려다가도 다시 나간다. 지금 복 걷어차면 언제 다시 잡으려고 그래?"

"제 걱정하지 마시고 선생님 걱정부터 하세요. 저야 아직 앞길이 구만리거든요."

순간 샐쭉해져서 받아치자 현우 선생님이 픽 비웃었다.

"나야 만사가 해피한데 뭐가 걱정이야. 소문만복래笑門萬福來 몰라? 복이 넘쳐서 주위 사람들이 얼마나 배 아파하는데."

"흑, 대체 누가 그러는데요?"

"당장 강 선생이 그러잖아. 맨날 재밌게 사는 내가 부럽지? 그러니까 나 따라서 골프도 다니고 놀러 다니자니까 왜 그렇게 집으로만 숨어?"

현우 선생님은 토요일 진료를 '너무너무' 싫어했다. 친구들이랑 놀러 가야 하는데 황금 같은 토요일에, 그것도 오후 4시까지 병원에 붙잡혀 있어야 하는 신세가 처량하다나. 그렇게 노는 걸 좋아하면서 어떻게 치대 공부와 전문의 과정을 끝마쳤는지 정말 의문이었다. 아니, 의사가 되기로 결정한 것부터가 이상한지도 모르겠다. 사실 선생님은 미국 치과 의사 면허도 가지고 있는데, 저 성질로 어떻게 4년이나 더 공부를 했는지 불가사의했다.

아무튼 현우 선생님은 그때 못 놀았던 데 대한 보상 심리인지 주말엔 절대 집에 있지 않았다. 우리나라는 땅덩어리가 너무 좁다며 매주 전국의 골프장을 돌아다녔으며, 1년에 세 번, 여름휴가와 설 연휴, 추석 연휴 땐 반드시 해외로 날아갔다.

덕분에 원장님과 사모님은 명절 때마다 두 분만 계시는 신세였다. 현우 선생님 위로 누나가 한 분 계시는데 결혼한 후 외국에 나가서 사는 탓이다. 내가 명절 때 꼬박꼬박 원장님 내외의 곁에 머물러 있을 수 있는 것도 어쩌면 현우 선생님 덕이라고 할 수 있었다.

"아, 선생님 체력은 정말 부러워요. 어떻게 일주일 내내 술 마시고 일하면서 주말엔 쉬지도 않고 운동까지 다니세요. 이 땡볕에 필드 나가도 괜찮아요? 난 못 해요. 난 주말엔 꼼짝없이 시체놀이 해야 돼요."

"그러다 진짜 시체 된다. 혼자 살면서 시체 되면 그거 누가 치워 주냐. 체력이란 게 거저 생겨? 몸을 움직여야 생기지."

현우 선생님은 계속 낄낄대며 비웃었다. 윽, 시체라니. 정말로 밥맛이 뚝 떨어졌다. 내가 숟가락을 탁 소리 나게 내려놓자, 현우 선생님은 미안한지 슬쩍 꼬리를 내렸다.

"왜 더 안 먹어? 내가 시체, 시체 하니까 밥맛 떨어져?"

"아니요. 입이 깔깔해서요. 선생님 많이 드세요."

"앞사람이 밥을 안 먹고 있는데 어찌 나 혼자 맛있게 먹을 수 있나. 얼렁 먹어."

"다 먹었어요. 빨리 일어나게 선생님이나 얼렁 드세요."

쯧, 다 늙은 사람이 혀 짧은 소리나 내고.

현우 선생님과 나는 여덟 살 차이였다. 10년이면 강산도 변한다지만, 아직도 나랑 말다툼이나 하고 있는 선생님을 보고 있노라면 나도 마흔쯤에는 저렇게 되어 있지 않을까 하는 생각이 들었다. 지금에서 전혀 자라지 못한 겉모습만 어른인 아이. ……으, 생각만 해도 너무 싫다.

어제 준석과 헤어진 후 괜스레 잠을 설쳤다. 준석을 처음 만났을 때도 생각나고, 독서실에서 공부한답시고 같이 저녁 먹었던 것—물론 공부도 열심히 했다!—도 기억났다. 그리고 준석과 헤어지게 된 것도 자연스레 떠올랐다. 마음 아팠던 기억이라 애써 떠올리지 않으려 묻어 놨는데, 준석을 보니 새삼 그때 기억이 되살아나 눈물이 났다. 덩달아 돌아가신 엄마, 아버지 생각도 나서 한꺼번에 울었다. 덕분에 아침에 일어나자마자 냉장고에 있던 차가운 맥주 캔으로 한참 눈 마사지를 해야 했다.

토요일이라 병원에 환자가 많은 게 다행이었다. 이럴 때면 나에게 일이 있다는 것이 얼마나 다행이고 행복인지 모르겠다. 괜히 쓸데없는 감상에 젖어 감정 소모하는 것을 막아 주니 말이다. 혼자 눈물만 닦고 있으면 누가 날 먹여 살리겠는가. 나를 돌볼 수 있는 사람은 오직 나뿐이니 내가 정신을 차려야만 했다.

15분 만에 점심을 먹고 올라와 다시 진료에 들어갔다. 토요일은 딱히 점심시간 없이 4시까지 진료를 보는 편이었다. 원장님까지 의사 세 명이 총동원되어도 대기실엔 손님들이 앉을 자리 없이 꽉 차 있었다.

쉴 새 없이 세 명의 환자를 진료하고 나서 자리에서 일어섰더니 목뒤가 묵지근했다. 휴게실로 잠시 들어가 고개를 좌우로 기울이며 어깨를 주무르고 있는데 뒤편에서 현우 선생님이 따라 들어오며 말을 걸었다.

"강 선생, 나 진료 끝나고 친구들 만나러 가는데 같이 가자."

"네? 제가 왜요?"

자기 친구들 만나는데 내가 왜 거길 나가? 인상을 찌푸리며 쳐다보는데도 현우 선생님은 계속 히죽거렸다. 뭔가 재밌는 걸 계획하는 얼굴이었다.

"어차피 집에 가서 발 닦고 TV나 볼 거잖아. 원래 사람이란 여럿이 어울려야 사는 사회적 동물이라고. 새로운 사람도 만나 보고 좋잖아. 어때? 갈 거지?"

"혹시 저 소개팅시켜 주려고 하는 건 아니죠?"

현우 선생님에게 의혹의 눈초리를 보내는데 마침 박 선생님이 열린 문틈 사이로 얼굴을 들이밀더니 불쑥 대화에 껴들었다.

"엥? 소개팅이요? 이현우 선생님, 그렇다면 그거 배신인 거 같은데……. 근데 어떤 사람인데요?"

나는 내 편을 들어 주는가 싶더니 금세 장난기로 돌아서 버리는 박 선생님을 흘겨보았다.

"치, 두 분 모두 저 놀리는 게 그렇게 재밌으세요?"

"누가 놀린다고 그래? 같이 놀자는 게 놀리는 거야?"

현우 선생님이 도리어 인상을 썼다. 그래 봤자 하나도 안 무섭지만.

마침 원장님이 엑스레이 필름을 들고 휴게실로 들어오다 무슨 상황인지 우리들을 둘러보셨다.

"밖에 환자들 기다리는데 다들 여기서 뭐 하는 거야?"

"원장님, 이현우 선생님이 강 선생님 소개팅시켜 준대요."

박 선생님이 고새를 못 참고 쪼르르 일러바쳤다.

"아, 원장님, 그게 아니고요, 현우 선생님이 친구 모임에 같이 나가자고 그러시는 거예요."

내가 당황해서 손사래를 치자, 원장님은 눈만 굴려서 현우 선생님과 나를 번갈아 보시더니 가타부타 대답 없이 그냥 방을 나가셨다. 박 선생님도 우리 눈치를 살피더니 원장님을 뒤따라 잽싸게 나갔다.

"아 씨, 박 선생님은 아버지한테 그걸 일러바치냐. 나중에 한 소리 듣겠네."

현우 선생님은 머리를 긁적거리며 투덜거렸다. 그 모습이 우스웠지만 물어보지도 않고 자기 마음대로 일정을 정한 게 얄미워 핀잔을 놓았다.

"그렇게 자신도 없는 사람한테 절 소개하려고 하신 거예요? 정말 원장님한테 꼭 혼내 주시라고 말씀드려야겠네요."

"내가 언제 자신 없는 사람이랬어? 같이 모임 나갔다가 서로 마음에 들면 다리나 놔 줄까 했던 거지. 어휴, 내가 팔자에 없는 중매쟁이 좀 하려다 발등 찍는다. 에잇, 몰라."

현우 선생님은 저 혼자 삐쳐서 방을 나가 버렸다. 누가 뭐라 그랬나? 괜히 가만있는 사람 건드리니까 그랬지.

정수기에서 차가운 물을 받아 들고 휴게실에 있는 작은 창 앞으로 갔다. 밝은 여름 햇빛이 아직 찬란한 토요일 오후였다.

어제 준석을 만나지 않았다면 오늘 현우 선생님을 따라나섰을까? 그랬을지도 모르겠다. 남자를 만나 본 지 꽤 된 터였다. 아니, 새로운 사람을 만나지 않은 지도 한참 되었다. 요즘은 모든 것에 심드렁해져 아무것도 재미가 없던 차였다.

하지만 나에게는 내가 우울감에 빠질 만하면 새롭게 도전할 만한 것을 찾는 이상한 파워가 있었다. 정신과 전공이 아니기에 이것을 정확하게 뭐라 이름 붙이는지는 모르겠지만, 일종의 방어기제가 아닌가 싶다. 스스로를 망치는 일에 대한 강한 거부감 같은 것이다. 그리고 요즈음 내게 스멀스멀 달려들었던 무기력감은 어제 준석을 만난 것으로 어느 정도 해소되었다.

'준석아!'

겉으로 소리를 내뱉지 않아도, 마음속으로 살며시 불러 보기만 하여도 기분이 좋아지는 이름이었다.

"나 어떡하냐?"

봄바람에 살랑거리는 처녀처럼 준석만 생각하면 어수선해지는 마음을 어찌할 수가 없었다. 진짜 나 어떻게 해야 할까.

그때 똑똑 문 두드리는 소리가 나더니 조무사 선생님이 얼굴만 들이밀고 말을 걸었다.

"강 선생님, 이현우 선생님께서 빨리 나와서 일하시래요."

나이 어린 조무사 선생님은 무슨 일이 있었는지 다 안다는 듯이 킥킥대며 말을 전하고는 다시 방을 나갔다. 그래, 일을 해야지. 일 안 하면 누가 나 밥 먹여 주나. 혼잣말인데도 마치 트로트 노래처럼 흘러나왔다. 이거 참 중증이로군.

휴게실 밖으로 나가자 현우 선생님이 마스크 위로 쌩하니 차가운 눈빛만 날리고는 다시 일에 집중하였다. 그러거나 말거나 나는 나에게 맡겨진 유니트체어(Unitchair, 치과 진료용 의자)로 향했다. 앞으로 한 시간만 버티면 오늘 진료도 끝이다!

진료를 끝내고 가방을 들고 나서는데 웬일로 아직까지 퇴근하지 않고 있던 현우 선생님이 내 뒤를 따라나섰다.

"정말 같이 안 갈 거야?"

"오늘따라 왜 그래요? 쿨하지 못하게."

졸랑졸랑 내 뒤를 따라오는 현우 선생님을 밉지 않게 흘겨보면서 나는 내 갈 길을 향했다. 건물 밖으로 나오자 더운 열기가 훅 나를 감쌌다. 종일 에어컨에 식어 있던 몸에 열기가 흘러 들어 오며 다시 몸이 살아 움직이는 것 같았다. 물론 기분 좋은 것도 잠깐이었지만.

"대학 친구들 모임이야. 나랑 같은 학번 모임이지만 후배들도 온다고. 괜찮은 애들도 있는데, 한번 만나 보지 그래?"

나는 걸음을 멈추고 현우 선생님을 빤히 쳐다보았다. 내가 멀뚱히 자기를 쳐다보고만 있자 현우 선생님도 눈을 크게 뜨고 나를 바라보았다.

"선생님, 갑자기 왜 그러세요? 저 심심해 보여요?"

"강 선생이야 당연히 맨날 심심해 보이지."

현우 선생님은 별 싱거운 말을 다 들었다는 듯이 코웃음을 쳤다.

"저 안 심심해요. 혼자서도 잘 놀아요. 아시잖아요."

점잖게 거절의 말을 돌리고 다시 발길을 옮기려는데, 어라? 병원 입구 가로수 옆에 서 있는 저 남자, 준석이 아니야?

준석은 내가 현우 선생님과 실랑이를 벌이는 것을 다 지켜본 모양인지 내게서 눈을 떼지 않고 있었다. 표정이 심상치 않은 것이 내가 무슨 일을 당하고 있지나 않은지 걱정하는 것처럼도 보였다.

"그리고 저 약속 있어요."

뒤에서 현우 선생님이 나를 잡을 새도 없이 나는 총알같이 준석을 향해 달려 나갔다.

"준석아, 여긴 웬일이야?"

준석은 내가 가까이 가자 내 어깨에 손을 얹으면서도 나는 보지 않고 내 뒤의 현우 선생님에게만 관심이 있는 것 같았다. 슬며시 뒤를 돌아보자 현우 선생님은 우리 둘을 바라보며 뭐라 중얼거리더니 머리를 긁적이며 다시 건물 안으로 들어갔다. 그러든지 말든지 나에겐 현우 선생님이 아니라 오로지 앞에 있는 준석이 전부였다.

"저 사람, 누구예요?"

"현우 선생님? 우리 병원에서 같이 근무하는 선생님이야."

"혹시 누나 괴롭히는 거예요?"

"뭐어? 얘는, 내가 초딩이니?"

어이가 없어 풋 웃고 말았다. 하지만 준석은 별로 웃고 싶은 기분이 아니었는지 눈살만 찌푸렸다.

"초딩만 괴롭히나요? 힘들게 하면 저한테 말해요. 제가 혼내 줄게요."

때 아닌 슈퍼맨 흉내를 내는 준석이 우스워 나는 크게 웃고 말았다.

"뭐야, 너. 갑자기 나타나서는 이상한 오해나 하고. 현우 선생님은 그런 사람 아니야. 오늘 나 소개팅시켜 준다고 그랬는데, 내가 안 한다고 하니까 자꾸 하라고 권하는 중이었어."

"네? 소개팅이요?"

준석은 놀란 눈빛을 보내왔다.

"왜? 난 소개팅 좀 하면 안 돼?"

내가 팔짱을 끼며 화난 척 말을 하자, 준석은 당황한 듯 말을 더듬었다.

"아니, 그런 게 아니라……."

"근데 너, 여긴 웬일이야?"

나는 머뭇거리는 준석을 기다리지 못하고 다그쳤다.

"아, 누나 만나러 왔어요."

"날? 왜? 우리 어제도 만났잖아."

"뭐, 그냥요. 토요일 오후인데 딱히 할 일도 없고……, 누나 약속 없으면 저녁이나 같이 먹을까 해서……."

주저리주저리 변명을 늘어놓는 것이 나를 만나러 온 다른 이유는 없는 듯했다. 정말 '그냥' 나를 만나러 왔단 말이야? '그냥' 내가 보고 싶어서?

"나 약속 있으면 어떡하려고 했는데?"

"아, 누나 약속 있어요?"

준석은 무척 실망스런 표정이었다. 그 얼굴이 딱했지만 뭘 믿고 미리 약속도 안 잡고 왔는지 혼을 좀 내야 했다.

"전화는 뭐에 쓰니? 미리 약속 잡으면 됐잖아. 오늘 출근했던 거야?"

캐주얼한 셔츠와 바지 차림이 출근복은 아니었지만 그래도 혹시나 싶어 물어보았다.

"아니요. 집에서 나왔어요."

"그런데?"

"어차피 누나 진료 끝나고 나올 테니까 기다리면 얼굴은 볼 수 있겠다 싶었죠."

"그러면 어디 들어가서나 있지 더운데 여기 서 있었던 거야?"

"별로 안 더웠어요."

준석이 씩 웃으며 말했지만 몸에서 느껴지는 열기가 그렇지 않다고 말해 주었다.

"참 나."

나는 팔짱을 끼고는 인상을 찌푸렸다.

'이 사태를 어찌해야 하나.'

무엇보다도 나를 심란하게 하는 것은 바로 준석이 찾아온 것이 절대 싫지 않다는 점이었다. 왜 나를 찾아온 걸까? 어제도 늦게까지 같이 있었건만. 그런데 왜 연락도 없이?

"누나, 약속 어디예요? 갈 거면 내가 데려다 줄게요. 차 가지고 왔어요."

아까 보이던 실망감은 어디로 갔는지 준석은 성실한 얼굴로 선뜻 내 기사가 되어 주겠다고 나섰다. 그 얼굴에 져 버린 나는 어쩔 수 없다고 고개를 흔들고 말았다.

"나 약속 없어. 어디 가서 밥이나 먹자. 차는 어디 뒀는데?"

"아, 그래요?"

내 한마디에 다시 활짝 피어나는 준석의 미소는, 정말이지 꼭 고등학교 때로 돌아간 것만 같았다. 얘는 대체 나의 어떤 점을 보고 이렇게 나를 좋아해 주는 걸까?

"백준석 씨, 차 어디 됐냐고."

"이 건물 지하 주차장에요."

싱글거리며 내 얼굴만 내려다보던 준석을 다그쳐 함께 주차장으로 향했다. 나는 차를 가지고 다니지 않기 때문에 지하 주차장에 내려오는 건 현우 선생님 차를 얻어 탈 때뿐이었다. 한 남자가 나를 데리러 와 준 것이 이렇게 가슴 두근거리는 일일 줄이야. 주차 타워에서 차가 나오기를 기다리고 차에 올라탈 때까지도 괜스레 가슴이 두방망이질 쳐서 감히 준석에게 말을 걸지 못했다.

준석의 차는 너무나 당연하게도 자기가 다니는 회사의 차였다. 하지만 연식이 좀 지난 걸 보니 몰고 다닌 지 오래됐거나 중고차를 산 모양이었다. 자기 아버지가 그 회사 사장님인데 말이다. 평소 유명한 브랜드의 외제차를 타고 다니며 우습지도 않게 거들먹거리는 남자들을 안 좋아하는 편이었는데, 이런 점조차 준석은 꼭 마음에 들었다.

"배고파요? 뭐 먹을까요?"

"무지 배고파. 그냥 아무거나 빨리 먹을 수 있는 거면 무조건 오케이."

진료에 온 신경을 쏟아 붓다가 퇴근을 하게 되면 참을 수 없이 허기가 밀려왔다. 그래서 어떤 때는 집에 가다가 중간에 밥을 사 먹고 들어간 적도 있었다.

"그렇게 배고파요? 어쩐다? 그럼 일단 가까운 데로 가죠."

토요일 오후라 강남의 거리는 차들로 북적였다. 그런 교통 사정을 감안했는지 준석이 안내한 곳은 병원에서 얼마 멀지 않은 패밀리 레스토랑이었다. 토요일이라 대기하는 사람이 많은 편이었지만, 아직 5시로 식사 시간이 아니어서 자리는 바로 잡을 수 있었다. 샐러드와 파스타, 스테이크를 주문하고는 미리 준비해 준 빵을 한 조각 잘라 버터를 바르고 입에 넣기부터 했다.

"뭘 그렇게 봐? 넌 안 먹어?"

내가 너무했나? 배가 고프면 주위 신경 쓰지 않고 내 밥부터 챙기는 성질이 그대로 나온 모양이었다. 준석은 편안히 의자에 등을 기대고 내 모습만 지켜보고 있었다.

"먹지 않아도 배부르다는 말이 무슨 뜻인지 알겠어요."

준석이 풋 웃으며 말했다.

"그 아빠 미소는 뭐야. 나 무지 배고팠단 말이야. 남 밥 먹는 거 첨 보니?"

내가 투덜대자 준석이 참았던 웃음을 터뜨렸다. 나는 부끄러운 마음에 얼굴이 붉어졌다. 어두컴컴한 조명 아래여서 쉽게 눈에 띄지는 않겠지만 그 얼굴을 감추려 고개를 숙이고 빵 먹는 것에 더욱 집중했다.

"너무 많이 먹지 마요. 메인으로 배를 채워야죠."

내가 빵을 절반쯤 먹고 더 먹으려 손을 내밀자 준석은 아예 빵 접시를 옆으로 치워 버렸다. 그 말도 틀린 것은 아니어서 일단 물을 한 모금 마시고 주문한 음식이 나오기를 기다리기로 했다. 준석은 테이블 건너편에서 지그시 나를 바라보고만 있었다. 그 눈길이 어색해 화젯거리를 생각하려 했지만 도통 떠오르는 것이 없었다.

'무슨 말을 해야 하지? 오늘 같은 날은 애인이랑 놀아야지 뭐하러 날 만나러 왔냐고? 아니다. 너무 속 들여다보이잖아. 그럼 보통 토요일엔 뭘 하고 지내느냐고? 이건 꼭 맞선용 질문 같고. 아 씨, 이럴 때 화제는 뭘 꺼내야 하는 거야?'

오랜만에 만난 고등학교 후배였지만 그 반가움은 어제부로 해소되었다. 한 번쯤은 시답지 않은 주제로 신나게 떠들어 줄 수 있지만, 바로 다음 날 다시 만나게 되면 그 효과도 떨어지기 마련 아닌가. 오늘은 어느 정도 속사성도 꺼내야 할 텐데, 과연 그런 주제를 준석과 함께 나눌 수 있을까? 아니, 준석과 그런 자세한 이야기는 하고 싶지 않았다.

그런데 둘 사이의 어색한 침묵을 준석이 먼저 깼다.

"누나, 소개팅 많이 해요?"

"응? 소개팅?"

"누나 인기 많을 것 같아요. 예전에도 그랬지만."

"어, 뭐……, 좀 그렇지."

이 녀석, 참 질문을 요상하게도 한다. 30대 이혼녀가 남자한테 인기가 많다고 말하기도 그렇고, 그렇다고 인기가 없다–사실 어디를 가더라도 인기가 없다고 생각한 적은 한 번도 없었지만–고 말하기도 애매하지 않은가. 어쨌건 당하고만 있으면 강효진이 아니지. 나는 바로 질문을 되돌렸다.

"넌 어떤데? 만나는 여자 없어?"

"지금은 없어요."

지금은? 호오, 예전에는 있었단 말이군. 그리고 얼마 전 장례식장에서 보았던 그 아가씨는 확실히 사귀는 사람이 아니다, 이 말이렷다.

"왜? 집에서 결혼하라고 하시지 않아?"

"물론 하시죠. 그런데 마음에 드는 여자가 있어야 뭐라도 할 거 아니에요."

준석은 재미있다는 듯이 웃었다. 이 녀석, 능청이야, 진짜야?

"넌 어떤 여자가 마음에 드는데?"

내 말이 끝나자마자 갑자기 준석이 입을 닫고 나를 빤히 쳐다보는데 내가 무슨 말실수를 했나 싶었다.

"그냥 제 마음에 들어오는 사람이면 좋죠. 그런데 그런 여자가 별로 없더라고요."

별로 없다고? 그럼 있기는 했다는 뜻?

"준석아, 너 너무 눈이 높은 거 아니니? 이 세상에서 젤 어려운 조건이 마음에 드는 사람이란다. 그런 사람 찾다가 좋은 시절 보내지 말고, 괜찮다 생각되는 사람 만나면 계속 진행하는 것도 좋아."

세상에 마음에 꼭 맞는 사람이 어디 있을까. 내 자신도 내 마음에 들지 않는 판국에. 철모르는 소리를 늘어놓는 준석이 너무 어려 보여 속으로 혀를 끌끌 찼다. 결혼을 안 할 거면 모를까, 할 거면 빨리 사람을 찾아야지. 괜히 두루뭉술하게 겉포 장만 하다가 시간만 허비하게 된다는 걸 모르나?

마침 주문한 음식이 나왔다. 나는 뭔가 의미심장한 눈빛을 보내는 준석을 무시하며 먹는 것에 열중했다. 준석을 만나서 함께 시간을 보내는 것은 나를 위한 작은 선물이었지만, 그렇 다고 절대 그 이상을 바라는 것은 아니었다. 그럴 상황도, 조건 도 아니었다. 준석과는 친구 사이 그 이상도 그 이하도 아니었 으며 앞으로도 그럴 것이다. 그래야 한 번이라도 더 만나 볼 수 있을 테니까.

어느 정도 배가 차오르자 그제야 겨우 사리 분별이 되는 것 같았다. 나를 한 번씩 보며 싱긋싱긋 웃어 보이는 준석은 이 자리가 마냥 만족스러운 듯했다. 하지만 나로서는 아무래도 편한 자리는 아니었다. 데이트도 아니고―절대!―, 그렇다고 심심한 친구끼리 만나서 밥이나 한번 먹는 것도 아닌 이상한 자리였다.

"다음엔 미리 전화를 줬으면 좋겠어. 오늘이야 마침 약속도 없고 해서 괜찮았지만, 만약 선약이 있었으면 어쩔 뻔했어?"

현우 선생님까지 봤으니 월요일에 출근하면 뭐라 놀려 댈 까? 생각만 해도 짜증이 났다.

"다음에 또 만나러 와도 돼요? 미리 전화만 하면요?"

준석은 아주 기분 좋은 표정이었다.

"아, 내 말은 그런 게 아니라……. 참, 내가 아무리 말을 개 떡같이 해도 좀 찰떡같이 알아들으면 안 되니?"

어휴, 속 터져. 다른 친구들처럼 가끔 한 번씩만 만나자는 말을 어떻게 하지? 원래 그래야 하는 거잖아! 이렇게 계속 만나자고 하면 나보고 어쩌라는 건데. 답답한 마음에 인상만 구기고 있는 나를 보면서도 준석은 계속 아빠 미소만 짓고 있을 뿐이었다.

"우리 나가요."

"여기 디저트로 커피 나와. 커피 마시고 나가야지."

"더 맛있는 커피 먹으러 가요."

준석은 지나가던 직원에게 계산을 부탁하며 선뜻 자기 카드를 내밀었다.

"에이, 뭐야. 어제도 네가 계산했잖아. 오늘은 내가 낼게."

그러나 어제의 빚을 갚으려던 나의 의도는 준석에게 깨끗이 무산되었다. 자꾸 준석의 뜻대로 일이 돌아가는 것 같아 짜증을 내는 나를 다독거리면서 준석은 나를 이끌고 레스토랑 밖으로 나왔다.

"그러면 커피는 누나가 사요. 그러면 되잖아요."

어이없어 하는 나를 보며 준석은 또 싱긋 웃었다.

"넌 도대체 내가 몇 살로 보이는 거니? 그리고 그 아빠 미소 좀 그만하면 안 될까?"

"누나 보고 있는 것만으로도 좋아서 그래요. 그런데 내가 웃는 게 그렇게 이상해요?"

"어휴, 내가 말을 말자."

아무래도 안 되겠다. 이 녀석, 내가 선배라는 걸 까먹은 거 아닐까?

"밥도 먹었겠다, 이 저녁에 웬 커피니? 술이나 마시러 가자. 참, 너 차는 어떻게 할래?"

"술 마시고 싶어요? 그럼 이따가 대리 부르죠, 뭐. 어디로 갈까요?"

준석의 차에 함께 올라탄 후, 나는 내가 가끔 가는 바의 위치를 알려 주었다. 너무 조용하지도, 시끄럽지도 않아 혼자 술 마시기 좋은 곳이었다. 여자 혼자 술을 마신다고 해서 남자들이 집적거리지 않아서 좋기도 했다. 물론 남자들이 전혀 접근하지 않았다는 뜻이 아니라, 거절의 말을 조용히 받아들일 줄 아는 수준의 남자들이라고 할까. 내가 일부러 이 바에 가자고 했던 것은 준석이 왠지 모르게 나에게 환상 같은 것을 가지고 있는 것처럼 보였기 때문이었다.

어렸을 때 헤어지고 난 후, 우리는 성인이 되어 다시 만났다. 나는 이미 결혼도 해 봤고, 이혼까지 했다. 준석은 예전에 알았던 강효진과는 다른 '때 묻은 어른' 강효진을 알아야 했다.

바에 들어서자 바텐더가 고개를 꾸벅하며 아는 척을 했다. 나도 한번 웃어 주고는 안쪽으로 들어가 바에 앉았다. 술 마시기에는 조금 이른 시간이어서 그런지 다른 손님들은 별로 많지 않았다.

나는 키핑해 놓았던 코냑을 주문했다. 바텐더가 준석과 나에게 서빙하면서 말을 건넸다.

"오랜만에 오셨네요. 바쁘셨나 봐요."

"네, 좀 그랬네요."

"주로 혼자 오시더니 오늘은 친구분하고 오셨네요."

"친구 아니에요. 학교 후배예요."

나랑 나이 차이 별로 안 날 것 같은 바텐더는 이곳 사장이었다. 우스갯소리겠지만 술을 좋아해서 술집을 차렸고, 술을 서빙하는 걸 직업으로 삼았다나. 아무리 술을 좋아한다고 해도 30대의 나이에 강남에 이런 바를 차릴 수 있는 사람이 몇이나 있겠는가. 참 팔자 좋은 사람이었다.

바텐더는 학교 후배라고 못 박는 나를 보며 의미심장하게 씩 웃더니 다른 손님을 서빙하기 위해 자리를 옮겼다.

'왜 웃는 거야?'

바텐더와 아는 척을 하고는 있지만 딱히 바텐더가 마음에 들어서 이곳에 오는 건 아니었다. 나에겐 그저 가볍게 한잔하면서 적당히 시간 보내기에 적당한 곳이었을 뿐이니까. 조금 기분이 상하려 했지만 옆에 있는 준석을 생각해서 풀기로 했다. 어차피 이 순간 나에게 중요한 사람은 준석 아니던가.

"마시자."

준석과 술을 마시는 것도 이번이 두 번째. 어제는 마주 보고 앉아서 마셨지만, 오늘은 나란히 앉아서 마시고 있었다.

대체 이 녀석이 나에게 바라는 것은 무엇일까? 혼자서는 도저히 내릴 수 없는 답이었지만, 그렇다고 물어보기도 싫었다. 확답이 내려지는 순간 아무것도 바꿀 수 없는 상황이 올까 봐 두려웠다. 준석도 생각에 잠겼는지 아무 말도 하지 않아 우리는 조용히 술만 마셨다.

"자주 오는 곳인가 봐요."

"여기? 술 마시고 싶을 때 가끔 와. 바텐더 아저씨도 꽤 친절하고."

내가 말을 하는데도 대답이 없어 슬쩍 돌아보니 준석은 바의 저쪽 끝에서 다른 손님과 대화를 나누며 웃고 있는 바텐더를 지켜보고 있었다. 그때 뒤에서 누군가 나를 불렀다.

"효진 씨, 오랜만이에요."

고개를 돌려 뒤를 돌아보니 1년 전쯤에 한 번 만났던 남자였다. 이름은 기억나지 않았지만, 조용히 웃는 얼굴이 꽤 괜찮은 사람이었다.

"안녕하세요? 잘 지내시죠?"

"네, 효진 씨도 잘 지내시죠?"

"네, 그럭저럭요."

"오늘은 동행이 있으시군요. 간만에 한잔했으면 했는데."

"네, 그러네요."

"그럼 다음 기회에."

정말 싱거운 사람이었다. 딱히 할 얘기도 없으면서 뭐하러 아는 척을 하는 건지. 뭐 하는 사람이라고 그랬더라? 변호사라고 했던가? 조용한 사람이어서 괜찮다고 생각했다가 너무 조용해서 별로라고 결론 내렸던 사람이었다.

자신의 자리로 돌아가 다시 혼자 술잔을 기울이는 남자를 바라보며 피식거리다가 준석이 나를 쳐다보고 있는 것을 깨달고 아차 싶었다. 아무리 어른이 된 내 모습을 보여 주고 싶어서 데리고 왔다고 해도 이렇게 남자가 들끓는 것 같은 인상을 주려 한 건 아니었는데. 내 자신을 그렇게 용납하는 편도 아니었고, 실제로 그런 적도 없었다. 하필 왜 다들 오늘 아는 척을 하고 난리지? 혼자 있을 땐 말도 안 걸면서 말이야.

"아, 미안. 조금 아는 사람."

"그런 것 같아요."

준석은 괜찮다고 고개를 끄덕여 주었다. 아빠 미소는 조금 수그러들었지만.

"이노무 인기는 어딜 가도 사라지지가 않아서 말이지."

"알아요."

기분 좋아했던 준석의 표정이 한풀 꺾인 것 같아 괜스레 변명이 길어졌다. 이 녀석, 왜 이러지? 예전에 알고 있던 밝고 활기찼던 모습이 아니라 생각 외로 차분해지고 조용해졌다고 할까. 단지 나이 들어서라는 이유만으로는 설명되지 않는 부분이 있었다.

"너도 인기 많았잖아. 너 좋다고 쫓아다니는 여자애들이 얼마나 많았니. 지금도 그렇지?"

"뭐, 그런 적도 있었죠."

준석의 기분은 자꾸 가라앉고 있었다. 여기 괜히 데리고 왔나? 차라리 시끄러운 호프집이라도 갔으면 주위의 소란 때문에라도 이렇게 되지는 않았을 텐데.

"좀 초조해지네요."

"응? 뭐가?"

준석은 남은 술을 한 번에 들이켜더니 술잔에 다시 술을 따랐다.

"누나 때문에요. 간만에 만나게 돼서 마냥 좋다고 했더니 주위에 남자가 너무 많아."

"무슨 소리를 하는 거야?"

뜻 모를 소리를 하는 준석을 다그쳤지만 그저 쓴웃음만 지을 뿐 더 이상 말을 해 주지 않았다. 말없이 술잔만 기울이는 준석을 보다 못해 나는 빨리 대리 기사를 부르라고 성화를 해댄 후 계산을 마치고 자리를 나왔다.

저녁을 일찍 먹었더니 술자리까지 가졌어도 아직 9시밖에 안 되었다. 내일은 휴일인데. 참, 집에 가기도 어정쩡한 시간이었다.

대리 기사를 기다리며 가게 앞에 서 있는데 준석이 담배를 꺼내 물었다.

"담배 한 대 필게요."

"어? 어."

준석이 내 앞에서 담배를 피운 적은 한 번도 없었다. 예전엔 학생이기도 했고 내가 극도로 담배를 싫어해서 그랬겠지만, 당당히 담배를 피우겠다고 내 앞에서 말을 하고 담배를 태우는 준석을 보니 새삼 세월이 흘러간 것을 느끼게 되었다.

"누나는 치과 의사 하는 게 잘 맞나 봐요."

"그래 보여? 딱히 틀린 말도 아니지만, 뭐 그냥 일이니까."

"아뇨. 정말 좋아하는 것처럼 보여요."

혹시나 나에게 연기가 흘러올까 한 발짝 떨어져 담배를 피우던 준석이 한 대를 다 태우고 나서 다시 내 곁으로 돌아왔다.

"정말 좋아한다기보다는⋯⋯, 음, 직업이니까. 먹고살기 위해서 억지로 하는 것보다는 좋아하면서 하는 게 낫겠거니 하는 생각이지."

"오랜만에 봤는데도 누나는 여전하네요."

"그래? 어떤 점이?"

"누나는 자기 세계가 뚜렷하죠. 자기 세계를 만들고 그 세계 안에서 자기 맘대로 살아 나가는 방법을 확실히 아는 것 같아요."

"그게 뭐야. 칭찬이야, 욕이야?"

무슨 뜻인지 알 수가 없어서 인상을 찌푸렸더니 준석이 풋 웃으며 손가락으로 내 미간의 주름을 눌러 펴 주었다.

"칭찬이에요. 엄청 부러워서 하는 소리예요."

"별걸 다 부러워하네."

마침 대리 기사가 오는 바람에 우리는 차를 타고 우선 내 집으로 향했다.

"또 연락해도 돼요?"

그냥 타고 가라고 해도 준석은 부득불 내려 또다시 아파트 입구까지 나를 바래다주었다.

"어? 그⋯⋯래. 그런데 설마 내일 또 오려는 건 아니지?"

나는 준석의 어깨를 툭 치며 푸하하 웃음을 터뜨렸다. 장

난처럼 답했지만 너무 자주 오는 건 실례라고 돌려 말한 것이
었다.

"너무 오래 헤어져 있어서 그런지 누나에 대해 모르는 부분
이 무척 많군요. 더 알고 싶은데……, 그래도 되죠?"

애가 지금 무슨 소리를 하는 거야? 나는 눈이 동그래져서 준
석을 쳐다보았다. 준석은 더할 나위 없이 진지한 얼굴이었다.

"그냥 한 번씩 만나서 그때그때 재밌게 놀면 되지, 뭘 그렇
게 심각하게 굴어? 가끔 술 마시고 싶은데 같이 마실 사람 없
으면 연락해. 그럼 같이 놀아 줄게. 알았지? 잘 가."

돌아보지도 않고 손을 흔들어 준석에게 인사를 남기고 들어
가는데, 꼭 데쟈뷰 같았다. 아니, 바로 어제 했던 일이었군.

'불길해.'

나는 내 뒤의 어딘가에서 내가 사라질 때까지 쳐다보고 있
을 누군가의 시선을 피해 잽싸게 발을 놀려 엘리베이터 안으로
숨어 버렸다.

Step 4

The Date

데이트

준석과 만나고 일주일이 지났다. 그런데 또 연락하겠다는 그의 말이 자꾸 귀에 맴돌아 하릴없이 휴대폰만 만지작거리고 있었다.

오늘은 토요일. 오후 4시에 진료가 끝나면 내일 일요일까지 나의 시간은 비어 있다. 주말 동안 나는 또 휴대폰만 바라보며 준석의 연락을 기다려야 하는 걸까. 아니, 다시 연락이 올 그날 까지 나는 준석을 기다려야 하는 걸까. 그가 원한다는 핑계로 나는 계속 준석을 만나도 되는 걸까. 내가 백준석이란 남자에 게 그렇게 의미를 두어도 될까……

준석을 계속 만나고 싶은 마음이 없는 것은 아니었다. 솔직 히 너무 강렬해서 무서울 정도였다. 예전부터 준석은 내가 좋아할 구석이 많은 녀석이었으니까. 생김새, 성격, 나를 좋아해 주는 마음까지도.

하지만 벌써 10년도 넘게 훌쩍 지나 버렸다. 세월의 내력이라는 게 만만치가 않아서 예전 모습만 바라보다가는 큰코다칠 수가 있었다. 준석이 나를 보는 시선이 예전과 비슷하다고 해서 내가 예전의 모습은 아니지 않은가. 그만큼 준석도 달라졌을 것이다. 나를 바라보고만 있어도 그저 좋아 한숨을 내쉬던 녀석은 이제 변했을 것이다. 아니, 없어졌을 것이다. 우리는 그저 순수했던 청춘이 아쉬워 어떻게든 그 끝을 마무리해 보고 싶은 그런 마음일 것이다.

'앞으로 우리에게 어떤 시작이 가능할 것 같아? 아무것도 기대해선 안 돼, 강효진.'

그래도 이번에 그만두자고 하는 건 준석이었으면 좋겠다는 생각이 들었다. 그렇게 되면 무척 서글퍼지긴 하겠지만.

그래, 한 번쯤은 허심탄회하게 준석을 만나 보자. 그래서 조금은 솔직하게 이야기를 해 보고, 여전히 마음이 맞는다면 1년에 한두 번쯤 만나는 동창처럼 어쩌다 만나면 반가운 사이로 남으면 좋겠다. 한 번이라도 더 만나고 싶은 미련 같지만⋯⋯, 그래, 이게 준석과 나의 정답이다.

그렇게 결정했다.

뜻밖에도 준석에게 문자가 온 건 그날 진료가 끝날 무렵이었다. 이번에는 저번의 병원 옆 카페에 있겠다고 했다.

"나한테 다른 약속 있으면 어떻게 하려고 매번 느닷없이 연락하는 거니?"

황당하면서도 기쁘기도 하니 이 마음을 어찌해야 할까. 괜스레 준석을 타박했다.

"약속 있으면 다음에 만나면 되죠."

준석은 그저 자기를 만나러 와 준 내가 기쁜지 싱글벙글이었다.

저녁 먹기는 조금 이른 시간이라 나도 커피 한 잔을 주문해서 마시기로 했다. 저물고 있기는 했지만 아직은 따가운 햇살이 좋았다. 왠지 피부를 소독시켜 주는 느낌이랄까. 나 같은 오피스형 인간들은 가끔씩 의식적으로라도 햇볕을 쬐어 줘야 한다. 마치 화분의 식물처럼.

"회사 출근한 거야? 아님, 집에서?"

준석은 여름용 네이비블루 재킷에 스트라이프 셔츠 차림이었다. 친구 만나러 나올 때 옷차림은 아닌 것 같은데⋯⋯.

"오늘은 누나 만날 거 생각해서 오전에 출근했어요."

"그랬구나. 그러다 공치면 어쩌려고 했는데?"

"그래도 병원 문 앞에서 지키고 있다 보면 얼굴은 볼 수 있으니까요."

"뭐어? 그렇게 말하니까 꼭 스토커 같잖아."

병원 홈페이지 덕분에 알려고만 들면 세상 사람들 다 알 수 있는 진료 시간이었다. 이렇게 되면 옴짝달싹할 것 없이 준석의 손바닥 안에 놓인 셈인가.

"원래 제가 강효진 스토커였죠. 고등학교 때도 누나 스케줄다 꿰고 있었는데요, 뭐."

"그게 그렇게 자랑스러워? 나이도 먹을 만큼 먹어 놓고선, 쯧쯧."

우리는 서로 쳐다보다 풋 웃고 말았다. 그만큼 전교생이 다 아는 짝사랑이었고, 외사랑이었다. 심지어 선생님들도 준석이 나를 좋아한다는 사실을 알고 계실 정도였다.

선생님들은 초반엔 우리 둘을 불러 주의를 준다거나 하며 긴장하셨지만, 딱히 우리 둘이 성적이 떨어진다거나 공부에 방해될 그 어떤 짓도 벌이지 않는다는 사실을 아시고선 그 이후엔 다들 재밌어 하는 분위기였다. 내가 지나가면 2학년인 준석의 친구들이 '준석아!'라고 부르며 설레발쳤고, 준석이 혹 눈에 보일라치면 내 친구들이 나를 소리쳐 부르며 까르르 웃어 댔다. 그때를 생각하면 지금도 그저 웃음이 난다. 그만큼 모두들 순수했고, 즐겁고 예쁘게 우리를 보아 주었다.

"토요일까지 일해야 하고. 많이 바쁜 모양이네."

"바쁘긴 하지만 주말엔 쉬려고 하는 편이에요. 오늘은 누나 보러 나올 거라 일부러 출근한 거지만."

준석은 아직도 꼬박꼬박 존대하며 '누나'라고 부르고 있었다. 처음에는 만났다는 것 하나만으로도 반가워서 그리 어색한 것을 못 느꼈는데, 지금은 뭐랄까, 너무 친근하게 다가온다고 할까. 좀 느끼하지 않나? 이 나이쯤 되니 헤어숍이며, 술집에서까지 '누님'이라는 소리를 많이 듣는데, 나는 그럴 때마다 등골에 개미가 기어가는 느낌이 들곤 했다.

"저기, '누나'라는 호칭 좀 어색하지 않아? 그냥 선배라고 부르지?"

"아, 듣기 싫어요?"

"나이 차이 얼마 나지도 않는데 꼬박꼬박 존대 듣기도 뭐해서. 그냥 선배라고 부르고 말 놓자, 우리."

고작 한 살 차이에 너무 깍듯이 대접받는 것 같아 왠지 억울했다. 이젠 피차 사회인이 되었고, 같이 늙어 가는 처지에 굳이 이런 거 따지고 살면 뭐하겠는가.

"정말 말 놔도 돼요?"

준석이 너무나 반색하니 갑자기 손해 보는 기분이었다.

"아냐, 아냐. 그런 게 어딨어. 한 번 선배면 영원한 선배지. 그냥 물러."

"아, 낙장불입이에요. 여장부가 말을 꺼냈으면 무라도 잘라야지 그냥 집어넣는 건 법도가 아니죠. 생일도 고작 8개월밖에 차이 안 나면서."

"어어, 벌써 말 놓기 시작하네?"

"그렇게 어른 대접 받고 싶어요? 고작 8개월 가지고?"

준석이 분하다는 듯 언성을 높이다가 웃고 있는 내 얼굴을 보더니 머쓱하니 머리를 긁적였다.

"그냥 말 놓자. 그러는 게 나도 편하겠어."

"그래, 환영이야."

혁, 언어는 그것을 구사하는 인간, 그 자체였다. 준석은 언제 귀여웠던 후배였냐는 듯 곧장 남자로 내게 달려들었다.

"그런데 꼭 선배라고 불러야 돼?"

"뭐라고?"

내게 여유작작하게 웃으며 반말을 하는 준석이 너무나 이상했다. 친구처럼 말하는 준석을 바랐지만 왠지 이건 아닌 것 같은데……. 괜히 쓸데없는 짓을 한 건 아닐까. 준석이 갑자기 남자로 느껴져 혼란스러웠다.

"난 선배라고 부르기 싫은데."

"그게……, 그러니까 넌 뭐라 부르고 싶은데?"

"난 당연히 이름 부르고 싶지."

"어떻게?"

"효진아, ……이렇게."

어느새 장난기가 싹 사라진 진지한 어투였다. 그리고 준석의 입에서 '효진아' 하고 그윽하게 불리는 이름을 듣는 순간, 갑자기 멈춰 있던 기계가 움직이기 시작하듯이 심장이 두근두근 박동을 시작했다.

나는 좀 먹먹한 기분으로 그 음성을 곱씹었다. 혼자 살기 시작한 요 몇 년 동안 내 이름을 이렇게 다정하게 불러 주는 사람이 한 명도 없었다는 사실을 깨달은 것이다. 잊히지 않는 의미가 되고 싶기에 이름을 불러 달라는 시인의 말처럼 나 역시 누군가가 내 이름을 불러 주기를 애타게 기다렸던 모양이다. 왠지 눈물이 날 것 같았다.

"뭐, 좋네. 그렇게 불러. 그냥 친구처럼 지낼 건데 말끝마다 선배 소리 하는 것도 우습지. 안 그래?"

애써 밝게 웃으며 화통한 척 말을 건넸다. 그런데 좋아할 것 같았던 준석은 오히려 당황한 눈치였다.

"그런데 진짜 정말 이래도 돼요? 예전엔 말 놓는 거 싫다고, 말 놓으면 나 절대로 안 본다고 했으면서."

"그랬나?"

하긴 고3과 고2는 하늘과 땅만큼 차이가 크던 시절이기도 했다. 그리고 그 당시 나는 선임 회장으로서 준석에게 있는 폼, 없는 폼 다 잡으며 되게 잘난 척하기도 했다. 아들 3형제의 막내여서 그런지 준석은 착하고 순하기가 이를 데 없어 내가 콩을 팥이라 우겨도 '아, 그래요?' 하며 웃어넘기곤 했다. 생각해 보면 오히려 준석이 나를 봐주고 있었던 것 같다.

"너 좋을 대로 해. 난 아무래도 상관없으니까."

호칭이나 존대 같은 게 무슨 상관이란 말인가. 그저 따스한 관계 하나 늘릴 수만 있다면 그런 것쯤은 얼마든지 양보할 수 있는 문제였다.

"이거 불안한데. 정말 나중에 무르기 없는 겁니다. 약속해요."

"그래, 약속."

우리는 새끼손가락을 걸고 지장까지 찍었다.

"그런데 오늘은 어쩐 일이야?"

"보고 싶어서요. 아니, 보고 싶어서."

'처음이라 말이 잘 안 나오네' 하며 씩 웃는 준석을 바라보았다. 대화를 하다 보면 자꾸 까먹게 되지만, 눈앞의 이 녀석은 한 명의 남자였다. '혹시나'였는데 '역시나'가 된 기분은, 사실

씁쓸했다.

"이런 말 하기 싫지만……, 나 이혼녀야. 돌아온 싱글이라고. 친구로 만나는 건 좋지만, 혹시 다른 마음 가지고 있는 거면 차라리 안 만나는 게 좋을 것 같아."

선배란 게 무엇인가. 모자란 후배를 위해서 단호히 칼을 빼들어야만 했다.

"우리 만난 지 이제 보름밖에 안 됐어요. 아니, 안 됐어. 벌써 안 만난다고 하면 어떡해?"

싱글싱글 웃고 있었지만 준석의 눈은 긴장되어 있었다.

"그러니까 친구로 만나는 거면 된다고 했잖아. 그거 외엔 절대 안 돼."

"그러니까 왜 안 되는데?"

조용히 말하고 있었지만 준석의 마음이 부글부글 들끓고 있다는 것을 알 수 있었다. 테이블 위의 손이 주먹을 쥐고 움찔움찔하고 있었던 것이다. 뭔가 마음에 들지 않을 때면 하는 습관이었다.

"과연 우리에게 접점이 있을 수 있을까? 이래 봬도 나 스스로 대한민국 신붓감 1순위라고 생각하면서 살아. 하지만 0순위는 아니야. 게다가 네 기준에 맞추자면 한참 모자라는 레벨이 되겠지. 넌 이제 겨우 서른 넘었고, 초혼이야. 잘나가시는 아버지에 형제들까지 있고. 미안, 널 속물로 만들려고 말한 건 아니야. 오히려 이렇게 말하는 내가 더 속물 같네. 그래도……, 이게 현실이라고 생각해. 서른두 살이나 돼서 꿈꾸고 싶지 않아.

주위 눈 의식하지 않고 내 길만을 추구하며 살지도 못하고. 나 아직 진지한 관계 생각해 본 적 없어. 더더군다나 너와 뭔가를 시작한다는 건 있을 수도 없어. 나랑 뭔가를 꿈꾼다는 건 널 위해서도 내가 반대야. 네가 연락할 때마다 내가 만나러 나오니까 착각하는 것 같은데, 이런 식으로 할 거면 나 너 안 만나."

예전에는 어른만 되면 주위 상황 다 고려하지 않고 우리 마음에만 충실할 수 있을 거라고 생각했다. 그런데 내가 왜 이런 말을 하고 있는 걸까? 내가 왜 그렇게 싫어했던 어른들의 말을 따라 하고 있는 걸까?

"효진이 너, 변했구나."

변했다는 말에 갑자기 죄책감이 들면서 한편 마구 짜증이 났다. '뭐야?' 하면서 바로 반박하고 싶었다. 변했다는 말은 준석이 기억하는 나의 모습과 지금의 나의 모습이 많이 다르다는 뜻 아닌가.

우리가 만나지 못했던 동안 순수했던 나를 지키지 못한 건 사실이었다. 하지만 그게 내 탓만은 아니잖아? 내가 그러고 싶어서 그런 것도 아니고, 세월이 지나면서 이것저것 다 겪다 보면 다들 그러는 거지, 그게 뭐 어때서? 나는 한바탕 쏘아붙이려 성난 고양이처럼 털을 세웠다. 하지만 준석은 왠지 내가 안쓰럽다는 표정이었다. 그게 더 얄미워 그에게 바로 화살을 날렸다.

"너도 마찬가지야."

준석이 억울하다는 듯 뭐라 반박하려 했지만, 나는 무 자르

듯 그의 말에 귀를 막았다.

"그리고 네가 뭐라 말해도 내 결정은 변하지 않을 거야. 절대!"

내 말에 준석은 원망스런 표정을 지었다. 예전부터 나는 그의 얼굴이나 행동 하나만 보고도 그의 기분을 알 수 있었다. 그만큼 나에게 투명하게 속을 드러냈으니까. 그런데 그의 표정에서 나와 다시 시작할 생각을 하고 있음을 읽을 수 있었다.

아니, 다시 시작할 뭐라도 남아 있던가. 우리 사이에 남아 있는 것이라곤, 첫사랑이라고 이름 붙이기도 우스운 청춘의 미망未忘뿐인데. 장난스러웠던 입맞춤이 한 번쯤 짙은 키스로 변할 무렵 우리는 헤어졌으니까, 그것이 아쉬운 것일 것이다. 절대 그것이어야 하는데…….

준석은 화를 삭이듯 깊게 숨을 들이마시더니 나를 곧게 바라보며 말했다.

"나 장례식장에서 효진이 너 보고 지금까지 계속 생각했어. 그리고 지난주에 너 이혼했다는 말 들은 이후로도 계속 생각했어. 아니, 그때 아버님 장례식 이후부터 계속 널 생각해 왔어. 우리 안 본 지 햇수로 13년이야. 그런데 13년 만에 널 보는데도 마치 어제 본 사람 같아. 퇴근하고 집에 가서 침대에 누우면 네 생각이 나는데, 아직도 꿈만 같아. 널 진짜 만난 건지 아닌지 아직도 실감이 안 나. 그러면서 깨달았지, 그동안 난 널 너무 생. 각. 만. 한 것 같다고."

준석의 표정은 무섭게 굳어 있었지만 목소리는 왠지 슬펐다.

감히 반박할 수 없는 진지함마저 서려 있어 가슴이 먹먹했다.

"그래서 앞으로는 그냥 널 보고, 말하고, 안고, 만져 봐야겠다고 결심했어. 진짜 살아 있는 사람인지 아닌지 확인하고 싶어. 사실 그동안 매일매일 찾아오고 싶었던 걸 꾹 참은 거야."

준석이 쏟아 놓는 감정이 물밀듯이 밀어닥쳤다. 그는 이렇게 긴말을 꺼내면서도 예전처럼 얼굴이 붉어지거나 부끄러워하지 않았다. 이제는 준석을 '녀석'이라고 부르는 것도 삼가야 할 것 같았다. 어른스러워졌다고 해야 하나. 너무나 남자답게 다가오는 그의 모습에 내 속에 숨어 있던 여자가 마구 꿈틀거렸다.

"그래서 나보고 어쩌라고?"

"우리 다시 시작해. 예전 일은 다 잊어버리고 어른 대 어른으로 다시 시작하자, 효진아."

여전히 딱 부러졌다. 준석은 품성이 순한 맛은 있어도 자아가 강해 한번 결정하면 그 결정을 되돌리는 게 힘들었다. 그럴 때면 뚝뚝하기 이를 데 없어서 주위에서 뭐라 만류해도 잘 듣지 않는 편이었다. 내 충고 정도나 참고하곤 했달까. 아무튼 지금은 내 말도 귀에 잘 들리지 않는 것 같았다.

"그건 곤란해. 나 지금 사귀는 사람 있어."

"누군데?"

준석이 놀라며 물었다.

"우리 병원 선생님이야."

급한 대로 현우 선생님이라도 팔자 싶었다. 선생님은 예전에도 이런 식의 부탁을 들어준 전력이 있었다. 엄청나게 잔소리를 퍼부어 대겠지만 도와 달라고 하면 거절은 하지 않을 것이다. 되도록 아쉬운 소리 안 하고 살려 했는데. 젠장!

"저번엔 그런 말 안 했잖아. 거짓말하는 거 아니야?"

"너한테 뭐하러?"

의심의 눈초리를 보내는 준석에게 나는 여자 특유의 뻔뻔함을 내세웠다. 마음을 닫자고 생각하니 아직은 쉽게 닫을 수 있었다. 집에 가서 두고두고 후회할지도 모르겠지만 잘못된 결정이 아닌 것만은 확실했다.

"그러니까 너도 괜히 에너지 낭비하지 말고 진짜 가능성 있는 여자 만나서 그 안에서 해결해. 너를 만나서 반갑고 기뻐. 하지만 그 이상이라면 어딘가 있을 그 여자에게 미안하다는 생각이 들 거야. 그만, 나 집에 갈게."

나는 자리에서 벌떡 일어서 뒤도 돌아보지 않고 문으로 향했다.

"데려다 줄게."

실망스러운 기색이 역력했지만 준석은 별말 없이 나를 따라나섰다.

"괜찮아. 그냥 혼자 갈게."

"지하 주차장에 차 있어. 같이 가."

준석이 내 팔을 잡았다. 커다란 손에 한 움큼 잡혀 있는 팔로 그의 체온이 흘러들어 왔다. 그리고 그 온기가 얼어붙은 가슴까지 스며들었다. 고개를 들어 준석을 보니 꼭 엄마 손을 놓으면 길을 잃기라도 할 것 같은 꼬마의 얼굴이었다. 결국 애타는 얼굴로 베푸는 호의를 거절할 수 없어 어쩔 수 없이 고개를 끄덕이고 말았다.

지하 주차장으로 가는 엘리베이터 안에서도 우리는 말없이 있었다.

'너무 모질게 끊은 건 아닐까?'

하지만 준석은 그런 식의 극약 처방이 아니라면 말을 듣지 않을 것이다. 그래도……, 자꾸 속상하고 미안했다. 나는 왜 그에게 이런 나쁜 여자 역할만 해야 하는 걸까.

토요일 저녁이라 강남의 거리는 많이 붐볐다. 집까지 가는 길도 차가 많기는 마찬가지였다.

"지겨워."

"……뭐가?"

준석은 운전을 하느라 슬쩍 시선만 왔다 갈 뿐이었다. 그러나 내가 다시 입을 다물자 대답을 재촉했다.

"뭐가 지겨운데?"

"그냥……. 사람도 지겹고, 이렇게 막히는 찻길도 지겨워. 서울이 지겨워. 넌더리가 나."

왠지 울컥하는 바람에 말끝이 떨려 나왔다.

준석을 다시 만난 건 평범한 일생의 오락이 아니라 재앙인 것 같았다. 평범이란 것은 갑작스럽게 나쁜 것이 닥쳤을 때나 빛을 발하는 법이었다. 특별히 좋은 것이 눈앞에 나타나는 순간 평범은 즉시 비굴해지고 천대받게 된다. 너무나 반짝거리는 것 앞에 서는 바람에 눈이 멀어 버려 평범한 빛은 눈에 보이지도 않는 것이다.

"많이 피곤한가 보다. 잠깐 눈 감고 쉬어. 도착하면 알려 줄게."

"그래. 고마워."

쉬라고 말해 주는 준석이 고마웠다. 자기도 꽤나 속상했을 텐데. 그러고 보니 예전에도 준석은 종종 내게 이런 오빠 같은 푸근함을 보여 주곤 했다.

나는 부러 몸을 창으로 돌리고 눈을 감았다. 내 처지를 서글 퍼하는 모습을 준석에게 보이기 싫었다.

＊

누군가 내 머리를 쓰다듬는 손길이 느껴졌다. 이마를 덮은 머리를 옆으로 넘기더니 한숨 같은 소리와 함께 이마에 입술이 느껴졌다. 그리고 그 입술은 코로 내려왔고, 잠시 망설이는 듯 하더니 내 입술 위를 살며시 스쳤다. 잠시 후 차 문 열리는 소리가 나더니 누군가가 차에서 내렸다.

수마에 빠진 듯 좀처럼 눈이 떠지지 않았다. 이렇게 피곤했나 싶게 정말 달게 잤다.

'달게 잤다고?'

빠른 속도로 잠이 깼다. 강남에서 집까지 얼마나 걸린다고 이렇게 오래 잠이 들었을까. 눈을 떠 보니 밖이 깜깜했다. 불빛이 보이지 않아 서울이 아니라는 것을 바로 알았다.

차의 전조등에 비치는 앞의 실루엣은 준석의 뒷모습이었다. 차가 서 있는 곳은 작은 공터인 듯 나무들이 듬성듬성 서 있었는데, 그중 한 나무에 기대어 팔짱을 낀 채 그는 하염없이 앞을 보고 있었다. 저 멀리 앞쪽으로 작은 마을인 듯 몇 개의 불빛만이 보이고 있었다.

차 안에서 그냥 바라보고만 있자니 준석의 등이 하도 외롭게 보여 차 문을 열고 내렸다. 문 열리는 소리에 움찔하긴 했지만 준석은 뒤돌아보지 않고 그대로 서 있었다. 내가 곁으로 다가서자 흘끗 나를 보더니 작은 한숨을 쉬며 다시 앞쪽으로 시선을 돌렸다.

"잘 자더라."

"그러게. 여기가 어디야?"

"네가 서울이 지겹다고 해서……."

'……그런데 나도 지겹더라'라는 말은 이렇게 조용한 시골이 아니면 들리지 않을 정도로 작았다.

"너 그때 학교 그만두고……, 뭐 했니?"

이렇게 어둡고 조용하지만 않았다면 물어보지 않았을 이야기였다.

"미국에 갔어. 거기서 대학 마치고, 군대 가려고 돌아왔다가 제대하고 회사에 들어간 거야. ……그러는 넌? 졸업식도 안 오고 어디 갔던 거야?"

그랬구나. 그래서 네가 안 보였구나.

재수하는 도중 학교에 선생님을 찾아간 적이 있었다. 그때 준석이 학교를 그만둔 것을 알게 되었다. 언제나 그 자리에 있어 줄 줄 알았던 준석을 이제는 다시 볼 수 없게 되었다는 사실을 알게 된 건 꽤 큰 충격이었다.

"아예 대학에 안 갈까 생각했어. 그런데 엄마가 대학은 꼭 가야 한다고 해서서, 그냥 재수했지."

원래 목표는 의대였지만, 재수를 했어도 점수는 여전히 모자랐다. 그래서 선택한 것이 치대였다.

멀리서 보이던 불빛 세 개 중에 하나가 꺼졌다. 서울이라면 아직 늦은 시간이 아닐 테지만, 시골에서의 밤은 아무래도 빨리 찾아왔다.

"결혼은, 언제 했어?"

"응? 아, 졸업하니까 엄마가 빨리 결혼했으면 좋겠다고 해서. 그냥 선봐서 했어."

"그런데 왜……?"

왜 이혼했냐는 물음이었다. 그런데 막상 답을 하자니 조금 당황스러웠다. 사실 이제까지 나에게 왜 이혼했냐고 물어본 사람이 없었기 때문이다. 엄마가 돌아가시고 1년쯤 후에 이혼을 했으니 구구절절 설명해 줘야 할 사람은 아무도 없었다. 내가 이혼했다고 하면 다들 곤혹스러워하면서 그랬냐고 할 뿐이었다. 이유까지 꼬치꼬치 캐물을 만큼 나에게 의미 있던 사람이……, 그만큼 없었던 것이다.

"남편한테 여자가 있었어."

준석은 아무 말도 없었지만 주먹을 불끈 쥐는 품이 분을 삭이는 기색이었다. 괜히 눈치가 보일 정도로.

그런데 왜 지가 화를 내고 그러는데? 무슨 권리로? 더 이상 이런 취조 같은 대화는 내 쪽에서 사절이었다.

"대체 여기가 어디야? 나 집에 보내 주기는 하는 거야?"

"우리 가족 별장 같은 곳이야. 조금만 더 가면 돼. 저녁 먹고 데려다 줄게. 가자."

준석이 내 어깨를 감싸며 차로 이끌었다. 차에 올라타니 준석에게서 담배 냄새가 났다. 아마도 담배를 피우려고 차를 세운 모양이었다.

"담배 많이 피우니?"

준석은 말없이 어깨만 으쓱거렸다.

"예전에 끊었었잖아."

"입이 심심해서."

"뭐어?"

"그런 게 있어. 싫으면 이제 안 피울게."

준석은 차를 후진하여 차도로 진입하더니 좁은 국도를 따라 30분쯤 더 차를 몰았다.

도착한 곳은 흔히 생각하는 '별장'이라는 개념보다 조금 허름하다고 할까. 겉으로는 수수한 농촌 주택이었다. 다만 마당이 깨끗이 손질되어 있고, 주차할 수 있는 공간에 가건물 지붕 같은 것까지 준비되어 있는 걸로 봐서 가끔보다는 자주 오는 곳 같았다.

그런데 준석이 집으로 들어서면서 불을 켜자, 예상외로 TV에서나 볼 것 같은 전원주택 인테리어가 나타났다. 거실엔 벽난로와 커다란 소파가 있었고, 그 옆으론 열 명은 앉을 수 있는 테이블과 의자가 놓여 있었다.

"집이 좋구나. 여기 자주 오니?"

거실에서 슬쩍 둘러봐도 깨끗하게 정리되어 있는 것이 여간 정성이 아니었다. 곳곳에 손뜨개로 한 레이스가 보였다.

"할머니께서 돌아가시기 전까지 여기 사셨어."

"아, 그랬구나."

엘리사벳 할머니의 집이었다는 얘기를 듣자 왠지 더 애틋했다. 벽난로 위의 선반엔 할머니와 할아버지, 준석의 가족사진들이 놓여 있었다. 그중엔 준석이 할머니를 껴안고 뽀뽀하는 사진도 있었는데, 뜨개질하다 얼결에 손자의 품에 안긴 듯 할머니는 레이스를 손에 들고 아이처럼 환하게 웃고 계셨다.

"나 배고픈데. 밥은 어떻게 먹어?"

"해서 먹어야지. 씻고 나와. 밥해 놓을게."

준석은 이곳이 매우 익숙해 보였다. 욕실에서 새 칫솔과 수건을 꺼내 주더니 어디론가 가서 깨끗한 티셔츠와 바지를 가져다주었다.

"내 거야."

쌀자루처럼 크기가 컸지만 다른 대안이 없었다. 준석은 그대로 주방으로 들어가더니 냉장고를 열고 이것저것 꺼내기 시작했다. 저녁 준비하는 것을 도와줘야 하는 거 아닌가 잠시 망설였지만, 뭐, 맘대로 끌고 온 사람 잘못이지. 나는 눈 딱 감고 욕실로 들어가 뜨거운 물에 몸을 맡겼다.

샤워를 하고 나오자 정말 배가 고팠다. 시간은 벌써 9시였다. 어깨로 흘러내리는 옷을 추스르며 구수한 냄새가 나는 방향으로 가다 보니 주방에 준석이 서 있었다. 준석은 나를 보더니 픗 웃었다.

"웃지 마."

아무렇지 않은 척하려 해도 얼굴이 붉어지는 걸 막을 수가 없었다. 티셔츠야 그냥 걸친다는 생각으로 입었지만, 허리 고무줄이 헐렁한 바지는 너무 커서 흘러내렸다. 티셔츠를 원피스처럼 하고, 하의는 그냥 안 입을까 생각도 했다. 하지만 너무 허물없이 보일까 봐 내가 입고 왔던 스커트를 다시 입었다. 아무리 추레할지라도 유혹하는 것처럼 보이는 것보단 나았다.

"쿡쿡, 알았어. 밥은 다 됐고, 찌개는 조금만 더 끓이면 돼. 배고프면 다른 반찬이랑 먼저 먹어도 되고."

"아니야. 그냥 찌개 기다릴래. 그동안 너도 씻고 와. 내가 여기 있을게."

"그럴래?"

준석은 사양 않고 욕실로 향했다. 얼마나 배가 고픈지 배가 등가죽에 붙을 지경이었지만, 구수한 된장찌개를 포기할 수는 없었다.

식탁 위에는 풋고추멸치볶음과 오이지무침, 열무김치 등 밑반찬들이 차려져 있었고, 밥은 압력솥에 안쳐져 있었다. 뚝배기 뚜껑을 열어 보니 집된장 냄새가 물씬 나는 것이 침이 꼴깍 넘어갔다. 숟가락으로 간을 봤더니 역시 맛이 일품이었다.

그런데 집에서였다면 그냥 먹었을 정도로 맛이 있었지만, 언제가 다 끓은 상태인지 확신할 수가 없었다. 그래서 그냥 준석이 나올 때까지 기다리기로 했다. 솔직히 내가 자신 없어 하는 분야 중 하나가 바로 요리였기에.

"아직도 안 먹고 있었어? 기다리지 말고 먼저 먹지."

준석은 수건으로 머리를 닦으며 주방으로 들어오다가 내가 식탁에 우두커니 앉아 있는 것을 보더니 뚝배기 뚜껑부터 열어 보았다.

"읔, 벌써 반은 졸았네. 찌개 본다더니 뭐 했어?"

준석은 불을 끄더니 뚝배기를 식탁으로 가져왔다.

"네가 덜 끓었다고 했잖아."

잔뜩 기어들어 가는 목소리로 말하자 준석은 또 풋 웃었다.

"뭐야, 아줌마. 결혼까지 했다더니 아직 찌개 하나 못 끓이는 거야?"

"결혼이 찌개 끓이는 거 가르쳐 주니? 빨리 앉아. 밥이나 먹자."

나는 빨개진 얼굴을 감추려 허겁지겁 공기에 밥부터 펐다. 주방에서 내가 잘하는 일이라곤 해 놓은 음식을 그릇에 더는 정도에, 추가하면 설거지였다.

대학을 졸업하고 인턴을 시작하면서 결혼을 하게 되었다. 아침 7시 반까지 출근하여 새벽 2시에나 퇴근하는 눈코 뜰 새

없이 바쁜 시간의 연속이었다. 요리를 배울 시간은 전혀 없었고, 엄마가 돌아가시면서 그나마 배울 기회마저 사라졌다. 아니, 이혼 이후로 혼자 살게 되자 나 혼자만을 위한 식탁을 위해 특별히 요리를 배운다는 건 무의미한 일이었다.

"술 한잔할래? 안주는 별 볼 일 없지만."

"어? 술이 있어?"

"아버지가 소주를 좋아하셔서 냉장고에 항상 들어 있어. 시간 나면 여기 자주 오시거든."

준석은 내 대답도 듣지 않고 냉장고에서 소주 한 병을 꺼내왔다.

"내가 따라 줄게."

준석이 자기 잔에 술을 따르려는 걸 말려서 따라 주고 내 잔에도 따랐다. 술을 좋아하지는 않았지만, 누군가 옆에 있어 주거니 받거니 하며 마시는 술자리는 좋아했다. 술이란 건 혼자 마실 때는 독이 되는 법이었다. 나는 의식적으로라도 집에서 혼자 술을 마시지 않았다. 자칫 알코올중독으로 빠질 가능성이 있기에 스스로 자제하는 것이다.

"고마워. 나 데리고 서울에서 탈출해 줘서."

준석에게 잔을 들어 올리며 말했다. 미안하고 고마운 감정이 마구 뒤섞여 술이 꿀처럼 달았다. 준석이 내 잔에 자기 잔을 부딪치며 피식 웃었다.

"고맙다고 하니 나도 고마워. 사실 혼날까 봐 긴장했는데."

우리는 잔이 비면 서로 술잔을 채워 주며 소주 한 병을 다

비웠다. 밥을 다 먹고 식탁을 치운 후에도 뭔가 아쉬워 냉장고를 더 뒤져 보니 맥주 몇 병과 마른안주가 있었다. 주방 옆 홈바에 다시 자리를 잡고 우리는 조용히 술을 마셨다.

준석과는 무얼 해도 마음이 잘 맞았다. 예전에도 내가 우울할 때면 용케 알아채 내가 좋아하는 방법으로 마음을 풀어 주었었다. 음악의 취향이나 좋아하는 책 등 유희의 코드도 비슷했다. 같이 있으면 그저 즐거웠다. 그를 만지고 싶다는 나의 욕구 때문에 그를 건드리기 전까지는.

"무슨 말이 그래. 누가 들으면 내가 맨날 너 혼내기만 한 것 같네."

순수했던 그를 건드려 보고 싶었던 건 사실 정말 좋아했기 때문이었다. 내가 좋아하는 사람이 나를 탐하는 때, 나는 진정 사랑받는 것 같았다.

"말이야 바른말이지. 내가 너한테 얼마나 많이 혼난 줄 알아?"

"내가 뭘 그렇게……."

준석이 갑자기 내 어깨를 감싸 안으며 얼굴을 가까이 댔다.

"내가 이렇게 하려고 할 때마다……."

준석은 한 손으로 나의 얼굴을 부드럽게 감싸더니 스르르 입술을 겹쳐 왔다.

"아!"

깜짝 놀라 입을 벌리자 준석의 혀가 입안으로 들어오며 내 혀를 휘감았다. 그의 혀에는 알싸한 맥주 냄새가 섞여 있었다. 부드럽게 입안을 핥아 대는 그의 혀 때문에 절로 눈이 감겼다.

'아, 어떡해…….'

눈을 떠 보니 준석 역시 눈을 감은 채 키스에 몰두하고 있었다. 말리려고 그의 얼굴에 손을 대고 살며시 얼굴을 밀었다. 그러나 준석은 모르는 척 계속 밀어붙였다. 하지만 다시 한 번 내가 밀어내자 내 손을 잡더니 손바닥으로 키스를 돌렸다. 손바닥에 느껴지는 준석의 입술이 축축하고 뜨거웠다.

"준석아."

준석은 한숨같이 숨을 내쉬었다. 그러더니 눈을 감고 내 손에 얼굴을 묻었다.

"……서 버렸어."

갑자기 흘러나온 갈라진 그의 목소리.

"픕."

"웃지 마. 쪽팔려."

웃음을 참으려 했지만 어깨가 흔들리는 것까지는 어쩔 수가 없었다. 내 손을 이용해 창피한 얼굴을 가리고 있었던 건가. 준석의 목소리에도 웃음이 섞여 있었지만 얼굴이 붉어진 것까지 감출 수는 없었다.

"어떻게……, 해 줘야 하니?"

내가 묻자, 준석은 그제야 고개를 들어 내 눈을 들여다보았다. 나는 왠지 모르게 반쯤은 포기한 상태였다. 술기운일까? 그가 너무나 솔직하게 나오자 잔뜩 벼르고 있던 긴장 상태가 확 풀어진 느낌이었다. 그저 그의 눈을 마주 바라볼 뿐이었다.

한참을 이글거리는 눈으로 바라보던 준석이 말했다.

"됐어. 내가 원하는 대로 해 줄 생각도 없으면서."

정곡을 찔렸다는 생각에 뜨끔했다. 단지 섹스하는 것이라면, 아무래도 좋았다. 상대가 준석이라면 더 좋을지도. 하지만 그 이상을 원하는 것이라면 난······.

"난 기다릴 수 있어. 내가 원하는 곳으로 네가 올 때까지."

준석은 내 눈을 똑바로 들여다보며 내 엄지손가락을 입에 물었다.

"아!"

음란하게 물고 빠는 혀 때문에 온몸이 지릿지릿 떨렸다. 준석의 입술은 엄지손가락에서 손목으로 서서히 내려갔다.

"준석아, 잠깐!"

손목에서 팔로 올라오던 입술이 다시 내 입술에 도달했다.

"키스해도 될까?"

"이보세요, 이미······, 한 다음에 묻고 있잖아."

"그래서 싫어?"

"싫진······, 않아."

준석은 다시 내 입술을 점령했다. 이번엔 한 손으로 내 머리를 받치더니 내 위로 몸을 반쯤 겹쳐 왔다. 옷 위로 가슴을 어루만지는 손길이 다급했다. 내 혀를 잡아채 뽑아낼 듯 빨아들이는데 신음 소리가 절로 흘러나왔다.

그의 가슴을 어루만지다가 무의식적으로 손을 내려 그의 것을 찾아 감싸 쥐었다. 준석의 입에서도 신음이 흘러나왔다.

"날······, 죽일 셈이야?"

"싫으면, 하지 말까?"

숨을 헐떡이는 그에게 빙긋 웃으며 묻자, 준석은 분하다는 듯이 말했다.

"정말 밉다. 너 정말 미워."

준석은 다시 내 입술로 파고들었고, 내 손을 꽉 붙잡더니 사정없이 그의 것에 밀어붙였다. 준석은 마치 섹스를 하는 듯 혀를 집어넣으며 나를 빨아들였고, 내 손을 위아래로 급하게 움직였다.

"하아!"

잠시 후, 준석은 내 가슴에 얼굴을 묻고 절정을 맞이했다. 축축해진 옷 위로 뜨거운 것이 느껴졌다. 나 역시 숨을 몰아쉬며 헐떡이고 있는 준석의 머리를 쓰다듬어 주었다.

"정말 창피하군."

여전히 내 가슴에 얼굴을 묻은 채 준석이 중얼거렸다. 옷 위로 가슴을 빨아들이는 준석 때문에 순간 아찔했지만 정신을 차려 그의 머리카락을 잡아당겼다.

"그만해. 씻고 잘래."

가슴팍에서 도리질 치며 응석부리는 그를 단호히 떼어 내고 욕실에 가서 손을 씻고 이를 닦았다. 주방으로 다시 돌아와 간단히 치우고 있는데, 준석도 씻고 나온 건지 옷을 갈아입고 방에서 나왔다.

"피곤하지 않아?"

준석이 뒤에서 감싸 안으며 내 목에 입술을 묻었다. 한 번 절정을 맞았지만 그의 아랫도리는 여전히 단단했다.

"너 때문에 피곤해. 덩치만 커 가지고 계속 치대기나 하고."

"그러니까 얼른 자자. 이런 건 내일 치워도 되잖아."

준석은 다리 밑으로 손을 내리더니 나를 번쩍 안아 들었다.

"악, 왜 이래?"

"효진이 네가 내 품 안에 있다는 게 믿어지지가 않아."

준석이 다시 입술을 내렸다. 떨어지지 않으려고 매달린 건지, 그의 입술에서 떨어지지 않으려는 건지 나 역시 그의 목에 팔을 두르고 열렬히 매달렸다. 잠시 입술을 떼고 숨을 몰아쉬면서도 우리는 짧은 키스를 계속 나누었다.

"정말 넌 힘만 센 바보야. ……내가 그렇게 좋아?"

예전에 준석이 이런 일을 벌일 때마다 했던 나의 대사였다. 준석 역시 옛 생각이 나는지 말에 웃음이 섞여 있었다.

"응, 정말 좋아. 다 먹어 버리고 싶을 정도로. 효진아, 사랑해!"

항상 내 물음에 답해 주었던 준석의 대사. 준석은 예전처럼 나를 터질 듯이 꼭 안아 주었다.

그때는 이 정도 키스만 나누어도 큰일이 나는 줄 알았다. 하지만 한창 왕성했던 호르몬의 충동질 때문이었는지, 서로를 만지고 싶고 품고 싶은 열망만은 너무나 대단할 때였다. 자주 만날 수도 없어 어쩌다 한 번 만날 때면, 얼굴 보랴, 지난 얘기 하랴, 서로 한 번이라도 더 만져 보느라 시간이 어떻게 지나는지도 몰랐다.

그때도, 그리고 지금도 준석이 더 폭주하지 않도록 그를 막긴 했지만, 나 역시 그를 갖고 싶은 욕구 때문에 미칠 것만 같았다.

여기까지가……, 그동안 우리가 나눠 왔던 것이었다. 이제는 둘 다 30대였다. 지금 여기서 한 발 더 나아간다 해도 우리를 뭐라 할 사람은 아무도 없을 것이다. 어른끼리의 일이니까 우리 스스로의 결정에 따르면 되는 것이다. 하지만…….

"침대로 가자, 효진아."

나는 대답 없이 준석의 목을 꼭 껴안았다. 준석은 내 얼굴을 보려 했지만, 나는 감은 팔을 끝내 풀지 않았다.

"모르겠어. 더 생각을 해야 되는데 지금은 생각이 안 돼."

욕망에 부들부들 떨고 있으면서도 남은 양심의 끝자락을 목숨줄인 양 부여잡고 있었다. 이걸 놓치고 나면 다시는 되돌아올 수 없을 것 같았다. 준석과의 순수했던 만남을 이렇게 망쳐버릴 수는 없었다.

"효진아, 너무 어렵게 생각하지 말자. 그냥 마음 가는 대로 하면 안 될까?"

안타까워하는 건 확실했지만 준석의 목소리는 그지없이 차분했다. 나를 설득하려는 것처럼.

"어떻게 그래? 넌 어떻게 매번 그렇게 쉬워?"

"나도 어려워. 하지만 너만 보면 정신이 없어져. 안고 싶어서 미칠 것 같아. 그것만은 확실해."

내가 잘못했어. 속으로 말을 삼키자 왈칵 눈물이 나왔다.

준석이 나를 찾아 헤맸을 그때, 내가 그를 애써 무시하고 잊으려 그를 방치했을 그때 준석은 어떻게 그 괴로운 시간을 보냈을까. 오죽하면 학교를 옮기기에도 애매한 고3 때 유학을 결정했을까.

수능일 열흘 전에 아버지가 뇌출혈로 쓰러지셨고, 계속 중환자실에 계시다가 두 달 만에 돌아가셨다. 정신이 없어 수능도 제대로 보지 못했다. 이후의 입시 일정을 어떻게 치러 냈는지 지금도 기억이 잘 안 난다. 걱정하시는 엄마께 괜찮다고, 다 할 수 있다고 큰소리만 쳤다. 아무렇지 않은 척 학교에 다니는 것만이 내가 할 수 있는 최선의 일이었다.

그 와중에 준석과 만나는 것은 너무나 사치스러운 일인 것 같았다. 누워 계신 아버지를 몸도 약한 어머니가 힘든 가운데 병간호를 하고 있는데, 내가 남자 친구를 만나 시시덕거리는 일은 큰 죄를 짓는 것 같았다. 그래서 준석을 만나지 않았다. 준석은 그저 수능과 입시 때문에 자기를 멀리하는 줄 알았을 것이다.

준석이 문자를 보내고 음성을 남겨도 답을 보내지 않았다. 그리고 난 12월 초부터 아예 학교에 나가지 않아 버렸다. 준석으로부터, 세상으로부터 숨어 버린 것이다. 내가 그렇게 힘든데 세상 사람들은 다 행복하게만 지내는 것 같아서 세상이 너무 밉기만 했다.

"왜 울어? 효진아, 울지 마. 내가 잘못했어, 응? 효진아, 울지 마."

준석은 내가 그의 어깨에 대고 흐느끼자 어쩔 줄을 몰라 했다.

세상 사람들은 겉으로 반짝거리는 나의 모습만을 보고 내가 밝고 투명한 사람이라고 생각했을 것이다. 하지만 실제로 나는 음습하기 짝이 없는 마녀였다. 환하게 빛나는 준석을 건드려 보고 싶은 마음에 그를 유혹해 내어 나에게 빠지게 만들고는, 그 밝음을 증오하여 가차 없이 버렸다. 그 이후의 나의 불행은, 예고된 것이었다.

"자야겠어."

나를 안고 있는 준석의 팔을 풀어내고 내려와 침실로 향했다. 거실을 지나 문을 열자 싱글 침대 두 개가 놓여 있는 방이 나타났다. 나는 방 안쪽의 침대로 가서 문을 등지고 돌아누웠다. 준석은 바로 뒤따라 들어왔다. 내가 눕는 것을 보더니 어깨까지 이불을 올려 주고 도닥여 주었다. 나는 모르는 척 눈만 꼭 감고 있었다.

"미안하다, 효진아."

다시 눈물이 터지려고 했다. 정작 미안한 건 나인데, 잘못했다고 말하는 것은 준석이었다.

"지난 시간 동안 널 다시 만나게 되면 어떨까 그 생각만 하면서 살았던 것 같아. 13년 전 그때, 네 집에서 나왔을 땐 멍하기만 하더니 집에 가서 침대에 눕는 순간 다시는 너를 못 만날지도 모르겠다는 생각이 그제야 들더라. ……진짜 돌아 버리는 줄 알았어. 널 보고 싶은데, 널 만나고 싶은데 아무것도 할 수 없는 내 자신이 너무 한심하더군. 죽고 싶다는 생각만 했어. 학교도 가기 싫고, 아무것도 하기 싫어서 침대에 누워만 있었어. 그랬더니 부모님이 유학이라도 가라고 하셔서 간 거야. 그때 다시 널 만났다면 너 죽고 나 죽자며 덤볐겠지. 네가 얼마나 힘든지, 네 사정이 어떤지 생각도 않고 마구 덤볐을 거야. 네가 미워 죽을 뻔했거든. 그래서 미국에 갔어. 여기 있었으면 또다시 네 주위를 맴돌면서 널 괴롭혔을 테니까."

그렇게나 미워했다면서 또 나를 보고 싶었다는 말에 꾹 참고 있던 눈물이 다시 흘러나왔다. 그렇게 괴로운데도 왜 나를 지우지 않았던 걸까. 나를 이렇게나 소중하게 생각했던 사람을 나는 어떻게 그렇게 쉽게 잘라 낼 수 있었을까.

"그리고 미국에 갔는데, 확실히 환경이 바뀌니까 마음도 가라앉더라. 일단 널 보러 갈 수가 없다는 사실에 타협한 거지. 널 생각하면 너무 괴로우니까 일단 보자기에 싸서 마음 한구석 어딘가에 집어넣어 버리자 생각했어. 훗, 사실 학교에 적응하기 바빠서 여유도 없긴 했지만."

준석은 나를 등진 채 내가 누워 있는 침대에 걸터앉아 있었다. 준석의 목소리에도 어느새 눈물이 어려 있었다.

"장례식장에서 연도할 때 분명 널 봤는데 순식간에 사라져 버려서 내가 환각을 본 줄 알았어. 그리고 발인 날 성당에서 봤을 때는 내가 잠이 부족해서 꿈이라도 꾸는 줄 알았어. 언젠가 한 번쯤 다시 만나게 될 거라고 생각은 했지만 너무 갑작스러워서……. 그런데 네가 또 사라진 거야. 이리저리 막 찾다가 저

만치 누가 걸어가는데 꼭 너 같더라. 그래서 이름을 부르니까 네가 돌아보는데……, 순간 심장이 터지는 줄 알았어. 네가 진짜 내 눈앞에 있었던 거야……. 아, 정말 할머니께 죄송하지만 장례고 뭐고 그냥 널 쫓아가고 싶었어. 그날 내내 그 생각만 했던 거 같아."

"너 나빴어. 할머니께 나까지 죄송해지잖아."

울고 있는 바람에 꼭 개구리 같은 소리가 흘러나왔다. 준석이 훗 웃었다.

"그러게. 그래서 삼우제 가서 빌었어. 잘못했다고. 할머니께서 내가 막내라고 엄청 귀여워해 주셨는데 그런 짓이나 하고 말이야. 난 정말 못된 놈이야."

준석이 스스로를 탓하는데 그것이 못내 가슴 아팠다. 나는 몸은 돌리지 않은 채 팔만 들어 준석의 등을 쓸어 주었다.

"아냐. 너 착해. 빌었다며. 할머니께서 생전에 너 예뻐하셨다니까 용서하셨을 거야."

"그런데 나 그때 가서 할머니께 이렇게 말씀드렸어. '누나 만나게 해 주셔서 감사합니다. 앞으로 누나와 다시 시작하게 해 주세요'라고."

어두컴컴한 방 안, 불빛은 문을 통해 들어오는 거실 불빛뿐이었다. 준석은 침대에 올라와 눕더니 뒤에서 나를 안아 왔다.

"널 보니까 어제 헤어졌다 오늘 만난 사람 같아. 항상 그 자리에 있었던 것같이 정말 자연스러워. 그동안 여자가 한 명도 없었다고 말하는 게 아니야. 사실 잠깐씩 만나는 여자는 있었어. 하지만 너처럼 내 마음에 차는 여자는 없었어. 이렇게 말하기긴 낯간지럽지만……, 난 아무래도 너랑 아니면 안 될 것 같아. 예전이나 지금이나 그냥 네가 좋아. 이렇게 좋아하는 여자인데 내가 널 만나면 안 되는 이유가 뭐지? 효진아, 사랑해! 부탁인데 효진이 너도 날 생각해 주면 안 될까? 나를 다시 만나게 되어 기쁘다면 날 좀 좋아해 줘."

"나 사귀는 사람 있다고 했잖아."

여전히 목소리가 갈라져 개구리 소리였다. 준석은 피식 웃더니 이마로 내 뒤통수를 툭 박았다.

"거짓말. 그때 사귀는 사람 있냐고 물었을 때 대답 안 했잖아. 있으면 있다고 말했겠지."

"아니야. 사귀는 사람 있어."

나는 심술부리는 아이처럼 고집스럽게 우겼다. 그러자 준석은 어쩔 수 없다는 듯 긴 한숨을 내쉬었다.

"그래그래, 사귀는 사람 있다고 하자. 그럼 그 사람이랑 얼른 정리해. 나 그렇게 너그러운 사람 아니니까. 너하고 우리 예전에 하고 싶어도 못 했던 거 다 해 보고 싶어. 그러니까 빨리빨리 정리하고 와."

"……뭘 할 건데?"

나는 몸을 돌려 준석을 바라보았다. 준석은 드디어 내가 얼굴을 보여 주자 옅은 미소를 지었다.

"나 예전에 너랑 하고 싶은 거 정말 많았어. 대학만 들어가면, 아니, 고등학교 졸업만 하면 너하고 이것도 하고 저것도 해

야지 엄청나게 생각했어. 그래서 참고, 참고, 또 참고……. 그
때 참은 거 생각하면 몸에 사리가 열두 개는 생겼을 거야. 그거
풀어 주려면 너 되게 열심히 해야 할걸."

준석은 손으로 내 눈물을 닦아 주며 말했다.

"열심히 하는 거 피곤한데……."

술까지 마셨겠다, 감정의 폭풍에 휘말린 뒤라 너무나 잠이
쏟아졌다. 준석이 가만가만 머리를 쓰다듬는 걸 느끼며 나는
눈을 감았다. 그의 겨드랑이 사이로 팔을 끼우고 그의 가슴에
얼굴을 묻고 있으니 꼭 아빠 품에 안긴 것 같았다.

"피곤하면 내가 열심히 하면 돼. 그러니까 걱정 말고 자. 내
가 다 알아서 할게. 효진아, 사랑해……."

Step 5

The Drink

술

"선생님, 준비 다 됐어요."

월요일 아침은 나 혼자 진료를 본다. 보통 오래된 단골 고객들 아니면 월요일 아침부터 치과를 찾는 사람들은 많지 않기 때문이다. 원장님은 토요일을 제외하고는 오전 진료를 안 하신다. 그리고 현우 선생님은 항상 주말 스케줄이 바쁘기 때문에 월요일 오전에는 쉬어야 한다며 월요일 오전 진료는 처음부터 안 나오는 걸로 원장님과 타협했다고 했다.

"선생님 주말에 어디 갔다 왔어요?"

환자는 교정 치료를 받는 대학생인데 어금니 하나가 약간 썩었다. 핸드피스(handpiece, 치과에서 절삭기를 장착하는 기계)를 들고 작업을 시작하려는데 치위생사 박 선생님이 옆에서 물었다.

"어? 어떻게 아셨어요?"

"이현우 선생님이 저한테 전화했었거든요. 강 선생님이 전화 안 받는다고요."

"네? 왜 제가 전화 안 받는다고 박 쌤한테 전화를 하는데요?"

내가 황당하다는 얼굴로 돌아보자, 박 선생님이 사람 좋은 얼굴로 씩 웃으며 말했다.

"등산 가자고 전화했었나 봐요. 그런데 휴대폰도 안 받고, 집으로 전화해도 안 받으니까 걱정됐나 보죠."

걱정도 팔자네. 언제부터 남 걱정하고 살았다고. 나는 속으로 구시렁거리며 다시 일에 집중했다. 다행히 썩은 부위가 깊지 않아 조심스럽게 긁어내고 퍼티(putty, 치과에서 본을 뜰 때 사용하는 인상재)로 본을 떴다.

"지금 끼워 놓은 건 임시 재료라 껌 같은 거 씹으면 빠질 수 있어요. 다음에 오실 때까지 될 수 있으면 그쪽 이를 안 쓰시는 게 좋아요. 부위가 깊지 않아서 빠져도 그다지 아프거나 하지는 않겠지만 제대로 된 충전재 넣을 때까진 조심하는 게 좋겠죠? 그럼 예쁘게 잘 준비해 놓을 테니까 다음 주에 뵐게요."

환자는 눈에 눈물이 그렁그렁 맺힌 채 양치를 하면서도 열심히 내 설명을 들었다. 아무리 간단한 치료라고 해도 치과 치료를 받고 난 사람들에겐 위안이 필요한 법이다. 미소를 보인다 해도 마스크에 가려 여전히 무시무시하게 보이겠지만, 말이라도 상냥하게 해 주면 좀 전의 고통은 줄어들 거라 믿는다.

세면대에서 손을 씻고 있는데 환자를 밖으로 안내하고 돌아온 박 선생님이 여전히 아까의 주제를 궁금해했다.

"여행 어디 갔다 왔는데요?"

"잠깐 바람 쐬러 가까운 데 다녀왔어요. 어제 아침에 보니까 휴대폰 배터리가 다 됐더라고요. 그런데 누가 전화하겠냐 싶어서 충전 안 하고 있었어요. 에휴, 하필 그때 전화했었나 보죠. 평소에는 전화 한 통도 없더니 뜬금없이 전화는 왜 해 가지고. 박 쌤, 주말인데 귀찮으셨죠? 괜히 제가 다 죄송하네요. 저, 잠깐 화장실 좀 다녀올게요."

평소라면 마침 환자도 없는 한가한 시간이니까 같이 어울려서 주말 동안 어떻게 보냈는지 수다를 풀어낼 법도 했다. 하지만 아무리 친하다고 해도 직장 동료에게, 그것도 한참 언니뻘인 사람한테 남자랑 주말을 보냈다고 말하기는 껄끄럽지 않은가. 속으로 자리에 없는 현우 선생님만 타박하면서 슬그머니 자리를 피했다.

화장실에 가서 그다지 보고 싶지도 않은 볼일을 보고, 손을 씻고, 얼굴을 정리하면서 시간을 때웠다. 진료실로 돌아왔지만 오늘따라 오전 예약도 두 건이나 취소되었다고 하니 점심시간까지 자리만 지키고 있으면 될 듯했다.

"방에 가 있을게요."

대기실에 내려놓은 커피 한 잔을 따라 들고 얼른 휴게실로 들어갔다. 우리 병원은 그렇게 큰 규모가 아니어서 의사에게 개별적으로 하나씩 방을 주지 않았다. 유니트체어 네 개가 병원 공간의 대부분을 차지하는 진료실에 구비되어 있고, 의사들에게는 진료가 없을 때 쉬게끔 방을 하나 주었다. 항시 환자가 많은 터라 점심 먹고 잠깐 쉴 때를 제외하곤 이 방에서 쉴 시간이 많지 않았지만, 우리는 이곳을 '휴게실'이라고 불렀다. 그리고 보통 의사들이 들어가 있으면 진료가 있지 않은 이상 다른 이들이 방해하지 않았다.

나는 휴게실 창밖을 내다보며 들고 온 커피를 마셨다. 대기실에서 기다리는 환자와 보호자들에게 서비스하는 커피인데, 항상 아침에 내려놓고 떨어질 때나 다시 채워 넣는 터라 그사이 향이 다 날아가 버려 솔직히 맛은 없었다. 특히 어제 새벽 시골 공기를 잔뜩 품은 뜨겁고 진한 믹스 커피의 맛에 비하면 백배는 맛이 없었다.

토요일 밤에 나는 준석이 머리를 쓰다듬어 주는 걸 마지막으로 느끼고 잠이 들어 버렸다. 눈을 떴을 땐 커튼 틈으로 들어오는 빛이 새벽이라는 것을 알려 주었다. 옆을 보니 준석이 몸을 웅크린 채 자고 있었다. 어휴, 저 덩치에 저러고 잤으면 얼마나 불편했을까. 침대가 하나 더 있는데도 내 옆에서 잘 게 뭐람. 아무튼 꼼짝없이 동침한 셈이 되었다.

'먼저 잠이 든 내가 잘못이지!'

하지만 준석이 옆에 있어 준 덕분에 따뜻하고 포근해서 푹 자고 일어났다.

준석의 자는 모습을 보는 건 처음이었다. 사실 이렇게 가까이 누워 있는 것도 처음이었다. 눈을 감고 있으니 속눈썹이 상당히 길었다. 그래서 그렇게 눈이 깊어 보였나 보다. 옛날엔 여드름도 있었던 것 같은데. 아침이라고 코밑과 턱 언저리에서 거무스레하게 수염 자국이 밀고 올라온 걸 보니 한번 만져 보고 싶어 손가락이 꼬물댔다.

'일어나자, 일어나!'

어쨌든 눈을 떴으니 괜히 준석과 한침대에 누워 곰지락거릴 이유가 없지 않은가. 자고 있는 준석이 깨지 않게 조심스레 일어나 조용히 방 밖으로 나왔다.

욕실에 가서 세수를 하고 어제 입고 온 옷으로 갈아입었다. 거실 창으로 내다보니 이제 뜨기 시작하는데도 창밖의 햇살이 무척 좋았다. 산책이나 하자 싶어 신을 신고 마당으로 나갔는데, 아, 이른 아침 공기가 정말로 기분 좋게 차갑고 신선했다.

도착했을 땐 밤이어서 그저 정리가 잘된 뜰 정도로만 생각했는데, 환한 가운데 보니 깔끔하게 정리된 잔디밭 옆으로 단정하게 줄지어 심어 놓은 텃밭까지 보통 공이 들어간 곳이 아니었다. 마당 한구석엔 나무 테이블과 의자 세트가 있었고, 그 옆에는 바비큐 그릴이 있어 사람들이 모이면 어떻게 시간을 보내는지 충분히 상상할 수 있었다. 현관 바로 옆에는 벤치 같은 흔들 그네가 있었다. 앉아서 발을 한번 구르니 흔들흔들, 놀이터라도 온 기분이었다.

이런 곳을 그냥 '별장 같은 곳'이라고 말한 준석이 괜히 얄미웠다. 하지만 그네에 앉아 조그맣게 들리는 새소리를 듣고 있노라니 이런 별장을 갖고 있는 준석의 집이 무지 부러워졌다.

그렇다. 준석의 집은 부자였다. 아버지가 얼마 전에 계열사 사장에 취임하셨다고는 하지만 그것은 스스로 일구어 낸 업적일 뿐이었다. 실제로 준석이네는 모기업 총수의 사촌 중 하나였다. 준석의 표현에 의하면 '가지 끝의 가지' 정도라고 하지만, 어쨌든 재벌가인 셈이다. 그러니 준석을 그저 '공채 출신 회사원'이라고 표현하기에는 무리가 있는 게 현실이었다.

같은 고등학교에 다닐 땐 이런 건 별로 중요한 것이 아니었다. 어차피 똑같은 교복을 입고 다니고, 똑같은 등록금을 내면 받는 수업도 똑같은 그런 생활에서 우리는 어떤 차이도 느낄 수 없었다. 오히려 1년 먼저 학교에 들어갔다는 걸로 유세를 부리기까지 하지 않았는가.

그 당시 내 아버지도 대기업의 간부급이었는데 장차 임원이 되기 위해 열심히 일하고 계셨다. 아마 쓰러지지 않으셨다면 지금쯤 임원이 되셨을지도 모른다. 그러다 사장이 되셨을지도 모른다. 그랬다면 적어도 준석에게 이런 걸로 꿀리지는 않았을 텐데.

"참, 별생각을 다 하네."

잘되면 내 탓, 못 되면 조상 탓이라더니, 내 꼴이 딱 그 짝이었다. 대체 준석이네가 부자인 게 무슨 상관이란 말인가. 준석이랑 내가 무슨 관계가 될 거라고.

하지만…….

준석의 '사랑해'라는 말은 언제나 그렇듯이 진지했다. 이런 말을 아무 생각 없이 쉽게 내뱉을 녀석이 아닌 것이다. 생각하고 또 생각했다는 말은 진짜일 것이다. 너무나 생각이 많아 오히려 답답해했던 나였기에 그건 잘 알고 있었다.

"역시 신 포도라니까."

눈에 보기도 좋고 먹기도 좋을 것 같지만 역시 손에 닿을 수 없는 것은 포기하는 게 상책 아닐까.

"뭐? 포도 먹고 싶어?"

갑자기 머리 위에서 준석의 목소리가 들리는 바람에 깜짝 놀랐다. 어느새 샤워까지 했는지 머리가 젖은 채로 준석은 양손에 머그잔을 하나씩 들고 와 내 옆에 앉았다.

"아침부터 갑자기 웬 포도타령이야?"

곰탱이. 남의 속은 알지도 못하고선.

"으, 커피 맛 죽인다. 역시 믹스 커피도 남이 타 줘야 맛있다니깐."

아줌마 같은 대사를 날리며 얌체같이 고맙다는 말도 하지 않고 머그잔을 들어 홀짝홀짝 마셨다.

어제 일 때문에 준석의 얼굴을 보는 것이 창피했지만, 술에 취해 부렸던 난동은 그냥 술주정으로 넘기는 게 나았다. 굳이 그런 걸 일일이 들춰내는 건 화장을 안 지우고 잔 얼굴을 아침에 일어나서 보는 것처럼 끔찍한 일이니까.

"잘 잤어?"

"네. 아니, 응. 너도 잘 잤어?"

준석이 아직도 존대를 못 버려 말을 더듬는 걸 보니 새삼 유쾌해졌다. 역시 여전히 건드리는 맛이 있는 녀석이라니까. 이런 고지식한 면은 평생 변하지 않았으면 좋겠다. 내 남자가 될

확률은 0퍼센트이긴 하지만.

"여기 참 좋다. 새소리도 들리고, 공기도 깨끗하고. 난 돈 벌어서 이런 집에 사는 게 꿈이야."

한가롭게 흔들 그네에 폭 파묻혀 남이 끓여다 준 커피를 마시고 있자니 천국이 따로 없었다.

"그래? 서울에서 좀 먼데. 병원 다니기 힘들지 않겠어?"

"바보야, 돈 벌려고 병원 다니는 거야. 돈 있는데 일을 왜 하니?"

"아⋯⋯."

"정말 바보라니까."

부루퉁한 내 얼굴을 본 준석은 금세 어쩔 줄 몰라 했다. 진짜 바보 녀석.

"나 집에 가야 돼. 빨리 데려다 줘."

"아침은 먹어야지."

"괜찮아. 커피 마셨는데, 뭐. 누구누구랑 달리 난 집에 가서 일주일치 살림을 해야 돼. 청소도 하고, 장도 봐 놓고, 빨래도 하고. 나 되게 바쁜 사람이니까 빨리 원상 복귀 시켜 놔."

"그래? 되게 할 일 많네. 내가 도와줄까?"

준석은 과자 달라고 조르는 강아지처럼 눈을 반짝였다. 하지만 그런 것에 넘어가기엔 난 너무 매정한 성격이었다.

"이봐요, 백준석 씨! 너도 집에 가서 쉬어야지. 빨리 일어섯!"

"훗, 바보."

나는 무지막지한 선배의 기세로 준석을 제압해 서울로 돌아왔다. 준석은 계속 내 눈치를 보며 뭔가를 얘기하고 싶어 했지만 나는 전혀 들어 줄 기색을 보이지 않았다. 그리고 이번엔 내가 먼저 '또 연락할게'라고 선수를 쳐 버리고 헤어졌다.

마음이 해이해진 바람에 준석에게 주도권을 잠시 빼앗기긴 했지만 녀석과의 관계에서 난 한 번도 그래 본 적이 없었다. 그리고 앞으로도 그럴 것이다.

휴게실 문이 벌컥 열리더니 현우 선생님이 들어왔다.

"어? 강 선생, 너 어제 어디 갔었어?"

"어딜 가든 말든 갑자기 웬 관심이에요? 괜히 박 쌤한테 폐 끼치기나 하고."

"폐는 무슨 폐야. 사람이 온데간데없이 사라졌는데 걱정하는 게 당연하지."

현우 선생님은 사우나라도 다녀왔는지 얼굴이 매끈매끈하니 발갰다. 역시 오너의 아들이란 팔자 좋은 사람이란 뜻인 것 같다.

"왜 전화하셨는데요?"

"우울하다기에 바람 쐬라고 그랬지. 집구석에 처박혀 있지 말고 산에 가자고."

항상 말은 못되게 해도 은근슬쩍 챙겨 주는 건 현우 선생님밖에 없다. 기분은 좋았지만 나는 부러 투덜거렸다.

"우웩, 설마 그거 데이트 신청이에요?"

"너랑 무슨 데이트를. 그런데 거기에 '우웩'은 왜 붙냐?"

현우 선생님은 입으로는 불만을 터뜨리면서도 실실 웃고 있었다. 정말 얄밉다니까.

"저 오라는 데 없어도 갈 데는 많거든요. 그렇게 제가 걱정되시면 이따 저녁에 술이나 한 잔 사 주시든가요."

"오오, 그거야말로 데이트 신청?"

"우웩!"

현우 선생님은 나에겐 오빠 같은 사람이었다. 비슷한 상처, 비슷한 상황이 어우러져 적당히 비뚤어진 성격까지. 우리는 동류의 사람이었다. 그래서 더 연애 감정이 안 생기는지도. 하지만 고민을 털어놓으려면 이만한 사람도 없다.

*

진료가 끝난 후 현우 선생님과 나는 택시를 타고 선생님의 단골이라는 신사동의 한 단란주점으로 향했다.

"어머, 이 선생님, 이게 얼마 만이에요? 예전에는 친구분들하고 자주 오시더니 요즘 통 뜸하시더라."

"아, 그래서 오늘 왔잖아요. 키핑해 놨던 거 있죠? 그거하고 과일 좀 주세요."

가게에 들어서면서부터 여주인과 시시덕거리던 현우 선생님이 자리에 앉자 곧바로 술이며 과일 안주가 차례로 들어왔다. 서비스가 극진한 걸 보니 단골은 단골인 모양이었다. 이런 곳엔 얼마나 자주 와야 단골이 되는 거야? 보기만 해도 엄청

비싼 것 같구먼. 슬쩍 메뉴판을 들어 봤더니 술 한 병에 기십만 원이었다. 정말 비싸군.

"나 배고픈데. 과일 말고 배 채울 거 없어요?"

쯧, 밥이나 먹이고 데리고 올 것이지. 아무리 술 한 잔 사 달 라고 했기로서니 냉큼 술집으로 향할 게 뭐란 말인가.

비록 요리는 못하지만 절대 밥은 굶지 않는다는 게 나의 첫 번째 철칙이었다. 학교 다닐 때도 그랬고, 인턴 때, 레지던트일 때도 그랬다. 아무리 시간이 없고 할 일이 많다 해도 나는 밥은 꼭 챙겨 먹고 다녔다. 내가 쓰러지면 나를 돌봐 줄 사람이 누가 있단 말인가. 나에게 밥이란 생명 그 자체였다.

"너, 술 사 달라고 했지 밥 사 달라고 했어? 술집에 와서 웬 밥타령이야?"

"선생님은 배 안 고파요? 그렇게 맨날 밥도 안 먹고 술만 마 시면 위에 구멍 나요. 나이 먹어서 아프기까지 하면 그거 진짜 궁상이거든요."

"밖에 나가서 내가 몇 살로 보이는지 물어볼까? 운동도 안 하고 집에만 틀어박혀 있는 너보다 내가 더 오래 살 거다."

현우 선생님은 자기가 40대인 게 끔찍하다는 사람이었다. 그래서 그를 공격하려면 나이를 들먹이는 게 제일 효과적이었 다. 선생님은 나를 노려보며 한참을 구시렁대더니 끝내 벨을 눌러 종업원을 불렀다.

"여기 식사 되는 거 2인분 갖다 줘요."

오잉? 단란주점인데 식사가 될까 싶었지만, 종업원은 군소리 없이 주문을 받고는 나갔다.

"역시 이런 데 다니려면 선생님하고 같이 다니는 게 젤로 편하겠네요."

"혹시 나 종 부리듯이 부리려고 같이 술 마시자고 한 건 아니겠지?"

현우 선생님이 눈을 가늘게 뜨고 노려보았다.

"난 선생님하고 이렇게 말싸움할 때 삶의 투지가 샘솟는다니까요. 봐요, 벌써 우울증이 훅 날아가네. 유후!"

"저것 봐라. 아주 어른을 갖고 논다, 놀아."

어른 운운하고는 있지만, 열 살 가까운 나이 차이에도 불구하고 현우 선생님의 정신연령은 나랑 꽤 비슷해서 우리는 평소에도 죽이 잘 맞았다. 현우 선생님은 내 잔과 자기 잔에 각각 술을 따르더니 나한테 마시라는 말도 없이 일단 자기 잔의 술을 단숨에 비웠다.

"이거 무슨 술이에요? 위스키? 코냑?"

내가 병에 적힌 라벨을 연구하듯이 보고 있는 동안, 선생님은 자기 잔에 다시 술을 따랐다.

"네 건 코냑, 내 건 위스키."

"오오, 코냑! 나 코냑 좋아하는데."

"한 잔 겨우 마시면서 무슨."

현우 선생님의 비웃음을 무시하고 나는 홀짝 한 모금을 마셨다. 매캐한 알코올 냄새가 입안 가득히 퍼지는 것이 비싼 값을 하는 술이었다. 그리고 한 잔 가지고 몇 시간을 있어도 되니 경제적이기도 했다. 콧김으로도 알코올 냄새가 올라오는 것 같아 나는 얼른 사과를 한입 베어 물었다.

"강 선생, 남자 생겼어?"

"어? 어떻게 아셨대요?"

나는 다시 홀짝 한 모금 마시고선 코냑의 향기를 기분 좋게 전신으로 느꼈다. 그 와중에 주문했던 식사가 나왔다. 어묵탕과 공깃밥 두 개. 선생님과 나는 일단 식사부터 했다.

"홀로 사는 여인네가 갑자기 심란한 얼굴을 보이면 백 퍼센트 남자 문제지 또 뭐가 있겠어. 지난 토요일 그 남자지?"

"오오, 역시 선생님은 치과를 할 게 아니라 철학관으로 나서야 했어요."

나는 엄지를 치켜들며 감탄했다. 현우 선생님이 바람둥이로 불리는 이유는 이렇게 여자를 세심하게 관찰할 줄 아는 데 있었다.

"남자가 갑자기 어디서 떨어졌는데? 헌팅이라도 했어?"

"그게……, 옛날에 좀 알았던 친구예요."

현우 선생님은 내가 남자 만나는 것에 그다지 관심이 없다는 걸 알고 있었다. 그래서 소개팅이니 뭐니 하면서 자꾸 나를 그런 자리에 끌어내려고 하는 것이다. 때론 귀찮기도 했지만 현우 선생님이 그만큼 나를 생각해 주고 있다는 뜻 아닌가.

선생님과 유달리 친해지게 된 건 친척을 통해서 소개받게 된 남자가 생각 외로 너무 치근덕거려 고민하고 있는데, 선뜻 나서서 자기랑 사귀고 있다고 해 그 남자가 포기하게끔 도와준

게 계기였다. 그러니 또다시 내가 상담을 요청하자 나름대로 긴장하고 있었던 모양이다.

"옛날? 결혼하기 전에?"

"뭐, 그렇죠."

나는 열심히 어묵탕의 어묵을 건져 먹고 밥도 한 숟가락 먹었다. 자고로 한국인은 '밥힘'으로 사는 법 아닌가.

"그럼 학교 친구? 치대야?"

의료계라는 곳이 좁은 곳이고, 특히 치과 쪽은 더 심해서 학교 때 사람이라면 건너 건너로 현우 선생님도 다 알 수 있었다.

"아니거든요. 선생님 모르는 사람이에요."

상담을 해 주겠다는 거야, 말겠다는 거야. 들어 주겠다는 사람이 내가 말하기도 전에 꼬치꼬치 묻기 시작하면 내가 말을 어떻게 꺼내겠냐고요.

"흐음, 뭐야. 그럼 고등학교 동창이야?"

내가 말도 안 하고 노려보자, 현우 선생님은 그제야 '알았어, 알았어' 하면서 입을 지퍼로 닫는 시늉을 냈다. 우습기도 했지만 일단 밥이나 먹고 얘기하자고 말을 미뤘다.

밥을 다 먹고 종업원에게 테이블도 치워 달라고 하고 나선, 큰맘 먹고 현우 선생님의 잔에 술을 따라 주었다.

"이제 말해 봐라. 뭔 서두가 그렇게 거창하냐?"

"그러게요. 헤헤."

나는 코냑 한 모금을 꿀꺽 마셨다. 홀짝이 아니고 꿀꺽이었다.

"선생님, 나 결혼도 안 한 어린놈하고 연애하면……, 그거 안 되는 거죠?"

입은 웃고 있는데 괜히 눈물이 핑 돌았다. 이제까지 느껴 보지 못한 자격지심을 왜 그깟 녀석에게 가져야 하는 걸까. 코냑 때문에 목이 타들어 가는 것 같아서 더 눈물이 났다. 나는 얼른 얼음물을 한 모금 마셨다.

"어린놈? 연하야?"

"그게……, 후배예요. 그래도 그 녀석 나보다 8개월밖에 안 어려요. 나보다 키도 크고 덩치도 얼마나 큰데요. 아마 선생님보다도 더 클걸요."

밥을 열심히 먹었는데도 좀 전에 마신 코냑 때문에 술기운이 확 올랐다. 그래도 꾹 참고 또 한 모금 꿀꺽 마셨다.

"그런데 왜?"

"전 결혼도 했고, 또 이혼도 했잖아요. 그런데 걘 아직 결혼도 안 해 봤거든요. 그러니까 그런 녀석하고 연애하는 건……, 안 되는 거예요. 그죠?"

"그럼 유부남하고 연애할래? 너 그거 불륜이야."

"그러게요. 헤헤."

머리를 넘기는 척하며 눈꼬리에 달린 눈물을 슬쩍 닦아 내는데, 현우 선생님이 딱하다는 듯이 혀를 끌끌 찼다.

"벌써 결혼하재? 만난 지 얼마나 됐다고."

"에이, 무슨 그런 말씀을. 아직 시작도 안 했거든요."

다시 한 모금 가득 꿀꺽 넘겼더니 이번엔 기침이 나왔다. 캑

캑대며 물을 찾자 선생님이 쯧쯧거리며 내 잔에 얼음을 넣어 주었다.

"그럼 연애부터 해. 그러다가 깨지면 마는 거고, 잘되면 결혼하는 거지 뭘 벌써부터 걱정하고 그래?"

말은 쉬웠다. 하지만 준석에게 대면 그 말은 너무나 어려운 말이 되어 버렸다. 그 고지식한 녀석에게 '연애'란 '결혼'과 같은 말이었다. 그런 순진한 녀석은 애초에 건드리지 않는 게 최선이었다.

내가 묵묵부답으로 있자, 현우 선생님도 술을 마시며 잠시 조용히 있어 주었다.

"고등학교 때라……. 강 선생이 고등학교 졸업한 지 얼마나 됐지? 10년 넘었지? 허, 10년을 넘어선 사랑이란 말이지……."

현우 선생님은 헛헛하게 웃음을 지었다. 나 역시 헛웃음이 흘렀다.

10년.

이상하게도 나이를 먹다 보니 10년이라는 세월이 짧지도 않지만 길지도 않은 시간이라는 생각이 들게 되었다. 어릴 때는 10년을 지속할 수 있는 일이라곤 공부 정도? 그것도 학교를 계속 바꿔 가면서 해야 하니 '지속'이라는 개념도 없이 그저 바뀌는 생활에 따라가기 급급했다. 그런데 어느 순간 '10년'이라는 말을 할 수 있는 나이가 되었다니.

허름한 떡볶이집도 한자리에서 10년을 버텨 냈다고 하면 세간의 눈이 달라지는 게 현실이었다. 특별한 점도 물론 있겠지만 '10년을 한결같이'라는 성실성에 점수를 주는 것이다. 하물며 사랑이라니. 사랑도 10년을 지속해 내면 인정받을 수 있는 걸까?

"강 선생, 이제까지 제대로 연애해 본 적 있어? 없지?"

"쳇, 저, 이래 봬도 결혼도 해 봤거든요."

"그거 선봐서 한 거잖아. 잘 안 돼서 이혼까지 했고."

"우 씨, 그게 연애랑 무슨 상관인데요?"

머리가 너무 무거워서 테이블 위에 머리를 얹었다. 대리석 테이블이라 표면이 차가웠다. 달아올랐던 볼이 테이블 면에 닿아 차가워지니 기분도 좋았다.

"내가 강 선생보다 10년 더 살면서 연애도 많이 해 봤거든. 연애란 게 뭔 줄 알아? 다른 사람에게 내 마음 일일이 펼쳐 보여 주고 하나하나 다 확인받아야 하는 작업이야. 섹스는 오히려 쉬워. 말 한마디 하지 않고도 할 수 있으니까. 그냥 그렇게 끝내도 뒤탈 없지. 그런데 되게 귀찮고 쓸데없는 일로 서로 구속하면서도 행복하다고 생각하는 게 연애야. 강 선생, 그런 거 이제까지 해 본 적 있어?"

"선생님, 정말 되게 시니컬한 거 알아요? 그래서 어떻게 연애하고 살았대요?"

'연애' 하면 그냥 핑크빛이 떠오르는 게 아니던가? 벚꽃 잎 흩날리는 길을 나란히 걸으면서 행복해하는 게 연애 아닌가? 그런데 가만히 생각해 보니 이제까지 나는 그런 적이 한 번도 없었다는 걸 깨달았다. 예전에 준석과 함께였을 때 이후로는.

"그 남자 좋아하지? 고민하는 거 보니 벌써 푹 빠진 모양이네. 강 선생, 그렇게 고민하다가 좋은 시절 다 지나가. 그냥 미친 척하고 잡아. 그놈이 정답이야."

"미친 척하는 게 어떤 건지……, 잘 모르겠어요."

전남편과 헤어진 것은 그가 바람을 피워서였다. 솔직하게 말하면 그가 다른 여자를 만나는 것을 알고 있음에도 모르는 척하고 있었는데, 그가 나에게 대놓고 다른 여자가 있다고 말했기 때문이었다. 그래서 이혼했다.

만약 그가 말을 하지 않았다면 그냥 그대로 살았을지도 모른다. 이혼녀가 되는 것이 싫었기 때문이라기보다는 헤어지기 싫었기 때문이다. 그 당시엔 엄마도 돌아가시고, 이 세상에 나밖에 없었다. 만약 전남편이 노력이 필요하다고 미리 말해 주었으면 어떻게든 노력을 했을 것이다. 결혼이라는 것을 그렇게 쉽게 내려놓을 만큼 나는 거침없는 성격이 아니었으니까.

하지만 전남편은 여자가 있다고 말하면서 나를 붙잡고 울었다. 왠지 그 눈물의 의미를 알 것 같았기에 나는 군말 없이 합의해 주었다. 사랑 없이 '그냥' 사느니 더 행복하게 살고 싶다는 그의 용기가 부럽기도 했다. 간신히 2년을 버텼던 결혼은 너무나 쉽게, 너무나 이성적으로 끝이 났다. 그를 사랑할 수 없어서 안타까웠던 시간이 끝이 난 것이다.

당신 자식 때문에 이혼하는 것이라 시부모님께서는 위자료를 넉넉히 챙겨 주었다. 지금 살고 있는 아파트의 일부가 그것이었다. 내가 지금 살고 있는 아파트는 부모님이 남겨 주신 것

일부와 남편이 위자료로 준 것으로 구입했다.

그러고 보니 나는 주위 사람들이 날 떠나면서 나에게 남겨 준 것으로 살고 있었다. 그런 거 안 남겨 줘도 좋으니 그냥 내 곁에 좀 있어 줬으면 좋았을 텐데. 그러면 괜히 착한 준석이 붙잡고 이런 고민 안 해도 되잖아. 준석이가 무슨 죄야? 왜 나 같은 여자 좋다고 하는 건데?

"그냥 한 번만 주위 신경 쓰지 말고 네 감정에 충실해 봐. 미친 사람이 주위 사람 신경 쓰는 거 봤어? 머리에 꽂아 놓은 꽃만 안 건드리면 이 세상에서 제일 행복하게 지내는 사람이 미친 사람이야."

"그러다……, 주위 사람한테 폐 끼치면 어떻게 해요?"

"그러니까 한 번만 해야지. 여러 번 하면 병원에 끌려가."

현우 선생님은 '내 입에서 이런 명언이……' 하면서 낄낄 웃었다.

하지만 선생님 말대로 하면 다 쉬울 것 같은데 도무지 내 머리로는 내가 그럴 수 있다는 것이 상상이 되지 않았다.

"나이나 어리면 모르겠는데 나잇살이나 먹어서 어떻게 그래요?"

점점 술기운이 올라 까물까물 잠이 오려고 했다.

"나이는 해 지나면 자연히 먹는 거야. 그건 어쩔 수 없지. 하지만 젊게 사는 건 선택의 문제라고. 인생이 계획대로 되는 거 봤어? 팔자소관이라는 게 다 타고나는 거야. 그러니까 운명이라는 말도 있는 거지. 아무리 거스르고 살려고 해 봤자 끝내는 타협하면서 사는 게 인생이야."

현우 선생님은 마치 자기 자신에게 하는 듯 말을 하고 있었다. 술을 한 잔 마시고는 담담하게 내려다보는데 내가 안쓰러운 것 같았다. 나도 나이 먹으면 저런 표정을 지을 수 있게 되는 걸까.

오늘따라 그가 참 어른스러워 보였다.

*

차에서 끌려 나와 누군가의 등에 업히면서 잠이 깼다. 그런데 업혀 있는 느낌이 얼마나 좋던지 그냥 눈을 감고 흔들림에 몸을 맡겼다. 널찍한 등에 편안히 매달려 있자니 어렸을 때 아빠가 업어 주셨던 게 기억났다. 아빠의 등은 이만큼 넓지는 않았지만, 그래도 포근했는데.

"너 언제 온 거야?"

나는 눈도 뜨지 않고 말을 했다.

"어, 깼어? 안 그래도 깨우려고 했는데. 몇 층이야? 집에 다 왔어."

"13층."

내려야 한다고 생각은 했지만 도저히 걸어 들어갈 자신이 없어서 그냥 업혀 있기로 했다. 눈을 살짝 떠 보니 어느새 내가 사는 아파트 앞이었다. 경비 아저씨가 볼까 창피했지만 꿋꿋이 눈을 감고 준석에게 업혀 들어갔다. 엘리베이터에 올라타고 문이 닫히자 공기가 탁했다.

"으음."

"왜? 속 안 좋아?"

"아, 몰라. 말 시키지 마."

머리도 핑핑 돌고 속도 메슥거리고. 언제 이렇게 술을 많이 마셨지? 죽을 것 같아.

"어어, 잠자면 안 돼. 몇 호야? 비번은 뭐고?"

그냥 쓰러져 자고 싶었지만 성실하게 나를 돌봐 주는 녀석 때문에 그럴 수가 없었다. 나는 반쯤 잠든 상태로 말해 주었다.

현관에 들어서자 센서등이 반짝 켜졌다. 준석은 나를 업은 채로 거실 전등을 켜더니 방문을 열고 들어가 나를 침대에 눕혔다. 그러고는 침대 옆의 등을 찾아 켜고 나서야 내 신발을 벗겨 현관으로 내다 놓고 다시 들어왔다.

"나 물 좀."

속이 괴로워 눈뜰 힘도 없었다. 하지만 업어다 침대에 눕혀 주고, 심지어 심부름까지 시킬 사람이 옆에 있으니 기분은 좋았다.

냉장고 열리는 소리, 컵에 물 따르는 소리가 들리더니 잠시 후 준석이 나를 반쯤 일으켜 세우고 컵을 입에 대 주었다. 입으로 물이 들어오는데 천천히 들어오니 감질났다. 그래서 컵을 잡으려고 손을 내밀다 그만 가슴팍에 물을 엎지르고 말았다.

"앗, 차거. 씨, 옷 다 젖었네."

나는 한숨을 내쉬며 비틀비틀 일어나 옷을 벗으려 했다. 블라우스 단추가 잘 안 풀려 낑낑대자 준석이 단추를 풀어 주었다. 나는 서 있기가 힘들어 준석에게 기대어 있었다. 준석은 차곡차곡 하나씩 옷을 벗기더니 속옷만 남겨 놓고는 나를 다시 침대에 눕혀 주었다. 그러고는 어디론가 사라졌다 다시 와서는 수건으로 물 젖은 곳을 닦아 주었다.

"하아, 죽을 것 같아."

"많이 힘들어?"

"나 물 좀."

다시 입으로 물이 들어왔지만 그 정도로는 감질났다. 벌컥벌컥 들이켜고 싶었다.

"에이, 그냥 줘. 나 혼자 마실 수 있어."

녀석을 밀쳐 내고 컵을 잡으려는데 손에 닿는 것 없이 허공만 휘저었다. 그런데 잠시 후 입으로 물이 들어왔다. 이번에는 그 녀석의 입으로부터였다. 어쩔 수 없이 꿀꺽꿀꺽 받아 마시는데 다 마셨는데도 한동안 입술이 떠나지 않았다.

"흐음, 준석아."

눈도 뜨지 못하면서 내 팔은 알아서 준석을 껴안고 있었다. 그의 머리를 어루만지자 짧은 머리가 손바닥을 찔렀다. 까슬한 감촉이 손바닥을 통해 온몸으로 전해졌다.

"쿡쿡, 간지러워."

갑자기 준석이 내 팔을 풀더니 품에서 사라졌다. 눈을 뜨려고 했지만 눈뜰 힘도 없었다. 힘없이 준석의 이름만 자꾸 부를 뿐이었다.

어느 순간 준석이 돌아왔다. 나는 준석이 돌아온 게 그저 기뻐 그에게 매달렸다.

"준석아……."

"효진아, 이거 벗자. 잠깐 기다려 봐, 응?"

언제 벗었는지 그는 벌써 맨몸이었다. 맨살끼리 부딪치는 느낌이 마냥 좋았다. 키스를 하면서 준석이 브래지어를 풀어내자 젖꼭지가 준석의 가슴에 문질러지며 자극을 주었다.

"준석아, 준석아."

준석이 내 가슴을 물고 어린아이처럼 빨아 댔다. 아래로 손을 내려 나를 준비시키는데 그 감촉만으로도 가 버릴 것만 같았다. 어느 순간 그가 아래로 내려가 나를 빨아들이듯이 핥기 시작하자 나는 그저 준석을 가지고 싶다는 생각밖에 들지 않았다. 그리고 준석이 몸으로 들어오는 순간, 나는 절정에 올랐다.

"아악, 준석아."

"헉헉, 효진아."

헐떡이는 숨소리, 맨살끼리 부딪치는 소리.

집이 떠나가게 소리를 지르고 싶었지만 어느새 준석이 키스로 내 입을 틀어막았다. 나는 또 한 번 절정에 올랐다.

"효진아, 사랑해!"

잠시 후, 준석은 크게 신음을 내지르더니 내 위로 털썩 내려앉았다.

마지막 기억은 준석이 내 입술에 키스를 시작하면서 다시 내 위에서 몸을 흔들기 시작한 것이었다.

　목이 말라 눈을 떴다. 침대에서 몸을 일으키는데 머리가 지끈 울렸다.
　"으, 머리야."
　머리를 감싸 쥐고 침대에서 빠져나갈 생각이었는데 이상하게 허리께가 묵직했다. 이불을 들춰 보니 웬 팔이 나를 감싸고 있었다. 깜짝 놀라 옆을 돌아보자 준석이 내 옆에서 세상모르게 자고 있었다.
　'미쳤어, 미쳤어.'
　준석의 팔을 살짝 들어 몸을 빼내고 침대를 빠져나왔다. 방 안은 사고 현장을 방불케 하듯 옷가지가 여기저기 널려 있다. 살금살금 갈아입을 옷을 챙겨 들고 욕실로 들어갔다.
　욕실 시계를 보니 새벽 4시를 가리키고 있었다. 일단 수돗물로 입을 축이고, 화장을 지웠다. 가능한 한 물소리를 내지 않으려고 노력하며 몸을 닦고, 이도 닦았다.
　'아아, 이게 어떻게 된 일이지?'
　현우 선생님과 술을 마셨던 건 기억이 나는데, 그러다가 필름이 끊겨 버렸다. 코냑을 마신 게 문제였다. 홀짝홀짝 마셔야 하는 술을 맥주처럼 벌컥벌컥 마셔 댔으니 정신을 놓을 수밖에. 그런데 현우 선생님은 어디 가고, 쟤는 언제 온 거야?
　욕실에서 살금살금 빠져나와 옷을 입으려는데, 방에서 준석의 목소리가 들렸다.

"효진아, 옷 입지 말고 그냥 이리 와."

그 말을 내가 들을쏘냐. 나는 속옷을 입고 원피스를 뒤집어 썼다. 그리고 침실로 들어가 제 침대인 양 누워 있는 준석의 팔을 잡아당겼다.

"너 뭐야? 잠 깼으면 얼른 가 버려."

"에이, 참 말 안 듣네."

준석이 침대에서 벌떡 일어나더니 나를 잡아끌어 침대에 눕혔다. 그러고는 내 원피스를 벗기고 속옷 역시 벗겨 내었다. 그리고 팔과 다리로 나를 꼭 얽어매더니만 그제야 만족한 듯 한숨을 쉬었다.

"야아, 너 계속 잘 거야?"

나는 가슴팍에 놓인 준석의 팔을 풀려고 애썼다. 준석은 고개를 살짝 들어 침대 옆 시계를 확인하더니 다시 누웠다.

"지금 4시밖에 안 됐어. 자야지, 뭐 해? 왜, 또 하고 싶어?"

자야 된다고 말은 하면서도 그의 것은 내 엉덩이를 쿡쿡 찌르고 있었다.

"이 녀석이, 까불고 있어."

내가 손등을 꼬집자, 준석은 '아야!' 하면서도 너털웃음을 웃었다.

"그런데 어제 콘돔이 없어서 그냥 했는데……, 어쩌지?"

벌써 일은 치러 놓고 걱정하는 척은! 얄미웠지만 적어도 그런 면에서 걱정시키긴 싫었다.

"위험한 기간은 아니니까, 그건 괜찮아."

"아, 그래?"

준석은 왠지 안심이 된다는 듯 나를 품 안으로 끌어당기더니 머리 위에 턱을 얹었다.

"음, 냄새 좋다. 어제는 술 냄새만 폴폴 풍기더니."

뭐야, 이 녀석. 이번엔 팔뚝을 꼬집었지만 준석은 간지럽다며 낄낄 웃어 대면서도 나를 놓아주지 않았다. 그러더니 다리를 벌리고 쓱 내 안으로 몸을 밀어 넣었다.

"야아, 백준석!"

"자꾸 꼼지락대지 마. 그냥 자자, 응?"

나는 그냥 포기하고 자기로 했다. 나 역시 출근하려면 잠이 더 필요했다.

Step 6
The Regret
후회

술을 마시고 저지르는 범죄에 대해 형량을 감해 주기는커녕 오히려 가중치를 줘야 한다고 역설했던 나였다.

술 마셨다는 이유로 형량을 감해 준다는 건 우리나라가 말도 안 되게 알코올에 관대해서, 그래서 너무나 전근대적인 사고방식을 고쳐 나갈 길을 아예 막는 거라고. 최소한의 양심의 빗장을 술로 풀어 버리고 거리낌 없이 범죄의 세계로 발을 들여 버리다니, 그건 이미 그 사람이 범죄자가 될 소지가 다분했던 거 아니냔 말이다.

'정말 내가 미쳤지.'

준석과 하룻밤을 지내고 난 후의 기분은 마치 미성년자를 강간한 것 같은 기분이었다. 비록 그가 나보다 큰 덩치로 먼저 덮쳤던 것 같고, 내가 즐기기보단 그 녀석이 더 많이 즐겼던 것 같긴 하지만 말이다. 하지만 순진했던 녀석을 유혹해 악의 세계로 발을 들여놓게 한 죄는 벗어날 길이 없을 것 같았다.

'어쩌다가 이렇게 된 건지.'

새벽 6시에 알람 소리를 듣고 일어나긴 했다. 하지만 내 안에 들어와 있던 준석의 그 녀석도 같이 기지개를 켜는 바람에 우리는 또 한 번 사고를 치고 말았다. 그리고 잠깐 눈을 붙여야지 생각했는데, 눈을 뜨고 시계를 확인했을 때는 이미 8시였다.

"잘 잤어, 허니?"

시간도 아랑곳 않고 한껏 기분이 좋아 내 얼굴만 들여다보고 있는 준석을 냅다 쥐어박고는 욕실로 밀어 넣었다. 지각을 불사하고 병원에 데려다 주고 가겠다는 걸 등짝을 한 대 때려 주어 집 밖으로 쫓아내고 한숨 돌리는데, 준석이 다시 돌아와 '다녀올게, 허니' 하면서 진한 키스를 남겼다.

젠장, 잠시 정신이 혼미해져 또다시 끝까지 갈 뻔했다. 도중에 멈출 수 있었던 나의 이성에 감사하며 다시 준석을 내쫓고는 시계를 보는데 8시 50분. 나 역시 코앞에 있는 지하철역까지 뛰어가야 했다.

헉헉대며 병원에 들어서자 아직 진료 시간 전인데도 몇 명의 환자들이 대기실에 앉아 있었다. 출근해 있던 다른 선생님들과 눈으로 인사하며 커피를 따라 들고 휴게실로 들어섰더니, 웬일로 현우 선생님까지 일찍 출근해 있었다.

"오, 왔어? 늦게 올 줄 알았더니."

현우 선생님은 숨을 몰아쉬는 나를 보더니 싱긋 웃었다.

"배신자! 웃지 마세요. 한 대 때려 주고 싶으니까."

혹시 술 냄새가 올라올까 급하게 커피를 마셨다. 오늘은 오후 9시까지 일하는 날이라 평소보다 환자도 많아 체력 안배를 잘해야 하는 날이었다. 그런데 아침밥 챙겨 먹을 시간도 없이 아침부터 허둥지둥 뛰어다녀야 했으니. 백준석, 보기만 해 봐라!

"왜 그래? 좀 어리긴 해도 괜찮더구만. 그래, 어제 회포는 잘 풀었어?"

속이 쓰려 한창 예민해져 있지 않다 하더라도 직장 상사와 어젯밤 스토리에 대해 수다를 떨 기분이 아니었다.

"나 선생님하고 그 녀석에 대해서 미주알고주알 떠들 생각 없거든요. 앞으로 다시는 선생님하고 말도 안 할 거예요!"

유들거리는 현우 선생님을 째려보며 팩 쏘아붙였다. 믿는 도끼에 발등을 찍혀도 유분수지, 내가 어찌 저 인간을 믿고 상담역을 부탁했더란 말인가. 다 내 잘못이다. 세상사 모든 일이 쉬운 사람한테 뭐하러 내 고민을 펼쳐 보였을까. 나의 시커먼 속을 온 천하에 다 드러낸 것 같은 창피함과 부끄러움에 얼굴만 붉히며 한동안 말을 할 수가 없었다.

"뭘 그렇게 씩씩대? 어른들 연애가 다 그런 거지. 이럴 땐 젊은 게 미덕이라고. 괜찮아, 괜찮아. 자, 일이나 하자."

현우 선생님은 내 어깨를 툭툭 쳐 주더니 방을 나갔다. 젠장, 마구 미워지다가도 한순간 이렇게 믿음직스러운 모습을 보여 그간의 잘못을 다 상쇄시켜 버리는 나쁜 사람 같으니라고.

"정말 얄밉다니까."

그래, 이렇게 상사한테 어리광부릴 수 있는 직장이 어디 있 겠는가. 나는 고개를 절레절레 흔들면서 휴게실을 나섰다.

오늘은 무진장 바빴으면 좋겠다. 생각에 빠질 겨를도 없게.

마지막 환자까지 보고 나니 9시 종료 시간을 훌쩍 넘은 9시 반이었다. 오늘따라 예약도 없이 신규 환자가 세 명이나 오는 바람에 기존의 예약 환자까지 줄줄이 밀린 것이다.

"아, 맨날 오늘 같으면 과로로 쓰러질 거야."

백전노장인 박 선생님까지도 피곤한 얼굴로 외쳤다.

"그러게요. 선생님 수고하셨어요."

아침에 외운 공염불 덕인가 싶어 제 발이 저렸다. 일하고 있 을 때는 몰랐는데 나 역시 긴장이 풀리고 나니 여기저기 안 쑤 시는 곳이 없었다. 섹스란 것을 어제 전엔 언제 했었는지 기억 도 가물가물했던 터라 평소에 안 쓰던 근육들이 일제히 아우성 을 치고 있었다.

"저녁 먹고 가요. 내가 쏠게요."

피곤하지만 끝났다는 개운한 마음으로 다들 병원을 나서는 데 현우 선생님이 간단한 회식을 제안했다. 원장님은 일찍 들 어가셨기에 꼭 가야 하는 자리는 아니었다. 피곤하다는 핑계로 빠질까 망설이는데, 박 선생님이 배고픈데 잘됐다며 내 팔짱을 끼었다.

"어디 가려고요? 강 선생님 안 가면 나도 안 갈 거예요!"

박 선생님이 협박조로 말하며 끌고 가는 통에 어쩔 수 없이 근처 고깃집으로 향했다.

지글지글, 와글와글.

고기 굽는 냄새, 소리, 연기. 소주잔을 쨍강거리고 비워 내며 와자지껄하는 사람들. 원래도 고깃집 분위기를 좋아하지 않는데다가 또 피곤하기까지 해서 짜증스럽기 이를 데 없었다. 하지만 이것도 사회생활의 일부였다. 적당히 박 선생님의 수다에 맞춰 고개를 끄덕이면서 고기에는 손도 대지 않고 된장찌개에 밥만 깨작거렸다.

"왜 그렇게 안 먹어?"

현우 선생님이 내 접시에 고기를 몇 점 집어 주면서 말했다.

"속이 별로 안 좋아서요."

왜 인상 쓰고 있는지 뻔히 알면서. 나는 부루퉁하니 대꾸했다.

"이럴 때 고기 안 먹으면 언제 먹는다고 그래? 혼자 챙겨 먹지도 못하면서."

하기야 이렇게 회식할 때 말고는 단백질 보충을 따로 하는 법이 없기는 했다. 이럴 때 먹어야지 또 언제 먹겠는가.

"그러게요. 저 챙겨 주는 사람은 선생님밖에 없네요."

입맛은 통 없었지만 보여 주는 성의가 고마워 입에 고기를 넣고 의식적으로 씹었다. 그러자 박 선생님이 웃으며 말했다.

"이 선생님, 요즘 들어 강 선생님만 엄청 챙기시더라. 질투

나게시리."

"내가 언제 강 선생만 챙겨요. 박 쌤도 챙기니까 이렇게 같이 왔죠. 자, 박 쌤도 많이 드세요."

현우 선생님은 껄껄 웃으며 박 선생님 접시에도 고기를 얹어 주었다.

"에이, 말이 그렇다는 거지, 이 선생님도 참. 저 다이어트한다니까요."

박 선생님이 분위기를 띄우는 통에 조금 기분이 나아졌다. 그렇게 주거니 받거니 하다 보니 어느새 각자 소주 한 병씩을 비웠다.

박 선생님은 택시를 태워 보내고, 현우 선생님은 대리 기사를 불렀다기에 그 차를 얻어 타고 가기로 했다. 차에 올라타니 피곤과 술기운이 한꺼번에 밀려왔다. 의자에 머리를 기대고 눈을 감자 속이 울렁울렁했다.

"어제도 그렇게 술 마셔 놓고 오늘도 많이 마셨잖아. 속은 괜찮아?"

그런 줄 알면 아까 좀 보내 주지. 나는 한쪽 눈만 뜨고는 현우 선생님을 노려보았다.

"먹일 만큼 먹이고 나서 이제 물어보세요?"

"나는 먹여 주고도 욕먹는 거냐?"

현우 선생님이 킬킬 웃어 대는 통에 나도 슬그머니 웃음이 나왔다.

"뭐예요, 어제 그렇게 보내 버리다니."

"네가 술 마시다 엎드리기에 그냥 좀 조나 보다 했지. 전화가 울리는데도 네가 안 깨기에 누군가 받아 봤더니, 대뜸 '효진이와 사귀는 사람입니까?' 하잖아."

"아, 진짜……."

무슨 생각으로 그런 말을 했을까. 부끄럽고 창피해서 현우 선생님 얼굴을 볼 수가 없었다.

"그래서 네가 또 나랑 사귄다고 뻥쳤구나 생각했지. '그러는 너는 누구세요?' 그랬더니 자기는 더 오래전부터 사귀어 왔던 사람이라나. 하여튼 전화로 말할 거 없이 당장 오라고 했더니 20분 만에 튀어 오더라. 아, 정말 웃기는 놈이야."

현우 선생님은 재미있다는 듯이 또 킬킬 웃어 댔다. 그 상황이 우스워서 나도 같이 웃었다.

"그래서 나 잠든 사이에 날 앞에 두고 두 남자 분들께서 제이야기를 나누셨다 이 말이에요?"

"뭐, 얘기 나눌 시간이 있긴 했나. 득달같이 오긴 했는데, 너 엎어져 있는 거 보더니 일단 너부터 챙겨야겠다고 업고 나가기에 바빴지. 난 나중에 다시 보자고 하더라. 두고 보자는 놈 하나도 안 무서운데."

현우 선생님은 코웃음을 쳤다. 그러더니 차창 밖으로 시선을 돌리고는 잠시 생각에 빠지는 것 같았다.

"어때 보여요?"

"어? 아, 그놈?"

"네."

"너 엄청 좋아하는 것 같아 보이더라."

남들 눈에도 그렇게 보이는 건가. 하긴 선생님과 그런 식으로 맞부딪치기까지 했다니 그렇게 안 보이기도 힘들겠지만.

"그래도 그놈한테 덜렁 보내 버리면 어떡해요? 같이 간 의리가 있지. 같이 술 마시기로 했으면 선생님이 끝까지 책임져야 하는 거 아니에요?"

"내가 책임을 져? 왜?"

현우 선생님이 힐끔 보는데 생각보다 시선이 차가웠다.

"아니, 선생님한테 책임지라는 건 그 소리가 아니라……. 아, 몰라요."

당황한 나머지 나는 그냥 차창 밖으로 고개를 돌려 버렸다. 갑자기 웬 정색? 좀 기가 막히기도 해서 집에 도착할 때까지 아무 말도 하지 않았다.

"태워다 주셔서 감사합니다. 안녕히 가세요."

인사를 하는데도 현우 선생님은 아무 말 없이 그대로 차를 출발시켰다.

"왜 저러는데?"

정말이지 종잡을 수 없는 사람이었다.

현관문을 열고 들어서려는데 집 안에 불이 켜져 있었다. 깜짝 놀라 문을 열고도 멈춰 서 있자니 안에서 준석이 걸어 나왔다.

"이제 오는 거야? 안 들어오고 뭐 해?"

회사에서 온 건지 재킷만 벗은 셔츠 차림이긴 했는데 아침에 입은 옷과는 달랐다.

"너 여기 왜 있어?"

나는 여전히 문밖에 서 있었다. 내 집에 나 말고 다른 사람이 있다는 게 너무 이상하여 마치 내 집이 아닌 것만 같았다.

"왔는데 집에 없기에 그냥 들어왔어. 잘못한……, 건가?"

당황해하는 준석을 보는데 갑자기 아무 생각을 할 수가 없었다. 나는 그대로 돌아서서 엘리베이터로 향했다. 그리고 뒤에서 준석이 나를 부르는 소리를 들으면서도 엘리베이터 문을 닫아 버렸다.

아파트를 나와 무작정 걷는데 누군가 팔을 홱 잡아챘다.

"잘못했어. 전화했는데 받지도 않고, 언제 올지도 몰라서 그냥 들어가서 기다린 거야. 미안해."

계단을 뛰어 내려온 건지 준석은 헉헉 숨을 몰아쉬었다. 그런 준석을 보면서도 나는 아무 말을 할 수가 없었다. 그냥 눈에서 불이 나는 것 같았다.

준석의 팔을 뿌리치고는 처음 보이는 벤치로 가서 앉았다.

"효진아, 내가 잘못했어."

아침까지도 스스로를 자책하기는 했지만, 약간은 일회성 해프닝 같은 재미가 있기도 했다. 실수이긴 했지만 반쯤 장난스런 마음이 있었던 것이다. 예전에 알았던 남자와의 하룻밤, 그냥 그 정도일 거라고 편하게 생각해 버렸다. 준석을 조금만 더 깊이 생각했다면 충분히 이 사태를 유추할 수 있었을 것이다.

그런데도 무신경하게 지나쳐 버렸다.

준석이 옆에 앉아 있었지만 나는 그 얼굴을 볼 수 없었다. 그냥 원나잇 상대처럼 그렇게 가볍게 만날 수만 있다면 얼마나 좋을까.

"어쩐 일이야?"

"아침에 다녀온다고 했잖아."

잔뜩 기가 죽은 준석이 기어들어 가는 목소리로 대답했다. 아, 아침의 '다녀올게'라는 말이 그 뜻이었던가. 기가 막혀서 헛웃음이 나왔다.

"그래서 어쩌자는 건데? 집에는 갔다가 온 거야? 어제 안 들어갔는데 뭐라 안 하셔? 그런데 오늘 또 나온 거야?"

머리로 이해는 됐지만, 내 공간에 이렇게 성큼 침범해 들어오는 것은 별개의 문제였다. 그리고 이런 식으로 집에 계속 안 들어가거나 한다면 가족들도 금방 눈치를 채게 될 텐데. 아니, 준석의 어머니가 아시면 뭐라고 하실까. 그러면 이렇게나마도 볼 수 없지 않을까…….

"잠깐, 잠깐. 나도 말 좀 하고. 알았어, 일단 차례대로. 아침에 집에 들렀다가 옷 갈아입고 출근했고, 난 지금 혼자 살아서 집에 안 들어간다고 해도 누가 뭐라 할 사람이 없어. 그리고 오늘은 효진이 너 보고 싶어서 온 거고, 오늘도 재워 준다면 난 네 옆에서 잘 거야."

내 옆에서 자겠다는 준석의 말에 눈을 질끈 감았다. 얼마나 진지한 얼굴로 말하고 있을지 안 봐도 훤했다. 그나마 혼자 살아서 준석이 이러고 있는 것을 아무도 모르고 있다는 게 다행이었다. 하지만 정말 이 녀석의 멍청함에는 화를 안 낼 수가 없었다.

"대체 어쩌자는 건데? 이대로 나랑 살기라도 하려고? 그냥 술김에 하룻밤 같이 잔 거잖아. 나 이런 걸로 너한테 절대 책임지라고 안 할 테니 걱정 마. 우린 성인끼리 그냥 즐긴 거야. 그럴 수 있는 거잖아. 그러니까, 그러니까……."

얘기를 하다 보니 화가 치밀어 올라 말이 정리가 되지 않았다. 그런데 준석이 자리를 박차고 일어서더니 나를 내려다보며 소리쳤다.

"왜 책임지라고 안 하는데? 너 그렇게 쉬운 여자였어? 그래서 한번 자 봤으니 나보고 그냥 가란 말이야? 아니, 네 인생에서 아예 꺼져 줄까?"

우물쭈물하던 모습은 온데간데없이 준석은 무섭게 화난 얼굴이었다. 하지만 화가 난 것은 나 역시도 마찬가지였다.

"넌 왜 이렇게 무모해? 너와 내 상황은 그냥 시작하자고 하면 시작할 수 있는 게 아니라고 몇 번을 말했잖아. 이제 처음이고 한 번이었어. 그러니까 이렇게 끝내려면 끝낼 수 있어. 너하고 이렇게까지 하려고 할 생각은 아니었는데 정말 술이 웬수다. 미안해. 내가 끝까지 이성을 지키지 못했어."

왜 이 녀석은 이렇게 하나도 변하지 않았을까. 왜 이 녀석과 나에게는 같이 바라볼 수 있는 미래가 주어지지 않는 걸까.

"넌 왜 항상 나랑 못 끝내서 안달인 거야? 내가 싫은 게 아니잖아. 솔직히 너도 날 좋아하잖아. 그런데 왜 나랑은 안 된다는 거야? 나는 계속 얘기했어. 널 사랑한다고, 너하고 다시 시작하고 싶다고. 그래, 넌 예전에도 나하고 서 있는 곳이 달랐지. 내가 좋다고 쫓아다녔지 네가 좋아한다고 말한 적은 한 번도 없었어. 그래도 네가 나를 거절하지 않으니까, 나 이외에 다른 남자는 곁에 두지 않으니까 그걸로 위안을 삼았어. 하지만 항상 부족했어. 항상 부족했다고! 그래도 이번에 날 만나서 반가워하는 널 보면서 또다시 희망을 가졌어. 어제는 네가 날 찾았잖아. 날 받아들여 준 거잖아. 그런데 한번 맛봤으니까 이젠 꺼지라고? 이런 개 같은 상황 말고 우리 상황이 어떤데? 우리가 왜 다시 시작할 수 없는 건데?"

준석의 언성이 점점 높아지자 지나가던 사람들이 흘끔대며 보는 것 같았다. 나도 할 말이 많았지만 눈을 감고 숨을 골랐다.

"넌 아직도 너무 어려. 왜 그렇게 철이 안 드는 거야? 답답한 건 바로 내 쪽이라고."

네 엄마 때문이라고, 그렇게 가슴속에 든 것을 다 펼쳐 내면 속이 시원할까, 아니면 산산이 부서질까? 그리고 부서지는 쪽은 나일까, 이 녀석일까?

"넌……, 예전이랑 똑같아. 널 처음으로 가졌다고 생각한 내 생애 최고의 행복한 날을 이렇게 부숴 버려. 혹시나 했던 마음을 여지없이 깨 버리고 말지."

준석은 허탈한 듯 허허거리며 웃었다. 목소리는 안정된 것 같았지만 주먹을 쥐었다 폈다 하는 걸 보니 불편한 심기는 여전한 모양이었다.

"너야말로 날 너무 애 취급해. 내가 아직도 믿음직스럽지 않은 거지. 그러니까 나에게 기댈 수 없는 거겠지."

준석은 길게 한숨을 내쉬었다.

"이렇게 널 사랑한다고 말을 하는데도 계속 아니라고 하면 얼마나 더 널 사랑해야 하는 거냐. 어떻게 해야 네 곁에 있을 수 있는 건지……. 모르겠다. 정말 모르겠어. 너무 어려워."

"……준석아."

"이만 갈게."

준석은 속울음처럼 말을 토해 놓더니 내 말은 들으려 하지 않고 뒤돌아 주차장 쪽으로 휘적휘적 걸어갔다. 축 처진 어깨 때문에 키가 한 자는 준 것 같았다.

나는 준석의 차가 떠난 뒤에도 한참을 더 벤치에 앉아 있다 집으로 들어갔다. 한숨이 절로 나오는 밤이었다.

*

내가 체육관에 찾아간 이후 학교엔 전 학생회장과 현 학생회장이 사귄다는 소문이 순식간에 퍼졌다.

준석이 말을 한 건지, 아니면 그날 체육관에 있었던 다른 학생들이 소문을 퍼뜨린 건지 알 수 없었지만, 아무튼 그때부터 나는 준석의 여자 친구쯤으로 알려지게 되었다. 그리고 결국 선생님들까지 알게 되었다.

나를 보는 선생님들마다 고3인데 연애를 하면 어떡하냐는 꾸지람을 하셨는데, 그때마다 아니라고 해명하는 것도 참 곤란한 일이었다. 어차피 준석과는 학년이 다르기 때문에 따로 만나기 전까지는 굳이 얼굴 볼 일도 없었는데 말이다.

하지만 같은 학교라는 것은 넓고도 좁아서 매점에 갈 때나 점심시간에 간혹 마주칠 때도 있었다. 준석이 나와 눈이 마주칠 때면 동경의 눈초리가 되는 것은 확실히 느낄 수 있었다. 드러내 놓고 좋아한다는 표시를 내는데 이쪽이 모를 수가 없는 일이었다. 뿐만 아니라 주위에 친구들이 있거나 하면 미처 준석이 나를 알아채지 못하더라도 큰 소리로 준석을 불러 나를 보게끔 하는 일도 있었다.

나도 때로는 재밌기도 했지만 원하지 않는 시선이란 아무래도 불편한 법이었다. 나는 준석을 보지 못한 척하기도 하고, 봐도 무시하기 일쑤였다. 그러자 준석은 애가 탔는지 나를 보면 멀리서부터 뛰어와 인사를 하기 시작했다.

"누나, 안녕하세요."

"어, 그래."

무심하게 하는 짧은 답인사가 전부였지만, 그것만으로도 세상을 다 얻은 듯 준석의 표정은 의기양양해졌다. 그런 준석을 보는 것은, 솔직히 말하면 기분이 나쁘지는 않았다.

준석은 큰 키에 서글서글한 성격, 단정한 외모, 그리고 학생회장이라는 위치까지 인기가 없을 수 없는 학생이었다. 운동

또한 좋아해서 점심시간에는 거의 운동장에서 축구나 농구를 했는데, 그럴 때면 준석이 운동하는 모습을 보기 위해 창문에 매달려 있거나 운동장에서 소곤대는 여학생들을 많이 볼 수 있었다. 또한 남학생들에게도 인기가 많아 항상 무리 지어 다니며 웃어 대곤 했다. 그렇게 남녀를 불문하고 인기 많은 남학생이 나를 좋아한다고 드러내 놓고 티를 내는데 어찌 기분이 좋지 않을 수 있겠는가.

내 앞에서 순진하게 꾸벅 인사만 하고 돌아서서는 좋아서 방방 뛰어가는 뒷모습을 보고 있노라면 내 속에서 심술궂은 속삭임이 들려왔다.

'그를 건드려 보고 싶어. 그래서 내게 더욱 빠져 드는 꼴을 보고 싶어.'

내겐 순진한 남자를 파탄시키고 싶어 하는 팜므파탈의 기질이 잠재되어 있었던 것 같다.

여름방학식 날, 다른 날보다 일찍 끝난 나는 친구와 함께 수다를 떨며 학교에서 나와 버스 정류장으로 걸어가고 있었다. 방학 동안 나는 오전엔 학교에서 방학 특강을 듣고, 점심을 먹은 후엔 독서실에서 공부하기로 계획을 잡고 있었다. 오늘은 일단 집에 가서 점심을 먹고 다시 독서실로 올 예정이었다.

그때 뒤에서 타다닥 뛰어오는 소리가 나더니 준석의 목소리가 들렸다.

"누나, 안녕하세요."

"아, 그래. 안녕."

멀리서 준석의 친구들이 '우우' 하고 부러움 섞인 야유를 보내는 걸 뒤로하고 우리는 나란히 걸었다.

서로가 기말고사를 치르느라 꽤 오랜만에 얼굴을 보는 것이었다. 무척 반가웠지만 옆에 친구도 있고, 주위 눈들도 많아 친한 척하는 것이 어색했다.

"어디 가세요? 집에 가세요?"

내 친구가 옆에서 귀를 쫑긋하는 것이 느껴졌다. 준석이 나에게 말을 거는 것이 신기한 것이다. 하지만 나로서는 아무리 친구라도 남의 사생활에 간섭하는 것이 아닌가 싶은 마음에 귀찮기만 했다.

"응. 집에 들렀다가 옷 갈아입고 독서실 가려고."

"아, 누나 독서실에서 공부하는구나. 어디 독서실이에요?"

아닌 척했지만 슬그머니 나의 동향을 파악하려는 수작이었다.

"여기 학교 옆 독서실이래."

옆의 친구가 냉큼 준석에게 고해 바쳤다. '야아' 하고 말렸지만 이미 준석은 그 정보를 머릿속에 잘 모셔 놨을 것이다. 준석이 헤벌쭉하고 웃는 모습을 보면서 나는 작게 한숨을 쉬며 머리를 흔들었다.

"너는 방학 동안 어떻게 공부해? 학원 다니니?"

"그렇죠, 뭐."

"학원 다니는 것도 좋지만 자습 시간을 충분히 확보해야 돼. 집에서 공부 잘 안 될 것 같으면 독서실 이용하는 것도 좋고."

"그럴까요? 누나 다니는 독서실, 시설 좋아요?"

준석이 깔아 놓는 밑밥이 무엇인지 환했다. 하지만 친구가 다시 뭐라고 말하지 못하게 내가 미리 못을 박아 두었다.

"뭐, 독서실이야 다 거기서 거기지. 나는 오전에 학교에 나와야 하니까 학교 가까운 곳으로 잡은 거야. 넌 네 동선에 맞게 해야지."

"네, 그렇죠."

그저 싱글벙글인 준석에게 인사를 하고 나는 친구와 함께 집으로 향하는 버스에 올라탔다. 친구가 옆에서 준석에 대해 더 물어보았지만 나는 준석을 친구와의 수다 재료로 쓰기 싫었다. 내가 싫은 표정을 짓자 친구는 제풀에 꺾여 더 이상 말을 꺼내지 않았지만 계속 궁금한 눈치를 보였다.

결국 내가 처신을 잘해야 했다. 만인의 눈앞에서 준석과 만나는 것은 더 이상 사절이었다. 준석의 행동으로 보아 여름방학 동안 내가 다니는 독서실을 신청하게 될 것은 분명한 일이었다.

'아무래도 자주 보게 되겠지.'

버스 차창으로 내리쬐는 땡볕도 기분 좋게 느껴졌다.

두근두근. 이번 여름, 왠지 기대된다.

방학 내내 독서실에서 공부할 거라는 나의 말에 아니나 다를까, 준석은 당장 내가 다니는 독서실에 등록했다. 그리고 우연인 척 내가 저녁을 사 먹는 분식집에 나타났다.

"누나, 여기서 보네요?"

"아, 준석이구나. 어쩐 일이야?"

"저도 여기 독서실 다니기로 했어요. 그런데 누나 왜 혼자 밥 먹어요?"

"집에 갔다 오려면 시간 뺏기고 번거로워서. 그냥 여기서 밥 사 먹고 공부하다 집에 가는 거지, 뭐. 너는? 너도 저녁 먹어야 돼?"

"네. 밥 먹고 학원 가야 돼요."

우리는 자연스럽게 같이 앉게 되었다. 아는 사람이 있는데 굳이 따로 앉아 먹을 이유가 없었으니까.

"누나는 보통 몇 시까지 하다 가세요?"

"12시나 1시. 너무 늦으면 엄마가 걱정하시니까."

"그렇게 늦게까지 있는 거예요? 그럼 어머니께서 데리러 오세요?"

"아니. 우리 엄마 편찮으셔서 그런 거 못 하셔. 독서실 앞에서 버스 타면 집까지 바로 가는데, 뭐. 괜찮아."

"뭐가 괜찮아요? 저도 그때까지 공부하니까 이따 정류장에서 만나요. 데려다 줄게요."

결국 우리는 항상 저녁을 같이 먹게 되었고, 내가 공부를 마치고 독서실을 나오면 준석이 집까지 데려다 주는 것이 일과가 되어 버렸다.

나중에 알았지만 준석은 학원에 갔다가도 다시 독서실로 돌아와 내가 끝나는 시간까지 기다린 것이었다. 그걸 알고 내가 안 그래도 된다고 말리자, 준석은 '에이, 집에서는 모처럼 열심히 공부한다고 좋아하시는데요, 뭐' 하면서 씩 웃을 뿐이었다.

독서실은 남녀로 나뉘어 있어 우리가 만날 수 있는 시간이라곤 식사 시간과 함께 집에 돌아가는 시간 정도였다. 쉬는 시간을 빙자해 틈틈이 준석을 만날 수도 있었겠지만, 그것은 스스로 용납이 되지 않았다. 고등학생이 이성 교제를 위해 공부를 안 했다가 서로가 망하는 꼴을 어찌 견딘단 말인가. 나도 준석도 대학에 가서 당당하게 사귈 수 있는 그날까지 우리는 참고 견뎌 내야 한다고 생각했다.

하지만 잠깐 잠깐의 시간이어도 공부 이외의 화제로 수다 떨 수 있는 상대가 있는 것이 즐거웠다. 우리 둘은 문과와 이과로 계열은 달랐어도 의외로 취향은 비슷했다. 클래식, 재즈, 록 등 음악이라면 장르를 가리지 않고 다 좋아했고, 엽기적인 공포 소설이나 추리소설을 좋아하는 것도 똑같았다. 이야기를 하다 보면 시간이 어떻게 지났는지 모르게 흘렀다. 헤어질 때면 준석은 물론 나까지도 아쉬울 정도였다.

그러던 어느 날, 준석은 집에 데려다 주는 길에 나에게 고백했다.

"누나, 좋아해요."

귀까지 빨개진 준석이 귀여워 웃음이 절로 그려졌다.

"알아."

나는 살포시 웃었고, 내 대답에 준석은 더욱 얼굴이 달아올랐다. 그런 그가 참을 수 없이 사랑스러워 답례로 그의 볼에 살짝 뽀뽀해 주었다. 그러자 흠칫 놀라던 준석은 갑자기 억센 팔로 나를 붙잡더니 입술을 부딪쳐 왔다. 둘 다 처음이었기에 서툴기 그지없었지만, 그것이 우리 둘에게는 첫 키스였다.

"누나, 저 정말 누나 좋아해요."

준석의 목소리에는 감격이 어려 있었다. 이렇게 얼굴을 가까이 대고 진지하게 속삭이는 녀석이라니. 나는 너무 부끄러워 몸을 홱 돌리고는 무뚝뚝하게 말했다.

"너 담배 피우지? 학생회장인데 어떻게 담배를 피울 수 있냐는 잔소리는 하지 않을게. 하지만 난 담배 피우는 사람하고는 키스 안 할 거야."

준석을 동요시키고 싶어 하는 마음 이면엔 그를 타락시키면 안 된다는 마음도 분명히 있었다. '학생이라면 이래선 안 되는데' 하는 최소한의 양심의 소리를 못 이겨 나는 준석에게 다짐을 받았다. 나랑 만나려면 공부도 열심히 해야 하고, 담배도 피우지 말아야 한다고. 그리고 때로 반말을 하며 날 맞먹으려는 준석에게 선배 대접은 꼭 받아야겠다고 따끔하게 혼내기도 했다.

불만스러운 점도 있었겠지만 준석은 성실하게 나의 요구를 받아들였다. 담배도 끊고, 공부도 열심히 했고, 꼬박꼬박 누나라고 부르며 존대도 멈추지 않았다. 나는 그 답례로 키스를 허락해 주었다. 공부를 마치고 집에 들어가기 전 어두운 아파트 그늘 속에서 살짝살짝 나누는 짜릿함.

시간이 흐르면서 점점 열렬해지는 준석을 막는 게 힘들기도 했지만, 나로서는 지루한 수험 생활 중 소중한 오아시스였다.

그렇게 여름이 지나고 2학기를 맞이했다.

＊

준석이 아버지 장례식장에 찾아온 것은 장례식 마지막 날 밤 11시쯤이었다. 학교에는 담임선생님께만 알렸는데 어떻게 알고 찾아온 건지 신기했다.

준석은 분향실에 들어가 분향을 하고 절을 한 뒤 상주인 나와도 맞절을 했다.

"고인의 명복을 빕니다."

"찾아와 줘서 고마워요. 효진아, 가서 식사 대접해. 네 손님이니까 네가 챙겨야지."

준석을 어떻게 대해야 할지 난처해하는 나를 쿡 찌르며 엄마가 채근했다. 나는 준석을 데리고 테이블로 안내했다. 친척들이 많지 않은 터라 영안실을 지키고 있는 사람은 엄마와 나, 다음 날 발인에 참석할 친척 어른 정도가 다였다.

일하는 아주머니가 밥과 음식을 날라 주자 준석은 말없이 숟가락을 들고 우적우적 먹기 시작했다.

"천천히 먹어."

음료수를 컵에 따라 주며 말했다. 준석은 나를 잠깐 쳐다보더니 다시 밥을 먹었다. 나는 그저 준석이 밥 먹는 모습을 바라보고 있었다.

준석을 본 건 꽤 오랜만이었다. 마지막 본 게 수능 보는 날 아침이던가. 벌써 두 달이 되었다. 준석은 내가 시험 보는 학교 앞에서 초콜릿을 건네주며 '시험 잘 봐요!' 하고 손을 꼭 잡아 주었다. 나는 아무 말도 안 하고 고개만 끄덕이고는 시험장에 들어갔다. 아버지가 쓰러지신 지 열흘째 되던 날이었다. 엄마에겐 아버지 곁에 있어 드리라고 하고 혼자 나온 길이었다. 그리고 시험이 끝나고서 나는 홀로 집으로 돌아갔다.

집에 도착하고 나서야 시험장 앞에서 기다리고 있다는 준석의 문자를 확인했다. 바보같이 계속 기다리는 거 아닌가 싶어서 엄마와 준석에게 집에 돌아왔다는 문자만 보내고 전화기를 꺼 버렸다.

준석과 만나는 건 왠지 삼가야 할 것 같았다. 아버지도 편찮으시고 엄마도 힘드신데, 나는 남자 친구나 만나러 다닌다는 건 불효를 저지르는 것 같았다. 그리고 가채점 결과 시험도 완전히 망쳤다.

다음 날, 내내 울어 통통 부은 눈을 하고 학교에 갔다. 선생님과 상담을 하고 조퇴증을 받아 오니 짝꿍인 정원이가 준석이 왔다 갔다고 했다. 쉬는 시간을 틈타 다녀간 모양이었다. 나는 그냥 알았다고만 하고 집으로 돌아왔다.

엄마도 선생님도 걱정하셨지만 나의 우울감은 해소될 기미가 보이지 않았다. 보기만 해도 기분이 좋아지던 준석마저 보기 싫어졌다면 말 다한 것 아닌가. 그렇게 나는 계속 준석을 피해 다니며 만나지 않다가, 출석 일수를 다 채운 12월 초부터는 아버지를 핑계로 아예 학교에 나가지 않았다. 그리고 한 달 만에 아버지가 돌아가셨다.

"잘 지냈어?"

말없이 가만있기가 어색해 인사차 말을 건넸다. 그러자 준석은 참을 수 없다는 듯 숟가락을 탁 내려놓았다.

"어디 가서 잠깐 얘기 좀 해요."

울컥한 듯 눈까지 벌게진 준석을 그냥 놔두면 안 될 것 같았다. 나는 엄마께 잠시 나갔다 오겠다고 허락을 받고는 코트를 챙겨 입고 준석과 밖으로 나갔다. 그런데 막상 밖으로 나오니 춥기도 하고 어디 조용히 앉아서 얘기할 만한 곳이 없었다. 그냥 장례식장 건물 옆으로 가려고 했더니 준석이 내 팔을 붙잡고 택시를 불러 세웠다.

"준석아, 어디 가려고? 나 멀리 가면 안 돼."

나는 택시에 올라타지 않으려고 다급하게 저항했지만 준석은 막무가내로 택시에 태웠다.

"조용한 데로 가고 싶어요. 멀리 가는 거 안 되면 가까운 데로 아무 데나 가요."

택시 운전사 아저씨가 재촉하는 눈빛을 보내기에 나는 어쩔 수 없이 우리 집을 말했다. 택시 안에서 말을 걸려 했지만 준석은 묵묵부답이었다. 화가 많이 난 기색이어서 대체 어찌해야 할지 당황스럽기만 했다.

집에 들어가 불을 켜고 준석을 거실로 안내했다. 코트를 벗어 옷걸이에 걸어 놓고, 준석의 코트도 걸어 주었다. 주방에 가

봤지만 마땅히 대접할 게 없어서 물을 두 잔 따라 왔다. 테이블 앞에 앉아 있던 준석은 내가 컵을 내려놓자마자 목이 탄다는 듯 물을 벌컥벌컥 마셨다.

"준석아……."

"누나, 미안해요. 아버지 장례식 때문에 정신없고 피곤한 거 알지만……, 그래도 누나한테 이거 하나 물어보고 싶어서요. 누나, 저하고 헤어질 거예요?"

뜨끔. 순간 가슴에 칼이 날아와 박히는 것 같았다. 지금도 그렇듯이 준석은 하고 싶은 말이 있을 때면 돌려서 말할 줄을 몰랐다. 나는 준석의 진지하다 못해 무섭게 굳은 얼굴을 바라보았다.

지나온 나날이 어쨌든 간에 우리는 딱히 사귀자는 말을 주고받지는 않았다. 그동안 나는 준석이 나를 좋아한다는 말을 받아 주었을 뿐이었고, 여름방학 동안 잠시 남들보다 자주 만났을 뿐이었다. 내가 저지른 죄는 그것뿐이었다. 그래서 나는 앞으로 이렇게 생각하기로 했다. 준석은 나를 좋아해 주는 후배일 뿐 그 이상도 그 이하도 아니라고…….

"그동안 너에게 말도 없이 연락 끊은 건 미안해. 알겠지만 내 사정이 좀 바빴어. 이해해 달라고는 안 할게. 그동안 네가 많이 속상했던 모양이구나. 미안하다. 하지만 헤어진다는 건……, 적절한 표현이 아니라고 생각해. 우리가 이런 얘기를 주고받을 만한 사이는……."

"내가 화나는 건!"

준석은 테이블을 주먹으로 쾅 내리쳤다. 그러더니 소파에 몸을 묻으며 눈을 감았다. 애써 화를 참는 기색이었다.

이제까지 준석이 내 앞에서 이렇게 화를 내는 것을 본 적이 없었다. 슬그머니 겁이 나긴 했지만 한편 드디어 올 것이 왔다는 생각이었다. 오늘 모든 걸 정리해야 했다.

"누나는 날 좋아하기는 하는 거예요?"

준석의 목소리는 아까보다는 한풀 꺾여 있었다. 감았던 눈을 뜨고 나를 바라보는데 눈물이 그렁그렁 고여 있었다.

"좋아하지. 그러니까 널 만나지 않았겠어?"

그의 모습이 애처로워 가슴이 미어졌다. 미안해, 준석아. 미안해.

"그런 거 말고요!"

준석은 버럭 소리를 지르더니 소파에서 벌떡 일어나 나를 일으켜 세웠다.

"난 누나 사랑해요. 누나 안 보이면 보고 싶어 미치겠고, 보고 있으면 안고 싶어서 미치겠어요. 그런데 누나는 어때요? 날 어떻게 생각하는 거예요? 나 안 보면 보고 싶기는 한 거예요?"

"준석아, 우리 아직 이럴 때가 아니야. 너도 이제 고3이고, 난……, 이번에 대학 가기 힘들 것 같아. 우리는 그냥 이 정도에서……."

"안 돼요! 더 이상 말하지 마요."

준석은 내 입을 손으로 틀어막았다. 손이 바들바들 떨리고 있었다.

"누나가 내 눈앞에 있을 땐 그 정도도 괜찮다고 생각했어요. 어차피 고등학교 졸업도 얼마 안 남았고 그때까지만 참으면 된다고 생각했어요. 그런데!"

준석은 나를 와락 끌어안더니 내 어깨에 얼굴을 묻었다. 그는 안타까울 정도로 어깨를 들썩이며 흐느꼈다.

"내 앞에서 사라지기로 결심한 사람처럼 누나가 안 보이니까 미치는 줄 알았어요. 아무리 연락해도 답도 안 주고, 찾아가도 만날 수가 없으니 죽을 것 같았어요. 겨우 선생님께 여쭤 봐서 아버지 쓰러지신 거 들었어요. 힘들겠구나 생각했지만……, 그래도 왜 연락을 안 해 줄까, 난 그렇게 중요한 사람이 아닌가 싶어서 계속 괴로웠다고요. 이러고 싶지 않았는데. 누나 힘드니까 보고 싶어도 어른처럼 굳게 참아 내야지 했는데……. 그런데 누나가 나를 보고도 아무렇지 않게 잘 지냈냐고 물으니까 화가 나요. 대체 내가 어떻게 해야 하는 거예요? 대체 내가 어떻게 해야 누나 곁에 있을 수 있는 거냐고요! 그냥 기다리면 되는 거예요? 그러면 다시 나한테 돌아와 줄 거예요? 제발 가르쳐 줘요!"

우리는 왜 이렇게 어릴까. 왜 이렇게 힘이 없을까. 어떻게 이 시기를 헤쳐 나가야 할까. 이 시기를 헤쳐 나가면 그 끝은 있을까. 수많은 의문과 미래에 대한 불안이 우리의 어깨를 짓누르고 있었다.

"그런 거 묻지 마. 나도 모르니까."

나는 흐느끼는 준석의 머리를 쓰다듬어 주었다. 나보다 훨씬 키가 큰 준석이 내게 기댄다는 건 한참을 꾸부정하게 숙이는 것이었다. 남들이 보면 그 모습이 굉장히 우스웠겠지만, 지금의 준석이 나에겐 어린아이처럼 느껴졌다.

'준석인 쓸데없이 덩치만 컸지 아직 어린애다. 한 살이라도 더 먹은 네가 잘 다독거려 줘야 하지 않겠니?'

준석의 어머니 말씀이 생각났다. 들을 땐 울컥하며 반대하고 싶었는데, 지금 준석의 모습을 보자니 딱히 틀린 말씀도 아니었다. 그래, 이 여리디여린 준석을 나 말고 누가 챙겨 줄 수 있겠어…….

"왜 몰라요? 적어도 나에 대한 감정은 알 수 있잖아요. 왜 내게 말해 주지 않는 거예요? 날 진짜 좋아하기는 하는 거예요?"

'나도 너를 진짜 좋아해'라고 말해 주고 싶었다. 하지만 오늘 다 정리하려면 이대로 준석에게 휘말려선 안 되었다. 한 살이라도 더 먹은 선배로서 준석을 옳게 이끌어야 할 책임이 있으니까.

"좋아한다고 말했잖아. 넌 내가 정말 좋아하는 후배야. 그동안 친동생같이 날 잘 따라 줘서 고마웠어. 너도 이젠 열심히……. 읍!"

준석이 갑자기 내 입술을 덮쳤다. 억지로 입을 열더니 거침없이 혀를 집어넣어 내 입안을 점령했다. 그리고 피해 다니던 내 혀를 낚아채어 집어삼킬 듯 빨아 댔다.

"이러지 마, 준석아!"

겨우 준석의 키스를 뿌리쳤지만, 준석은 입술 닿는 곳이라면 어디든 나를 핥아 대고 빨아 댔다. 있는 힘껏 얼굴을 밀어내려 해도 준석에게서 벗어날 수가 없었다.

"왜요? 누나는 이제까지 겨우 후배하고 이런 짓 한 거예요? 친동생한테 이런 짓 당한 거냐고요. 내가 누나한테 고작 그것밖에 안 되는 사람이었어요?"

준석은 이제 나를 소파 위에 쓰러뜨리고 내 위로 올라왔다. 나는 벗어나기 위해 정신없이 바르작거리면서도 다리 사이로 파고드는 준석을 보며 그가 흥분한 기색을 알아챘다. 준석은 나에게 키스를 퍼부으며 사정없이 몸을 위아래로 비벼 댔는데, 까딱하면 이 자리에서 일을 저지를 것만 같았다.

"준석아, 이러지 마. 준석아!"

나는 그를 말리려고 머리카락을 잡아당기고 주먹으로 때리면서 여러 가지로 안간힘을 썼지만 소용이 없었다.

"백준석, 정신 차려! 나 지금 아버지 상중이야. 너 이러면……."

참았던 눈물이 쏟아져 나왔다. 결국 내가 큰 소리로 엉엉 울어 대자 준석은 깜짝 놀라 몸을 일으켰다.

"누나……."

"……정말 죽고 싶어."

"누나, 잘못했어요. 울지 마요, 누나."

어찌할 수 없는 절망의 말에 그렇게 흥분해서 정신 못 차리던 녀석이 금세 기가 죽어 나를 달래고 있었다. 그 모습이 우습기도 했지만, 또 그게 너무나 가슴이 아파 나는 쉽사리 울음을 그칠 수가 없었다. 어쩔 줄을 몰라 하며 나를 일으켜 주던 준석의 품에 안겨 나는 한참을 펑펑 울었다. 그동안 피곤했던 마음, 서러웠던 마음이 한꺼번에 몰려나오는 듯 가슴속에 들어 있는 것을 다 끄집어낼 것처럼 울어 댔다.

준석은 그런 나를 꼭 안아 주며 같이 눈물 흘리고 있었다. 아무 말 없이 그저 내 등만 도닥도닥하며 위로해 주었다.

한참을 울고 나니 어느덧 눈물이 그쳤다. 맥없이 그냥 안겨 있는데, 준석이 '잠깐만요' 하며 일어섰다. 욕실로 들어가 세수를 하는지 물소리가 한참 나더니 문을 열고 나오는데 손에 물수건이 들려 있었다.

"닦아 줄게요."

준석은 눈물을 닦아 주더니 내 얼굴 이곳저곳을 쓰다듬듯 수건을 움직였다.

"울지 마요. 나 때문에 울지 마요."

일견 담담해 보이는 준석의 눈과 마주쳤을 때 그가 이제야 상황을 이해했다는 것을 알았다. 나는 고개를 끄덕였다. 그리고 준석의 입술에 조용히 입 맞추었다. 좀 전의 열정은 어디에도 없는, 눈물 맛만 나는 슬픈 입맞춤이었다. 준석은 조용히 내 입맞춤을 받아 주었고, 나를 한 번 꼭 껴안더니 집을 나갔다.

그게 우리의 마지막이었다.

Step 7

The Propose

제안 혹은 청혼

내 집에서 쫓아내다시피 보내 버리고 난 후 2주가 되어도 준석에게선 연락이 없었다. 그렇게 매정하게 내몰았으면서도 연락을 기다린다는 게 우습지 않은가. 하지만 혹시 돌아오지 않을까 하는 미련이 끈질기게 나를 괴롭히고 있었다. 준석은 나를 좋아하니까. 이기적인 생각이긴 하지만, 그게 이유였다.

예전에도 준석은 나에게 혼이 나거나 잔소리를 듣게 되면 종종 삐치곤 했다. 그러면 괜히 며칠 동안 아는 척을 안 하거나 연락을 안 하기도 했다. 하지만 항상 먼저 연락을 취해 오는 것은 준석이었다. 쑥스러운 듯 집 앞에서 나를 기다리기도 하고, 문자로 만나자고 청하기도 했다. 그러면 아무렇지 않은 척 말을 건네주는 것이 내가 하는 화해의 제스처였다. 준석은 그런 나의 행동에 이전에 보여 주었던 나를 열렬히 좋아해 주는 모습으로 다시 돌아갔다. 언제나. 그렇게 속없는 녀석이었지만, 그것은 오로지 나에게만 보여 주는 모습이었다. 그래서 나는 그런 준석이 더욱 좋았다.

그런데 벌써 보름이라는 시간이 지나도 준석에게서 연락이 없으니 차츰 불안해졌다. 사실 예전의 준석이 아닐 텐데. 벌써 서른한 살이나 먹은 성인 남자인데, 아직도 나에게 그런 속없는 모습을 계속 보여 줄 수 있을까. 여전히 나를 그만큼 좋아해 줄 수 있을까.

이제 우리는 학창 시절처럼 좋고 싫음만을 말하는 시기는 진작 지났다. 30대라는 우리 나이는 이미 서로가 좋아한다는 데 동의했다면 그다음 단계로 진도를 나가야 관계를 유지할 수 있는 것이다. 그런데 준석과 함께할 수 있는 그다음 단계가 뭘까? 내 머리를 복잡하게 하는 건 바로 이 물음이었다.

일반적인 커플이라면 당연히 결혼으로의 수순을 밟겠지만, 그건 말도 안 되었다. 그렇다면 그냥 타임킬링이나 엔조이 수준으로 만나 볼까. 미래는 생각하지 말고 현재만을 위해서.

'그렇다면 시한부 연애인가? 그가 결혼할 때까지……'

그럼 뭐야. 내 계획은? 내 인생은? 모든 기준을 그에게 맞추어 살란 말이야?

나는 비록 전문의 면허를 얻어 이정근 치과에 들어와 임상 생활을 하고 있지만, 조금 더 공부를 하여 임플란트 전문의로 나서 볼까 하는 생각을 갖고 있었다. 전공은 보철과이지만, 미국 대학에 있는 임플란트과에서 치주과 전공으로 풀타임 레지던트 과정을 한 번 더 하는 것이다. 그러면 나중에 원장님이 은퇴를 하더라도 교정과 전공인 현우 선생님과 함께 이정근 치과를 이어 나갈 수도 있다.

다만 수련 과정이 혹독했던 걸 떠올려 보면 지금 상황은 정말 편했다. 몸이 끝없이 게을러져 다시 그 지옥 같은 시간으로 돌아가기를 주저하고 있는 것이다. 아, 영어 공부도 필요했다.

그러나 그것은 그냥 꿈같은 것이고, 사실 나에겐 딱히 명예욕도 돈에 대한 욕심도 없었다. 그냥 이렇게 지내다가 정 안 되면 지방 소도시에 가서 개업이나 할까 하는 생각도 있었다. 부모님이 돌아가시면서 물려주신 것에 대출을 좀 더하면 그 정도는 커버할 수 있었다. 다만 무엇을 위해 열심히 살아야 하나 하는 무기력감 같은 것이 발목을 잡을 뿐이었다.

'나란 여자는 마음 편하게 좀 살면 안 되나? 나이 먹으면서 그저 해피하게, 살도 피둥피둥 쪄 가면서 말이지.'

준석은 이런 나에게 도무지 해결할 수 없는 문제였다. 갖고 있자니 부담스럽고, 버리자니 아쉬운.

'으, 머리 아파. 도대체 남자란 일생에 도움이 안 된다니까.'

이상하게도 요즈음 현우 선생님 역시 나에게 쌀쌀하게 굴었다. 대체 내가 뭘 잘못한 건지 알 수가 없었다. 하지만 직장 상사가 기분이 안 좋으니 아랫사람들은 내내 기어 다닐 수밖에 없었다.

"강 선생님이 이 선생님 기분 좀 풀어 주면 안 돼요?"

박 선생님이 내가 무슨 해결사인 양 부탁을 해 대는데 영 모른 척할 수는 없을 것 같았다. 사실 준석의 일은 내가 어쩔 수 없다고 해도, 현우 선생님 정도는 해결 가능한 범위였다. 이럴 땐 월급쟁이 신세가 원수 같지만, 월급 주는 사람의 비위를 맞추는 것도 월급의 일부인 법이니까.

"선생님, 오늘 바빠요?"

"바빠."

"아, 그래요? 그럼 다음에 할게요."

저 심통머리 하고는. 뭣 때문에 삐친 건지 요즘 내가 말을 걸 때 나랑 눈도 안 마주치고 두 마디 이상 하는 법이 없었다.

"다음에 뭘 하는데?"

역시 눈을 마주치는 것은 아니었지만 일단 현우 선생님의 호기심을 끌어내는 데는 성공했다.

"안 바쁘시면 술 한 잔 대접하려고요. 저번에 선생님이 내셨으니까 오늘은 제가 모시려고 했죠."

내가 말을 끝내자 그제야 현우 선생님은 고개를 들었다. 그리고 나를 한번 노려보더니 입을 실룩거렸다.

"어디 갈 건데?"

내가 산다고 하니까 이제야 말을 듣는 거냐. 정말 좀생이 같기는.

"선생님 좋은 데로 가요. 아, 저번에 신사동 거기 갈까요?"

"그러든지."

"그럼 이따 퇴근하고 가요."

휴우, 일단 미션은 성공했다. 뭘 잘못했는지 무조건 싹싹 빌면 용서해 주겠지. 아무리 생각해도 해고 사유가 될 만한 짓은 한 적이 없으니 일에 관한 건 분명 아닐 것이다.

대체 사람이란 언제 철이 드는 것일까. '철들자 망령'이라는 말이 괜히 생긴 건 아닌 모양이다.

진료를 마친 후 현우 선생님의 차를 타고 신사동으로 갔다. 현우 선생님이 이번엔 가게 여주인과 시시덕거리는 것 없이 룸으로 들어서는데도 여주인은 따라 들어오기까지 하며 연신 환대를 했다.

"이 선생님, 자주 좀 오세요. 왜 이렇게 뜸하세요?"

나랑만도 두 번이나 왔는데, 이것보다 더 자주 와야 하나. 주인의 교태 어린 태도는 내가 도저히 따라 할 수 없는 차원이었다. 하지만 분명 내가 본받아야 할 자세였다. 지금은 무뚝뚝한 것이 아니라 살랑살랑 아부를 떨어야 할 때였으니까.

"키핑해 놨던 거하고 과일 주세요. 넌 밥 먹을 거야?"

"주시면 고맙고요."

"식사 되는 거 하나 추가요."

그래도 내 밥을 챙겨 주는 건 여전하다 싶어 쪼끔 고마웠다.

일단 술과 과일이 나오자 나는 자진해서 현우 선생님의 잔에 술을 따라 주었다. 그리고 부루퉁한 얼굴로 한 번에 들이켜는 선생님에게 기다렸다는 듯이 미리 들고 있던 키위 한 조각을 건네주었다.

"웬 아부야? 안 어울리게."

"하하, 좀 안 어울리기는 하죠? 그래도 할 땐 할 수 있어요. 그게 제 생존 전략이죠."

나는 한껏 미소를 지으며 다시 사과 한 조각을 포크로 찍어 선생님에게 내밀었다. 현우 선생님은 나를 슬쩍 째려보더니 사과를 받아 들고는 픽 비웃었다.

"어이구, 장하다 장해. 어디 가서 혼자 죽지는 않겠군."

"제가 왜 죽어요? 가끔 보면 선생님 되게 이상한 소리 잘하시더라."

속없이 애교를 떨어야 한다고 결심했던 초심은 간데없이 사라지고 순간적으로 짜증이 나 팩 쏘아붙였다. 대체 왜 나한테 성질이냐고 같이 성질을 부려 주려는데, 종업원이 식사를 가지고 오는 바람에 하지 못했다. 씩씩거리며 노려보고 있자니, 현우 선생님은 '워워' 하며 밥이나 얼른 먹으라고 핀잔을 주었다. 이번엔 김치찌개가 나오는 바람에 국물까지 싹싹 비벼 맛있게 먹었다.

"먹어 보라는 말도 없이 혼자 먹는 거 봐라."

"그러게 왜 하나만 시켜요? 나 혼자 먹기도 적은데. 드실 거면 식사 시켜 드려요?"

"됐어. 술집에서 김치 냄새 풍기는 건 너 하나로 족하다."

정말 얄밉다니까. 나는 속으로 구시렁거리면서 눈앞의 포도를 집어 먹었다. 현우 선생님은 홀짝이긴 했지만, 줄곧 술을 마시고 있었다.

"안주도 좀 드세요. 빈속에 술만 마시지 말고."

현우 선생님은 내가 과일 접시를 눈앞에까지 끌어 놓자 그제야 포도를 하나 집어 먹었다.

"너 연애는 잘돼 가는 거야?"

현우 선생님은 별 시답지 않은 걸 물어본다는 식으로 툭 내뱉었다.

"연애는 무슨요. 그냥 그런 거지."

"그냥 그런 거? 그게 뭔데?"

"뭘 꼬치꼬치 묻고 그러세요? 남의 사생활을."

내가 눈을 부라리자 현우 선생님은 한심하다는 듯 혀를 끌끌 찼다. 그러더니 잠시 사이를 뒀다가 다시 물었다.

"잘 안 되는 거야?"

"되고 말고도 없어요. 원래 걔하고는 그런 사이 아니에요."

"그런 사이가 아니라고? 확실한 거야? 바보같이 너 혼자만 그렇게 생각하는 거 아니고?"

현우 선생님은 반신반의하는 듯했다.

"지금 제가 저 혼자만 생각하면 되지 남 걱정할 때인가요."

말은 그래도 준석을 생각하면 가슴 한구석이 아파 오는 건 막을 수가 없었다.

"그런 얼굴 하면서 말은 잘한다."

현우 선생님은 또다시 술을 들이켰다. 내가 얼른 과일 한 조각을 포크로 찍어 내밀었지만 고개를 흔들더니 자기가 포도 한 알을 집어 먹었다.

"네? 제 얼굴이 어떤데요?"

설레발치며 웃어넘기려 했지만 쓸쓸해 보이는 현우 선생님의 얼굴이 마치 내 얼굴인 것 같아 그만두기로 했다.

"너 그렇게 힘들면 차라리 나한테 와라."

폭탄이 옆에 떨어졌다 해도 그렇게 놀라지는 않았을 것이다.

"네에?"

"최소한 너 힘들게는 안 할 테니까 그건 걱정 말고."

"어, 저기……, 저 귀 안 먹긴 했는데요, 갑자기 말이 잘 안 들리네요."

농담처럼 자리를 모면하려는 시도였지만 선생님의 눈빛은 평소와 달리 진지했다.

"너라면 괜찮겠다고 생각해서 말하는 거야. 너도 생각해 보라는 거고."

서른두 살에 회춘을 한 건가. 갑자기 웬 남자들의 프러포즈가 한꺼번에 쏟아지는 걸까. 어리둥절하고 당황스런 마음만 앞섰다.

"거절하면 저, 잘리는 거예요?"

"녀석, 참! 잘랐다가 너 해고수당 받는 꼴을 어떻게 보냐. 계속 다닐 수 있으면 다니는 거지."

현우 선생님이 기가 막힌다는 듯 헛헛하게 웃는 모습을 정말 기가 막힌 심정으로 바라보았다. 저번에 선생님이 말했듯이 나에겐 확실히 연애 수업이 부족했던 게 사실인 것 같다. 이런 상황 앞에선 속수무책이 되니 말이다.

현우 선생님과 만난 지도 햇수로 3년이 되어 간다. 정확히 말하면 30개월. 하지만 우리 둘 사이에는 그 어떤 연애 감정도 없었다. 아니, 적어도 나에게 없었던 건 확실한데……, 그동안 현우 선생님은 나를 그렇게 생각하고 있었다는 말인가? 곰곰이 생각해 봐도 선생님이 나에게 그런 눈치를 준 적은 한 번도 없었다. 어쩌면 내가 무디다고 할지 모르겠지만, 적어도 내가 대상이라면 나는 그런 눈치를 분명 알고 있었어야 한다고 생각한다.

아무튼 현우 선생님에게 이런 말을 들었는데, 받아들이지 않을 거면서 계속 곁에 있을 만큼 내 성격이 뻔뻔하지 못했다. 아마도 선생님은 내가 그럴 수 없을 것이라는 걸 분명 알고 있었으리라. 그렇기에 이 말을 꺼내기가 어려웠을 테지.

'나라면 괜찮겠다고 생각했다고?'

정말 내가 가볍고 경박하기까지 하다고 생각했던 사람이 맞을까 싶어 현우 선생님을 찬찬히 다시 보았다. 그동안 남자로 보지 않았기에 한 번도 마음에 들여놓지 않았던 사람이었다.

조금 처진 눈은 선하게 보이면서도 작게 쌍꺼풀진 것이 생각보다 예뻤다. 직업도 같고, 어차피 원장님하고 가족처럼 터놓고 지낸 사이라 계속 만나도 어색할 건 없을 것 같았다. 좀 지랄맞은 성격 말고는, 가끔씩이긴 하지만 날 챙겨 주는 마음씨도 좋고, 믿음직스러운 구석도 있어 내가 의지할 만한 어깨도 가지고 있었다.

현우 선생님은 나에게도 꽤 괜찮은 조건의 사람이었다. 하지만…….

"뭘 그렇게 고민하는 거야? 누가 지금 대답하래? 오랫동안 생각했다 말해도 되니까 지금 머리 굴리지 마. 돌 굴러가는 소리 나."

어휴, 저놈의 성질머리 하고는. 정말 좋게 봐 주려고 했는데 저 입방정이 절반을 깎아 먹었다.

"알겠어요. 생각해 보고 말씀드릴게요."

이 말밖에 할 수가 없었다. 지금 당장은.

*

진료를 마치고 오늘은 누가 붙잡을세라 부지런히 병원을 빠져나왔다. 아직 6시. 퇴근 시간 시작이지만 본격적인 퇴근 인파가 몰려나오기는 전이었다. 낮만큼은 아니어도 거리는 아직 후덥지근했다. 병원에선 종일 에어컨 속에 있어야 하기에 얇은 긴팔을 입고 있는데, 밖에 나오니 지하철역까지 조금 걸었는데도 땀이 찼다. 소매를 걷어 올리고 부채질을 하면서 지하철에 올라탔다. 그러다 문득 생각이 나 다음 역에서 내려 버렸다.

아무 약속도 없었고 여기 온다고 해서 볼 수 있다는 보장도 없었지만, 그냥 그가 있는 곳에 가까이 있고 싶었다.

지하철역에서 지상으로 올라오자 바로 보이는 큰 건물이 준석이 있는 회사 빌딩이었다. 슬슬 퇴근하는 사람들로 북적이려는 입구 앞에서 나는 우두커니 서 있었다. 지나가는 사람들이 힐끗힐끗 보는 것 같았지만 약속 상대를 기다리는 듯한 사람은 나 말고도 여럿 있었다. 나 역시 누군가를 기다리는 척 휴대폰을 손에 들었다.

'준석이는 어떤 기분으로 나를 기다리고 있었을까?'

그냥 얼굴만 보게 돼도 좋을 것 같았다는 준석의 말이 생각났다. 그런데 얼굴만 보면 떡이 나오나, 밥이 나오나. 그래도 기다리고 싶은 마음이었겠지. 그래서 잠깐 얼굴이라도 보고 싶었겠지. 혹시나 말이라도 한마디 건넬 수 있다면 이 보고 싶은 마음 좀 가실까 싶었겠지. 지금 내 심정도 꼭 그러니까. 행여나 다시 안 만날 것처럼 매정하게 끊어 놓고도 다음 날로 바로 피임약 처방받아 꼬박꼬박 챙겨 먹고 있는 미련퉁이가 바로 나였다.

'아, 정말 우울하네.'

뭐 하자고 여기 서 있는 걸까. 카페라도 들어갈까? 아니다. 밥도 먹어야 하는데 괜히 커피를 마시게 되면 밥을 건너뛰게 될지도 몰라. 그러기는 싫었다.

정말이지 아무 일도 벌어질 것 같지 않은데 이상하게도 발이 떨어지지 않았다. 그런데 갑자기 아는 얼굴이 내 앞에 등장했다. 물론 그쪽은 나를 알 리가 없었다. 휴대폰을 들고 열심히 문자를 찍는 것 같더니, 금세 마음이 바뀌었는지 그냥 통화 버튼을 눌렀다. 그리고 한동안 전화기를 귀에 대고 있더니 상대가 전화를 받은 듯 얼굴에 화색이 돌았다.

"오빠! 나 지금 어디게요?"

바로 얼굴을 찡그리는 걸 보니 상대가 그리 친절한 대답을 주지 않은 모양이다.

"준석 오빠 바쁜 거 세상 사람이 다 알아요. 그냥 나 지금 회사 앞에 와 있다고 알려 주려고 전화하는 거예요. 언제 끝나요? 우리 같이 저녁 먹어요."

상대는 여전히 신통치 않은 반응만 보여 주는지 여자의 기색이 점점 실망스러워졌다.

"그래도 언젠가 밥은 먹을 거 아니에요. 우리 할머니 장례식 이후에 한 번도 못 만난 거 알아요? 나 여기 아래 카페에서 기다릴 거니까 끝나면 내려오세요. 나 오빠 올 때까지 밥 안 먹고 기다릴 거예요."

뭐라고 하며 상대가 전화를 끊었는지 여자는 휴대폰을 보며 입을 실룩거렸다.

"세상 일 혼자 다 하지. 맨날 바쁘대."

그래도 언제나 있었던 일처럼 금세 마음을 추스르고는 여자는 건물 안으로 들어갔다. 이 건물 1층에는 체인점으로 유명한 카페가 있었다. 고개를 슬며시 돌려 보니 여자는 카페 구석에 자리를 잡고 등에 짊어지고 있던 배낭에서 노트북을 꺼냈다.

시원해 보이는 원피스 차림이었지만 배낭을 메도 어색하지 않을 만큼 어리고 예뻤다. 노트북으로 뭔가를 작성하는 것을 보니 리포트라도 쓰는 것 같았다. 학생인 모양이었다.

"백준석 능력 좋네."

신선한 젊음이 괜히 부러워 심술궂은 소리가 튀어나왔다.

에이, 여기 서 있으면 밥이 나오냐, 떡이 나오냐. 집에 가서 밥 먹고 운동이나 가자. 이런 좋은 날씨를 낭비하는 건 인생을 낭비하는 것이다.

나는 그대로 돌아서서 지하철역으로 향했다.

반찬 가게에서 사 가지고 들어간 몇 가지 밑반찬으로 대충 저녁을 때우고 아파트 뒷산에 올랐다. 높지는 않지만 운동 부족인 나에게는 조금은 벅차게 운동할 만한 동산이었다. 올라갈 때는 언제나 씩씩하게 올라도 내려올 때면 다리가 후들거렸다.

산 위에 오르자 오늘도 저녁 운동에 열심인 아줌마들이 많이 보였다. 산 위의 작은 공터에는 구청에서 설치한 몇 가지 운동기구들이 있었고, 주위에는 앉아서 쉴 수 있는 벤치도 두어 개 있었다. 운동하는 사람들도 있었지만 벤치에 앉아 수다를 떠는 아줌마들도 있었다. 아줌마들은 항상 삼삼오오 짝을 지어 다니는데 운동이 아니라 마실인 것 같았다. 그래도 시간 나면 술이나 마시러 다니는 젊은 사람들에 비하면 얼마나 건전한 생활인가. 집안일 다 챙겨 놓고, 가족들 건사해 놓고도 여유롭게 시간을 보내는 아줌마들을 보면 부럽다는 생각이 먼저 들었다.

기구를 이용하려면 좀 기다려야 할 것 같아서 능선을 따라 한 바퀴 돌 수 있는 산책로로 접어들었다. 길은 나무가 꽤 울창해 아직도 훤한 거리와 달리 어두컴컴했다.

사람이 꼭 짝을 지어서 살아야 한다고 생각하지 않는다. 하지만 혼자인 것이 견딜 수 없을 정도로 외로울 때가 있었다. 이럴 땐 누군가가 나만을 위해 존재했으면 좋겠다. '이 세상 누구

보다도 너만을 사랑해'라고 말해 주는 누군가가. 덧붙여 나 역시 그 사람에게 같은 말을 되돌릴 수 있다면 좋겠다.

젊은 남자를 어쩌다 펫으로 두게 되면서 벌어지는 상황을 그린 일본 만화를 본 적이 있다. 자세한 내용은 끝까지 보질 않아서 잘 모르겠지만 첫 도입부는 너무나 공감이 되었다. 펫인 남자는 사람인데도 주인이 올 때까지 밥도 안 먹고 아무것도 하지 않으며 기다리기만 한다. 그러다 주인공이 퇴근하면 '밥! 밥!' 하고 외치며 달려드는데 그 꼴이 정말 강아지 같다. 단, 사람의 말을 할 수 있는 강아지인 셈이다.

주인공은 펫을 목욕도 시키고, 머리도 말려 주고, 같이 TV도 보아 준다. 그저 보살펴 주고 곁에 있어 주기만 하면 행복해하는 펫. 때로는 펫이 까탈을 부려도 그 비위를 맞춰 주며 보살피는 것에서 위안과 보람을 찾는 여주인공. 여기까지는 펫이란 게 화분의 식물이든 다른 애완동물이든 다를 게 없었다. 이 만화의 포인트는 펫이 사람의 말을 할 줄 안다는 것이었다.

대화를 나눌 수 있는 펫이 있다니, 정말 이상적이지 않은가.

아침에 출근하여 종일 밖에서 일을 할 때는 상관이 없었다. 그런데 힘든 하루를 보내고 집이라고 돌아왔는데, 어두운 집에 들어와 조명을 켰을 때의 그 적막함이란.

그 적막함이 싫어 TV도 틀어 놓고 음악도 들어 보지만, 때로는 나도 사람과 말을 하고 싶다. 같이 드라마 보면서 주인공을 욕하고, 쓸데없는 농담이나 수다도 떨고 싶다. 업무 얘기나 알맹이 빠진 농담 따먹기가 아니라 둘만의 사적이고 은밀한 대화를 나누고 싶다.

이런 만화까지 등장하였으니 나처럼 공감하는 홀로 사는 직장 여성들이 얼마나 많을 것인가. 같은 생각을 하는 사람들끼리 동호회라도 했으면 싶다.

'그러다 적당한 남자가 있으면 펫으로?'

생각만 해도 재미가 있어 혼자 낄낄 웃었다.

에이, 어떤 남자가, 아니, 어떤 사람이 그렇게 밸 없이 밥 주는 사람만을 맹목적으로 따를 수 있겠는가. TV를 보니 다섯 살만 되어도 제 뜻대로 부모를 좌지우지하려던데. 혼자서는 아무것도 할 줄 모르는 꼬맹이 주제에 말이다.

만화에서 펫으로 삼은 남자는 막 성인이 된 나이였다. 모든 것을 스스로 처리할 수 있는 성인인데도 나만을 의지하고 내가 없으면 안 되는 누군가가 있다는 것이 포인트였던 것이다.

그러나 만화니까 상상의 나래를 한번 펴 보는 거지 세상에 그런 일이 어찌 있을 수 있겠는가.

*

운동을 마치고 후들거리는 다리를 겨우 붙잡아 아파트로 돌아왔다. 시원하게 샤워하고 개운한 몸으로 쿠션 껴안고 뒹굴뒹굴하며 TV 좀 보다가 자면 될 것 같았다. 수건으로 이마의 땀을 닦으며 아파트 입구로 들어서는데 뒤에서 나를 부르는 소리가 들렸다.

"효진아."

깜짝 놀라 뒤돌아보니 준석이었다. 회사에서 오는 듯 아직도 슈트 차림이었다.

"갑자기 어디서 나타나는 거야?"

"집에 없기에 차에서 기다리고 있었어."

지난번 일이 생각났다. 역시 학습 효과는 뛰어난 녀석이었다.

"전화라도 하지 그랬어."

"전화도 하고 문자도 했는데 다 날름 드신 건 누구시더라."

준석의 뾰로통한 말에 나는 그제야 휴대폰을 꺼내 보았다. 퇴근하고서도 무음 설정을 풀어놓지 않아 연락이 온 걸 까맣게 몰랐다.

"아, 미안, 미안."

부재중 전화 한 통과 '어디?'라는 문자 한 통이 30분 전쯤에 와 있었다. 연락을 받았어도 슈퍼맨이 아닌 이상 산에서 날아올 수가 없었으니 어차피 이 시간이었다.

"운동 갔다 와?"

"응, 뒷산에."

트레이닝복에 포니테일로 머리를 질끈 묶어 모자를 쓴 차림이었다. 후줄근한 모양새일 걸 생각하니 영 폼이 안 났다.

"어디 좀 가 있을래? 아니, 나 이런 꼴로 어디 가긴 좀 그런데. 음, 잠깐 올라갈래?"

입을 열어 말을 하면서도 사실 정신이 없었다. 이 시간에 여긴 웬일이지? 솔직히 준석이 나에게 와 주길 바랐지만 그게 오늘 이 순간이 될 줄은 꿈에도 생각을 못 했다.

"그래. 그런데 밥 있어? 저녁 안 먹어서 배고픈데."

엘리베이터를 기다리는데 준석이 뜬금없이 밥타령이었다.

"왜애애? 지금까지 밥을 안 먹었어?"

휴대폰을 보니 벌써 9시 반이었다.

"뭘 그렇게 놀라고 그래? 회사에서 일하다 보면 그럴 때도 있는 거지. 퇴근하고 바로 오는 길이야. 왜? 밥 없어?"

준석은 과도하게 놀라는 내가 오히려 이상하다는 듯이 타박했다. 어라, 그 깜찍한 계집애하고 저녁 먹는 거 아니었어?

"밥이야 전자레인지에 돌리면 되지."

엘리베이터에서 내려 집 앞으로 걸어가면서도 여전히 얼떨떨한 기분이었다. 하지만 조금 전의 고단함은 어디로 갔는지 갑자기 날아갈 것만 같았다.

현관문을 열고, 모자를 벗어 테이블에 대강 얹어 놓고 트레이닝복 상의도 벗었다. 땀 때문에 목욕을 바로 해야 할 것 같은데, 이 시간까지 밥도 안 먹고 배가 고프다니 저녁부터 챙겨 줘야겠다. 갑자기 마음이 바빠졌다.

"일단 손 씻고 나와. 밥 차려 놓을게."

"고마워."

준석은 거실 한쪽에 가방을 내려놓고 재킷을 벗어 그 위에 올려놓은 후 욕실로 들어갔다. 나는 옷걸이를 찾아 재킷을 반듯이 걸어 주었다.

전자레인지에 밥부터 돌리고, 냉장고에서 주섬주섬 반찬을 꺼냈다. 나야 밑반찬만으로도 대충 한 끼 때울 수 있다지만, 저 덩치에 이렇게만 먹으면 양이 안 찰 것 같은데. 뭘 더 해 줘야 하지? 턱을 괴고 곰곰이 생각해도 없는 것이 갑자기 튀어나올 수는 없는 일이었다. 프라이팬에 계란 세 개를 깨고, 익는 동안 냉동실을 뒤져 봤지만 딱히 먹을 만한 것이 없었다.

"뭐 해 주려고 안 해도 돼. 그냥 밥하고 김치만 있으면 오케이야."

"아, 미안. 집에 먹을 게 없네. 일단 앉아."

수저를 놓는다, 계란을 뒤집는다, 전자레인지에서 밥을 꺼낸다 하며 혼자 부산하게 왔다 갔다 하는데 준석이 갑자기 뒤에서 껴안아 왔다.

"야, 나 샤워도 안 했어. 만지지 마."

"괜찮아. 그냥 잠깐만 있어 봐."

준석은 내 뒷목에 코를 묻더니 혀로 목을 쓱 핥았다.

"진짜 짜네."

준석이 쿡쿡대며 웃었다. 아, 진짜! 빨리 샤워하고 싶은 마음이 굴뚝같은데도 참고 밥 차려 주고 있고만. 이 도움 안 되는 녀석 같으니라고.

"그러니까 하지 말라고 했잖아!"

뿌리치는데도 다시 나를 잡아채더니 준석은 두 손으로 내 얼굴을 감싸 입술을 내렸다.

"보고 싶었어."

콧속으로 밀려드는 남자다운 체취에 혼이 나갈 것 같았다.

그를 더 가깝게 느끼려고 두 팔로 그의 목을 감싸 안자 준석은 한 손을 내 팔 아래로 내리고, 다른 한 손으로 내 엉덩이 부분을 꽉 잡고는 나를 들어 올렸다.

키스에 몰두하다 보니 점점 둘을 갈라놓는 천 조각들이 거추장스러워졌다. 몰아쉬는 숨소리에 신음 소리가 섞여 나기 시작했다. 이대로 있다간 바로 침대로 직행할 것 같았다.

"잠깐, 잠깐만, 준석아."

숨을 고르느라 입술을 뗀 준석에게 말했다. 준석의 입술이 불빛에 붉게 번들거리고 있었다. 너무나 색정적이어서 나도 쉽게 놓아주기가 힘들었다.

"넌 밥부터 먹어야 하고, 난 샤워. 그리고 이건 그다음에. 오케이?"

준석은 가타부타 말을 안 하더니 내 볼에 짧게 키스를 쪽쪽 남기며 나를 내려 주었다. 순순히 말을 듣는 준석이 귀여워 엉덩이를 툭툭 쳐 주고는 식탁으로 안내했다.

"국이 없어서 미안하네. 계란프라이라도 많이 먹어."

"뭐야. 세 개씩이나 한 거야?"

준석은 우스워 죽겠다는 듯 배를 잡고 웃어 댔다.

"먹을 게 없는데 어떡해? 싫으면 먹지 마."

심통이 나 접시를 빼앗으려고 하자 준석은 '워워, 누가 안 먹는데?' 하며 즉시 접시를 사수했다. 그래도 영 식탁이 부실한 것 같아 주섬주섬 도시락용 김을 찾아 꺼내 주었다. 준석은 눈에 흐뭇한 미소를 품고 나를 보고 있었다. 내가 자기를 분주하게 챙기는 게 내심 좋은 모양이었다.

"이렇게 먹고사는 거야?"

"집에서 먹을 일이 별로 없어."

"그럼 저녁은 맨날 누구랑 먹는데?"

준석이 돌연 인상을 썼다.

"이놈 저놈 바꿔 가며 먹는다, 왜?"

봐주려 했더니 사사건건 강짜를 부리려 하네. 나 역시 인상을 팍 찌푸렸다.

"앞으로는 나하고 먹어. 이게 뭐야. 영양가도 하나 없이."

"이 녀석이, 기껏 챙겨 줬더니 먹으면서도 잔소리네."

"나 군대 행군 갔을 때도 이거보다는 잘 먹었겠다. 밥 하나 더 돌려 줘. 밥이라도 많이 먹어야지."

나는 준석을 한껏 노려보며 전자레인지에 밥을 넣었다. 그리고 팩 돌아서서 옷을 챙겨 들고 욕실로 들어갔다. 남이야 혼자 먹든지 말든지. 흥!

샤워를 다 한 후 어떤 얼굴로 나가야 하나 생각을 하며 괜히 욕실에서 시간을 보냈다. 온몸에 보디로션을 바르고, 얼굴에 기초화장─아침 시간을 줄이기 위해 따로 화장대를 두지 않고 욕실장에 화장품을 가져다 놓았기에 가능했다─까지 다 했다. 드라이어로 머리까지 말리고 나니 욕실에서 더 이상 할 일이 없었다.

욕실 문을 열고 바깥 동정을 살폈다. 식탁은 깨끗이 치워져 있었고, 설거지까지 다 해 놓은 상태였다. 준석이 TV를 틀었는지 드라마 배경 음악이 들렸다. 그리고 준석은……, 소파에 앉아 뒤로 목을 기대고 잠을 자고 있었다.

테이블 위에는 녹차 티백이 담긴 찻잔 하나가 놓여 있었다. 어떻게 찾았는지 용타 싶다. 찻잔엔 차가 절반쯤 줄어 있었다. 내가 그렇게 욕실에서 오래 있었던가. 시계를 봤더니 벌써 한시간 반이 지나 있었다.

"준석아, 집에 가서 자야지."

소파로 가 준석을 흔들어 깨웠다. 준석은 힐긋 한쪽 눈만 뜨더니 말없이 내 팔을 잡아당겨 무릎 위로 앉혔다.

"무슨 샤워를 그렇게 오래 해?"

준석은 팔을 들어 내 어깨를 감싸 안더니 끄응 소리를 내며 내 머리에 얼굴을 파묻었다.

"피곤하면 집에 가서 자란 말이야."

"잠깐만."

귀를 할짝할짝 핥아 대던 준석은 그대로 나를 소파에 밀어 눕혔다. 그리고 같이 따라 엎어지며 내 가슴에 코를 묻었다.

"음, 냄새 좋군."

"그러니까 샤워하고 온다고 했잖아."

아까 풍긴 땀 냄새가 창피했다. 하필 운동 끝날 때 와 가지고선!

"난 아까도 좋았는데. 네 땀 냄새 맡으니까 무지 흥분됐거든."

변강쇠를 삶아 먹었나, 언제부터 이 녀석이 이렇게 밝힘증 환자가 되었지?

준석은 고개를 들더니 내 얼굴에 흐트러진 머리카락을 쓰다듬듯 옆으로 치워 주며 그윽한 눈으로 나를 내려다보았다.

"이렇게 너랑 있으니까 정말 좋다. 꿈인 것 같아. 그런데 내가 이렇게 널 내려다보고 있으니까 더 좋아. 네가 이불이라면 맨날 깔고 잘 텐데."

"뭐? 이불?"

준석은 발끈해서 치켜드는 내 손목을 잡아채더니 잔소리하려는 입을 막으려는 듯 키스 공세를 펼쳤다. 격렬했던 키스가 점점 농염해지기 시작했다. 혀를 굴려 입안을 샅샅이 훑더니 내 혀를 물고 빠는데 혼이 나갈 지경이었다.

"너 왜 이렇게 키스를 잘해?"

준석은 내 얼굴의 모든 곳을 점령이라도 하겠다는 듯 계속 입술 도장을 남기고 있었다.

"내가 키스를 잘해?"

이런 말은 처음 듣는다는 표정이었다. 그러고는 금세 헤벌쭉거리는 얼굴 하고는……

"내숭 떨기는. 한두 번 해 본 솜씨가 아니구만."

헉, 준석의 여자에 대해 질투라도 하는 것 같은 말투라니. 당장 입을 꿰매 버리고 싶었다.

"그거야 너한테 많이 해 봤잖아. 거기에 플러스하면 상상의 산물이랄까. 내가 키스를 잘한다고 했겠다. 그러면 앞으로 널 유혹할 땐 키스를 하면 되는 거야?"

"말이 어떻게 그쪽으로……."

준석은 다시 내 입을 막았다. 입술과 입술이 부딪치고, 혀와 혀가 어우러지며 서로를 애무했다. 그리고 준석의 손은 어느새 밑으로 내려와 손가락으로 나를 유혹하고 있었다.

"나 지금 참아야 돼?"

준석과 나는 온몸이 겹쳐진 채 얼굴만 1센티미터쯤 떨어져 있었다. 그의 몸이 뚫고 나올 듯 맹렬한 기세를 펼치고 있는 것과 마찬가지로 나 역시 그를 받아들이고 싶다는 생각 말고는 머릿속에 아무것도 없었다.

"아니."

준석은 그 말을 기다렸다는 듯이 내 원피스를 벗기고 속옷을 벗겨 내리더니, 급한 대로 자기 바지와 속옷을 한 번에 벗어 내리고는 다시 소파 위로 올라왔다. 준석은 내 다리를 벌리더니 그대로 입을 내렸다. 그는 급한 마음을 내보이듯 나를 적시는 데 온 힘을 기울였지만 사실 난 그렇게 오래 준비할 필요가 없었다. 벌써 달아올라 있었으니까.

"준석아, 빨리."

준석은 내 신호를 알아채자마자 몸을 올리더니 내 입술에 키스를 하며 곧장 내게 들어왔다. 격렬한 결합이었다. 보름간 못 만난 것이 전희인 양, 우리는 아까 서로를 눈에 들였을 때부터 흥분해 있었다. 준석의 세찬 몸놀림 속에 나는 급속도로 타올랐고, 우리 둘은 바로 절정에 올랐다.

"하아, 하아, 정말 좋아."

준석은 몸을 뗄 생각도 못 하고 내 귀에 태풍처럼 숨을 내쉬고 있었다. 그러면서도 잠시라도 쉬면 죽을 듯이 나를 맛보느라 입술을 놀리고 있었다.

"무거워."

말은 그렇게 했지만 준석을 밀어낼 힘도 없었다. 준석은 쿡쿡 웃으며 '영차!' 하고는 몸을 일으켰다. 그러더니 내 두 팔을 자기 목으로 둘렀다.

"꽉 잡아."

준석은 나를 번쩍 안아 들더니 침대로 향했다.

"아, 다리 후들거려."

"떨어뜨리면 나한테 죽어."

준석은 낄낄 웃으며 나를 침대에 내려놓고 남은 옷을 다 벗더니 침대로 올라왔다. 내 목 아래로 한쪽 팔을 끼워 나를 잡아당겨 안고 나서 그제야 축 늘어졌다.

"씻고 싶은데 기가 딸려. 그냥 이대로 잘까 봐."

"피곤하면 집에 가서 쉬지 뭐하러 왔어?"

오늘따라 유난히 피곤해 보이는 게 안쓰러웠다.

"회사 일이 바빴어. 그런데 되게 피곤한데도 계속 잠을 못 잤어. 너 때문이야. 욕구불만 때문에 도통 잠을 잘 수가 있어야지. 그런데 이렇게 너랑 한번 하고 나니까 몸이 좀 풀리네."

눈을 감고 당장 잘 태세였지만 입은 히죽히죽 웃고 있었다.

"이러고 있으니까 정말 좋다. 이대로 죽어도 여한이 없을 것 같아."

"죽긴 왜 죽어? 무슨 그런 흉한 소리를 하고 그래!"

되는대로 주먹을 휘두르려는데 준석이 꼭 껴안아 버리는 바람에 헛손질이 되고 말았다.

"너만 두고 안 죽어. 걱정 마."

걱정 말라는 말에 괜히 안심이 되어 그의 가슴에 얼굴을 파묻었다. 씻지 않은 터라 땀 냄새와 그의 체취가 적당히 섞여 있었는데 담배 냄새는 안 났다.

"담배 안 피워?"

"어? 응."

올려다보니 준석은 여전히 눈을 감은 채였다. 그 모습이 왠지 내 키스를 부르는 것 같아 입술에 쪽 입 맞추어 주었다.

"담배 안 피웠다고 상 주는 거야?"

준석이 홋 웃었다. 거의 잠의 나라로 다 간 모양인 듯 목소리가 갈라져 있었다.

"나한테 좀 더 기대도 돼. 나한테 힘들다고 투정도 하고 어리광도 부려. 내 어깨 넓어서 마음에 든다며. 네가 기댈 만큼 넓어. 나한테는 더 기대도 돼."

"너한테 기대고 있다가 너 없어져 버리면 난 어떡해. 이번에 쓰러지면 혼자 일어날 자신……, 없어."

준석의 팔을 걷어 내고 침대 밖으로 나오려고 했다. 그러나 준석은 내가 그대로 나가게 두지 않았다. 뒤에서 허리를 꼭 껴안아 다시 침대에 눕히고는 내 뒷목에 입술을 묻었다.

"너 혼자 두지 않을 거야. 나랑 함께해 나가자. 효진아, 사랑해."

나는 눈을 질끈 감았다. 울고 싶은 기분이었다.

"너 정말 낯간지러운 소리도 잘한다. 그런 소리는 네 와이프
될 사람한테나 가서 해."

"또 밉게 말한다. 알았어. 난 그냥 네 곁에 있고 싶을 뿐이니
까……, 제발 밀어내지만 마."

준석의 고른 숨소리를 들어 보니 잠이 든 것 같았다. 그의
큰 품 안에 감싸여 있으니 세찬 비바람 속에서 동굴로 들어온
듯 포근했다.

행복했다.

＊

소파에 옆으로 누워 TV를 보고 있었다. 그다지 재미는 없었
지만 책을 읽기에도, 컴퓨터를 하기에도 정신이 멍해 그냥 TV
에 시선을 빼앗기고 있었다.

갑자기 침실 문이 열리더니 준석이 밝은 빛에 눈을 찡그리
며 터덜터덜 걸어 나왔다. 옷이라곤 하나도 걸치지 않은 채 머
리는 잔뜩 헝클어져 눈을 비비는 꼴이 꼭 어린애 같았다. 풋,
웃음이 터졌다.

"왜 안 자고 일어났어?"

"넌 왜 안 자는데?"

준석은 소파로 비척비척 걸어오더니 내가 누운 소파 뒤로

비집고 들어가 나를 껴안고 누웠다.

"옷도 안 입었네. 안 추워?"

"여름인데 뭐가 추워?"

"잠깐 있어 봐."

소파 발치에서 소파용 담요를 펼쳐 준석을 덮어 주었다. 그러자 준석은 담요로 나까지 두르더니 팔과 다리로 꽁꽁 휘감았다.

"지금 몇 시야?"

"음, 2시."

"왜 안 자고 있어? 내일 병원 안 가?"

"오전 진료 없는 날이니까 괜찮아. 네 옷 세탁기 돌리고 있는데, 끝나면 꺼내 놓고 자려고."

준석은 갑자기 흐흐 웃더니 나를 꼭 껴안았다.

"이러고 있으니까 우리 꼭 부부가 된 것 같다."

"까불지 마."

허리께에 놓여 있던 준석의 손이 스멀스멀 올라오더니 가슴을 만지작거리기에 손등을 꼬집어 주었다. 그러자 매 맞는 남편이니 뭐니 하고 떠들기에 또 한 번 꼬집어 주었다.

세탁기가 종료 알람을 울리기에 소파에서 일어서서 세탁기 속의 옷을 꺼내 왔다. 건조까지 되어 나와 따로 말릴 것도 없었지만 셔츠는 털어서 옷걸이에 걸어 놔야 구김이 덜 간다. 아침에 일어나서 다림질을 해 줘야겠다고 생각하면서 속옷과 양말을 개서 테이블 위에 올려놓았다.

준석은 여전히 소파에 누워 내가 움직이는 것을 조용히 보고 있었다. 내 소파에 저렇게 한가롭게 누워 있는 녀석을 보니 정말 우리가 부부가 된 것 같았다.

준석과 같이 살게 된다면……, 참 좋을 것 같다. 내가 좋아하는 사람과 일상을 같이하는 기쁨을 누리고 싶다!

원래 홀로 있는 것에 익숙한 편이고, 좋아하기도 했다. 하지만 둘이 같이 있어도 좋은 점이 있다는 것을 알아 버렸으니 이 생각을 떨치기가 힘든 것이다. 어떻게 하면 준석의 곁에 있을 수 있을까.

빨래를 다 개고 멍하니 내 손만 내려다보고 있는데 어느새 준석이 나를 방으로 데리고 가 침대에 눕혀 주었다.

"씻고 올 테니 기다려."

기다리긴 뭘 기다려. 하지만 준석이 밝힘증 환자 같은 소리를 할 때마다 속에서 자꾸 보글보글 웃음이 새어 나왔다. 예전 같으면 저런 소리는 꿈도 못 꿀 샌님이었는데, 지난 10년간 그에게는 무슨 일이 있었던 것일까. 준석을 더욱 알고 싶고, 그를 가지고 싶다.

그러면서 나는 현우 선생님의 프러포즈에 대해 한 번도 생각하지 않았다는 것을 깨달았다.

Step 8

Living Together

사랑하는 사람과 함께 살기

"강 선생, 요즘 바빠 보이네."

퇴근 준비를 하는데 원장님이 휴게실 문 앞에서 말을 건넸다.

"아, 원장님. 왜요? 무슨 일 있으세요?"

"아니, 그냥 요즘 많이 예뻐진 것 같아서."

원장님은 데이트하러 나가는 다 큰 딸한테 뭔가 묻고 싶지만 차마 못 물어보는 아버지처럼 그저 포근한 미소를 짓고 있을 뿐이었다.

"그래 보여요? 감사합니다, 헤헤."

사랑스러워. 원장님의 미소 띤 눈이 이렇게 말하는 것 같아 나도 한껏 기분이 좋았다. 원장님의 팔짱을 끼고 의자에 앉으시라고 하고는 나도 옆에 앉아 재잘재잘 떠들기 시작했다.

"원장님, 저 오늘 맛있는 거 먹으러 가려고요."

"누구랑 가는데?"

"무지 멋진 남자가 저 맛있는 밥 사 준대요."

"그렇게 멋져?"

"에이, 그래도 원장님보단 훨씬 안 멋져요."

원장님은 '녀석, 거짓말은⋯⋯' 하시면서도 기분이 좋았는지 너털웃음을 웃으셨다. 원장님은 맨날 현우 선생님 같은 뚝뚝한 아들만 보다가 내가 이런 식으로 딸 노릇을 하면 무지 좋아하신다. 현우 선생님 위로 딸이 있지만 외국에 살기 때문에 자주 못 보시기 때문이다.

원장님은 키가 170센티미터도 안 되신다. 현우 선생님이 180센티미터가 넘는 걸 보면 주워 온 아이가 아닐까 싶을 정도로 신기한 부자父子 조합이다. 그중 선한 인상에 항상 눈웃음을 띠고 계시는 원장님은 사실 내 이상형이다. 착하고, 배려심 깊고, 나를 무조건 귀여워해 주고 좋아해 주신다. 나는 이런 사람이 좋다.

"나 무지 궁금하네. 언제 보여 줄 거야?"

"네? 그게⋯⋯, 음, 원장님 보여 드리게 될지 안 될지, 그건 잘 모르겠어요."

"응? 왜 모르는데?"

"그냥 만나 보기만 할 거거든요. 원장님 보여 드릴 만한 관계는, 아마 안 될 거예요."

"그게 뭐야? 난 무슨 말인지 모르겠는데."

"에이, 그냥 그렇게 이해해 주세요. 원장님, 오늘 먹어 보고 맛있으면 다음에 원장님이랑 사모님이랑 모시고 가서 대접해 드릴게요. 저 나가 볼게요."

원장님 볼에 쪽 뽀뽀를 해 드리고는 붙잡을세라 잽싸게 병원을 빠져나왔다.

어른들 생각으로는 결혼도 안 하고 남녀가 만나기만 한다는 게 어떤 것인지 잘 이해가 되지 않으리라. 사실 나도 준석과 나의 관계가 뭔지 잘 모르겠으니까.

같이 밥 먹는 관계? 자기 전에 섹스하는 관계? 직장 외의 모든 사적인 시간을 같이하는 관계? 우리는 대강 이런 식으로 우리를 규정해 놓고 만나고 있었다. 그것도 거의 매일.

준석은 저녁 식사를 같이 못 할 때도 있었지만 그런 날은 보통 퇴근을 내 집으로 했다. 준석의 오피스텔에도 가 본 적이 있었는데 살림살이라곤 전혀 없이 도통 사람 사는 것 같지 않게 옷가지들밖에 없어서 차라리 내 집에서 만나는 게 편했다.

준석은 나랑 해 보고 싶었던 게 많았다고 말했다. 그러나 그 대부분은 섹스에 관한 거 아니었나 의심이 될 정도였다. 그만큼 둘만 있을 땐 항시 나를 떼어 놓으려 하지 않았다. 그런 발기증 환자가 어떻게 그동안 여자 없이 살았나 싶을 정도로 치근덕거렸다. 그래서 어쩌다 밖에서 만나게 되어도 허둥지둥 집으로 돌아오게 되는 게 다반사였다.

그리고 준석과 같이 있게 되면 섹스가 아니더라도 내 몸에는 항상 그의 손이 올라와 있었다. 나를 만나고, 보고, 만지고 싶었다는 말을 실천이라도 하는 것처럼 충실히 지켰다. 귀찮다고 타박을 주긴 했지만 나 역시 그런 스킨십이 싫기만 한 건 아니었다. 나 이외의 다른 체온을 느낄 수 있다는 게 무척이나 따스했다.

병원 지하 주차장으로 내려가니 준석이 차에서 기다리고 있었다.

"많이 기다렸지?"

"어. 왜 이렇게 늦게 와?"

화가 난 것도 아니면서 준석은 괜히 심술을 부렸다. 에휴, 저 심통. 몰래 눈을 한번 굴리고는 그의 목을 끌어당겨 입에 쪽 키스해 주었다.

"미안. 원장님이랑 얘기 좀 하느라고."

"이 정도론 약한데."

준석은 내 뒤통수에 손을 얹더니 자기가 원하는 만큼 내 입술을 취하고 나서야 놓아주었다. 그리고 키스에 취해 멍한 표정인 나를 의기양양하게 보고는 그제야 차를 출발시켰다. 정말이지 준석의 키스 실력은 일취월장하고 있었다.

"그 현우 선생인지가 붙잡은 거 아냐?"

"현우 선생님이 왜 붙잡아?"

"나 못 만나게 하려고."

"너 혹시 피해망상이니?"

나는 황당한 표정으로 돌아보았지만, 준석은 나름대로 심각한 얼굴이었다.

"사귄다는 사람 그 사람이었지? 지금 다 정리한 거 확실한 거지?"

준석을 만나기로 결심하면서 나는 현우 선생님에게 미친 척 한번 해 보려 한다고 거절의 말을 했다. 병원을 그만두어야 하는 문제까지 고려해 가면서 어렵게 꺼낸 말이었다. 그런데 현우 선생님은 아무렇지도 않게 '알았다'고 답해 주었다. 괜히 걱정했다 싶게 담담히 받아들이는 바람에 오히려 기분이 살짝 상할 정도였다.

"현우 선생님은 네가 걱정할 필요 없어. 선생님은 오빠같이 나 챙겨 주시는 거야."

그러나 준석은 못 믿겠다는 표정이었다.

"네가 몰라서 그렇지, 그 사람, 널 보는 눈빛이 오빠는 아니야."

나는 눈을 굴리며 고개를 흔들었다. 가끔 이렇게 의처증 환자같이 굴 때면 정말 못 말리겠다.

"내가 너무 예뻐서 그런가 보지. 하여튼 다른 사람이 뭐라 해도 지금 만나는 남자는 너 하나뿐이니까 걱정을 마셔."

나는 준석을 만나러 다니는 것을 숨기려 하지 않고 있었다. 그리고 현우 선생님과는 서로가 아무 일도 없던 것처럼 태연하게 지내고 있었다. 나이가 든다는 것은 그만큼 여유가 생긴다는 것이다. 조금 늦어도, 혹은 조금 안 되어도 그럴 수도 있다는 걸 이해하는 것이다. 지금의 준석처럼 성마르게 달려드는 것만이 전부가 아니라는 걸 아는 것이다.

그러나 나는 준석의 성마름이 좋았다. 참을성 없이 나를 갈구하는 준석의 열정이 탐이 날 정도로 매력적이었다. 이것이 젊음 아닌가. 여유가 없다는 건 그만큼 갖고자 하는 욕심이 크다는 것이다. 나를 이렇게 맹렬하게 원하는 준석이 좋았다. 비록 한 살의 차이여도 나는 가질 수 없었던 젊음의 한 자락이 아닌가. 그래서 나는 준석을 놓아줄 수 없었다. 나에게 젊음의 열정을 불어넣어 주는 준석을 놓기가 싫었다.

준석도 벌써 30대가 되었다. 여전히 팔팔한 20대 총각이 아닌 것이다. 하지만 나를 탐할 때면 마치 여자를 처음 알게 된 남자 같다고 할까. 나만 보면 만지고 싶고, 안고 싶어 하는 준석을 보면 나를 그만큼 사랑해 주는구나 싶어 좋기도 했지만, 어떤 때는 너무 과한 것이 아닌가 싶기도 했다.

그동안 여자가 없었던 걸까? 아니면 나로 인한 어떤 트라우마가 있어 그것에 대한 보상을 바라는 것이 아닐까? 별생각이 다 들었다. 하지만 직접 물어볼 수는 없었다. 만약 준석이 나에게 전남편과 어땠냐고 물었다면 나 역시 엄청 기분 나쁠 테니까. 함께하지 못했던 지난 세월은 그 사람만의 인생으로, 스스로 꺼내지 않는 이상 직접 물어보는 것은 서로에 대한 무례이며 침범이었다.

사랑하는 사람과의 관계의 선은 어디까지일까. 그 사람의 모든 것에 대해 시시콜콜하게 다 알고 싶으면서도, 다 알게 되는 그 순간 내가 감당할 수 있을지는 또 다른 문제였다.

그런데 지난주 준석과 함께 있던 날, 무의식적으로 입 밖으로 말이 튀어나와 버렸다.

"너 혹시 내가 처음이니?"

말을 한 당사자인 나뿐 아니라 그 말을 들은 준석도 당황하여 한동안 얼어붙었다. 말이 입 밖에 나오자마자 다시 주워 담고 내 입을 꿰매 버리고 싶었지만 벌써 엎질러진 물이었다.

"미안, 실수! 실수야. 말 안 해도 돼. 내 입이 방정이다. 아, 몰라. 다 너 때문이야. 네가 하도 치근덕거리니까 나온 소리야. 말 안 해도 돼. 절대! 네버! 말하지 마. 알았지?"

준석이 퇴근해서 집에 돌아오자 잘 다녀왔냐고 키스를 시작하다 하마터면 현관에서 일을 치를 뻔했다. 하루 이틀 만난 사이도 아니고, 번번이 그렇게 되니 나도 기가 막혀 나온 말이었다. 남녀 간의 열정이란 것이 몇 번 불사르다 보면 조금은 사그라지는 게 순리 아닌가. 20대 청춘도 아니고, 어떻게 만나기만 하면 불붙듯이 확 피어오르기만 하지? 이런 연애는 해 본 적도 없었고, 그렇다고 다른 사람에게 이게 정상이냐고 물어볼 수도 없는 노릇이었다.

"왜? 궁금해?"

나의 고뇌하는 얼굴을 보면서 준석은 마냥 재미있다는 표정이었다.

"아냐, 안 궁금해. 절대 말하지 마. 알았지?"

"에이, 궁금하면 말해 줄까 했는데. 뭐, 안 궁금하다니 관둬야겠네."

준석이 새침하게 능청을 떨었다. 치, 그렇게 말하면 안 궁금해도 궁금해지는 게 인지상정이잖아. 나쁜 녀석 같으니라고!

나는 지그시 준석을 노려보았다.

"그러니까 이리 와. 퇴근 후에 너 보겠다고 종일 힘들게 일하고 돌아온 사람인데, 도망 다니기나 하고. 치사해."

"나도 오늘은 피곤했단 말이야. 그러니까 좀 쉬면 안 돼?"

"그래, 쉬자고. 알았어. 손만 잡고 있을게."

"안 돼. 너랑은 손만 잡고 있어도 어느새 침대에서 뒹굴게 되잖아. 혹시 변강쇠라도 삶아 먹은 거 아니야? 어떻게 이렇게 매번 정력이 흘러넘치니?"

"참 나, 그거 다른 남자한테는 칭찬인 거 알아? 그런데 난 왜 날 나쁘게 말하는 것처럼 들리지?"

준석은 삐친 듯 고개를 돌렸다. 아, 정말! 30대 두 남녀의 대화로 너무 유치하지 않나? 거기에 삐치기까지 하고 말이야.

"준석아, 그게 아니고……."

나는 소파에 앉아 있는 준석에게 슬며시 다가갔다. 내가 옆에 앉아도 준석은 그저 창밖만을 바라보고 있을 뿐이었다.

"내가 자꾸 껄떡거리는 게 싫다며."

"아니, 그게 아니고……."

"그게 아니면 뭔데?"

준석은 그제야 고개를 돌려 나를 바라보았다. 매번 보는 얼굴이고 잘 안다고 생각했지만, 이럴 때조차도 준석이 잘생겨 보이다니. 나 진짜 준석에게 홀딱 빠진 거 맞나 보다.

"그냥 손만 잡고 있는 거다. 그 이상은 안 돼. 자!"

나는 팔짱을 끼고 있는 준석의 팔을 풀어 준석의 손에 내 손을 척 올렸다. 그러자 준석은 내 손을 홱 잡아당기더니 내 볼에 키스를 쪽 했다.

"이러면 어쩔 건데?"

"아, 정말!"

준석의 유치한 행동에 입으로는 화를 내면서도 가슴 깊숙한 곳에서는 재미있어 죽을 것 같았다. 피곤하기는 개뿔. 준석이 이런 식으로 에너지를 넣어 주면 언제 피곤했냐 싶게 나 역시 정력이 흘러넘치는 것 같았다. 내가 풋 웃자, 준석 역시 같이 웃으며 어깨에 팔을 둘러 나를 감싸 안았다.

"우리 서로 밀고 당기기 하지 말자. 그런 거 피곤하지 않아? 그런 거 안 해도 내가 너한테 푹 빠져 있는 거 알잖아. 그러니까 서로 좋아하는 거 싫어하는 거 다 말하면서 지내자."

"밀당 하는 거 아니야. 그냥 우리가 조금 과한 거 아닌가 싶어서 그런 거지."

"과한 게 뭔데? 뭐에 비해서 과하다는 거야? 그냥 우리는 우리니까, 그렇게 생각하면 안 돼?"

쿨한 것처럼 말했지만, 준석은 왠지 상처 입은 얼굴을 했다. 그 얼굴을 보며 내가 그렇게 만든 것 같아 죄책감이 들었다. 나는 준석의 입술에 살며시 키스해 주었다.

"그래, 우리는 우리니까 우리만 생각하자. 꼭!"

자신은 없었지만, 자꾸 말하다 보면 말대로 되지 않을까 하는 심정이었다. 하지만 준석은 그런 나의 심정은 모르는지 그저 환한 웃음이었다.

"나한테 여자는 너뿐이야. 알아줘, 제발."

뭐라고? 설마 정말 내가 처음이라는 건 아니겠지?

"다시 말해 봐. 정말이야? 여자는 나뿐이야?"

"몰랐어? 내가 좋아했던 여자는 너뿐이야. 어허, 무슨 고백을 이렇게 여러 번 시켜?"

뭐지? 뭔가 놓친 것 같으면서도 부루퉁한 준석을 달래자니 꼬치꼬치 캐묻지를 못했다. 그리고 그를 완전히 달래기 위해선 온몸과 마음을 다 바쳐야 했다.

하지만 그날 밤 잠들 무렵, 준석은 내 귀에 대고 속삭여 주었다.

"너랑 헤어지고 나서 나 엄청 힘들었어. 몇 번 여자도 만나 봤지만 잘 안 되더라. 미국에 있을 때 기회가 없었던 건 아니지만 끝까지 가 본 적은 없었어. 그냥……, 잘 안 됐어. 군대 갔을 때도, 갔다 와서도 여자한테 관심이 없었어. 그러다 널 만난 거야. 강효진, 네가 내 유일한 여자야. 알았지? 효진아, 사랑해."

준석의 말을 들은 이후 내가 그의 유일한 여자라는 사실을 떠올릴 때마다 나는 걷잡을 수 없이 흥분에 빠지게 되었다. 지금도 갑자기 준석을 만지고 싶어 손이 꼼지락대었다. 흥분이 돼 숨이 거칠어졌다. 참을 수가 없어 준석의 허벅지에 손을 올리고 주물럭댔더니 준석이 손을 내려 내 손을 꽉 쥐었다.

"어이, 이러면 우리 저녁 못 먹어."

"그러게……."

순간의 열정이 갑자기 부끄러워져 손을 빼려 했더니 준석은 그런 나를 보며 씩 웃었다.

"그냥 저녁 먹지 말까?"

준석은 내 손을 자기의 다리 사이로 가져갔다. 단단하게 용트림하는 그것이 다시 나를 흥분시켰다. 준석은 아무 말 없이 차선을 바꾸더니 근처에 있는 호텔로 향했다.

주차장에 차를 세우고, 엘리베이터를 타고 로비로 올라가면서도 우리는 서로 떨어져 있었다. 한 번이라도 만졌다간 사달이 날 것 같았다. 서로의 눈만 들여다보고 있어도 숨이 거칠어졌다.

체크인을 하고 룸에 들어갈 때까지 무슨 정신으로 서 있었는지 모르겠다. 방문이 열리자마자 준석의 입술부터 느꼈으니까. 방문 닫히는 소리가 저 너머로 들리고 나는 어느새 침대에 누워 있었다.

"아, 효진아, 미치겠다."

"나도……."

준석과 나는 옷 벗을 새도 없이 급한 대로 속옷만 내려 몸을 겹쳤다. 섹스를 찬양하는 사람을 왠지 이해할 수 있달까. 머리에 이성이란 한 방울도 남아 있지 않고 오로지 쾌락만이 온몸을 지배하는 것 같았다. 옷이 구겨지든 말든, 머리가 헝클어지든 말든 나는 침대와 준석 사이에서 황홀경에 빠져 있었다. 준석은 나에게 절정에 오르라고 쉬지 않고 주문했고, 내 몸은 알아서 그 주문을 척척 해결했다. 준석과 함께만 있다면 그건 정말이지 쉬운 일이었다.

뜨거웠던 시간이 흐른 후 우리는 움직일 힘도 없이 숨을 몰아쉬며 침대에 나란히 누워 있었다.

"아 씨, 이럴 계획이 아니었는데."

"응?"

얼굴만 돌려 준석을 보니, 그가 팔을 들어 눈을 가렸다.

"원래 저녁부터 먹으려고 했다고. 너 밥을 먹여야 하는데. 젠장, 난 왜 이러지?"

자책하는 준석이 귀여워 끙 소리를 내며 몸을 일으켜 준석에게 다가갔다. 준석의 팔을 옆으로 치워도 날 보려고 하지 않기에 나는 준석의 얼굴 여기저기에 쪽쪽 뽀뽀를 해 주었다. 그제야 준석은 얼굴을 누그러뜨리며 팔을 들어 내 허리를 감아 왔다.

"여기도 해 줘."

준석이 눈도 뜨지 않고 입술을 죽 내밀었다. 그 모습이 한입에 먹어 치울 만큼 귀여워 정성들여 키스해 주었다.

"으음, 정말 환상적이군."

준석의 시선이 다정했다. 나는 준석의 어깨를 베고 누웠다.

"원래 어떻게 하려고 했는데?"

"멋진 레스토랑에 가서 밥 먹고, 맛있는 디저트 먹고, 산책 좀 하다가 집에 가서……, 섹스하려고 했지."

마지막엔 만화 주인공 같은 어린애 목소리로 말하는 바람에 풋 웃음이 터졌다.

"이번엔 너 때문이라고도 못 하겠네. 내가 시작했으니."

"맞아. 난 정말 참으려고 했단 말이야."

준석이 크게 웃으며 나를 덮쳐 왔다. 무척이나 소중하다는 듯 내 얼굴을 쓰다듬는 손길이 부드러웠다.

"난 너만 보면 흥분이 돼. 예전에 너무 참아서 그런 거 아닐까?"

"준석이 너 그때도 그렇게 참은 건 아니었거든?"

그의 몸은 벌써 뜨거워지고 있었다. 준석은 내 블라우스의 단추를 풀어내며 웃었다.

"남자 고등학생이 어느 정도로 섹스를 생각하는지 몰라서 하는 소리야. 아마 생각의 90퍼센트가 그 생각일걸?"

"설마⋯⋯."

"설마가 사람 잡지."

준석은 내 옷을 다 벗기더니 침대 옆에 서서 내 몸을 내려다 보며 자기 옷도 벗어 내렸다. 하나둘씩 떨어지는 옷가지 사이로 보이는 준석의 몸은 침이 꿀꺽 넘어갈 만큼 탐이 났다. 내가 핥아 내리듯 쳐다보는 눈길이 만족스러운 모양이었다. 의기양양하게 웃으며 준석은 침대 위로 올라왔다. 그리고 내 다리를 벌리고는 어느새 준비된 몸을 들이밀었다. 좀 전의 섹스로 부드러워져 있던 나는 별 무리 없이 준석을 받아들일 수 있었다.

"나 밥 안 먹여 줄 거야?"

"이것만 후딱 해치우고 밥 먹으러 가자."

하지만 우리는 더할 나위 없이 천천히 사랑을 나눴다. 열정이 한 겹 벗겨진 후라 충분히 음미하면서 서로를 나눌 수 있었던 것이다.

우리는 낄낄대면서 같이 샤워를 하다가 끝내 욕실에서 몸을 한 번 더 섞고 나서야 도저히 배가 고파 견딜 수 없다는 사태를 받아들였다.

시간이 늦은 터라 호텔 레스토랑은 이용할 수가 없어 나가다 첫 번째 보이는 식당에 가서 무조건 먹자고 하며 차를 타고 나섰다. 그런데 우연히도 마주친 것이 장어집이라 우리는 한참을 웃어 대며 식당으로 들어섰다. 우리에겐 정말이지 스태미나가 필요했다.

밥도 다 먹고 배도 부른데 들뜬 마음 때문에 집에 들어가기가 싫었다.

"그냥 동해로 뜰까?"

"안 돼. 나 내일 진료해야 된단 말이야."

내일은 토요일이어서 준석은 회사에 가지 않아도 됐지만, 나는 4시까지 진료를 봐야 했다.

"아, 의사들은 불쌍해. 토요일도 일해야 하고."

"응급실 같으면 밤낮없이 일하는데, 뭐."

"하긴. 그러고 보면 난 정말 편하게 사는 거네."

"그런 줄 알고 행복하게 사셔."

"그러게."

불타는 금요일이었지만 밤이 되자 유흥가를 제외한 거리는 한적했다. 나는 문득 가 보고 싶은 곳이 떠올랐다.

"준석아, 우리 학교에 가 볼래?"

"무슨 학교?"

"우리 나온 고등학교."

"이 밤중에 학교에 뭐하러 가?"

"우웅, 그냥 가 보자."

내가 고집을 부리면 무슨 말을 해도 안 듣는다는 것을 아는 준석은 투덜거리면서도 학교로 차를 몰았다.

"아, 한번 가 보고 싶었는데 왠지 안 가게 되더라. 이렇게 차로 가면 금세 갈 수 있는데."

우리가 처음 만났던 곳을 가고 있다는 게 못내 흥분되었다.

"효진아, 넌 차 없어?"

"응."

"왜?"

"병원엔 지하철 타고 다니는 게 편하고, 어차피 주말에도 거의 안 돌아다니는데, 뭐. 근데 네가 나 태우고 다니는 거 버릇 들었나 봐. 나도 차가 있었으면 좋겠네. 한 대 살까?"

"운전은 할 줄 알아?"

"그럼. 가끔 여행 갈 땐 렌트해서 가는걸."

"그냥 사지 마. 내가 운전기사 해 줄게."

"칫, 준석이 너 없으면 난 아무 데도 못 가라고?"

"어."

"뭐어?"

"나 없이 어딜 그렇게 돌아다니려고? 나랑 같이 가면 내 차로 가면 되는데 차가 왜 필요해?"

가끔 대책 없이 이런 아저씨 발언을 하는 준석을 보면 어처구니가 없었다.

"진짜 시대착오적인 발상이야. 내가 왜 네 허락을 맡고 차를 사야 되는 건데? 안 되겠어. 당장 내일이라도 차 계약하러 가야지."

보란 듯이 말은 했지만 나는 당분간은—언제까지가 될지 모르겠지만— 차를 살 계획이 없었다. 운전을 자주 안 하는 건 언제 교통사고를 당할지 모른다는 강박증 비슷한 생각 때문이었다. 차가 있으면 아무래도 운전을 하게 될 테니 아예 차를 안 사는 걸로 타협한 것이다. 부모님이 일찍 돌아가신 탓에 솔직히 나는 일찍 죽게 된다는 데에 콤플렉스를 가지고 있었다.

어느덧 차는 학교 운동장으로 들어서고 있었다. 여전히 차를 사면 안 된다고 벅벅 우기는 준석을 뒤로하고 나는 차에서 내렸다. 어둠 속에 파묻힌 교정이 어찌 보면 을씨년스러울 수 있었으나, 나에겐 고향에 돌아온 느낌이었다.

내가 이 학교를 다니고 있던 때가 내 생의 제일 행복했던 순간이었다. 그때는 엄마, 아버지도 다 살아 계셨던 때로, 옆에 계셔 준다는 게 얼마나 행복한지도 모르고 맘껏 투정 부리고 응석 부리면서 지낸 시절이었다. 학생회장 시절도 무척 즐거웠다. 항상 일이 많아 바쁘고 힘들었지만 많은 성취감을 느끼게 해 준 때였다.

그리고 준석과의 만남이 있었다. 눈길 한번, 손끝 하나 스치는 것만으로도 가슴이 두근거릴 정도로 순수하고 투명했던 내 어릴 적 사랑. 고개를 돌리자 그 아이는 어느새 어엿한 남자가 되어 내 옆에 서 있었다.

"아, 정말 옛날 생각나네."

내 어깨에 손을 두르고는 끌어당기는데 감격에 어렸는지 준석의 목소리도 조금 떨렸다.

"그때 효진이 너 점심시간마다 산책했었잖아. 그래서 너 보려고 맨날 점심시간마다 축구나 농구하러 나왔었는데. 그거 모르지?"

"그랬어?"

우리는 쿡쿡 웃어 대며 예전에 내가 했던 것처럼 운동장을 한 바퀴 돌았다. 그때와 다른 건 서로의 어깨와 허리를 감싸 안고 함께 걷고 있다는 점이랄까. 낮엔 땡볕에, 밤엔 열대야로 고생하는 한여름이었지만, 밤의 운동장엔 그런대로 시원한 바람이 불고 있었다.

"그런데 넌 대체 날 어떻게 좋아하게 된 거야? 날 언제 봤다고."

"그런 걸 어떻게 기억해? 벌써 10년도 더 지났는데."

말을 얼버무리는 품이 기억이 나지 않는 게 아니라 말을 하고 싶지 않은 것 같았다. 옆얼굴이 달아오른 것 같아 보인다면 내 눈이 이상한 건가?

"치, 뭐야. 그럼 날 언제 처음 봤는데?"

"어? 뭐, 학생회장 유세할 때 처음 봤지. 그땐 강당에 1학년, 2학년 다 불러 놓고 유세하고 그랬잖아."

"그런데? 설마 그때부터 좋아했다는 건 아니겠지?"

내가 까치발을 들고 얼굴을 보려 했지만, 준석은 창피한지 고개를 돌렸다.

"어? 진짜야?"

"아 씨, 그러면 좀 안 돼?"

준석이 부루퉁하고 대답하는데 내가 더 부끄러웠다. 참, 아이들이란. 하긴 그때는 그런 아주 사소한 일로도 사람을 좋아하고 싫어하는 게 가능한 나이였다. 에너지는 넘쳐흐르는데 공부 이외엔 쏟아 부을 통로를 제대로 마련해 주지 않는 게 현실이었다. 아이들은 살아남으려 대체 수단을 찾은 것이다. 연예인을 쫓아다니는 팬들이 다 어디서 생기겠는가. 매체를 통해 볼 수밖에 없어도 '본다는 것' 하나만으로 만족할 수 있는 게 아이들이었다.

내가 잠자코 있자 준석이 쓱 코를 들이밀며 말했다.

"그런데 내가 언제 진짜로 너한테 반했는지 알아?"

내가 말도 없이 힐끔 쳐다보자, 준석은 조금 신이 난 듯 말했다.

"내가 3학년 교실로 널 찾아갔을 때 말이야, 학생회장 출마했다고 하니까 네가 '열심히 해서 꼭 당선되세요' 하는데, 그때 꼭 여왕 같다고 생각했지."

"뭐? 여왕?"

기가 막혀서 말이 안 나왔다. 대체 얜 나를 뭐라고 생각했던 거야?

"응, 여왕. 그때 네가 악수하겠다고 손을 내미는데 내가 손 등에 키스라도 해야 할 것 같았어. '여왕님, 이 기사의 입맞춤 을 받아 주십시오' 하고."

준석은 목소리 톤을 과장되게 낮추더니 갑자기 내 손을 휙 잡아 올려 내가 말리는데도 손등에 쪽쪽쪽 키스를 퍼부었다.

"내가 언제 그렇게 잘난 척했다고 그래? 괜히 자기 마음대 로 상상해 놓고선 내 책임이래."

'여왕'이라니. 갑자기 마음 한구석에 가시가 꽂힌 것 같았다.

"너 아직도 은근히 여왕 기질 있는 거 알아? 그게 네 매력이 긴 하지만."

준석은 한껏 기분이 달아올랐는지 내 머리를 당기더니 이마 에 쪽 소리가 나도록 입을 맞추었다.

"사실 네가 악수하자고 손 내밀 때, 살짝 눈을 내리깔더니 잠깐 비웃었거든. 아마 아무도 안 보는 줄 알고 그랬겠지만 나 는 너만 열중해서 보고 있었으니까 그걸 알 수 있었지."

준석의 말을 듣고 나니 그때의 상황이 그려졌다. 그 당시 콧 대 높았던 나를 떠올려 보면 충분히 그럴 만했다. 겉으로는 착 한 척, 성실한 척하는 학생회장 출신의 학생이었지만, 속으로 는 오만에 차 다른 애들을 비웃고 다니기나 하는, 겉과 속이 다 른 인간이 나였다.

"아, 정말 창피하네. 혹시 맘 상했었다면, 미안."

아무리 애들이라 해도 남에게 상처를 주는 짓은 하지 않아야 했다. 하긴 이런 거 저런 거 따지지를 못하니 어린애인가. 준석에게 무척 미안했다.

"어허, 맘 상한 게 아니라 그때 너한테 반했었다니까."

"뭐어?"

"내 앞에서 그렇게 비웃는 여자애, 그때까지 한 명도 없었거든. 다들 내 앞에서 나한테 잘 보이려고 아양이나 떨었지 면전에서 어떻게 나를 비웃어? 그런데 네가 그런 거야. 그걸 봤을 때, '와, 첫눈에 반한다는 게 이런 거구나' 생각했다니까. 진짜로 온몸에 전기가 쫙 흘렀어."

준석은 그때의 감동이 다시 오는지 몸을 부르르 떨었다.

"너 혹시 마조 기질 있니?"

그 당시 준석이 여학생들에게 인기가 많은 것은 알고 있었다. 그럴 수밖에 없지 않은가. 그렇게 멋있었는데. 그런데 내가 자기를 비웃는 것에 반했다니, 이 녀석 어딘가 살짝 모자란 거 아니야?

"그런가? 맨날 너한테 혼나는 게 좋은 거 보면 그런 것 같기도 하고."

준석은 내가 불끈 쥔 주먹을 들자 쿡쿡대며 몇 발짝 앞으로 도망갔다. 하지만 '너 얄미워' 했더니 금세 돌아와서 미안하다고 싹싹 빌었다.

"아무튼 넌 지금도 내 여왕님이야. 난 네가 '달을 따 오시오'

하면 언제든지 출동할 준비가 되어 있다니까."

"그런 말 그만해. 자꾸 그러면 나 집에 갈 거야."

준석이 자꾸 추켜올리는 것이 부담스러웠다. 나는 그렇게 대단한 사람도, 그렇게 훌륭한 사람도 아니었으니까. 그때도 그랬지만, 지금은 더했다.

"왜 그래? 너 좋아하게 된 얘기 해 달라며? 그런데 넌 언제부터 내가 좋았던 거야?"

"몰라."

"참 나, 그럼 그때 체육관엔 왜 온 거야? 나 보려고 온 거지? 나 보고 싶어서 온 거잖아."

"치, 몰라."

준석은 아무튼 사랑이 부족하다며 투덜댔다. 하지만 내 어깨를 꽉 끌어안더니 내 머리에 고개를 기대며 다시 길을 걸었다.

"내가 너한테 또 반했던 얘기 해 줄까? 너 체육관에 왔을 때 1학년들 앞에서 2학년들이 시범 좀 보이라고 해서 한창 대련 중이었거든. 그래서 처음엔 네가 온 줄도 몰랐어. 그런데 대련 끝나고 자리에 앉았더니 옆의 친구가 '저기 학생회장 왔어' 그러잖아. 얼른 봤더니 네가 문 옆 의자에 앉아서 자고 있더라. 고개를 꾸벅꾸벅하면서 말이야. 너한테 빨리 가 보고 싶은데 그날따라 왜 그렇게 선생님 말씀이 긴지. 속에서 불이 나더라고. 그래서 선생님 말씀 끝나자마자 너한테 달려갔는데, 훗, 넌 그때 내가 옆에 온 줄도 모르고 계속 자고 있었지."

준석은 쿡쿡대더니 내 입술에 쪽 키스해 주었다.

"그때 옆에 아무도 없었으면 이렇게 키스해서 깨우고 싶었는데."

"너 정말 엉큼한 거 알아?"

나는 눈을 굴리며 팔꿈치로 준석의 옆구리를 퍽 소리 나게 쳤다.

"아얏! 아까 말했잖아. 남자 고등학생들은 생각의 90퍼센트가 다 그거라니깐. 암튼 널 깨웠더니 네가 눈을 끔벅끔벅하고 일어나는데, '아, 이 선배도 사람이구나' 싶었어."

계속 말하는 걸 들어 보니 내 칭찬을 하는 건지 내 욕을 하는 건지 알 수가 없었다. 준석을 매섭게 흘겨봤지만, 그는 내 눈길도 모르고 밤하늘만 올려다보고 있었다.

"그래서 또 반했어. '나랑 같은 사람이구나' 하고. 그렇게 생각하니까 더 너랑 가까워진 것 같았지."

준석은 또 훗 웃더니 나를 안은 손에 힘을 꽉 주었다. 마치 내가 옆에 있다는 것을 확인하는 것처럼.

"그런데 그때 너 왜 나한테 누나라고 부른다고 했어? 사실 누나라고 부르는 거 싫어했잖아."

나를 좋아한다고 고백한 이후에 준석은 내 이름을 부르고 싶다거나 말을 놓겠다고 조르다가 나한테 여러 번 혼이 났다. 그때의 나는 후배가 선배를 맞먹는다거나 이겨 먹는 꼴은 절대 허락할 수 없다는 주의였다.

"내가 처음부터 너라고 그러면서 맞먹으면 네가 나랑 만나기라도 했겠어? 어떻게든 네 눈에 들어야 하는데 죽어도 다른 애들하고 똑같이 선배라고 부르기는 싫었어. 그래도 그때 너한테 누나라고 부를 수 있는 사람은 나밖에 없었잖아. 안 그래?"

"너 상당히 용의주도하구나. 처음 알았네."

나는 준석을 다시 보았다. 되게 순진한 줄 알았는데 속에 능구렁이가 몇 마리 들어앉아 있었다.

"원래 남자는 좋아하는 여자를 쟁취하기 위해선 물불을 안 가리는 법이지. 윽!"

준석이 음화화황 큰 소리로 웃기에 또 한 번 옆구리를 퍽 쳐 주었다.

"까불지 마!"

운동하던 사람들도 어느새 집으로 돌아갔는지 운동장엔 우리 둘만 있는 것 같은 고요함이 흘렀다. 우리는 운동장 한구석 벤치에 앉아 밝게 불 켜진 3학년 교실을 바라보았다.

"아직도 야자가 안 끝난 건가?"

"설마, 지금 시간이 몇 신데?"

시계를 보니 벌써 11시를 향해 가고 있었다. 아닌 게 아니라 수위 아저씨들이 불을 끄고 다니는지 교실은 하나둘씩 불이 꺼지고 있었다.

"교실에 들어가 보고 싶었는데. 안 되겠다, 그치?"

"당연하지. 괜히 잘못했다가 귀신한테 잡히면 어쩌려고 그래?"

갑자기 준석이 왁 나를 덮쳤다.

"너어! 깜짝 놀랐잖아."

장난을 치는 준석이 우스워 그저 하하 웃었다. 준석은 그런 나를 황홀한 듯 내려다보더니 벌떡 일어섰다.

"아, 진짜 미치겠다. 잠깐 이리로 와 봐."

준석은 내 손을 붙잡더니 학교 건물 옆의 으슥한 곳으로 데려갔다.

"왜 그래?"

준석은 나를 건물 벽으로 밀어붙이더니 내 얼굴 옆으로 두 팔을 짚었다.

"아까 그렇게 했는데도 옛날 생각하니까 또 서 버렸어."

"뭐어?"

"장어 먹어서 그런가 봐."

준석은 조용히 입술을 내렸다. 처음엔 내 몸에 손을 대지 않으려는 듯 참는 것 같더니 결국 나를 안아 올렸다.

"내가 옛날에 얼마나 이렇게 하고 싶었는지 모를 거야. 학교에서 누나 볼 때마다 아무도 없는 데로 데려가서 이렇게 키스를 하고……."

준석은 나를 벽에 밀어붙이며 마구 키스를 퍼부었다.

"이렇게 누나 가슴을……."

준석은 어느새 내 블라우스 단추를 풀어 열어젖히더니 세차게 가슴을 빨기 시작했다. 도저히 서 있을 수가 없어 준석에게 기대자 준석은 스커트 속으로 손을 집어넣어 팬티를 끌어내렸다.

"그리고 누나에게 이렇게 하고 싶었어."

준석은 급하게 바지 앞섶만을 풀더니 나를 들어 올려 한 번에 들어왔다.

"다리를 내 허리에 둘러."

나는 준석이 말한 대로 했고, 준석은 나를 벽에 밀어붙였다. 어둠 속에서 준석의 거친 숨소리만이 울리고 있었다. 자칫 수위 아저씨한테라도 들킬까 나는 간신히 소리를 참고 있었다. 준석은 내 어깨쯤에 얼굴을 묻고 자기의 욕구에 몰두하고 있었다. 내가 서서히 얼어붙고 있는 것도 모른 채.

"난 누나밖에 없어. 누나밖에 안 보여. 누나 없으면 난 제대로 사는 게 아니야. 네가 날 이끌어 줘야 해. 그러지 않으면 난 어디로 튈지 몰라. 제발 내 곁에 있어. 나 사람처럼 살게 해 줘. 헉헉, 사랑해!"

잠시 후 준석이 절정을 맞았는지 몸짓을 멈추었다. 이윽고 몸이 빠져나가자 주르륵 체액이 흘러내렸다.

"미안."

준석은 손수건으로 내 다리를 닦아 준 후 속옷을 입혀 주고 옷을 정리해 주었다. 그리고 자신의 옷을 정리하고는 내 어깨를 안고 차로 돌아왔다. 나는 준석이 하자는 대로 몸을 맡길 뿐 그때까지 아무 말도 하지 않았다.

"화났어?"

준석은 슬쩍 내 눈치를 보며 물었다. 나는 아무 말도 하기가 싫어 의자에 몸을 묻고 눈을 감아 버렸다.

"갑자기 흥분이 돼서 그만⋯⋯. 미안해, 혼자만 해서."

내가 계속 아무 말도 하지 않자 준석은 안절부절못하였다.

"왜 그래? 많이 화났어? 하기 싫은 거 억지로 해서 그러는 거야? 잘못했어. 앞으로 안 그럴게, 효진아."

"준석아, 그냥 너무 피곤해서 그래. 집에 가 줄래?"

여전히 눈을 뜨지는 않았지만, 내가 목소리라도 들려준 게 기뻤는지 준석은 알았다며 차를 출발시켰다.

'아, 어떡하면 좋을까?'

눈물이 나올 것 같았다.

Step 9

The Family

가족

살다 보면 너무 없어서 하나라도 있으면 좋겠다고 아우성을 치다가도, 어떨 땐 너무 넘쳐서 왜 이렇게 많은 거냐고 괴로울 때도 있게 된다.

사회의 부가 그렇듯이 인생사를 골고루 배분한다는 것은 누구도 할 수 없는 일인 모양이다. 인생이 평탄하게 흘러가기만 하면 재미가 없을 것 같아서 산도 있고 계곡도 있는 걸까. 결과적으로 따졌을 때야 이런저런 굴곡이 있는 게 재미롭겠지만 사람의 일이라는 게 학습 효과가 생길 정도로 반복적인 것은 별로 없는 편이다. 매번 새롭게 맨땅에 헤딩하듯이 부딪히고 깨져 봐야 알게 되는 것이 오히려 많았다.

그래서 먼저 살아 본 사람의 조언이 필요한 것이다. 조금이라도 더 살아 본 사람의 말을 듣다 보면 풀릴 것 같지 않은 일이 의외로 쉽게 풀리기도 하고, 굉장히 고민스러운 일도 뒤집어 보면 아무것도 아니라는 걸 깨닫기도 한다. 물론 모든 경우에 다 그럴 수 있는 건 아니지만, 적어도 실마리는 얻을 수 있다는 점에서 나는 어른의 말씀은 새겨듣는 편이다.

대부분의 경우 가장 가까운 어른은 부모님일 텐데, 나의 경우는 두 분 다 일찍 돌아가셨기에 그동안 내가 가깝게 상담했던 사람은 원장님과 현우 선생님이었다.

현우 선생님이 그런 말을 하지 않았다면 얼마나 좋았을까. 일생을 두고 의지할 만한 대상으로 삼을 만했는데. 하지만 가능성 없는 일을 두고 한탄하는 것만큼 효율성 떨어지는 일도 없었다. 현우 선생님과의 일은 일단락 짓긴 했지만, 그러나 병원을 계속 다니는 건 또 다른 문제였다.

'하아, 병원을 그만둬야 하나?'

전문의를 따자마자 들어오게 된 이정근 치과는 대우와 보수도 적당했고, 특히 분위기가 좋아서 특별한 일이 없는 한 계속 있으려고 생각해 왔다. 그런데 준석과의 만남이 길어질수록 오히려 분위기 좋았던 것이 장애가 될 만큼 멀쩡한 얼굴로 지내기가 힘들었다.

비록 현우 선생님은 태연하게 행동하고 있었지만, 준석을 만나러 나갈 때마다 선생님에게 왠지 모르게 눈치가 보였다. 또 가끔씩 원장님과 현우 선생님이 내가 알게 모르게 걱정하는 시선을 보내고 있다는 사실을 안 순간, 모든 것이 거북해지기 시작했다. '진짜 가족도 아니면서 무슨 상관인데' 하는 못된 마음이 자꾸 생겨나고 있었다.

　이것은 내가 정말 미친 것이 아니라 미친 척만 하고 있기 때문이었다. 주위를 둘러보지 않는다고 말은 하지만 자꾸 주위의 시선을 의식하고 있는 것이다. 아무리 아닌 척해도 양심이란 것이 잊어버릴 만하면 주머니 속의 송곳처럼 튀어나와 내 마음을 콕콕 찌르고 있었다.

　준석은 일주일에 하루 이틀 정도를 제외하고는 거의 매일 내 집으로 퇴근했다. 그러자 내 집에 하나둘씩 준석의 물건이 쌓이기 시작했다. 처음에는 셔츠를 몇 벌 가져다 놓는 수준이었다. 그런데 매번 양말을 빨아야 하는 게 귀찮아 마트에서 장을 보다가 남자 양말을 몇 개 사다 놓았다. 그다음엔 면도기도 있어야 했고, 남성용 화장품도 있어야 했다. 준석이 침대가 작다고 불평을 하니 조만간 침대를 더 큰 사이즈로 바꿀지도 모르겠다. 어느새 신문에 끼어 들어온 광고지에서 요리 강좌를 유심히 보고 있는 나를 발견하고선 더럭 겁이 날 정도였다. 정말 행복해서 눈물이 날 정도로 겁이 났다.

　'아니야. 이건 미친 게 확실해.'

　외로웠다는 건 핑계가 될지 모르겠다. 하지만 외롭기로 결정한 것은 나였고, 그게 내 버팀목이었다. 그런데 이렇게 점점 나를 잃어버리다가 혼자 남게 되면 어떻게 될지 생각만 해도 끔찍했다. 그래서 준석과의 관계에 이렇다 할 정의를 내리지 않고 미적대고 있었다.

　하지만 준석과 헤어지자니 '그냥' 살아갈 일이 막막했다. 사랑 없이 그냥 살아가는 것은 한 번 해 보지 않았던가. 사랑 없이 겉으로 보기에 적절했던 조건들로 살아가는 건 사실 그리 어렵지 않았다. 사는 데 필요한 의식주를 다른 사람과 나눠 쓰면 되는 것이다. 간혹 섹스가 끼어들기도 했지만 딱히 애정이 없었기에 열중할 이유가 없었다. 서로 바쁘다는 것은 좋은 핑계가 되었다. 그래서 얼마든지 헤어지지 않고 살아갈 자신이 있었는데, 전남편이 그것을 거부한 것이다.

엄마는 당신의 건강에 항상 확신이 없었기에 내가 빨리 결혼할 것을 종용했다. 아버지도 안 계신데 엄마마저 세상을 떠난다면 혼자 남을 자식이 안타까웠던 것이다. 그래서 나는 맞선을 보라는 엄마의 요구에 순순히 응했고, 지금은 전남편이 된 영준이 선을 본 후 내가 마음에 든다며 열렬히 대시해 결혼까지 이르게 되었다.

처음부터 남편에게 여자가 있었는지는 잘 모르겠다. 관심을 쏟을 여유도 없었다. 졸업하고 전문의 과정을 밟는 것도 힘들었는데, 결혼까지 감행하느라 내 몸과 마음이 제대로 붙어 있는지 확인할 겨를도 없었던 것이다.

하지만 처음부터 나와 영준이 노력하지 않은 것은 아니었다. 나름대로 신혼 생활을 재밌게 꾸미려 영준은 내가 퇴근할 때를 기다려 깜짝 데이트를 하거나 이벤트도 해 주고, 밤에는 열렬히 나를 탐하기도 했다. 그리고 나는 영준이 원하는 것을 거절하지 않고 해 주려고 노력했다.

그런데 내가 결혼을 하자 기다렸다는 듯이 엄마의 건강이 급속도로 나빠졌다. 그동안 어떻게 버티고 있었는지 신기할 정도로 언제 돌아가실지 몰라 매일매일 가슴 졸이고 사는 나날들이었다. 그렇게 1년을 지내다가 엄마는 돌아가셨다.

가슴이 아프고 슬픈 감정이 드는 건 어쩔 수 없는 것이었지만 꿋꿋이 이겨 냈다. 어차피 내 인생이란 나 홀로 살아 나가는 거 아니던가. 남편에게 의지할 만큼 애정이 없었던 것도 이유였겠지만, 애정을 가지려고 따로 노력하지 않았다. 그냥 세상 모든 사람에게 감정을 닫아 버렸다.

영준이 언젠가부터 출장이다, 철야다 핑계를 대며 집에 들어오지 않았어도 그냥 다 받아들였다. 어차피 한침대를 썼어도 등을 돌리고 잤고, 홀로 침대를 지켜도 그렇게 외롭지 않았다. 사실 바쁘고 힘들어서 섹스가 고플 만큼 체력이 되지도 않았다. 그래서 만약 남편에게 여자가 있다면 차라리 고맙다는 생각을 할 정도였다.

하지만 생각 외로 영준은 그런 생활을 못 견뎌 했던 모양이었다. 애정 없이 사는 것이 괴롭다며 여자가 있으니 이혼해 달라고 내 앞에서 눈물을 떨구었다. 영준은 착한 남자는 아니었지만 나쁜 남자도 아닌 보통의 한국 남자였다. 엄마가 남겨 준 결혼 생활─엄마는 가톨릭 신자여서 '이혼'이라는 것은 상상도 하지 않았을 것이다─이었기에 이혼만은 하고 싶지 않았지만, 그런 남자가 눈물로 호소하는데 굳이 결혼을 붙잡고 있을 이유를 찾지 못했다.

하지만 지금 생각해도 이혼을 했다는 게 수치스럽다. 어리고 잘 몰랐다는 이유로 너무나 쉽게 결혼과 이혼을 결정했던 것이 아닌가 싶은 것이다. 세상에서 '어리다'는 말은 '어리석다'는 말로 통했다. 완벽주의인 내 성격상 이런 오점이 내 인생에 훈장처럼 달려 다닌다는 것이 사실 괴로웠다.

현우 선생님과는 이런 면에서 동질감을 느꼈다. 가볍게 행동하는 것이 최선의 방책인 양 밝고 명랑하게 삶을 꾸려 가는 모습이 노력하는 것이라는 것을 깨닫게 되었다. 그리고 나니 삶을 살아가는 방식에 대해 한 수 배운 느낌이었다. 어쩌면 현우 선생님의 말대로 선생님을 선택한다면 적어도 '이혼' 때문에 나를 힘들게 하거나 귀찮게 하는 일은 없을 것이다. 하지만 준석에게는…….

'항상 마음의 짐으로 남겠지.'

준석과 모처럼 학교에 가서 좋았던 기분이 급격하게 식어 버렸던 것은 준석이 '누나'라고 불렀기 때문이었다.

'누나에게 이렇게 하고 싶었어.'

준석이 말했을 때 가슴이 철렁 내려앉았다.

최근에 만난 이후 말을 놓기로 하고 '누나'라고 부르지 않기로 결정한 다음부터 준석은 한 번도 '누나'라는 말을 꺼내지 않았다. 오히려 남자다움을 과시하려는 듯 '너'라고 부르며 나를 제압하는 느낌마저 주었다. 우리의 관계에서 주도권을 쥐고 싶어 하는 준석의 마음을 이해했기에 그 정도는 얼마든지 이해할 수 있었다.

그래서 착각하고 말았다. 준석이 나를, 아니, 현재의 나를 받아들이고 사랑한다고 착각했던 것이다. 그런데 여전히 준석은 예전의 나를 꿈꾸고 있었다. 내가 제일 밝았을 때, 내가 제일 행복했을 때의 모습을 떠올리며 나를 갈구했던 것이다. 나를 우상시해 놓고 무작정 좋아했던 그때의 기분을 지금의 나에게 투영하고 있었다.

나를 여왕처럼 느꼈다는 준석의 말처럼, 그 당시 나는 무엇 하나 꿀리지 않는 내 인생 최고의 전성기를 누리고 있었다. 꿀리지 않는 미모와 지성을 바탕으로 한 자신감 넘치는 모습. 나 스스로 그 모습에 만족하였고, 내 능력을 믿었기에 다가올 미래는 올 테면 와 보라는 식으로 자신만만하였다.

하지만 인생은 그렇게 순조롭게 흐르지 않았고, 계속되는 악재에 나는 지치고 쇠약해졌다. 외로움에 져서 인생을 포기하지 않고 그저 하루하루 살아 내는 것이 지상 최대의 사명인 양 살아왔다.

일찍 죽는 것에 콤플렉스가 있는 나는 몸에 나쁘다는 것은 절대 하지 않았다. 술은 사회생활에 필수 불가결한 것이라 꼭 필요한 경우에만 섭취했다. 차라리 돈 쓰는 것에 재미라도 느꼈으면 좋았으련만, 나를 꾸미는 것도, 나를 행복하게 해 줄지도 모르는 물건에 대한 욕심도 없었다. 치과 의사라는 직업만 아니었으면 점점 세상에 문을 닫다가 결국 혼자인 삶을 택했을지도 모르는 일이었다.

준석을 다시 만나지 않았더라면……, 내 가슴 깊은 곳에 남자에 대한 욕심, 그리고 내 가족에 대한 욕심이 존재한다는 것도 모른 채 살았을 것이다.

준석은 나의 결혼과 이혼에 대해 처음 할머니 집에 갔을 때 물은 이후로 한 번도 묻지 않았다. 굳이 나도 그 화제를 꺼낼 이유가 없기에 생각하지 않았는데, 이제 보니 준석은 나의 과거가 아예 없는 것이라고 치부하면서 기억 속에서 지워 버린 것 아닌가 하는 생각마저 들었다.

하지만 언제까지 그럴 수 있을까? 속 좁게 준석을 다그쳐 물어볼 수도 없는 일이었다. 준석의 사랑을 확신하지 못하겠다고 깨닫게 되자 나의 사랑은 점점 좀먹고 있었다.

준석과의 행복한 나날은 바닷가에서 모래성을 쌓고 있는 기분이었다. 한때의 흥에 겨워 열심히 쌓고는 있지만 언젠가는 무너지리라는 것을 이미 알고 있는 것이다. 한 번 무너지고 나면 아무도 거들떠보지 않게 되겠지. 옆에서 보고 있던 사람은 말할 것도 없고, 쌓고 있던 당사자들까지도…….

준석이 아무리 괜찮다고 해도 준석의 가족과 특히 준석의 어머니에게 나는 가당치도 않은 존재일 것이다. 그래서 선뜻 준석을 받아들일 수가 없었다. 결혼이란 당사자뿐 아니라 가족 전체와 하는 것이니까.

＊

준석이 열흘 일정으로 유럽 출장을 간 사이 준석의 어머니께 전화를 받았다. 전화기 속에서 흘러나오는 어머니의 목소리를 듣고는 '드디어!'라는 생각마저 들었다. 그리고 차라리 홀가분한 기분마저 들었다.

준석의 어머니가 말한 약속 장소로 나가면서 나는 이상하리만큼 담담했다. 비겁하다 욕하겠지만 '드디어 내 고민에 종지부를 찍을 수 있겠구나' 생각했다. 그래서 준석의 어머니께 죄송하다는 말도 쉽게 나왔다.

"또 너로구나."

준석의 어머니는 예전과 별로 달라진 곳이 없어 보였다. 턱선이 조금 더 둥글어지고 미세한 주름을 보인다는 것 외에는 차갑고 기품 있어 보이는 표정도 예전과 똑같았다. 그리고 '감히 내 아들을 넘봐?' 하며 질책하는 것 같은 눈초리 역시. 처음 준석의 어머니를 만났을 때에도 안경 너머로 보이는 그 눈동자가 소름끼칠 듯 차가웠었다.

"그동안 안녕하셨어요?"

"피차 인사할 만한 심정이 아니니까 인사는 생략하자. 휴, 이런 자리에서 널 또 만날 줄은 생각도 못 했는데."

준석의 어머니는 속이 탄다는 듯 물을 한 모금 마셨다.

"죄송합니다."

"죄송해? 넌 어떻게 그런 말이 그렇게 쉽게 나오니? 죄송한 걸 아는 애가 이런 일을 벌이니?"

"죄송합니다."

죄송하다는 말밖에 할 말이 없었다. 어찌 됐든 준석을 곁에 두고 있는 내 존재 자체가 문제였으니까.

"지금 치과 의사라면서?"

"네."

"어머니도 돌아가셨다면서. 그리고 이혼했다는 말도 들었다."

"네."

"그래도 그동안 혼자 사느라고 애썼구나."

애썼다는 말에 눈물이 핑 돌았지만 꾹 참았다. 그리고 보면 난 정말 독한 성격임에 틀림없다.

"어떻게 준석이를 만났니?"

"우연히요."

"우연히 어떻게?"

"할머니 장례식에서 봤어요."

"어머니 장례식에서? 네가 어떻게 알고 거기를 왔어?"

준석의 어머니는 당황한 눈치였다. 자기가 통제할 수 있었던 곳에서 사달이 났다는 게 큰일인 모양이었다.

"연도하러 갔다가요. 저도 처음엔 모르고 갔어요."

"너, 성당 다니니?"

"세례를 받지는 않았습니다."

신자라고 말했다면 뭔가 달라졌을까. 준석 어머니의 찡그린 표정이 더욱 깊어졌다.

"나는 아들 셋 키우면서도 내가 이렇게 아들 생각만 하는 엄마 노릇하게 될 거라고는 꿈에도 생각하지 않았다. 그저 며느리 들이면서 딸 들인다 생각했지 이렇게 남의 집 딸한테 안 좋은 소리 하게 될 줄은 꿈에도 몰랐어."

"죄송합니다."

내가 연신 죄송하다는 말을 하자 준석의 어머니도 답답한지 한숨을 내쉬었다.

"그래, 준석이는 아직도 네가 그렇게 좋다니?"

차라리 아니라고 말을 할 수 있었으면 좋겠다. 참았던 눈물이 주르륵 흘러내렸다.

"어휴, 그 녀석. 예전부터도 쓸데없이 정만 많아 가지고선."

내가 조용히 눈물을 닦아 내는 걸 보면서 준석의 어머니도 속이 상한 모양이었다. 나에게 못된 소리를 하고는 있지만 원래 심성이 나쁜 분은 아니었을 테니까.

"앞으로 어떻게 할 생각이니?"

"잘 모르겠습니다."

누군가가 좀 가르쳐 주었으면 좋겠다. 나는 머리가 좋으니까 누가 가르쳐 주면 그대로 할 자신이 있는데.

"너희 둘이서 아무리 좋다고 해도 안 될 것 같다. 일단 애 아버지가 반대하실 거야."

어차피 대답을 원하고 하는 말이 아니었지만, 울컥 반항심이 솟았다. 그렇게 무조건 안 되는 건가요? 제가 그렇게 모자라나요?

"쯧, 어차피 이렇게 둘이 다시 만날 거면 차라리 결혼이라도 하지 말고 있지 그랬니."

그랬다면 얼마나 좋았을까. 나도 백번은 더 생각했다. 타박하는 준석의 어머니도 안타까운 목소리였다.

"죄송합니다."

"미안하지만……, 이번에도 네가 정리를 좀 해 줬으면 좋겠구나."

준석의 어머니는 내 시선을 피하며 눈을 감았다. 지금 이 자리에 나온 것도, 또 이런 말을 하는 스스로도 너무나 수치스럽다는 표정이었다.

하지만 '이번에도'라는 말이 가슴에 사무쳤다. 예전에는 어렸기에, 학생이었기에, 자립할 어떤 근거도 없었기에 그 말을 그대로 받아들일 수밖에 없었다. 하지만 지금은 아니지 않은가. 우리는 이제 성인이었고, 모든 신경을 공부에만 집중해야 하는 학생도 아니었다. 그리고 만약 준석이 실직을 한다 할지라도 준석 하나 벌어 먹이는 건 일도 아닐 정도로 내게는 경제력도 있었다.

"어머니……."

"너한테 어머니 소리 듣는 거 괴롭다. 야속하다 생각 말고 이거 넣어 두렴."

준석의 어머니는 백에서 봉투를 꺼내 내 앞으로 밀었다. 순간 이런 드라마 같은 일이 있나 싶어 크게 웃음을 터뜨리고 싶었다. 하지만 드라마에선 봉투를 받고 웃는 장면이 나오지 않는 법이었다. 그러니까 나도 그러면 안 되는 거겠지.

"이건, 됐어요. 저도 먹고살 만큼 법니다."

"그건 나도 안다. 그래도……, 내 마음이라고 생각하렴."

준석의 어머니는 볼일 다 봤다는 듯이 일어서려 했다. 이 상황을 한시라도 빨리 피하고 싶은 눈치였다. 하지만 이 순간을 놓쳐 이번에도 이 말을 하지 못한다면 평생 후회할 것 같았다. 그래서 준석의 어머니를 붙잡았다.

"어머니, 정말 안 되는 건가요?"

내 절절함이 통했는지 준석의 어머니는 잠시 나를 쳐다보았다. 그러더니 다시 자리에 앉아 깊은 한숨을 내쉬었다.

"나도 오래 생각했다. 준석이가 예전에도 널 그렇게 좋아했었지. 네가 정리해 줬지만 사실 준석인 그다음에도 한동안 정신 차리지 못했었어. 겨우 미국 보내서 정신 차리게 한 거야. 지금은 아버지 회사 다니면서 일도 열심히 하고 능력 있다고 알아준단다. 결혼할 애도 있어. 정연이라고 아버지 동창분 딸이야. 작곡과 졸업하고 지금 대학원 다니는데, 내가 걔 크는 거 봐서 알지만 조신하고 참한 애야. 준석이 미국에서 한국 들어왔을 때 어른들이 소개해 줘서 만나기 시작한 거란다. 사실 약혼 진행하려다가 어머니가 갑자기 위독해지시는 바람에 장례 치르고 하자고 미룬 상태였는데……, 그런데 얼마 전에 약혼 얘기를 꺼냈더니 그 녀석이 절대 안 하겠다고 버티더라. 그 바람에 어찌 된 건지 알아보다 너 때문이란 걸 알게 됐다."

약혼, 결혼. 폭탄이 쉴 새 없이 터지고 있었다. 준석과 만난 지 두 달이 돼 가고 있었다. 그러나 준석은 내게 이런 내색을 한 적이 한 번도 없었다.

"그랬군요."

"준석이가 3형제 중에 막내라 나한테는 딸 노릇하면서 자랐어. 내가 참 예뻐하면서 키웠단다. 그래서 준석이가 그렇게 좋아한다니까 너라는 애를 받아들여 보자 생각하고 또 생각했다. 그런데 나는 아무리 해도 네가 받아들여지지 않는구나. 준석이가 나이가 많은 것도 아니고 초혼인데, 굳이 왜 이혼녀하고 결혼을 시켜야 되니. 달리 적당한 애가 없는 것도 아니고 말이다. 그리고 신자가 아니라니 뭐라 말은 못 하겠다만, 성당에서는 이혼을 죄라고 본다. 나 역시 이혼은 마땅치 않다고 생각해. 효진아, 나 우리 준석이한테 큰 욕심 없어. 그저 티 없이 따뜻한 아이 만나서 행복하게 살았으면 좋겠다. 그게 그렇게 대단한 바람이니?"

'네, 그건 정말 대단한 바람이에요. 이 세상에 티 없이 따뜻하게 자란 아이가 얼마나 있겠어요. 어머니 욕심 참 대단하시네요.'

이렇게 말하고 싶었다. 하지만 준석의 곁에는 이미 '티 없이 따뜻하게 자란 아이'가 있다지 않는가. 그런 조건이 되지 못하는 내 자신이 갑자기 너무나 부끄러워졌다. 순간 열등감이라는 늪에 온몸이 빠진 기분이었다. 그리고 그런 나를 주시하고 있을 정면의 시선이 두려워 그만 눈을 감고 말았다.

하지만!

원래 나란 인간은 이렇게 열등감 속에서 살아온 사람이 아니었다. 지금 왜 내가 이런 말을 듣고, 이런 기분이 들어야 하지? 가슴 깊은 밑바닥에서 부글부글 심화가 일기 시작했다. 행여나 무슨 소리가 새 나갈까 주먹을 꽉 쥐고 이를 앙다물었다.

내가 아무 말도 하지 않고 듣기만 하자, 당신 말에 수긍을 하는 줄 알았는지 준석의 어머니 목소리는 나를 달래려는 듯 한층 부드러워졌다.

"어른들 말은 듣는 게 좋은 거야. 이 말은 준석이한테도 하겠지만, 너도 우리 집에 들어오려고 하면 힘든 일이 많을 거다. 반기지 않는 시댁에서 시집살이하는 거 쉽지 않아. 지금 생각엔 너희 둘만 행복하면 다 될 거 같지? 하지만 가족이란 게 평생 마주치지 않고 살 수 있는 게 아니란다. 너도 결혼해 봤으니 알고 있잖니."

준석의 어머니도 속이 상한다는 듯 쯧쯧 혀를 차셨다.

"네 성격이 차분한 것도, 또 머리도 좋고 능력 있는 것도 다 안다. 너 하나만 보면 나무랄 데가 없어. 그런데 부모가 건재하신 것도 아니고, 형제가 있는 것도 아니고, 나이도 많은데다, 그렇다고 미혼인 것도 아니니 대체 다른 사람들한테 널 뭐라고 얘기해야 할지 모르겠다. 결혼은 비슷한 사람끼리 하는 게 좋아. 꼭 사랑만 가지고 살아지는 것도 아니고. 너 이해해 주는 남자 만나서 편하게 살 수 있으면 그것도 좋은 거란다. 너도 살다 보면 그렇게 하기 잘했다는 생각이 들 날이 있을 거야. 많이 살아 본 사람이 하는 말이니까 너도 새겨들었으면 좋겠구나. 그리고……, 우리 이런 일로 다시 만나지 않으면 좋겠다."

마음이 갈가리 찢겨 정신이 하나도 없었지만 그래도 준석의 어머니에게 잘 가시라고 인사도 하고, 주셨던 봉투도 다시 돌려 드렸다. 준석의 어머니는 그런 나를 보며 안쓰러운 표정을 지었지만 나를 믿겠다는 말을 남기고 단호히 돌아섰다.

　나 역시 그 자리에서 어서 떠나고 싶었지만 준석의 어머니와 같이 나가는 것도, 바로 뒤따라 나가는 것도 싫어 그냥 자리에 앉아 있었다. 그렇게 10분을 멍하니 기다렸다가 맹렬한 기세로 자리를 떠났다.

　서울이 지겨웠다. 모든 게 지겨웠다.

＊

　"선생님, 저예요."

　— 어. 왜?

　"갑작스럽지만……, 저 일주일만 휴가 내면 안 될까요?"

　— 뭐? 일주일?

　"죄송해요."

　전화기 속의 현우 선생님은 한동안 말이 없었다. 오전 근무 없는 날이라 1시까지 출근해야 하는데 뜬금없이 12시쯤 전화를 해서는 일주일 휴가를 달라는 내가 황당했을 터였다.

　— 좋은 일이야, 나쁜 일이야?

　"아무 일도 아니에요. 그냥 좀 쉬고 싶어서요."

　현우 선생님은 또 한동안 말이 없더니 버럭 소리를 질렀다.

　— 너 지금 어디야?

　"윽, 귀청 떨어질 것 같아요. 걱정하지 마세요. 저 조금 쉬다가 갈게요. 죄송해요."

전화기에 대고 펑펑 울어 버릴까 봐 급하게 전화를 끊었다. 그리고 배터리도 빼 버렸다.

'아, 갑자기 사라지면 병원도 바빠지고 정신없을 텐데.'

하지만 정상적인 얼굴을 하고 다닐 수가 없었다. 그래서 준석의 어머니와 헤어지고 난 후 고속버스 터미널로 가서 강원도행 제일 빠른 티켓을 달라고 하여 샀다. 그리고 현우 선생님한테 전화를 하고 그대로 서울을 떠났다. 내려서 보니 강원도 양양이었다.

강원도를 선택한 것은 산도 있고 바다도 있기 때문이었다. 일단은 산속에 틀어박혀 며칠 쉬고 싶었다. 바다는 그다음이었다. 조금 마음이 풀어지면 갈 것이다. 지금 간다면 바다 속으로 그냥 걸어 들어가 버릴 것 같았다.

숙소를 어떻게 할까 생각하다 터미널 근처 피시방에 들어가 인터넷을 뒤졌다. 오대산 자락의 휴양림 근처에 펜션들이 몰려 있는데 그중의 하나에 전화를 걸어 예약했다. 평일이고 성수기도 지난 시즌이라 방은 많았다.

은행을 찾아 현금인출기에서 현금을 찾은 후에 근처 마트에 가서 필요한 몇 가지를 샀다. 굳이 짐을 꾸려 오지 않아도 돈만 있으면 뭐든지 할 수 있었다. 렌터카 회사에 전화해서 차를 하나 렌트한 다음 차가 오기 전에 저녁도 챙겨 먹었다.

해가 지기 시작해서 길이 어두웠지만 내비게이션 덕에 그럭저럭 펜션에 도착할 수 있었다. 여자 혼자 온 걸 보고 의심의 눈초리를 보내던 주인은 일단 방으로 안내해 주었다.

'흥, 누가 자살이라도 할까 봐?'

내가 이 펜션을 선택한 이유는 방은 작아도 방마다 계곡 쪽으로 조그만 테라스가 붙어 있는 게 마음에 들어서였다.

가방을 내려놓고 주전자를 찾아 물을 끓여 아까 마트에서 사 온 믹스 커피를 한 잔 타서 테라스에 앉았다. 조그만 테라스지만 나무 테이블에 의자까지 구비되어 있었다. 의자에 앉아 있으니 쉴 새 없이 흐르는 계곡물 소리가 들렸다.

쏴아아아. 비가 온 지 얼마 안 돼서 그런지 계곡의 수량이 제법 많았다. 그래서 물소리가 모든 소리를 먹었다. 방에서 빛이 나와서인지 밖이 잘 안 보여 방의 전등을 껐다. 차차 어둠에 눈이 익자 펜션 전체적으로 켜 놓은 작은 등불들 덕에 어두컴컴한 가운데서도 숲의 나무들을 확인할 수 있었다. 그래도 여전히 물은 깜깜하게 보이지 않아 소리로만 그 존재를 알렸다.

"아아, 좋다아."

큰 소리로 말해도 물소리 때문에 내 귀에도 잘 안 들렸다. 쿡쿡대며 웃으니 기분이 좀 나아졌다.

다 때려치우고 여기 와서 살까? 월급 안 줘도 좋으니 청소며 빨래 다 내가 하겠다고, 먹여 주고 재워 주기만 해 달라고 주인에게 부탁해 볼까. 다른 어느 곳에 사는 산의 주인이 대수일까. 여기 살고 있으면 내가 주인이지. 이런 경치 속에서 사계절 살다 보면 어느새 나이를 먹게 되지 않을까.

생각을 하다 보니 진짜 괜찮은 생각이다 싶어 금세 열중하게 되었다. 그런데…….

'아 참, 그러려면 병원에는 그만둔다고 말해야 하는데.'

그만둔다고 말하려면 원장님과 현우 선생님을 만나야 하는데……. 너무 우스운 얘기지만, 이 절차를 밟기 싫어 지금까지 생각했던 모든 생각을 다 엎어 버리고 싶었다. 원장님과 현우 선생님에게 무슨 얼굴로 그만둔다고 말해야 할까. 그냥 다 지겨워져서 그만둔다고 말하면 두 선생님들은 무슨 표정을 지으실까.

'이럴 때 마음 터놓을 수 있는 친구라도 있다면 얼마나 좋을까.'

하지만 재수를 하면서 고등학교 때 친구들과 멀어지게 되었고, 이혼을 하게 되면서 그 이후에 만났던 관계로부터는 스스로 멀어졌다. 혼자라는 걸 힘들다고 생각하지 않았기에 관계 단절에 당당히 소홀할 수 있었는데, 이제 진짜로 혼자가 되고 나니 모든 것이 아쉬웠다. 인생사 노력하지 않아도 되는 일이란 하나도 없는 것이다.

그나마 세상과 끈을 맺어 주었던 치과 식구들과도 헤어져야 한다니!

갑자기 모든 생각이 멈추었다. 다시 물소리만 들렸다. 현우 선생님이 돌 굴러가는 소리 난다고 생각하지 말라고 했던 말이 떠오르자 킬킬 웃음이 났다.

'머리가 터질 것 같아. 지금은 그냥 아무 생각도 하지 말고 쉬자.'

슬며시 병원 걱정이 되긴 했지만, '해고해 주면 나야 고맙지'

하며 배짱만 두둑해졌다.

산속인데다 계곡의 습기 때문에 서울보다 훨씬 서늘했다. 이불을 가져다 둘러쓰고 있을까 싶었지만 이불까지 축축해지면 잠도 못 잘 것 같았다.

에잇, 잠이나 자야겠다.

사납게 문을 두드리는 소리에 일어났다. 시계를 봤더니 새벽 3시였다. 주인이 머무는 펜션 본채까지는 좀 거리가 있어 혼자 있는 거나 다름없는데, 나쁜 사람이면 어떡하지? 어쩔까 싶어 미적대고 있는데 다시 문 두드리는 소리가 들렸다.

"아가씨, 아가씨."

"누구세요?"

너무 무서워 문은 열지 않고 문에 대고 큰 소리로 물었다. 여차하면 주인집에 전화하려고 전화기를 손에 든 채였다.

"주인이에요. 아가씨, 괜찮아요?"

"네? 뭐가요?"

"괜찮은 거예요? 문 좀 열어 봐요."

"저 혼자라서 문은 좀……. 무슨 일이세요?"

"아 참, 그렇지. 그럼 여기 창문으로 좀 나와 봐요. 괜찮은가 확인해 보게."

대체 무슨 일인지. 방에 불을 켜고 계곡 반대쪽의 창으로 다가서니 주인아저씨가 랜턴을 들고 서 있었다.

"새벽에 잠 깨워서 미안해요. 요즘 하도 펜션에 자살 소동이 많아서 확인 좀 하려고요."

"아, 네에."

"아침 식사 준비해 왔어요?"

"그냥, 대충요."

"준비 안 했으면 본채에서 아침 식사 되니까 건너오세요. 깨워서 미안해요. 잘 자요."

"네."

주인아저씨는 내 뒤로 방 안쪽을 연신 살펴보더니 계면쩍은 듯 물러갔다. 이런 데 와서 자살하는 사람들이 많다더니, 펜션 주인도 신경 쓸 일이 보통 많은 게 아니겠다 싶었다.

문의 잠금장치를 확인하고 창문도 꼭꼭 닫은 뒤 불을 끄고 다시 잠을 청했다. 창 너머로 계곡물 소리가 자장가처럼 들렸다.

아침에 잠을 깨운 건 또 문을 두드리는 소리였다. 꿈인지 데자뷰인지. 피곤해 죽겠는데 여기까지 와서 잠도 마음대로 못 잔단 말인가. 화가 나서 벌떡 일어났다. 아침밥 따위 한 끼 안 먹으면 어때서 이 난리란 말인가. 그래서 문에 대고 소리를 버럭 질렀다.

"누구세욧!"

"야, 인마. 너 빨리 문 안 열어?"

엥? 이건 현우 선생님 목소리잖아. 어떻게 알고 여기까지 왔지? 문을 열었더니 진짜 현우 선생님이 문 앞에 서 있었다.

"너, 괜찮은 거야?"

화가 난 듯 씩씩대는 현우 선생님이었지만, 처음 꺼낸 말은 나를 걱정하는 말이었다. 나는 그 얼굴을 보고 그대로 엉엉 울어 버렸다.

"선생님……."

현우 선생님은 그제야 안도의 한숨을 내쉬더니 문을 닫고 안으로 들어왔다. 그리고 나를 꼭 안아 주었다.

"나잇살이나 먹어서 꼭 이렇게 걱정을 시켜야겠냐, 너는?"

"죄송해요……."

나는 현우 선생님의 품에 안겨 한참을 울었다. 감정의 고삐가 풀린 것처럼 울음은 쉽사리 그치지 않았다. 현우 선생님은 내 등을 두드려 주며 우는 아이 달래듯이 한참을 달래 주었다. 현우 선생님의 '괜찮아, 괜찮아' 하는 소리에 마냥 안심이 되어 계속 울었다. 아버지, 엄마가 돌아가셨을 때도 이렇게까지 울진 않았던 것 같은데. 그래도 선생님이 괜찮다고 하니까 계속 눈물이 났다.

"이제 다 울었냐?"

너무 울어서 머리가 띵했다. 훌쩍대고만 있자니 그제야 현우 선생님은 나를 품에서 떼어 놓았다.

"가서 찬물로 좀 씻고 와라. 꼴이 그게 뭐냐."

현우 선생님은 여전히 훌쩍이고 있는 내 얼굴을 들여다보더니 픽 비웃으며 말했다. 나는 입을 비죽거리며 욕실로 들어갔다. 욕실 거울을 들여다보니 얼굴이 '악!' 소리가 나올 만큼 퉁퉁 부어 있었다. 이렇게 흉한 꼴을 다 보였으니 이제 선생님한테는 더 창피한 것도 없을 것이다.

찬물로 세수한 김에 이도 닦고, 로션도 바르고, 머리까지 빗고 나갔다. 감정을 다 쏟아 내고 났더니 몸속이 텅 빈 듯 휘청휘청했다.

현우 선생님은 테라스에 앉아 계곡을 내려다보며 담배를 피우고 있었다.

"선생님, 배 안 고파요?"

현우 선생님은 흘끗 뒤를 돌아보더니 담배를 끄고 방으로 들어왔다.

"당연히 배고프지. 그런데 넌 그렇게 울고 밥이 들어가겠나?"

"배고파서 쓰러질 것 같아요. 밥 먹으러 가요. 제가 살게요."

"하여튼 넌 어디 가서 굶어 죽을 일은 없을 것 같다."

"제가 좀 그렇죠, 헤헤."

현우 선생님이랑 투닥투닥 말싸움을 하면서 본채로 건너갔다. 주인아저씨한테 황태해장국 두 그릇을 주문하고는 바깥의 테라스에 앉았다. 계곡은 보이지 않았지만 물소리는 여전히 들렸다.

"선생님, 근데 저 여기 있는 거 어떻게 알고 왔어요?"

현우 선생님은 한동안 나를 노려보더니 다시 담배를 하나 물었다.

"너 찾느라 완전 쇼했다."

"네? 왜요?"

"경찰에 아는 친구가 있어서 네 카드 내역 조회했더니 여기

찍히더라. 그래서 주인아저씨한테 너 잘 있나 확인하라고 시키고 차로 왔지."

그럼 새벽의 그 난리가 다 현우 선생님 때문? 기가 막혀서 웃음밖에 안 나왔다.

"지금 웃음이 나오냐?"

"그럼 울어요?"

배시시 웃으며 대답하자 현우 선생님은 혀를 끌끌 찼다.

"근데 그 경찰 친구분 아무래도 안 되겠네요. 어떻게 공권력을 그렇게 사적으로 써요?"

"사적은 무슨. 시민의 공복인데 시민을 위해 써야지 누굴 위해서 쓰냐. 아무래도 너 콱 죽으러 간 것 같다고, 자살 막으려면 당장 찾아내라고 소리 좀 쳤지. 이렇게 잘 있는데 말이지."

현우 선생님은 마땅찮다는 듯 쩝쩝거렸다.

"죄송해요. 잘못했어요."

밤새 잠도 못 자고 동동거렸을 선생님을 생각하니 미안하고 고마웠다. 그냥 아무렇지 않은 척 웃어 보일 수밖에.

"그런데 병원은요?"

"아, 몰라. 아버지 병원이니까 아버지가 알아서 하시겠지."

"으, 어떻게 원장님이 그 진료를 혼자 다 보세요?"

"옛날엔 혼자서도 다 보셨는데, 뭘. 지금도 혼자 하라면 다 하실 수 있어. 괜히 어머니가 못 하게 하시니까 그러는 거지. 아마 은근히 좋아하실걸."

식사가 나오자 현우 선생님은 밥 한 공기를 통째로 국에 턱

말더니 숟가락을 들고 우걱우걱 먹기 시작했다. 난처한 표정으로 한참을 현우 선생님만 보고 있었지만, 어떻게 생각해도 지금 강원도에서 내가 할 수 있는 일이란 없었다. 나도 선생님처럼 밥을 국에 말아 우걱우걱 먹기 시작했다.

밥을 다 먹고 나서 주인아저씨가 서비스로 내준 자판기 커피를 들고 현우 선생님과 길을 따라 걸었다. 왕복 2차선 도로가 본채와 다른 펜션들 사이에 있었는데, 찻길엔 차가 거의 없었다. 펜션의 위치는 근처 휴양림에 가기 직전이었다. 덕분에 숨을 들이마시면 온통 숲의 향기였다.

"아, 공기 좋다. 여긴 어떻게 알고 왔냐?"

"인터넷이면 모든 게 다 되거든요. 여러 개 있었는데, 찍은 것치곤 좋죠?"

어제 본 곳 어디라도 좋았을 터였다. 그래도 그냥 내가 선택한 곳이 베스트라고 생각하는 게 맘 편했다.

"그러네. 잘했다, 치타."

윽, 70년대 유머를. 나는 눈을 한번 굴리고선 현우 선생님을 바라보았다. 선생님은 계곡으로 내려가는 계단을 찾아 그곳으로 내려갔다. 이런 곳도 있었나 싶어 나도 따라 내려갔다.

그냥 볼 땐 몰랐는데 펜션은 계곡과 상당히 거리가 있었다. 계단은 계곡까지 이어져 있었는데 중간에는 쉴 수 있는 테이블도 있었다. 현우 선생님은 테이블에서 걸음을 멈추었지만 나는 끝까지 내려갔다. 계곡물이 눈앞에 보이자 발을 담그고 싶다는 생각이 들어 쭈그려 앉아 신발을 벗고 바지를 걷었다.

"앗, 차가워."

깔깔대며 첨벙첨벙 물속을 걸어 다녔다. 발아래로 미끄러운 자갈들이 있어 조심해야 했다. 그래도 종아리를 세차게 지나 흐르는 물살을 느끼고 있자니 무릉도원이 따로 없었다.

"야야, 조심해."

현우 선생님은 위에서 나를 내려다보며 담배를 피우고 있었다. 그런데 언제부터 저렇게 담배를 피웠지?

앉을 만한 곳을 찾아 물에 발을 담근 채 앉았다. 흐르는 물살이 세차 발이 쓸려 내려갈 것같이 들썩거렸다. 이 물을 따라가다 보면 동해가 나오겠지. 어차피 바다도 가려고 했는데, 그냥 이 물에 몸을 맡기면 거기까지 데려다 주려나…….

어라? 갑자기 물이 나를 향해 어서 오라고 손짓하는 것처럼 보였다. 그 손짓에 몸을 맡기면 포근하게 감싸 안아 바다까지 안내해 주겠다는 듯이…….

'물이 손짓을 하다니, 너 미친 거 아니니?'

머리를 흔들어 정신을 차렸다. 아무래도 물은 지금의 나와 상성이 안 맞는 것 같았다. 나는 신발을 집어 들고 맨발로 계단을 올랐다.

현우 선생님은 테이블 의자에 앉아 내가 올라오는 것을 지켜보고 있었다. 벌써 담배꽁초가 세 개나 되었다.

"선생님, 언제부터 담배 피웠어요?"

"원래 피웠어."

"네? 선생님 담배 피우는 거 한 번도 본 적 없는데요?"

244

"숨어서 피웠어."

"왜요? 원장님한테 혼날까 봐요?"

"내가 나이가 몇 살인데 아버지한테 혼나고 있겠냐. 생각하는 거라곤, 쯧쯧."

"암튼 여기서 담배 피우지 마세요. 공기 좋다고 한참 그러더니 왜 담배 연기로 공기를 오염시켜요?"

"쳇, 네가 여기 주인이냐?"

치, 여기가 내 펜션이면 내가 주인이라고 할 텐데. 반박할 말도 없어서 그냥 시무룩하니 앉아 있었다. 현우 선생님은 아무 말도 없이 담배만 뻑뻑 피워 대다가 툭 말을 던졌다.

"그래서 언제 올라올 건데?"

"죄송해요."

"죄송이 밥 먹여 줘? 언제 올라올 거야? 일을 해야 돈 벌어서 밥을 먹지. 너처럼 밥 좋아하는 애가 밥 안 먹고 살 거야?"

"모르겠어요. 그냥 배 째세요."

만사가 귀찮아 현우 선생님을 배려할 틈이 없었다. 그래도 내가 걱정돼 여기까지 와 준 사람인데 말이다.

"그 녀석 불러 줘?"

"어떤 녀석이요? 아, 그 녀석? 그 녀석을 뭐하러 불러요? 여기 뭐 볼 게 있다고."

그런데 그 녀석을 생각하니 눈시울이 뜨거워졌다. 아까 그렇게 울었는데도 내 몸에 아직도 눈물이 남아 있다는 게 신기할 따름이었다.

"모르긴 몰라도 지금쯤 너 찾느라고 난리 났을 거다. 그 녀석한테는 연락도 안 한 거지?"

나는 말없이 고개를 끄덕였다. 눈앞에선 세찬 물줄기가 흐르고 있었고, 내 가슴속에서도 그랬다.

"어차피 몰라요. 지금 우리나라에 없거든요."

"대체……, 무슨 일이 있었던 거야? 말 안 할 거야?"

다시 끄덕끄덕. 어차피 말을 한다고 해서 바뀔 일도 없지 않은가. 나는 계속 고개를 끄덕끄덕했다.

"피곤하지? 잘래?"

끄덕끄덕. 현우 선생님은 한숨을 푹 내쉬더니 내 신발을 집어 들었다. 내가 자리를 뜰 것 같지 않자 내 팔을 잡아 일으키더니 계속 내 손목을 잡고 걸어갔다. 나는 눈뜬 소경인 양 졸래졸래 현우 선생님을 따라갔다.

내가 머무는 펜션 방 앞에 도착하자 선생님은 '잠깐만!' 하더니 방에 들어가 물수건을 만들어 왔다. 나는 물수건에 발을 닦고 방으로 들어갔다. 선생님은 아무 말 없이 이불을 들추어 주었고, 나는 군소리 없이 이불 속으로 들어가 눈을 감았다.

Step 10
The Break-Up
•이별

목이 말라 눈을 떴다. 한참 잔 것 같은데 아직 밖은 대낮이었다. 물을 마시려 일어섰더니 내 옆에 이불 한 채가 더 깔려있고, 거기에서 현우 선생님이 자고 있었다. 쿨쿨 자는 모습을 보니 진짜 밤을 꼴딱 새운 모양이었다.

물 한 잔을 따라 숨도 쉬지 않고 다 마셨다. 그러고도 모자라 물을 한 잔 더 따라서 현우 선생님이 깨지 않도록 조심스럽게 테라스로 나갔다. 시계를 봤더니 낮 12시밖에 안 되어 있었다.

여전히 물소리가 들렸다. 어제는 그저 시원하게만 들리더니, 아침의 그 일이 있고 나서는 물소리가 조금 무섭게 들렸다. 그러면 안 된다고 생각하는데도 자꾸 물에서 나를 부르는 소리가 들리는 것 같았다.

하지만 나는 절대 자살 같은 것은 하지 않을 것이다. 울 엄마, 아버지를 위해서라도 절대 나이 들어 죽을 때까지 죽지 않을 것이다. 일찍 돌아가신 엄마, 아버지 대신 나라도 오래 살아야 하지 않겠는가. 생전엔 그렇게 애타는 마음이 없었는데, 막상 돌아가시고 나니 안 좋은 일만 있으면 엄마, 아버지부터 생각이 났다.

부모님이 안 계셔서 준석이랑 안 된다고 하니 나로서는 돌아가신 분들을 살려 내는 것 외에 다른 방법이 없지 않은가. 이혼을 해서 안 된다는데 이미 해 버린 이혼을 무슨 수로 되돌리겠는가. 나로선 어떻게 할 방법이 없는 것이다.

'선배가 돼 가지고 어린 후배를 데리고 노는 것도 유분수지. 그렇게 순진한 애한테 무슨 짓을 했기에 쟤가 저 모양이 되니!'

아버지가 쓰러지셨던 그해 12월, 내가 학교에 나가지 않게 된 지 얼마 안 있어 준석의 어머니가 어떻게 알아냈는지 병원으로 찾아와 엄마를 만나겠다고 했다. 하지만 아버지도 편찮으신데 엄마한테 괜한 걱정을 끼치기 싫어 나 혼자 준석의 어머니를 만났다. 아버지가 쓰러지신 다음부터 내가 준석을 만나 주지 않자 그는 매우 불안정했던 모양이었다. 애가 하도 이상하게 굴기에 학교를 찾아갔다가 선생님께 들었다며, 준석의 어머니는 나를 비난했다.

뭐라 변명을 할 법도 했지만, 솔직히 내가 준석을 유혹했다는 건 사실이었기에 할 말이 없었다. 준석의 어머니는 나에게 학생으로서, 선배로서의 책임을 강조하며 준석을 달래 공부에 전념하게 해 줄 것을 요구했다. 그리고 나는 내 부모님께 말하지 않는다는 조건으로 그렇게 하겠다고 말씀드렸다. 나중에서야 준석의 어머니가 나와 만난 이후에 나 모르게 엄마를 찾아가 만났다는 사실을 알았지만 말이다.

준석의 어머니는 아버지 장례식에 조의금으로는 큰 액수를 냈다고 했다. 그리고 엄마는 그 돈으로 내 재수 학원비를 댔다고 말해 주었다. 그런데 그 말을 들었을 때는 벌써 내가 대학에 들어간 다음이었다. 처음엔 그런 말을 하는 엄마가 기가 막히고 황당하기만 했다. 어떻게 그럴 수가 있느냐고 울부짖으며 따지고 들자 엄마는 말씀하셨다.

'다른 누구보다도 난 네가 더 소중해. 그래서 난 누가 내 딸 모욕하는 꼴 절대 못 봐. 설사 그게 너 자신이라도.'

이미 지난 일을 어찌하겠는가. 그 당시에는 그저 받아들일 수밖에 없었다. 대신 나는 다시는 준석을 만나서는 안 되는 낙인이 찍힌 것이다.

그런데 운명은 어그러져 또다시 준석을 만나게 되었고, 나는 한 번 더 준석에게 상처를 줘야 했다. 이럴 줄 알았다면 그만둘 수 있을 때 그만둘걸. 후회는 끝없이 할 수 있겠지만 돌이킬 방법은 따로 없었다.

하지만 지금 나를 제일 상심하게 하는 것은 내가 지금의 나라는 사실이었다. 엄마가 아무리 나 자신이라도 당신 딸을 모욕하는 사람은 용서 못 한다고 하셨지만, 내 자신이 준석의 곁에 설 만큼 떳떳하지 못하다는 열등감이 계속해서 뭉글뭉글 솟아났다. 준석의 어머니 앞에서 당당하게 준석을 사랑한다고, 준석과 함께 있고 싶다고 말할 수 없는 내 자신이 너무 초라했다. 난 원래 이런 사람이 아니었는데 내가 왜 이런 대접을 받아야 하는 걸까. 억울하고 분한 마음이 가슴에 꽉 차 있었다.

또다시 준석이 원망스럽기 시작했다. 혼자서 잘살고 있었는데! 건드리지만 않았다면 늙어 죽을 때까지 혼자 잘살 수 있었는데! 왜 나를 이렇게 비참하게 만들어! 왜 나를 이렇게 상처 입게 만들어!

흐르는 눈물을 닦아 내고 물을 마시다 보니 테이블 위에 현우 선생님이 놔둔 담배가 보였다. 대체 이 담배가 무엇이관데 그렇게들 피워 대는 걸까. 나도 한 대 피워 볼까 싶어 담배를 물고 불을 붙였다. 그저 빨아들이고 내쉬는 거겠지 싶었는데, 숨을 잘못 쉬었는지 콜록콜록 눈물이 날 정도로 계속 기침을 했다.

"어휴, 죽겠네."

물을 한 잔 마시고 나니 좀 진정이 됐지만 매캐한 담배 냄새는 여전히 입안에 남아 있었다. 들고 있던 담배를 재떨이에 눌러 끄고는 욕실로 가서 이를 닦고 다시 세수를 했다. 아까부터 계속 눈물을 닦아 냈더니 눈 주위가 퀭한 게 꼭 병자 같았다. 그런데도 점심시간이라고 배가 고팠다. 뱃속에 거지가 하나 들어 있는 모양이었다.

"현우 선생님, 일어나요. 우리 밥 먹으러 가요."

현우 선생님은 힐긋 눈을 뜨더니 '또 밥이냐?' 하며 다시 눈을 감아 버렸다. 나는 선생님을 계속 흔들었다.

"선생니임, 우리 바닷가에 가서 회 먹어요오."

"아아, 졸려 죽겠어어."

현우 선생님은 내 팔을 붙잡더니 갑자기 나를 홱 눕히고 내 위로 올라왔다.

"넌 왜 벌써 일어났냐."

현우 선생님은 내 어깨에 얼굴을 묻고 다시 잠들 태세였다.

"선생님, 배고파요. 밥 먹으러 가요."

현우 선생님을 밀어젖히고 일어서려 하자, 선생님은 내 팔을 붙잡더니 몸으로 나를 눌러 못 일어서게 했다.

"넌 내가 안 무섭냐?"

현우 선생님은 언제 졸렸냐는 듯 눈을 똑바로 뜨고 나를 내려다보았다. 나 역시 그를 똑바로 바라보았다.

"네."

"왜 안 무서워. 넌 내가 남자로 안 보여?"

"선생님이 남자라도 안 무서워요."

"왜? 내가 널 덮치지 못할 것 같아? 지금이라도 네 옷 벗기고 섹스할 수 있다는 생각은 안 해?"

나는 아무 말 없이 현우 선생님을 올려다보았다. 그의 눈은 섹스라는 말을 언급했다는 것이 이상하리만큼 차갑게 식어 있었다. 선생님의 눈에 비친 내 모습도 똑같았다.

"우리가 섹스로 빠질 수 있었다면 진작 했을 거예요. 이렇게 2년을 기다릴 필요도 없었죠. 그러니까 선생님하고 저는, 그런

쪽은 아니었어요."

팽팽했던 긴장이 갑자기 피시식 느슨해졌다. 선생님은 내 옆에 벌러덩 눕더니 쿡쿡 웃음을 터뜨렸다.

"참 나, 이현우 인생에 이런 날도 오네. 내가 여자한테 섹스어필 못 해서 차인 건 처음이야. ……아니, 두 번째군."

자조 섞인 말을 내뱉는 현우 선생님을 흘긋 쳐다보았다. 선생님은 뭐가 우스운지 천장을 보면서 피식대고 있었다.

"선생님은 왜 이혼했어요?"

"내가 나쁜 놈이어서."

"그런 객관적인 대답 말고요."

현우 선생님은 나를 한번 째려보더니 다시 천장을 향하며 훗 웃었다.

"여태까지 한 번도 안 물어보더니 이제야 궁금하냐. 5백 원 내놔. 그러면 말해 줄게."

"됐네요. 돈 없어요."

우리는 나란히 누워 물소리를 들으며 천장을 바라보았다. 잠은 잘 만큼 잤으니 더 잘 수는 없는 일이었다. 하지만 등이 방바닥에 붙었는지 일어날 수가 없었다. 밥을 먹으러 가야 하는데 말이다.

"너 아버지가 많이 걱정하셔."

"네? 원장님이요?"

"그리고 나도 너 걱정 많이 된다."

나는 고개를 돌려 현우 선생님을 바라보았다. 선생님도 나를 바라보았다.

"너 항상 위태위태해 보이는 거 알아? 물가에 내놓은 어린 애 같아."

"저 어린애 아니에요."

"그래서 더 걱정돼. 언제라도 팍 죽으러 떠날 수 있으니까."

"저 안 죽어요."

"그래, 죽지 마라."

현우 선생님은 다시 천장으로 시선을 돌리며 긴 한숨을 내쉬었다.

"……결혼하기 전에 알던 여자가 있었어. 그런데 다른 여자가 더 좋아져서 결혼하겠다고 먼저 알던 여자랑 헤어졌지. 그리고 결혼해서 잘살고 있었는데 예전 여자를 또 만나게 된 거야. 집에서 알고 난리가 났어. 그래서 결혼을 지키겠다고 안 만나겠다고 했더니……, 죽어 버리더라."

나는 아무 말도 할 수가 없었다. 뭐야, 이 나쁜 놈. 욕해 주고 싶은데 현우 선생님의 담담한 옆모습이 너무 아파 보여 그럴 수가 없었다.

"처음엔 왜 죽었는지 이해할 수가 없었어. 어떻게 그렇게 쉽게 결정할 수가 있는 거지? 다른 사람들은 맨날 사랑받고 행복하기만 해서 살고 있나. 나도 생전 처음으로 방황이란 걸 해 봤지. 다 늙어서 말이야. 그런데 이번엔 와이프가 힘들어하더군. 아니, 그 녀석 집안에서 알고 난리가 났지. 젠장, 그제야 나도……, 점점 이해되더라. 그러니까 나도……, 살기가 싫어지더라고. 그래서 이혼했지."

중간 중간 삼키는 말이 내뱉는 말보다 몇 배는 많아 보였다. 하지만 애써 캐묻지 않았다. 알아 봤자 아픈 속 들춰내는 것이고, 무엇보다 내가 해결해 줄 수 있는 일이 아니었다. 그냥 이건 스스로가 평생을 싸안고 가야 할 짐이었다.

나도 현우 선생님도 동시에 천장을 향해 긴 한숨을 내쉬었다. 그러다 서로 눈이 마주치고는 쿡쿡 웃어 댔다.

"사는 게 참 팍팍하다. 그치?"

"그러게요."

우리는 벌떡 일어나 이불을 갠다, 방을 치운다 하며 부산을 떨었다. 그리고 낙산해수욕장으로 차를 타고 나가 바닷가 횟집에 가서 회와 매운탕으로 풍족하게 배를 채웠다.

식사를 마친 후, 현우 선생님과 나는 바다에 나가 발을 적시며 걸었다. 관광객들이 더러 있기는 했지만 평일이라 많지 않았다. 따가운 햇볕 아래 시원한 바닷물로 기분이 상쾌했다.

"좀 쉬다 와."

현우 선생님은 한참을 묵묵히 걷기만 하더니 문득 생각났다는 듯 말을 던졌다.

"저 다시 병원 가도 돼요?"

"안 오면 무슨 뾰족한 수라도 있어? 아무것도 없는 게 까불고 있어."

못되게 말해도 그 속에 정이 담겨 있는 터라 그저 기쁘기만 했다. 나는 그냥 헤헤 웃었다.

"조금만 쉬면 될 것 같아요. 아주 조금만요."

"그래, 아주 조금만 쉬다 와. 더 많이 쉬면 국물도 없을 줄 알아."

"아주 조금만 쉬면 다 정리할 수 있을 거예요."

하늘을 보니 구름 한 점 없이 맑고 파래서 눈이 시렸다.

"힘들면 말해. 아버지도 그렇고 나도 그렇고, 도와줄 테니까. 우린 가족이잖냐."

현우 선생님이 어깨에 손을 올리더니 손아귀에 힘을 한번 꾹 주었다.

"으, 아파요."

'가족'이라고 말해 주어서 기쁘고 행복했다. 너무 아파서 눈물이 난 거라고 부러 화를 내면서 팔꿈치로 현우 선생님의 옆구리를 퍽 쳤다. '윽' 하면서 선생님이 허리를 부여잡았다.

"야, 너 호신술 배웠냐?"

"저 태권도 2단이거든요."

"정말이야?"

현우 선생님의 눈이 휘둥그레졌다. 뻥인데. 속으로만 말하고 바다로 눈을 돌렸다. 현우 선생님 덕에 많이 회복된 것을 느꼈다. 아주 조금만 더 쉬면 원래대로 돌아갈 수 있을 것이다.

＊

강원도에서 열흘 만에 집으로 돌아왔다. 조금만 쉬어야겠다고 생각했는데 막상 길을 떠날 생각이 들기까지 시간이 이렇게나 지나 버렸다. 혼자 있으면서 울기도 했지만, 대부분 숲을 걸어 다니다 생각나면 양양으로 장 보러 나갔다가 바다를 보곤 했다. 꽉꽉 들어찬 속을 비워 내느라 시간이 많이 걸렸다.

현관을 열고 집에 들어오니 떠나기 전과 다르지 않은 모습? 아니, 미묘하게 달랐다. 쾨쾨한 냄새가 나는 것이 여자 혼자 사는 집이라고는 누구도 말할 수 없었다. 일단 집 안의 창문을 다 열고 침실로 들어가 이불을 걷어 베란다에 말렸다. 이불에 코를 박고 냄새를 맡았더니 그 녀석이 느껴졌다. 내가 없었어도 계속 이 집에 있었던 모양이었다.

강원도에 있으면서 휴대폰을 계속 꺼 놓았다. 현우 선생님이 내 건재함을 알고 있었으니 다른 사람과의 소통은 필요하지 않았다.

준석이 출장 다녀온 지 사흘째쯤 되려나. 갑자기 사라졌으니 많이 놀랐을 거야.

준석을 생각하지 않으려 바쁘게 몸을 움직였다. 세탁기에 빨래를 넣고 청소기도 돌렸다. 휴대폰을 열고 전원을 켰다. 토요일인 내일은 진료가 많은 날이었다. 당장 내일부터라도 출근하겠다고 문자를 보내려 하는데, 딩동딩동거리면서 휴대폰이 열흘 동안 못 받았던 문자와 부재중 통화 내역을 토해 냈다. 내용을 보니 현우 선생님 조금, 신용카드 내역 조금, 그리고 대부분이 준석의 것이었다. 신용카드 내역만 살펴보고, 준석의 것은 내용도 읽지 않고 다 삭제시켜 버렸다.

현우 선생님에게 내일부터 출근하겠다는 문자를 보냈더니 잠시 뒤에 알았다는 짧은 답이 왔다. 갑자기 요구한 열흘이나 되는 무단 휴가 끝에도 다시 받아들여 주다니, 정말 신이 내린 직장 아닌가.

우두커니 앉아 있다 시계를 보니 오후 4시였다. 뭘 하기에도 어정쩡한 시간이라 소파에 누웠다가 벌떡 일어나 현관 도어록 비밀번호를 바꿨다. 갑자기 세상으로부터 안전해진 느낌이 들었다. 이제 이 집은 다시 나만의 공간이 되었다!

기분이 좋아진 나는 쌀을 씻어 밥을 안치고, 냉동실을 뒤져 굴비 두 마리를 꺼내 놓았다. 모처럼 맛있게 저녁을 먹어야겠다는 생각이 들었다. 세탁기 속의 빨래를 꺼내 널고 있는데 휴대폰 벨소리가 들렸다. 준석이었다.

"여보세요?"

— 효진……이야?

반신반의하는 목소리.

"어, 나야."

— 너!

버럭 소리를 지르더니 준석은 잠시 숨을 골랐다.

— 지금 어디 있어? 바로 갈게.

"어딘지 알고 오겠다는 거야? 이따 퇴근하고 집으로 와. 그때는 집에 있을게."

하다 보니 점점 거짓말만 늘었다. 전화를 끊고 저녁 메뉴를 궁리하다 콩나물하고 두부나 좀 사 올까 싶어서 장을 보러 나갔다. 어차피 내가 열어 줘야 들어올 수 있으니 준석이 아무리 일찍 온다 해도 소용없을 것이다. 요리를 못하니 성찬은 되지 않겠지만, 나름대로 '최후의 만찬'을 준비해야 하지 않겠는가. 나는 힘차게 마트로 향했다.

장을 보고 돌아왔더니 준석이 문 앞에서 서성거리고 있었다.

"비밀번호는 왜 바꾼 거야? 그리고 너 어디 갔다 이제 와?"

흠, 상투적인 대사로군. 말없이 비밀번호를 누르고 집에 들어오니 준석도 따라 들어왔다. 주방에 들어가 장바구니를 내려 놓으려는데 준석이 뒤에서 팔을 잡아챘다. 그 바람에 장바구니가 땅에 떨어지며 내용물이 쏟아져 내렸다.

"왜 이래? 두부 다 깨지겠네."

"나랑 말 좀 해."

준석은 내 팔을 잡고 소파로 가더니 나를 소파로 밀어 앉혔다. 그러고는 넥타이와 셔츠 단추를 한 번에 풀어내더니 머리를 긁적거리면서 거실을 서성였다. 나는 그러는 준석을 말없이 바라보았다.

"어디 갔다 온 거야?"

"강원도."

"뭐?"

준석은 의외라는 듯이 눈을 껌벅이며 나를 쳐다보았다. 그러다 그게 아니라는 듯이 머리를 흔들었다.

"갈 거면 간다고 얘기를 해 줬어야지. 도통 연락도 안 되고. 내가 얼마나 걱정했을지 생각 안 해?"

"미안해."

파르르 떨면서 외치는 준석을 보니 그동안 얼마나 노심초사했을지 눈에 선했다. 그런데 얼굴이 얼룩덜룩, 입가가 찢어진 품이 싸움이라도 한 듯 보였다.

"너는, 얼굴이 왜 그래?"

"말 돌리지 마. 지금 그게 중요한 게 아니라고!"

성질이 나는지 재킷을 벗어 바닥에 홱 던졌다. 에구, 다 구겨지겠네. 나는 일어나 재킷을 들어 옷걸이에 걸었다. 준석은 나를 잡아채더니 으스러지도록 꼭 껴안았다.

"옷만 중요하고 나는 안 중요해? 대체 어딜 갔다 온 거야? 너 또 사라진 줄 알고 내가 얼마나 놀란 줄 알아?"

나는 가만가만 준석의 등을 어루만져 주었다. 이렇게 나에게 안겨 투정을 부리는 걸 보니 꼭 예전의 준석 같았다.

"미안해. 좀 혼자 있고 싶었어."

"하아, 보고 싶었어. 보고 싶었다고!"

준석은 얼굴의 이곳저곳에 입 맞추더니 입술에 키스를 퍼부었다. 키스를 되돌려주며 준석의 목에 팔을 감아올리자 준석은 못 참겠다는 듯이 나를 안아 올려 침대로 향했다.

준석은 자신의 옷을 벗어던지더니 우악스럽게 내 옷을 벗기고는 나를 사정없이 품 안에 가두었다.

"제발 내 옆에만 있어. 제발 도망 다니지 좀 마. 나 걱정 좀 시키지 마."

준석은 준비도 안 된 나에게 억지로 몸을 밀어 넣으려 했다.

"아파. 준석아, 아프다고."

주먹으로 그를 때리며 말려 봐도 준석은 막무가내였다.

"넌 좀 아파야 돼. 날 이렇게 괴롭혔으니 너도 좀 아파 봐."

마음만 앞서고 빨리 진행이 되지 않자 다급해진 준석은 입을 내려 혀로 축축하게 만들었다. 그러자 처음엔 건조했던 입구도 어느새 부드러워져 그를 받아들일 수 있었다. 하지만 여전히 빡빡하기만 한데도 부득불 끝까지 밀어 넣더니 그는 신음을 내지르며 세차게 몸을 흔들기 시작했다.

"효진아, 사랑해. 효진아!"

헐떡이는 숨소리 속에 울음이 묻어나는 것 같았다. 나 역시 준석의 목에 팔을 감고 죽을 듯이 매달렸다.

"준석아! 준석아!"

이렇게 우리는 마지막인 것일까. 그를 안고 또 안아도 부족한 것 같았다. 그를 맛보고 싶어 어깨에 이를 박으니 준석이 '억!' 하며 움찔했다. 잠깐 멈추는 사이에 나는 준석을 밀어내고 준석의 위로 올라갔다.

"어떻게 하려고?"

"싫어?"

"싫진 않지만……."

턱 아래쪽부터 천천히 공들여 핥아 내리자 준석은 움찔움찔 몸을 떨었다. 목으로, 가슴으로, 배꼽으로. 드디어 그의 것에 입술이 닿자 당황한 듯 몸을 일으켰다.

"효진아, 그렇게 안 해도 되는데……."

"나도 처음이야. 이렇게 한번 해 보고 싶었어."

몇 번 본 동영상을 기억하며 나는 정성스레 그를 입에 담았다. 그러자 그는 내 입과 손안에서 꿈틀거리며 몸서리를 쳐 댔다. 준석은 괴로운 듯 나를 내려다보다 끝내 눈을 감아 버렸다.

"하아, 죽을 것 같아. 효진아, 이제 그만. 이젠 안 돼."

준석은 나를 낚아채 눕히더니 내게로 곧장 몸을 밀어붙였다. 그리고 몇 번의 빠른 공략 끝에 절정을 맞이했다.

"아, 죽을 뻔했어."

준석은 내 위에 널브러져 숨을 몰아쉬었다. 여전히 쾌락에 젖어 있는 듯 한참을 몸을 움찔대며 부르르 떨었다. 나는 준석이 진정될 때까지 가만가만 머리를 쓰다듬어 주었다. 준석은 내가 머리를 만지는 것만으로도 여전히 쾌감이 느껴지는지 작게 신음을 흘렸다. 이런 쾌락을 그에게 줄 수 있어 다행이라고 생각하며 나는 그를 꼭 껴안았다. 가슴 한가득 안겨 오는 준석 자체만으로도 나는 충만했다. 이렇게 나를 채워 줄 수 있는 사람을 또 만날 수 있을까. 시간이 흘러가는 것이 너무나 안타까웠다.

갑자기 준석이 몸을 일으키더니 와락 성을 냈다.

"이런 건 대체 어디서 배운 거야? 나만 혼자 가 버렸잖아."

"괜찮아. 나도 좋았어. 네가 맨날 나만 해 줬었잖아. 나도 한 번쯤 해 주고 싶었어. 내가 이렇게 하는 거 싫어?"

아직도 내 몸에 뿌리박고 있으면서도 성질을 내고 있는 준석이 귀여웠다. 이런 모습을 다시는 볼 수 없을 테지.

"아니, 싫다기보다는……. 젠장, 심장마비 걸리는 줄 알았잖아."

준석은 여전히 몸을 빼지 않으면서 옆으로 눕더니 나를 반쯤 자기 위로 걸쳐 놓았다. 나는 그의 어깨에 머리를 얹고 가슴에 팔을 걸쳤다. 준석이 자연스럽게 내 엉덩이에 손을 올려놓고 조몰락거리는데 손의 열기가 뜨거워 기분이 좋았다. 섹스가 끝난 후에도 이렇게 내게서 손을 떼지 못하는 준석이 나는 정말 좋았다.

"근데 이런 건 어떻게 알았어?"

"야동 보고 알았지."

"뭐? 야동? 뭐야, 아줌마, 혼자 그런 거나 보고 있었단 말이야?"

준석이 푸하하 웃음을 터뜨리니 가슴이 들썩거렸다. 그의 맨살에서 나는 체취가 페로몬인 양 감미로웠다. 이렇게 좋은데. 이렇게 행복한데.

"원래 혼자 살면 그런 거야. 자기는 안 본 것처럼! 야아, 창피하니까 그만 웃어."

손바닥으로 가슴을 찰싹 때리니 준석은 낄낄 웃으면서도 또 매 맞는 남편이니 뭐니 하며 구시렁거렸다.

"뭐하러 그런 동영상을 봐? 이렇게 진짜로 하면 되지."

준석은 다시 되살아난 듯 내 다리를 잡아당기며 몸을 움직이기 시작했다. 다시 열락의 시간이었다.

준석은 두 번의 섹스 뒤에도 나를 놔주지 않으려 하다가 끝내 잠이 들어 버렸다. 나는 그의 품에서 한참을 안겨 있다가 움직이기 싫어하는 몸을 겨우 이끌고 조용히 빠져나왔다. 밥 한 끼라도 제대로 해서 먹이고 보내야 한다는 생각에 나는 주방으로 나와 저녁을 준비하기 시작했다.

밥을 하면서 콩나물국도 끓이고, 두부도 부치고, 굴비도 구웠다. 다 되면 준석을 깨울 것이다. 밥을 다 먹고 얘기를 나눌 것이다. 그리고 그를 보낼 것이다.

커다란 쇼핑백을 꺼내 주섬주섬 준석의 물건을 챙겨 넣기 시작했다. 대부분 산 지 얼마 안 되는 것들로 포장도 뜯지 않은 새것도 있었다. 이따 갈 때 다 가져가라 해야지.

국물 간을 보니 다 된 것 같았다. 식탁은 다 차려 놓았으니 밥과 국만 푸면 되었다. 이제 준석을 깨우러 침실로 들어가야 하는데…….

침실 밖에서 심호흡을 하고 눈물을 진정시켰다. 그리고 개선장군인 양 씩씩하게 문을 열자마자 전등을 켰다. 준석이 얼굴을 찡그리며 눈을 비볐다.

"얼른 일어나서 밥 먹어. 늦게 일어나면 밥 안 줄 거야."

"어? 밥했어? 나가서 먹으려고 했는데…….."

"잠만 쿨쿨 자고 있던 사람이 누구시더라. 배고파 죽겠어. 안 일어나면 나 혼자 먹을 거야."

나는 홱 돌아서서 주방으로 나갔다. 밥과 국을 두 그릇씩 퍼서 식탁에 놓고 있자니 준석이 비척비척 나오며 말을 걸었다.

"내 반바지 어디 있어? 빨았어?"

"응. 그냥 아까 옷 입어."

준석은 '양복바지는 불편한데……'라고 구시렁구시렁대면서도 방에 들어가 주섬주섬 옷을 입고 나왔다.

"웬일이야? 집에 굴비도 있었어?"

"냉동실 찾아 보니까 있었어. 얼른 먹자."

대부분이 반찬 가게 아줌마 솜씨에 내가 한 거라곤 밥과 국, 두부부침과 굴비구이가 전부였지만, 준석은 마치 한정식 코스인 양 하나하나 감탄을 하면서 먹어 주었다.

"지금 똥개 훈련시키니?"

"뭔 소리야?"

"맛있다고 칭찬해 주면 앞으로도 계속해 줄 거 같아서 미리 기름 치는 거지?"

"어떻게 알았어?"

킥킥대며 웃던 준석은 아니라고, 정말 맛있다고 말해 주었다. 그 말에 정말 행복해 또 눈물이 나올 것 같았다. 눈물을 막으려고 꾸역꾸역 밥을 밀어 넣고 있는데, 준석이 밥을 한 공기 더 먹어야겠다며 밥을 푸러 돌아섰다. 그제야 슬쩍 눈을 비비는 척 눈물을 닦아 내었다.

"아, 정말 잘 먹었다. 우리 디저트는 나가서 먹을까?"

식탁을 정리하고 설거지를 하겠다는 준석을 됐다고 주방에서 내쫓고는 주전자에 물을 끓였다. 이런 순간에 차를 마실 정신이 있을지 모르겠지만, 준석과 나 사이에 무언가라도 하나 있었으면 하는 바람이었다.

"차 마시자."

테이블 위에 찻잔을 내려놓고 나는 테이블 건너편의 준석을 마주 보고 앉았다. 내 표정이 심상치 않은지 준석의 얼굴도 심각해졌다.

"왜 그래? 무슨 할 말 있어?"

"일단 화내지 말고 끝까지 들어 줘."

준석은 아무 말도 않고 내 눈을 바라보았다. 눈썹이 꿈틀대는 것이 감정의 동요를 억누르는 것 같았다.

"나, 너 출장 간 사이에 너희 어머니 만났어."

"뭐라고?"

나는 손을 들어 준석을 제지했다.

"어머니께서 네가 결혼할 사람이 있다고 말해 주셨어."

"효진아, 걘⋯⋯."

"제발 내 말 좀 끝까지 들어 줘. 나도 이런 말 하는 거 쉬운 거 아니라고!"

내가 소리를 버럭 지르자 준석은 무릎에 팔을 대더니 손으로 이마를 괴었다. 그리고 고개를 끄덕였다.

"너희 집 독실한 가톨릭 집안이잖아. 내가 이혼한 거 용납 못 하셨어."

준석은 거칠게 숨을 들이쉬면서 주먹을 쥐었지만 말을 하지는 않았다. 나는 그 모습을 꼿꼿이 앉아 지켜보았다.

"나도 네가 나랑 함께하겠다고 부모님 거스르고 뛰쳐나오는 꼴 못 봐."

내 말이 끝나자 준석은 고개를 번쩍 들더니 너무나 가슴 아프게 나를 바라보았다.

"그래서?"

"난 이제 그만할래. 그러니까 너도 이제 그만 날 놓아줬으면 좋겠어."

입술이 떨리려고 해서 부러 입에 힘을 주었다. 아무렇지 않은 표정. 아무렇지 않은 표정.

준석은 하염없이 나를 보고 있더니 천천히 두 손에 얼굴을 묻었다. 멀리서 차 소리가 희미하게 들려왔고, 거실엔 시계 초침 소리만 고요하게 흘렀다.

"그래서 강원도에 갔다 온 거야?"

준석은 아직도 얼굴을 들지 않고 있었다.

"응."

"조금만 기다렸다 출장 다녀오면 나랑 같이 가지 그랬어."

"혼자 있고 싶었어."

준석은 붉어진 눈을 들더니 나를 보았다.

"그래서 혼자 아파한 거야?"

준석의 눈에서 눈물이 주르륵 흘러내렸다. 나는 슬퍼하는 준석을 더 이상 보기가 힘들어 눈을 감고 말았다. 준석이 다가 오는 기척이 있더니 내 앞으로 다가와 나를 꼭 안았다. 준석은 내 어깨에 얼굴을 묻고 말했다.

"그래서 그 사람이 나를 팼구나."

"그 사람?"

"너 찾으려고 치과에 갔더니 여기가 어딘 줄 알고 오냐면서 큰 소리를 쳤어. 그래서 당신이 뭔데 그러냐고 했다가 한 대 맞았지."

"뭐라고?"

현우 선생님인가? 기가 막혀서 말이 안 나왔다. 자기가 뭐라고 준석이를 때려? 이 만지기도 아까운 사람을……

"어디 좀 봐 봐. 괜찮은 거야?"

준석의 얼굴을 들어 살펴보고 싶었지만 준석은 고개를 흔들며 나를 안은 팔에 더욱 힘을 주었다.

"미안해. 어머니가 너한테 그렇게 말해서 정말 미안해. 혼자 얼마나 아팠을까? 미안해. 내가 옆에 있어 주지 못해서 미안해."

준석은 조용히 흐느끼고 있었다. 나는 준석의 머리를 쓰다듬으며 다독였다.

"괜찮아. 다 맞는 말씀이셨어. 나도 내 아들이 너만큼 멋있으면 나 같은 여자한테 안 줄 거야."

준석의 어깨는 더욱 크게 들썩였다. 가슴이 찢어지는 것 같았다.

"너랑 같이 있고 싶은데! 너랑 살고 싶은데! 난 대체 어떻게 해야 하는 거야? 네가 이렇게 날 놓아 버리면 나는 어떻게 해야 하는 거냐고!"

준석은 고개를 들더니 두 손으로 내 얼굴을 부여잡았다. 눈물로 범벅이 된 준석이 못내 가슴 아팠다.

"제발 날 밀어내지 말라고 그렇게 말했는데! 넌 왜 나를 못 믿니! 왜 그렇게 혼자 힘들어해! 너 혼자 그렇게 결론 내리고 나면 난 그냥 따라야 되는 거야? 왜 내 일을 어머니하고 너랑 둘이서 결정하는 건데! 내가 어린애야?"

"준석아……."

고개를 돌리고 싶었지만 준석의 손아귀에서 벗어날 수가 없었다. 나는 준석의 눈동자가 슬픔에서 분노로 바뀌는 것을 눈앞에서 바라볼 수밖에 없었다.

"너 참 잔인하다. 어떻게 나를 두 번씩이나 버리려고 해! 어머니 말은 핑계야. 그동안 날 붙잡으려는 생각, 한 번이라도 한 적 있어? 나를 좋아하면서! 나를 사랑하면서! 어떻게 넌……, 어떻게 그럴 수가 있어?"

눈을 감자 고였던 눈물이 흘러내렸다. 준석은 내가 눈물을 흘리자 못 보겠다는 듯 자신의 품으로 감쌌다.

"너랑 나랑은 안 되는 거야. 아무리 생각해 봐도 너랑 앞으로 어떻게 해 나가야 할지 모르겠어."

준석의 가슴은 슬픔으로 떨리고 있었다. 예전의 그때처럼.

"이 바보야, 생각만 하지 말고 한번 부딪쳐 보자는데, 그게 그렇게 싫어? 정말 나를 좋아하기는 하는 거야?"

준석이 이런 말을 하게 하다니. 이렇게 좋아하는데. 이렇게 사랑하는데.

"준석아, 너는 예전의 내 모습만 기억하는 거야. 그때의 나는 내가 생각해도 예뻤으니까. 구김살 없이 환하고 자신감 넘쳤지. 외동딸로 엄마, 아버지한테 사랑도 많이 받아서 나는 그렇게 사랑받는 게 당연한 줄 알고 살았어."

나는 겁쟁이였다. 준석을 슬퍼하게 만들면서도 나만 상처받지 않으면 된다는 비열한 사람이었다.

"그런데 지금의 나는 아니야. 엄마, 아버지 다 돌아가시고 의지가지없이 혼자서 이혼 겪으면서 너무나 황폐해졌어. 너무나 비뚤어지고 열등감에 가득 찬 여자가 되었어. 지금 너는 예전의 나와 지금의 나를 구별하지 못하고 있어. 넌 예전의 나를 보고 그때의 나를 사랑하고 있어. 그래, 혹시라도 우리가 어찌어찌 결혼하고 함께 살아간다 치자. 그런데 그렇게 살다가 어느 순간 아니라는 걸 깨닫는다면, 그땐 어떻게 할 건데? 난 네 어머니가 무섭고 싫어. 그 안경 너머로 내게 쏟아지는 그 눈빛……."

순간 빛이 반사되어 반짝이던 준석 어머니의 안경이 생각나 몸을 부르르 떨었다.

"그런데 내가 과연 남은 반평생 그 무서운 눈동자를 견뎌 낼 자신이 있을까? 게다가 혹시라도 만약 네가 나랑 살려고 너희 엄마랑 가족들 다 버리고 나왔는데, 내가 결국 별 볼 일 없는 여자였다는 걸 알게 되면 그땐 또 어떡할 건데? 그럼 그때 나는 또 혼자 남겨져야 하는 거니? 난 또 이혼해야 하는 거니?

너는 좋지만, 널 선택하게 되면서 따라오게 되는 그 모든 것들이 너무 부담스러워. 내가 왜 힘들게 살아야 하는 건데?"

내가 얼굴을 감싸고 울부짖자, 준석은 도리질 치는 나를 억지로 끌어안으며 애원했다.

"효진아, 나 좀 봐 봐. 그게 아니라고, 효진아."

"그럴 바엔 그냥 지금 헤어져 줘. 지금 헤어지면 그래도 나중보단 덜 아플 거야."

"효진아, 정말 너는……."

준석은 나를 끌어안고 한숨만 내쉬었고, 나는 그의 가슴에 얼굴을 묻고 세차게 흐느꼈다.

"그래, 무슨 말을 하는지 알겠어. 내가 널 버리기 전에 네가 날 버려야겠다는 거지? 나를 얻는 걸로는 그 보상이 안 되는 거야."

준석은 또 한숨을 내쉬었다.

"그래서 이렇게 나 버리고 또 다른 남자한테 갈 거야?"

"몰라."

"병원에 있던 그 의사 자식하고 결혼하는 거야?"

"몰라."

준석은 순간 울컥하는 것 같았지만 잠시 말을 멈췄다. 그리고 나를 놓아주더니 욕실로 들어갔다.

쏴아. 수돗물 트는 소리가 들리더니 세수를 하는지 씻는 소리가 들렸다. 나는 힘이 들어가지 않는 몸을 억지로 일으켜 준석의 짐을 챙겨 현관 앞에 가져다 놓았다.

잠시 후, 욕실에서 나오는 준석에게 말했다.

"이젠 돌아가 줘."

준석은 주먹을 꽉 쥔 채 형용할 수 없는 눈빛으로 나를 바라보고 있었다. 그러더니 화가 난 듯 옷과 짐을 챙겨 현관으로 돌아섰다.

"이거 가져가."

내가 쇼핑백을 건네주자 준석은 의아하다는 표정으로 받아들었다. 하지만 내용물을 확인해 보더니 더 이상 참을 수 없다는 듯 쇼핑백을 바닥에 내팽개치며 나를 무섭게 노려보았다.

"대체 넌 무슨 생각을 하면서 이걸 정리한 거야! 아까 섹스할 때도 그렇고, 저녁 차린 것도 그렇고, 오늘 나랑 헤어지는 마지막 날이라고 그런 거니? 너 정말 무서운 여자구나. 남자를 아주 우습게봐."

준석이 나를 향해 한 발짝 다가서자 순간 움찔 뒤로 물러섰다. 준석은 내가 두려워하는 모습에 충격을 받았는지 잠시 눈을 감으며 숨을 골랐다. 그리고 차분한 목소리로 말했다.

"아무리 내가 어리고 우습게보여도 내가 너를 사랑하는 마음까지 설명해 줄 필요는 없어. 내 감정은 내가 제일 잘 알고 있으니까. 지금 내가 돌아가는 건 생각을 정리하기 위해서야. 어머니도 만나 볼 거고, 내 머릿속도 정리할 거야. 이번엔 너 편한 대로 그렇게 쉽게 헤어져 주진 않겠어. 이렇게 걷어 채이듯이 내쫓기지는 않을 거야. 지금 네가 화가 났고 상처 입었다는 건 알겠어. 하지만 내 위로 따위는 필요 없다고 하니, 그만 돌아가지. 나도 이번엔 화가 많이 났으니까……. 머릿속 좀 정리되면 그때 다시 보자."

준석은 뒤도 돌아보지 않고 집을 나갔다. 현관문이 닫히는 소리가 탕, 크게 울렸다.

순간 눈앞이 아득해지더니 암흑이었다.

백만 독자를 감동시킨 『성균관 유생들의 나날』
정은궐 작가의 역사로맨스!

★ 드라마 '해를 품은 달' 원작
★ 8주 연속 종합 베스트셀러 1위! ★ 아시아 전역 번역 출간!

해를 품은 달
(개정판)

정은궐 지음
각권 13,000원(전 2권)

세상 모든 것을 가진 왕이지만
왕이기 때문에 사랑을 잃은 훤
사랑과 권력을 되찾기 위해 가혹한 운명에 맞선다!

조선의 젊은 태양 │ 이훤

달과 비가 함께하는 밤, 신비로운 무녀를 만난다.
왕과 무녀는 절대 이루어질 수 없지만 그녀를 향한 그리움은 점점 깊어진다.

넌 무엇이냐? 네게서 나는 그 향이 나를 미치게 만든다.
가까이 오지 마라! 내게서 떨어져라.

멀어지지 마라! ……내게서 멀어지지도 마라.

왕의 액받이 무녀 │ 월

이름조차 가질 수 없는 존재. 훤을 만나고 월이 된다.
실타래처럼 엉켜 버린 운명, 비밀스러운 과거를 숨긴 여인.

매일을 울었다 말하리까. 기나긴 그리움을 어찌 다 말할 수 있으리까.
소녀가 무엇을 말할 수 있으리까.

그것은 이미 전생이 되어 버렸을 만큼 먼 이야기인지라 소녀, 기억치 못하옵니다.

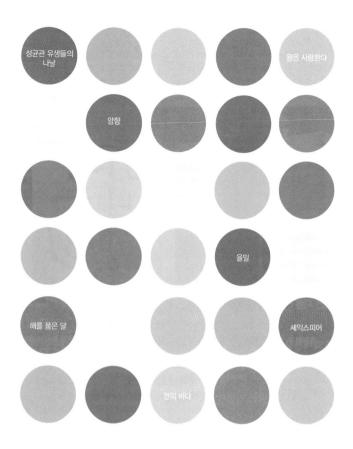

성균관 유생들의 나날

왕은 사랑한다

암향

율밀

해를 품은 달

세익스피어

연의 바다

파란미디어 도·서·목·록

상상의 경계를 허문다 이야기의 힘을 믿는다

파란 **blog** paranbook.egloos.com **e-mail** paranbook@gmail.com
twitter @paranmedia **tel** 02.3141.5589 **fax** 02.3141.5590

Step 11

The Overcoming

극복

창밖이 어둑어둑해지더니 어느새 병실에 불이 켜졌다. 저녁 식사 시간이라 배식용 카트가 움직이는 소리가 부산했지만 나는 오늘도 식사를 거절하고 누워 있었다.

2인실이라 옆 침대에 환자가 있었는데 그 사람은 보호자의 도움을 받아 식사를 하고 있었다. 음식 냄새가 역해서 비틀거리는 몸을 이끌고 창문을 겨우 열고는 다시 침대에 누웠다. 숟가락 부딪치는 소리, 밥 먹으면서 대화를 나누는 소리가 시끄러웠다. 이 방을 빠져나가고 싶은데 움직일 기력이 없어서 혼자서는 엄두가 안 났다. 이럴 때 보호자 한 명만 있다면 휠체어라도 타고 나갈 텐데. 혼자라는 게 괜히 서러워져 이불을 둘러쓰고 잠시 울었다.

갑자기 커튼 젖히는 소리가 들리더니 누군가 침대 옆으로 다가왔다. 이불을 내리고 빼꼼 내다보았더니 원장님이셨다.

"원장님."

내가 휘청거리며 일어나려 하자, 원장님은 괜찮다면서 다시 나를 눕혔다.

"밥을 통 안 먹으려 한다면서?"

"죄송해요."

"옛날에 집사람이 해 준 전복죽 맛있다고 했었잖아."

"네, 좀……, 나중에 먹으려고요."

"이 사람아, 안 먹으니까 힘이 없지. 젊은 사람이 나이 든 사람 앞에서 누워 있는 거, 이거 못된 짓 하는 거야. 그거 알아?"

"죄송해요."

왈칵 눈물이 나왔다. '저런, 저런' 하시면서 원장님은 눈물을 닦아 주셨다.

"대체 무슨 일이 있었기에 이 모양인 게야?"

토요일에 출근한다고 했던 내가 시간이 되도 나타나지 않고 연락도 되지 않자, 그 길로 집으로 찾아온 현우 선생님이 현관 잠금장치를 뜯고 들어와 쓰러져 있던 나를 발견한 모양이었다. 그대로 병원에 실려와 감금당한 것처럼 병실에 누워 있긴 했지만, 사실 밥을 못 먹을 뿐 몸이 아픈 것은 아니었다. 그래서 일주일째 계속 영양 주사를 꽂고 있었는데, 이러고 있다 보니 진짜 환자가 된 것 같았다.

그냥 멍하고 힘이 없었다. 밥을 먹으려니 입을 벌릴 힘도 없었다. 몸 안의 뭔가가 쑥 빠져나간 듯 운신을 할 수가 없었다.

"원장님……."

원장님과 현우 선생님한테 죄송했다. 진짜 가족도 아닌데 단지 같은 병원 식구라는 이유로 이렇게 극진히 돌봐 주시다니. 진심으로 고마웠다.

병원에 누워 있는 동안, 사모님과 현우 선생님이 번갈아 찾아오면서 나에게 어떻게든 밥을 먹이려고 애를 써 주었다. 저녁엔 박 선생님과 다른 치위생사 선생님들도 찾아왔다. 다들 내가 혼자 있는 걸 안타까워하는 것이었지만, 고마운 한편 부담스러웠다. 제발 나 좀 혼자 놔두었으면 좋겠다고 생각했다. '나한테 한 명이라도 진짜 가족이 있었다면 좋았을 텐데. 이럴 때 나 힘들다고 응석 부릴 사람 한 명만 있다면 좋을 텐데' 하는 생각만 했다. 아니, 내가 원하는 단 한 사람, 그 사람이 옆에 있어 주면 좋을 텐데. 그 사람 말고는 지금 나에겐 아무도 필요 없었다.

그런데 원장님이 오신 것이다. 무슨 일이 있었냐고 물어봐 주시러 나에게 와 주신 것이다. 난 하염없이 눈물만 흘렸다.

"그때 사귄다는 남자가 못되게 군 거야? 내가 가서 혼내 줄까?"

그 커다란 준석이 한참 작은 원장님한테 혼나고 있을 생각을 하니 눈물 속에서도 히죽 웃음이 나왔다.

"그러지 마세요. 걔 착해요."

"그런데 왜 자꾸 울어? 좋은 놈이면 꽉 붙잡지."

"걔 엄마가 저 싫대요. 제가 많이 부족해서 그래요."

내가 부족한 것 중에 엄마, 아버지가 포함되어 있는 것을 생각하니 다시 억장이 무너졌다. 나를 지켜 줄 든든한 벽이 하나도 없는 것이 너무나 서러웠다. 항상 내가 이 세상 최고의 딸인양 키워 주셨던 엄마, 아버지를 생각하면 내가 이렇게 맥없이 누워 있으면 안 되는데. 옹골차게 살아가지 못하는 내가 너무 바보 같아서 속상했다.

한때는 엄마가 준석의 어머니에게 돈을 받았다는 사실을 증오했다. 아무리 나를 위한 것이었다 할지라도 어떻게 딸의 사랑을 팔 수 있었을까. 하지만 지금 준석을 놓아 버리는 나의 모습은 과거의 엄마 모습이었다. 준석을 위한다는 명목이었지만 결국은 내 자존심을 위한 것이었다.

부모와 자식. 서로를 긍정하든 부정하든 간에 서로를 보면서 끊임없이 변화하는 존재이다. 설령 지금 내 곁에 없을지라도 나는 선택의 순간마다 항상 부모님을 떠올리고 있었다. 예전 부모님이 살아 계셨을 때 그들의 행동, 모습, 태도를 떠올리며 마치 그들의 삶이 모범 답안인 것처럼 생각하는 것이다. 우리가 끝없이 깨부수려고 지독하게 부딪쳤던 그 벽을 어느새 나의 벽으로 생각해 버리게 되었다. 그러면서 우리가 그렇게도 싫어하던 어른이 되어 버린 것이다.

이젠 순수하게 사랑만을 좇던 어린 시절을 오히려 그리워하게 되었다. 어렸을 땐 마냥 어른이 되고 싶었는데, 막상 어른이 되고 보니 어깨에 매달린 짐이 왜 이렇게 많은 건지. 내 욕심만 차리기엔 생각해야 할 책임과 의무가 너무나 많았다. 미쳐 버릴 수도, 미친 척할 수도 없는 내 성격으로 나는 대체 남은 생을 어떻게 살아가야 할까.

"강 선생 이혼한 것 때문에 그러는 거야?"

나는 그냥 힘없이 웃어 보였다. 원장님은 딱하다는 듯 혀를 쯧쯧 차셨다.

"현우한테 얘기 들었다. 병원 그만두면 뭐 하려고?"

"……제가 계속 폐 끼치고 있잖아요. 출근도 못 하고. 어서 다른 사람 구하셔야죠. 원장님이랑 현우 선생님이랑 힘드셔서 어떡해요."

"그냥 쉬다가 나중에 나와. 사람 안 뽑고 기다릴 테니까."

"저 죄송해서 그렇게 못 해요. 그냥 다른 사람 알아보시는 게……."

"괜찮아. 현우 그 녀석이 일 좀 더 하면 돼. 지가 일 안 하려고 사람 뽑은 거니까. 이번 기회에 저도 정신 좀 차리겠지. 이젠 병원도 맡아야 하는데 맨날 한발 물러서서 놀러 다닐 생각이나 하고. 지가 언제까지 젊은 애 흉내만 내고 다닐 거야?"

투덜투덜 말씀하시는 원장님을 보니 은근슬쩍 현우 선생님이 보였다. 하나도 안 닮은 부자간이라고 생각했는데 그렇지도 않은 모양이다.

"그래도……."

"그냥 쉬고 싶으면 쉬고, 여행 갔다 오고 싶으면 여행 다녀와. 대신 나중에 와서 열심히 일하면 되지."

"……고맙습니다."

배시시 웃는데 눈에 고여 있던 눈물이 또르르 굴러 내렸다. 원장님은 또다시 '저런' 하시면서 내 눈물을 닦아 주셨다.

"쉬는 동안은 월급 없어. 그러니까 너무 오래 쉬면 안 돼. 그냥 조금만 더 울다가, 밥도 많이 먹고, 좋은 공기 쐬다 보면 다 추슬러져. 괜히 나쁜 생각 하지 말고, '내 뒤엔 원장님이 있다'는 생각만 해. 내가 친정아버지 노릇 해 줄 테니까. 알았지, 강 선생?"

"네, 원장님. 그런데요 원장님……, 저 '효진아' 이렇게 불러 주시면 안 돼요?"

'친정아버지'라는 말이 정말 듣기 좋았다. 귀에 꿀인 양 착 달라붙어 마음속 깊은 곳을 간지럽혔다. 그래서 괜히 어리광을 부려 보았다. 이상하게도 나는 원장님 앞에만 있으면 한없이 넓은 그 어깨에 매달리고 싶었다.

원장님은 잠시 코끝이 붉어지는 것 같더니 '흠흠' 하면서 목을 가다듬었다.

"왜 안 돼? 친정아버지인데 이름 불러 줘야지. 그렇지, 효진아?"

"네, 원장님. 고맙습니다."

'효진아' 하는 한마디를 듣는 순간 메말랐던 내 몸에 물꼬가 터진 양 생기가 도는 것 같았다. 그제야 내 존재가 살아나는 것 같았다. 이 땅 위에 존재감 없이 흘러 다니던 내가 이제야 형체를 찾은 것 같았다. 마치 준석이 내 이름을 불러 준 것처럼.

"효진아, 나를 아버지라 하고, 집사람은 엄마라 하고 살아.

괜히 의지가지없다고 혼자 외로워하지 말고. 현우는 오빠라 하고, 현선이는 언니라 생각해. 다들 너 좋아하니까 네가 그렇게 불러 주면 동생 생긴 것 같고, 딸 생긴 것 같아 좋아할 거다. 알았지, 효진아?"

"네, 고맙습니다."

원장님이 자꾸 '효진아'라고 불러 주니까 기분이 좋아 계속 눈물이 났다. '저런, 이를 어쩌누'라며 눈물을 닦아 주시면서도 울지 말라는 말씀은 하지 않으셨기에 나는 계속 울었다. 몸 안에 가득 찬 뭔가가 다 빠져나갈 때까지 한참을 울었다.

다음 날, 점심시간에 배식되어 온 죽을 먹고 있는데 이번에는 현우 선생님이 왔다.

"어? 오늘은 먹고 있네?"

"선생님, 오셨어요?"

"뭐 먹는 거야?"

현우 선생님은 내가 먹는 식판을 쓱 훑어보더니 들고 온 가방을 침대에 올려놓았다.

"어머니가 죽 싸 주셨어. 먹을 거면 이거 먹어."

현우 선생님은 가방에서 보온병을 꺼내더니 그릇을 찾아 죽을 따라 주었다. 내가 아무 말 않고 숟가락을 들어 떠먹는 걸 보자 현우 선생님은 흐뭇한 미소를 지었다.

"그렇게 밥 좋아하던 녀석이 한순간에 곡기를 딱 끊더니만……. 이제 살기로 했나?"

나는 현우 선생님의 말이 우스워 배시시 웃었다.

"죽으려고 한 건……, 아니었어요."

현우 선생님은 내 말에 '행여나' 하며 코웃음을 치더니 갑자기 슬쩍 노려보았다.

"아버지가 너 쉴 만큼 쉬다 오라고 하셨다며?"

나는 괜히 눈치가 보여 살짝 고개만 끄덕였다. 당장 내가 안 나가면 현우 선생님이 제일 바빠질 터라 그게 미안했다.

"젠장, 누군 좋겠네. 나도 쉬고 싶은데. 나도 이참에 확 단식 투쟁 해 버려?"

"에이, 그래 봐야 원장님 눈 하나 꿈쩍 안 하실걸요?"

"그, 그렇겠지?"

현우 선생님은 아쉽다는 듯 입만 쩍쩍 다셨다. 그러는 선생님이 우스워 작게 웃었다. 그러자 현우 선생님은 홱 째려보더니 내 눈 앞에서 주먹을 쥐어 보였다.

"너 때문에 나 뻉이칠 거 알지? 조금만 놀다 빨리 출근해!"

입으로는 을러대고 있었지만 눈이 웃고 있어서 하나도 무섭지 않았다.

"현우 선생님은 역시 저의 기쁨조예요."

"뭐어?"

"현우 선생님 덕분에 저 많이 웃어요. 정말 감사해요."

"아, 녀석, 쑥스럽게 갑자기……."

그런데 진짜 쑥스러웠는지 철판 같다고 생각했던 현우 선생님의 얼굴이 붉어지기 시작했다. 그 모습이 우스워서 또 조그

맑게 웃었다.

"선생님, 저 내일 아침에 퇴원할래요."

"뭐? 그렇게 빨리 해도 되겠어?"

"아픈 것도 아닌데요, 뭐. 밥만 먹어도 괜찮아질걸요. 오늘 저녁부터 밥 먹을 거예요. 그리고 월요일부터 출근할게요."

"야아, 그렇게 빨리 출근하라는 소리가 아니었잖아."

현우 선생님은 당황해서 크게 손사래를 쳤다.

"알아요. 그런데 저 진료 볼래요. 일하는 게 그냥 있는 것보다 편해요."

"아, 그런가?"

걱정된다는 듯 얼굴을 찡그리면서도 현우 선생님은 일하는 게 더 편하다는 말에 금세 수긍해 주었다. 무조건 감싸 주는 것만이 나를 위하는 게 아니라는 걸 아는 것이다. 일일이 말하지 않아도 내 마음을 알아주는 사람이 있어서 감사했다.

"저 열심히 일할 거예요. 그래서 돈 많이 벌려고요."

"돈 많이 벌어서 뭐 할 건데?"

"시골에 땅 사서 펜션 짓고 살려고요."

"뭐? 펜션?"

현우 선생님은 풋 웃더니 '좋은 꿈이네' 하셨다.

내일 퇴원할 때 오겠다는 걸 말리며 돌려보냈지만 아마도 현우 선생님은 내일 다시 올 것이다. 몸 상태가 허약해져 당분간은 어쩔 수 없이 보살핌을 받아야 했기에 이런 걸로 자존심을 내세우지는 않겠다고 생각했다. 그리고 사실 주위에서 다들 나를 위해 암탉처럼 쫓아다니며 품어 주는 것이 싫기는커녕 따뜻했다.

미래에 대한 꿈을 가지니 조금 힘이 생겼다. 목표가 생기자 살아갈 의지가 생겼다고 할까. '같이할 사람이 없으면 혼자 하면 되지'라고 생각했더니 아직 가슴이 아팠지만 그런대로 견딜 수 있을 것 같았다. 못 견뎌도 견디는 척하면서 살아가다 보면 어느새 무뎌질 것이다.

시간이란 그런 것이다.

*

퇴원 수속을 하려는데 현우 선생님과 사모님까지 오셨다. 사모님은 죽과 반찬을 싸 왔다고 말씀하시면서 집까지 함께 오셨다. 의식이 없는 채 집을 떠나서 아흐레째 돼서야 돌아온 것이다.

현우 선생님이 앞장서서 걷더니 키패드를 눌러 문을 열었다. 도어록이 바뀌어 있었다.

"그때 뜯고 들어오느라 바꿨어. 나중에 비밀번호 바꿔."

알겠다고 하며 집으로 들어섰는데 생각보다 집이 깨끗했다. 누가 청소라도 한 모양이었다.

"효진이가 살림을 깨끗하게 하더라."

사모님이 나를 침대로 안내하면서 말씀하셨다. 나 없는 동안 내 집을 와서 보셨다니 알몸을 내보인 것 같아 부끄러웠다.

"살림까지도 못 돼요."

"혼자 살면서 이 정도면 양반이지. 반찬은 냉장고에 다 넣어 놓을게. 어떡할래? 냉장고 넣으면 맛없어지니까 넣기 전에 지금이라도 밥 한술 먹을까?"

사모님은 내 말도 듣지 않고 바로 일어섰다. 얼른 밥을 차리려는 것이다.

"나중에 제가 해서 먹어도 돼요. 사모님, 그냥 계세요."

"아니야. 사람들 있을 때 먹어야 밥도 더 맛있지. 셋이 앉아서 밥 먹자. 집에 오느라 힘들었지? 효진이는 잠깐 누워 있어. 그렇다고 자지는 말고. 걱정 마. 싸 온 거 차리기만 하면 되는데, 뭘."

사모님은 얼른 뒤돌아서서 방을 나가셨다. 그리고 잠시 뒤 부엌에서 물소리가 들렸다. 역시 살림의 달인이시라 처음 보는 살림인데도 후딱후딱 해치우시는 모양이었다.

밥만 먹으면 금세 회복할 수 있을 것 같았는데 생각처럼 되지 않았다. 가만히 누워만 있다가 돌아다니려니 머리도 어지럽고 몸도 휘청휘청댔다. 역시 한국인은 '밥힘'이다. 얼른 밥 먹고 기운 차려야지. 나는 천천히 거실로 나갔다.

현우 선생님은 소파에 앉아서 TV를 보고 있었다. 자기 집인양 편안히 앉아 골프 채널에 열중해 있었다. 그러고 보니 오늘은 일요일인데 웬일로 놀러 가지도 않은 것이다. 나 때문인가 싶어서 좀 미안했다.

"그렇게 골프가 재밌어요?"

사모님은 주방에서 가져온 반찬과 밥으로 식탁을 차리고 계셨다. 나는 현우 선생님 옆으로 앉으며 슬쩍 물었다.

"응? 재밌지. 너도 골프 해 봐. 금세 푹 빠질걸?"

현우 선생님은 TV에서 눈도 돌리지 않고 성의 없이 답했다. 여자 골프 대회 중계를 하는지 여자 선수들이 공을 치고 있었다.

"나도 골프 배워야지."

"웬일이야? 그렇게 하자고 할 땐 안 했으면서. 너 공 가지고 하는 거 젬병이라며?"

현우 선생님은 내가 골프를 배우겠다는 말에 그제야 TV에서 관심을 돌렸다.

"저 배우면 다 잘하거든요? 안 해서 그렇지."

"해 봐라. 몸으로 하는 게 배운다고 다 되나."

현우 선생님은 코웃음을 쳤다. 둘이 그렇게 티격태격하던 중 사모님의 밥 먹으라는 소리에 일어나던 내가 휘청하자 현우 선생님이 옆에서 팔을 붙잡아 주었다.

"일단 제대로 걸어 다니고 나서나 말씀하시지. 이렇게 비리비리해서 뭔 운동을 하겠다고……."

"현우야, 너 또 말 험하게 하는구나. 병원에서 막 나온 사람이 다 그렇지. 어여 와서 먹자. 먹어야 힘이 나지. 효진아, 이리 앉아."

두 분이 엄마같이, 오빠같이 옆에서 살갑게 대해 주셔서 마음이 편했다. 혼자였어도 천천히 하면 다 할 수 있는 일들이었지만, 같이 있으니 힘도 덜 들고 기분도 좋았다. 보살피고 배려해 주는 마음으로 머리부터 발끝까지 촉촉하게 젖어 드는 느낌이었다.

"사모님, 현우 선생님 맨날 저렇게 못되게 말하거든요. 혼 좀 내 주세요."

나는 사모님에게 응석을 부렸고, 사모님은 현우 선생님에게 잔소리를 퍼부으셨다. 현우 선생님은 나 때문에 이 나이에 어머니한테 꾸지람 듣는다고 눈을 부라렸다가, 사모님에게 또 핀잔을 들었다. 나는 그 모습들이 우스워 자꾸 웃었다. 속에서 계속 보글보글 웃음이 솟아 나왔다.

밥을 다 먹은 뒤 사모님이 식탁을 치우려는 걸 내가 하겠다고 말리고는 같이 앉아 차도 마시고 과일도 먹었다. 내가 계속 생기 있는 모습을 보여 주니 두 분도 안심했는지 드디어 돌아가겠다는 말을 했다.

"내일부터 바로 출근 안 해도 되니까 괜히 무리하지 마. 너 때문에 이리 뛰고 저리 뛰고 하는 건 이번으로 끝내고 싶다."

"알았어요. 죄송해요."

배시시 웃자, 현우 선생님은 머리를 콕 쥐어박으며 돌아섰다.

"웃지 마. 정들어."

나오지 말라는 것을 굳이 차까지 따라 나가 배웅하고 나서 집에 돌아왔다. 집에 들어서려다가 비밀번호 바꾸라는 현우 선생님의 말이 떠올라 현관문의 비밀번호를 바꾸었다.

시끌시끌했던 집 안이 너무 조용해 다시 TV를 틀어 놓고 설

거지를 시작했다. 입었던 옷을 벗어 세탁기에 집어넣고 욕실로 들어가 공들여 몸을 닦았다. 거울에 비친 얼굴이 영 핏기 없이 창백해 보기 싫었는데 목욕을 하고 났더니 발그스레하게 혈색이 돌아왔다. 나는 이렇게 살 것이다. 나는 이렇게 살 수 있다.

옷을 입으려 옷장을 여는데 웬 쇼핑백이 툭 떨어졌다. 집어 들어 보니 그때 준석에게 가져가라고 했던 물건들이 들어 있었다. 사모님이 집을 치우다가 옷장에 넣어 두신 모양이었다.

"흑, 준석아……."

준석을 생각하니 눈물이 나왔다. 원장님이 조금만 더 울라고 했으니 울어도 될 것이다. 나는 준석의 물건을 껴안고 울었다. 준석이 보고 싶어서 자꾸 눈물이 났다.

준석이 많이 보고 싶었다.

*

다음 날 아침, 나는 진료 시간에 맞추어 정상적으로 출근했다. 혹시나 몸이 힘들까 봐 비타민과 영양제까지 챙겨 먹고 길을 나섰다. 고작 열흘이 지났을 뿐인데 아침 기온이 뚝 떨어져 있었다. 바람이 어찌나 쌀쌀한지 다시 집에 들어가 스카프를 둘둘 감고 나왔다.

기온은 찼지만 아침 햇살은 무척이나 청명했다. 일단 몸이 따뜻하고 보니 얼굴에 닿는 시원한 기운이 오히려 정신을 맑게 해 주었다. 오늘도 환자들이 나를 기다리고 있다는 걸 떠올리자 절로 다리에 힘이 들어갔다.

병원으로 들어서는데 나를 알아본 박 선생님이 버선발로 뛰어나오듯 달려와 부산스럽게 반겨 주었다.

"강 선생님, 벌써 출근하는 거예요? 더 안 쉬어도 돼요?"

얼굴이 아직도 안 좋다느니, 살이 쭉 빠졌다느니 쓰다듬고 어루만져 주는 손길이 좋았다.

"집에 혼자 있으면 뭐해요. 나와서 일해야죠."

"에이, 나 같으면 더 놀겠다. 이럴 때 휙 여행이라도 갔다 오지 그랬어요?"

"아, 그럴걸 그랬다. 유럽에도 가 보고 싶었는데. 이번 추석엔 여행이나 다녀와 볼까요?"

떠들썩하게 선생님들과 수다를 떨고 있자니 휴게실 문이 열리며 현우 선생님이 얼굴을 빼꼼 내밀었다.

"추석 연휴 일정 벌써 다 마감됐을 거거든? 하여튼 명석을 펴 줘 봤자 쓰지도 못하지."

뭐하러 벌써 나왔냐고 줄기차게 타박을 하는데도 나는 꿋꿋이 휴게실로 들어가 가운으로 갈아입었다.

"선생님이 여행 경비 대 줄 거예요? 원장님이 월급 없다는데 무슨 돈으로 다녀와요? 일해서 돈 벌어야죠, 돈!"

"넌 젊은 녀석이 왜 그렇게 돈타령이냐? 돈이 없는 것도 아니면서."

내가 차곡차곡 저축하는 걸 알고 하는 소리였다. 사실 돈을 모으려고 한 건 아니었는데, 쓸 데가 없다 보니 그냥저냥 모인 것이 꽤 되었다.

"저 펜션 지어야 해요. 그러니까 돈 벌어야죠."

펜션을 짓는 데 돈이 얼마나 필요한지는 모르겠지만, '펜션'이라는 생각만으로도 가슴이 뿌듯했다. 말처럼 이걸 위해서 눈에 불을 켜고 돈을 벌어야겠다고까지 생각하는 건 아니었다. 그러나 인생의 목표랄까, 그런 것이 생기고 나니 삶의 의욕이 마구마구 샘솟았다.

그때 현우 선생님의 휴대폰이 울렸다. 액정에 찍힌 발신자를 확인한 선생님은 인상을 찡그리더니 전화기를 귀에 대고 심각한 얼굴로 '네, 네' 하기만 했다. 눈썹을 일그러뜨리는 품이 안 좋은 일인가 해서 입으로만 '나갈게요' 하고 방을 나서려는데, 현우 선생님이 팔을 붙잡으며 고개를 흔들었다. 걱정이 되어 눈만 동그랗게 뜨고 쳐다보고 있자, 선생님은 나를 의자에 앉히고는 창 쪽으로 몸을 돌렸다.

"그럼 이 앞 카페에서 기다리라고 하세요. 제가 나가겠습니다."

현우 선생님은 전화를 끊고도 한동안 창밖을 내다보고 있었다.

"선생님, 무슨 일 있어요?"

"응? 아니, 없어."

"그래요? 그럼 저 나가 볼게요."

별로 말하고 싶은 기분이 아닌가 싶어서 혼자 있게 놔두자 싶었다. 그런데 현우 선생님이 움찔하더니 나를 말렸다.

"어? 아니, 잠깐만. 잠깐만 여기 있어 봐."

현우 선생님은 문을 열고 휴게실 밖으로 나갔다. 왜 저러는데? 궁금해서 휴게실 문을 열고 밖의 동정을 살피자 대기실 쪽이 어수선했다.

"무슨 일 있어요?"

대기실로 나가 봤지만 박 선생님이 상기된 표정으로 현우 선생님의 가운만 들고 서 있을 뿐이었다.

"왜요? 무슨 일 있어요? 어, 이 선생님 나가셨어요?"

"네? 아, 어떤 분이 이 선생님을 찾아와서요."

"무슨 일 있는 건가?"

내가 문 쪽을 보면서 걱정하는 기색을 보이자, 박 선생님이 내 팔에 팔짱을 끼며 진료실 쪽으로 데려갔다.

"무슨 일인지 누가 알겠어요. 이 선생님이 가셨으니까 해결하시겠죠. 걱정 마시고 진료 준비나 하세요."

"네? 해결이요?"

내가 눈을 동그랗게 뜨자, 박 선생님은 움찔하며 아니라고 손사래를 쳤다. 다른 선생님들도 내 눈을 피하는 것이 눈치가 이상했다. 왠지 나만 모르는 뭔가가 벌어진 것 같았다.

"무슨 일 있죠?"

"아뇨, 아무것도 아니에요."

박 선생님이 다른 선생님들한테 눈을 찡긋하며 입단속을 시키는 것 같았다. 분위기가 나만 따돌리는 느낌이 들었다.

"에이, 뭐예요? 나만 미워하고. 저도 가르쳐 줘요."

장난처럼 박 선생님에게 물었지만, 박 선생님은 당혹스러운 표정을 지으며 말했다.

"이 선생님 오시면 직접 듣는 게 좋겠어요. 제가 말하기가 좀 뭐해서 그래요. 우리 예쁜 강 선생님, 그런 거 가지고 삐치면 안 돼요오. 우리 얼른 일 시작해요, 일."

박 선생님은 장난스럽게 말을 끝맺었지만 나는 이미 상처를 받은 후였다. 삐치지 말라고 했지만 사람 마음이 어디 그런가. 열흘간 자리를 비웠다고 마음도 멀어진 건가 싶어 속상했다.

"알겠어요. 진료 시작하죠."

원래대로 나 혼자 진료를 보는 월요일 아침이 시작되었다.

점심시간이 되어도 현우 선생님은 돌아오지 않았다. 심지어 원장님도 출근을 안 하셨다. 오후부터는 세 사람이 진료를 봐야 하는데 여전히 나 혼자만 자리를 지키고 있는 것이다.

무슨 일일까 계속 궁금했지만 아무리 물어봐도 병원 직원 모두 대답을 안 해 줄 분위기였다. 나도 기분이 상한 상태라 더 물어보기도 싫었다. 가족같이 느꼈던 사람들이었기에 그 사람들이 작정하고 나를 따돌리자 어떡해야 할지 도무지 알 수 없었다. 나에게 나쁜 짓을 할 사람들이 아니라고 믿었기에 내심 상처를 받았다.

다행히 환자들이 갑자기 몰리는 최악의 상황은 없어서 박 선생님 및 다른 치위생사 선생님들과 어찌어찌 하루 진료를 마쳤다. 그래도 진료 시간 끝나기 전 두 시간은 어떻게 시간이 흘렀는지 모를 정도로 바빴다. 현우 선생님과 원장님은 진료를 다 마칠 때까지도 병원으로 돌아오지 않았다.

내가 퇴근 준비를 하러 휴게실로 들어가자 박 선생님이 따라 들어왔다.

"강 선생님, 오늘 힘들었죠?"

내 어깨를 주무르고 등을 두드려 주면서 박 선생님이 웃어 보였다. 여전히 기분은 상한 상태였지만 대놓고 뭐랄 수도 없어 입만 웃어 보였다.

"박 선생님이 더 고생하셨는데요, 뭐."

"강 선생님."

박 선생님이 긴장한 얼굴로 나를 불렀다. 내가 아무 말 없이 흘끗 바라보자 박 선생님은 안타까운 표정이었다.

"병원 앞 카페에 가 보세요. 이 선생님이 잠깐 보자고 하시네요."

"네? 왜 병원에 안 들어오고요?"

"하실 말씀이 있나 봐요. 선생님, 가 보세요."

나가라고 말은 하면서도 박 선생님은 잠시 나를 껴안고 등을 쓰다듬어 주었다.

"전 강 선생님이 동생 같아서 좋아요. 선생님 안 힘들었으면 좋겠는데. 나중에라도 내가 도울 일 있으면 꼭 말해요. 내가 두 팔 걷어붙이고 도와줄게요. 알았죠?"

무슨 일인지 얼떨떨하기만 했다. 대체 무슨 일인데 그러는 걸까? 도무지 표정 관리가 안 되어 일단 알겠다고 고개만 끄덕이고는 병원을 나섰다.

카페 입구에 들어서면서 시선을 돌리자 카페 구석에 어떤 남자와 앉아 있는 현우 선생님이 보였다. 그쪽을 향해 걸음을 옮기는데 현우 선생님이 나를 알아채고는 손을 들었다.

"오늘 혼자 진료 보느라고 힘들었지? 잠깐 앉아."

내가 테이블로 다가가자 현우 선생님은 자기 옆자리를 빼 주었다. 그래서 나는 현우 선생님과 같이 앉아 있던 남자와 마주 보고 앉게 되었다. 현우 선생님이 그 남자를 소개시켜 주지 않아 어색하게 목례만 하고 자리에 앉았다.

"무슨 일이신지……."

나는 현우 선생님과 앞에 앉은 남자를 번갈아 가며 보았다. 현우 선생님은 심각한 표정으로 앞에 앉은 남자를 흘끗 보았다. 그러자 그 남자가 입을 열었다.

"강효진 선생님이시죠? 전 백준석 큰형 되는 사람입니다."

"네?"

준석이 큰형이라고? 그 수원지검 다닌다던? 준석의 가족이란 준석의 어머니밖에 본 적이 없었다. 갑자기 이 사람이 왜 나타난 걸까? 가슴이 심하게 요동치기 시작했다. 현우 선생님은 자리가 불편하다는 듯 몸을 움직이더니 헛기침을 했다.

"이 선생님이 계속 안 된다고 하셨지만, 그래도 강효진 선생님 의견도 있는 거니까요. 직접 듣고 싶어서 꼭 만나 보고 싶다고 제가 우겼습니다. 결례였다면 죄송합니다."

나쁜 소식을 듣게 될 것 같아 손이 떨렸다. 보지 않아도 얼굴이 하얘졌을 것이 분명할 만큼 피가 싹 빠져나가는 느낌이었다. 두 손을 꼭 마주 쥐고서야 말을 꺼낼 수 있었다.

"준석이……, 무슨 일 있나요?"

"너 병원에 있는 동안 그 녀석도 아팠나 보더라. 그래서 너 보고 좀 와 달라고 한다. 뻔뻔하게도."

현우 선생님은 몹시 화가 난 모양이었다. 그러나 내 귀에는 준석이 아팠다는 말만 들어왔다.

"준석이가, 어디가 아픈데요?"

"그게……, 열흘째 침대에 누워 벽만 보고 있어요. 밥도 안 먹고 말도 안 합니다. 병원에 갔더니……, 입원을 시키라고 해서……."

준석의 큰형 역시 말을 꺼내기가 힘든 듯 드문드문 말을 이었다. 그러자 현우 선생님이 버럭 성을 냈다.

"애도 병원에 있다가 그저께 퇴원했다고요. 오늘도 겨우 나온 건데, 어떻게 그쪽 생각만 합니까? 사람들이 양심이 있어야지."

현우 선생님은 내 대신 화를 내 주고 있었다. 마치 친정 오라버니처럼. 그 마음이 고마웠지만 나는 현우 선생님의 팔에 손을 얹고 고개를 가로저었다. 현우 선생님은 내 얼굴을 보더니 짧게 한숨을 내쉬며 말했다.

"너 힘들게 한 사람들이야. 너 힘들게 한 놈이고. 너도 힘들어 죽을 뻔하다 살아났잖아. 괜히 휩쓸리지 마."

하지만 준석의 큰형은 노려보고 있는 현우 선생님은 아랑곳

없이 내게 고개를 조아렸다.

"강 선생님, 준석이 상태가 좀 심각합니다. 예전에도 이런 적이 있었는데, 그때는 어찌어찌 지나갔나 봅니다. 그런데 이번에는 예전 상처까지 같이 터져 더 심한 상태가 됐다고 하더군요. 제가 말하는 병원은 정신병원입니다. 입원을 해서 낫는다면 어쩔 수 없겠지만, 그것도 장담을 못 한답니다. 최소한 정신병원 입원 경력은 없는 게 좋지 않겠어요. 부탁드립니다. 준석이 한 번만 만나 주세요."

나는 머리가 마비된 듯 아무 생각을 할 수가 없어 손을 맞잡고 덜덜 떨고 있을 뿐이었다.

"자세한 이야기를 해 주세요."

준석의 큰형은 일단 내가 얘기를 들어 주겠다는 것만으로도 한숨 덜었다는 표정이었다.

"어머니께서 강 선생님한테 안 좋은 소리를 하셨다고 하더군요. 준석이가 와서 어머니께 따지다가 자초지종을 들은 모양입니다. 그 길로 나가 며칠 행적을 알 수가 없었어요. 그래서 휴대폰 위치 추적으로 찾았더니 예전 할머니 사셨던 집에 있었더군요."

엘리사벳 할머니의 집에서 찾은 준석은 그동안 술만 마셨는지 만취 상태로 쓰러져 있었는데 급히 병원으로 옮겨 진단을 받은 결과 '급성 알코올중독'이었다고 했다. 몸속의 알코올이야 수액을 맞아 뺀다고 하지만 문제는 정신 상태였다. 수액을 맞고 이틀 정도 병원에 있었는데 계속 잠만 자는 일종의 혼수상

태웠다고 했다. 그리고 눈을 떠서도 계속 말을 안 하는 실어증 증세까지 보여 끝내 정신과로 트랜스퍼했는데, 중도의 우울증으로 입원 권고를 받았다는 것이다.

"그동안 쉬쉬하고 있었지만 예전에도 이런 일이 한 번 있었습니다. 어머니께 들으니 그때도 강 선생님과 관계있었다고 하더군요. 그때 일이 트라우마가 되었다고 합니다. 예전에도 정신과 치료를 받긴 했는데, 미국에 가면서 정상적으로 활동하고 생활하기에 다 나은 줄 알았습니다. 사실……, 그냥 그렇게 믿고 싶어 했는지도 모르겠군요. 동생이 의사이긴 한데, 참, 이런 일은 집안에 의사가 있어도 해결이 안 되는 것 같네요. 물론 외과라 전공이 다른 것도 이유였겠지만, 서로가 바쁘다는 핑계로 신경을 계속 못 써 주었습니다. 저도 그렇고요."

준석의 큰형은 크게 상심한 표정으로 깊은 한숨을 내쉬었다. 동생을 안타까워하는 마음이 절실하게 느껴졌다.

"그래서 제가……, 어떻게 해 주길 바라세요?"

생각했던 것보다 준석의 상황이 안 좋았다. 내가 도움이 될 수 있다면 당장이라도 뛰어가고 싶은데……, 그래도 되는 걸까? 마음이 초조했다.

"부탁입니다. 준석이 한 번만 만나 주세요. 그 녀석 말은 안 하지만 강 선생님 보고 싶어 하는 것 같습니다. 아니, 분명 보고 싶어 할 겁니다. 둘째 말로는 강 선생님이 한 번 만나 주는 것이 지금은 가족들보다도 더 도움이 될 수 있다더군요. 한 번만 도와주십시오."

"어머니께서 싫어하실 텐데요……."

준석의 곁에 있지 못하는 이유 중 하나가 준석의 어머니였다. 그리고 그분을 생각하면 나 역시 아직 마음이 힘들었다.

"사실 아까 아버지하고 저쪽 어머니하고 만나셨어."

"네? 원장님이요?"

종일 나를 따돌리고 벌인 일이 이것이었나 싶었다. 현우 선생님은 나를 똑바로 보더니 진지하게 말했다.

"아침에 이분하고 어머니가 같이 오셨었어. 내가 안 된다고 말해도 계속 너를 만나게 해 달라고 하는데, 마침 아버지하고 연락이 돼서 아버지도 같이 만났지."

현우 선생님은 준석의 큰형이 뭐라 말을 꺼내려 하자 손으로 막으면서 얘기를 계속했다.

"아버지는 다 똑같이 귀한 자식인데 널 그렇게 힘들게 해 놓고선 무슨 할 말이 있냐고 호통치셨어. 제 자식만 귀하다고 또 널 힘들게 하려는 일은 용납할 수 없다고도 말씀하셨어. 그러니까 너도 가기 싫으면 안 가도 돼. 괜히 갔다가 더 크게 상처받고 올 수도 있어."

현우 선생님에 원장님까지, 날 위해 그렇게 해 주신 것이다. 마음이 벅차 눈물이 샘솟았다. 얼마나 마음이 든든한지 어디가서 깨지고 다쳐도 하나도 아프지 않을 것 같았다. 친정아버지로 생각하라는 원장님의 말씀이 얼마나 진정이었는지 지금에야 깨달은 것이다.

준석의 큰형은 내가 아무 말 없이 눈물만 흘리고 있자 마음이 다급해졌는지 말을 이었다.

"강 선생님, 어머니 일은 제가 대신 사과드리겠습니다. 사실 어머니도 강 선생님 만나고 싶어 하셨지만, 이 선생님이 그건 절대 안 된다고 하셔서 저만 온 겁니다. 아까 원장님도 말씀하셨습니다. 강 선생님이 원하면 가는 거지, 절대로 억지로 보내지는 않겠다고. 그래서 이렇게 강 선생님께 직접 부탁드리는 겁니다. 제발 준석이 한 번만 만나 주세요. 강 선생님 보면 분명 차도가 있을 겁니다. 어머니가 직접 사과하기를 바라신다면……."

나는 울고 있으면서도 웃을 수 있었다. 이렇게 나를 위해 주는 사람이 있었기에 힘을 얻을 수 있는 것이다. 이제는 내가 준석에게 힘이 되어 줄 차례였다. 아무리 마음이 메말라 갈라졌어도 한 번의 따뜻한 손길로 회복될 수 있다는 것을 내가 직접 경험하지 않았던가.

"아니에요. 어머님은……, 됐어요. 그냥 저 준석이 만날게요. 준석이 있는 곳에 데려다 주세요. 준석이 보고 싶어요."

준석아, 기다려. 내가 갈게.

Step 12
The Healing
치유

준석의 큰형이 데리고 간 곳은 저번에도 가 봤던 준석이네 별장이었다. 주차장에는 이미 차 한 대가 서 있었다. 준석의 어머니가 계신다더니 그분의 차인 모양이었다.

준석의 형이 앞장서고 나는 뒤따라서 집 안으로 들어섰다. 그런데 깔끔하다고 생각했던 옛 기억과 달리 집 안이 폭풍이 지나간 것처럼 어수선해 깜짝 놀라고 말았다. 단정했던 예전 모습은 전혀 찾아볼 수 없었다. 시샘이 날 정도로 다정해 보였던 사진의 액자들은 유리가 깨진 채 한쪽에 쌓여 있었다. 한쪽 벽엔 나무 벽이 파일 정도로 크게 난 상처가 있었고, 소파 테이블도 다리가 부러진 채 구석으로 치워져 있었다. 준석의 어머니는 피곤한 얼굴로 소파에 기대 눈을 감고 있다가 우리가 들어가는 소리에 일어났다.

"와 줬구나."

준석의 어머니는 현관에 서 있는 나를 보더니 두 손으로 얼굴을 가리고 흐느꼈다. 어떻게 해야 할지 몰라서 그냥 바라보고 있는데, 준석의 형이 어머니께 다가가 안아 드렸다. 준석의 어머니는 준석의 형에게 안겨 눈물 젖은 얼굴로 내게 말했다.

"효진아, 내가 잘못했다. 내가 잘못 생각했어. 남들 눈만 생각할 것이 아니라 너희 둘 생각을 먼저 했어야 하는데. 다 내가 잘못했다. 내가 잘못했어. 그러니까 우리 준석이 좀 살려 주렴. 준석이 불쌍해서 어쩌니? 효진아, 내가 이렇게 용서를 빌 테니 우리 준석이 좀 부탁한다. 우리 준석이 살려 줘……."

준석의 어머니가 순간 준석의 형 품에서 늘어지는데, 까무러친 것 같았다. 나는 얼른 다가가 준석의 어머니를 소파에 똑바로 눕히고 찬 물수건을 만들어 와 어머니의 이마에 올려놓았다. 어머니를 본 지 한 달도 채 되지 않았는데, 우아하고 콧대 높아 보이기만 했던 사람이 자식 때문에 이렇게 한순간에 무너질 수도 있다는 사실에 착잡하기만 했다. 그만큼 야위고 늙어 보여 더 이상 미워할 수가 없었다.

준석의 형은 초조한 듯 내가 하는 것을 바라보고 있다가 말을 꺼냈다.

"준석이 때문에 어머니도 쓰러져서 병원에 계셨어요. 그러다가 아무래도 안 되겠다고 아침부터 강 선생님 찾아다니느라 힘드셨을 겁니다. 사실 아버지께서 지금 미국 출장 중이시라 여기 안 계십니다. 아직……, 준석이에 대해 모르십니다. 아마도 이런 일이 일어났다고 하면 노발대발하실 겁니다. 어머니도 아버지께 아무 상의 없이 일을 벌이셨다가 이 사태까지 오는 바람에 더 마음고생이 심하신 것 같습니다. 아무튼 가족을 대표해 사과드립니다. 죄송합니다. 몸도 안 좋으신 분한테 이렇게 준석이 부탁드리는 것이 도리가 아닌 줄 압니다만, 팔은 안으로 굽는다고 저도 제 동생이 먼저 걱정이 되네요. 그만큼 준석이 사정이 딱합니다. 제발 부탁드립니다."

준석의 형이 연거푸 사과하지 않아도 내 마음은 이미 준석의 곁에 있었다. 그리고 어머니의 사과로 뾰족했던 마음이 조금 누그러진 것도 사실이었다. 준석의 어머니를 잠시 더 지켜보다가 준석의 형에게로 시선을 돌렸다. 준석의 형 역시 종일 이리저리 뛰어다니느라 몹시 피곤한 얼굴이었다.

"알았어요. 준석이 보러 갈게요. 어디 있나요?"

준석의 형은 이제 살았다는 표정으로 답했다. 목소리에도 힘이 들어갔다.

"침대에 누워 있어요. 그런데 종일 잠도 못 자고 밥도 안 먹습니다. 그래서 둘째가 수액을 놓아 주었는데, 그것도 안 맞겠다고 난동을 부리기도 했어요. 오늘은 어땠는지 모르겠네요. 아까까지 별 얘기가 없었으니 비슷했을 겁니다."

"혹시 먹을 건 있나요?"

"네, 어머니가 준비해 두셨을 거예요. 주방 냉장고에 죽하고 다른 먹을 것들이 있을 겁니다."

"알겠습니다. 일단 어머니 모시고 돌아가세요. 어머니도, 형님도 쉬셔야죠."

준석과 단둘만 남아 있고 싶었다. 아무리 우리를 허락해 주겠다고 말을 했어도 준석의 어머니와 한공간에 있는 것이 싫었다. 그러나 준석의 형은 단호한 표정이었다.

"그래도 혼자 준석이 보려면 힘드실 겁니다. 준석이가 누워 있을 때는 몰라도 한번 성질을 부리면 아주 난폭해져서요. 강 선생님 혼자 계시다가 무슨 일이라도 생기면 안 됩니다. 연락을 해 놓았으니 둘째가 올 겁니다. 그때까지 같이 있겠습니다. 어머니는 방으로 모시면 되죠."

그러나 나는 고개를 가로저었다. 준석이 설마 나를 다치게 하겠느냐는 믿는 마음도 있었지만, 설사 나를 다치게 하더라도 다 내 잘못 때문이니 달게 받겠다는 심정이었다.

"제가 치과 의사여도 의사이긴 합니다. 저 혼자 해 볼게요. 혹시 일이 있다면 제가 연락드리겠습니다. 그때까지 그냥 저희 둘만 놔둬 주시겠어요? 제 걱정은 마시고 어머니 모시고 돌아가 주세요."

"효진아……."

준석의 어머니가 어느새 정신이 들었는지 작은 목소리로 나를 불렀다. 나는 잠시 그녀를 내려다보다 소파 옆에 무릎을 꿇고 눈높이를 맞춰 주었다.

"네, 어머니."

"내가 미안하다. 정말 미안해. 준석이가, 흑……, 나한테 화가 너무 많이 났어. 그래서 제 성질 못 이기고 술만 마셨나 봐.

그런데 내가 아무리 빌어도 마음을 안 푼다. 아무래도 네가 해 줘야 하는 건가 봐. 그 녀석한테는 효진이 네가 있어야 하는데, 흑, 내가 그걸 못 하게 해서……. 효진아, 미안하다. 내 아들 좀 살려 줘. 부탁이다."

흐느껴 우는 준석의 어머니를 딱하게 바라보았다. 자식이 커 가는 것을 제일 바라면서도, 정말 제대로 커서 자신을 떠나가는 순간 제일 못 견뎌 할 사람은 바로 '엄마'라는 존재일 것이다. 누워 있는 준석의 어머니를 보니 나를 끔찍이 위한다는 이유로 내 사랑을 끊어 놓았던 내 어머니가 겹쳐 보였다. 나도 자식을 낳아 키우게 되면 이렇게 될까?

"준석이가 아픈 건 제가 준석이를 놓아 버려서 그런 거예요. 어머니께서 핑계를 만들어 주셨지만, 제 스스로 준석이를 놔 버렸던 거예요. 준석이가 화가 난 건 저 때문이에요. 그러니까 어머니도 너무 상심 마시고 돌아가세요. 준석이는 제가 어떻게든 해 볼게요. 어머니, 저 준석이 사랑해요. 준석이 제게 맡겨 주세요."

자리에서 일어서 준석의 형에게 인사를 하고 준석이 누워 있다는 방으로 향했다. 저번에 왔을 때 함께 잠들었던 침실이었다. 준석의 형이 어머니를 부축해 나가는 것 같았지만 더 이상 그들에게 신경을 쓰지 않았다.

문을 열고 침실로 들어섰다. 문을 등지고 침대 위에 누워 있는 준석이 보였다.

"준석아, 나 왔어."

자고 있는지 준석은 내 말에 아무런 반응이 없었다. 방은 어두웠는데, 침대 옆에 작은 스탠드가 켜져 있어 방 안의 윤곽을 겨우 볼 수 있었다. 나는 준석이 놀라지 않게 천천히 침대로 다가갔다.

"준석아, 많이 아팠다며? 왜 그렇게 술을 많이 마셨어? 술도 잘 못 마시면서."

나 때문이었다는 것을 알기에 가슴이 아팠다. 나만큼 준석도 아파했다는 것에 가슴이 미어졌다. 침대에 살짝 걸터앉아 준석의 어깨에 손을 올리자 그제야 다른 사람의 존재를 알아챈 듯 몸이 굳었다.

내가 말을 거는데도 준석은 얼굴을 보여 주지 않았다. 그동안 내가 말을 걸어 주기만 해도 활짝 피어나는 것만 보아 왔기에, 준석이 보여 주는 등은 참으로 낯설고 이상했다. 이렇게 나를 외면하고 아는 척을 하지 않는 준석을 이제까지 본 적이 없는 것이다. 해바라기처럼 항상 나만을 향했던 사람이었는데……. 그 이질감으로 못내 가슴이 아팠다.

"준석아, 나 왔는데 얼굴 안 보여 줄 거야? 보고 싶은데."

준석의 어깨에 손을 대고 내 쪽으로 몸을 돌리려고 살짝 힘을 줘 봤지만 그의 몸은 바위처럼 단단했다. 그만큼 준석의 마음은 나에게 닫혀 있었다.

이제는 내가 다가서야 했다. 아마도 준석은 그것을 바라고 있을 것이다.

나는 침대로 올라가 준석의 뒤에 누워 그의 팔 사이로 팔을 끼워 넣었다. 이마저도 허락 안 하면 어쩌나 싶었는데 내가 팔을 끼우는데도 인형처럼 반응이 없었다. 내가 있든 말든 상관없다는 것 같았다. 하지만 거부하지 않은 것만으로도 다행이었다. 용기를 내어 그를 안은 팔에 힘을 꼭 주었다.

"준석아, 나 아파서 병원에 있었어. 그저께 퇴원한 거야. 너처럼 밥이 안 넘어가더라. 그래서 밥을 안 먹었더니 계속 힘이 없어서 병원에 있었어."

준석의 뒷목에 입을 맞추며 어리광을 부렸다. 비록 그에게선 아무 반응도 없었지만, 다르게 말하면 그것은 내가 얘기하는 것을 들어 주는 것이기도 했다. 그래서 이번에야말로 나의 마음을 확실히 전하기로 했다. 준석을 사랑하는 내 마음을.

"저번에 내가 언제부터 너를 좋아했는지 궁금해했지? 그때 바로 대답 못 해 줘서 미안. 너는 내가 너를 좋아하지 않는 거라고 섭섭해했지만, 사실 언제부터였는지 생각을 안 해 봐서 대답을 못 해 준 거였어. 그런데 이번에 병원에 있으면서 곰곰 생각해 봤더니 그때였더라. 너를 처음 보았을 때."

준석이 3학년 교실로 나를 찾아왔던 그때 보여 주었던 반짝반짝했던 그 눈동자를 지금도 기억하고 있었다. 내 마음에 지금까지 각인된 그 눈빛이야말로 내가 그를 좋아하게 된 시작이었다.

"네가 나를 좋아하는 것처럼 보고 있어서 가슴이 설렜어. 이렇게 멋있는 남학생이 다름 아닌 나를 좋아한다는 생각에 말이야. 사실 네가 누나라고 부른다고 해서 조금 실망했지 뭐야. 난 겨우 학교 선배일 뿐인가 생각했지. 그런데 나중에 네가 나를 좋아한다고 고백해 주어서 하늘을 날 것 같았어. 너를 꼭 껴안고 키스해 주고 싶었어. 이렇게."

몸을 반쯤 일으켜 여전히 나를 돌아보지 않는 준석의 옆얼굴에 오래도록 입 맞추었다. 내 손이 닿아 있는 준석의 가슴에서 두근두근 심장 박동이 빨라졌다.

"준석아, 이렇게 너 안고 있으려니까 힘든데, 그냥 네가 나 안아 주면 안 돼? 네 품은 넓은데 내 팔이 너무 짧잖아. 네가 어깨도 넓고 힘도 세니까 나 좀 안아 줘. 널 꼭 안고 싶어."

나는 팔을 빼어 준석의 얼굴을 내 쪽으로 돌아보게 했다. 그러자 준석은 내 손을 따라 순순히 몸을 돌려 주었다. 자는 것 같았던 모습이었지만 눈은 아니었다. 나를 살펴보는 눈빛이 날카로웠다.

나는 준석의 팔을 당겨 팔베개로 삼고 다른 팔로 내 허리를 감싸게 했다. 준석은 내가 하는 대로 순순히 몸을 맡겼다. 비록 인형같이 뻣뻣한 팔이었지만 여전히 나를 향해 벌려 주었다. 그 사실만으로도 행복해 나는 준석의 어깨 밑으로 팔을 두르고 그의 가슴에 얼굴을 묻었다. 이제야 비로소 내 자리를 찾은 것 같았다. 그의 몸에서 새어 나오는 열기 때문에 따뜻하기만 한 가슴이었다.

"준석아, 나 너무 못됐지. 너한테 맨날 나쁜 소리나 하고, 밉게만 굴고. 그래도 나, 너 보고 싶었어. 너 보고 싶어서 막 울었어. 지금도 너 보고 싶어서 온 거야. 나 너무 나쁜 여자야. 널 이렇게 힘들게 하고는 또 금방 나 용서해 달라고 이렇게 매달리고. 그래도 난 널 좋아해. 널 사랑해. 이것만 알아줘. 부탁이야."

하염없이 눈물만 흘렀다. 준석에게 사랑한다고 말해 주는 건 이번이 처음인 것 같았다. 준석이 나에게 그렇게도 수없이 해 주었던 말을 인색하게도 이제야 들려주는 것이다. 세상이 온통 벽인 줄 알았는데 실제 그 벽은 나 자신이었음을 이제야 알게 되었다.

내가 계속 흐느끼며 울자 준석의 팔이 움직였다. 아무 미동도 없던 그 팔에 힘이 들어가더니 나를 안아 준 것이다. 그러고는 나를 달래려는 듯 내 머리를 쓰다듬었다.

"울지……, 마."

준석은 실어증 증세까지 보인다고 했다. 그런데 나에게는 말을 걸어 주었다. 실낱같은 희망이 보였다. 나라면 준석에게 힘이 되어 줄 수 있는 것인가.

"준석아, 미안해. 준석아, 사랑해."

감정이 북받쳐 올라 펑펑 울었다. 나에게 말을 걸어 준 것이 기뻐 그의 입술에 입 맞춰 주었다. 내 눈물이 들어가 짠맛이 났을 텐데 준석은 순순히 입을 벌려 주었다. 그것 또한 고마워 준석에게 오래도록 키스했다.

언제부터인가 준석도 눈물을 흘리고 있었다. 나는 준석의 얼굴 위로 흐르는 눈물을 손으로 닦아 주었다. 준석은 그러는 나를 촉촉한 눈빛으로 바라보고만 있었다.

"여긴……, 왜……?"

"준석아, 나 용서해 줄래? 내가 너한테 못되게 군 거 다 용서해 줄래? 나 이제야 너랑 같이할 용기가 생겼어. 그러니까 네가 날 용서해 준다면 나 너랑 같이 있고 싶어. 그래도 돼?"

준석은 표정이 없었다. 나를 똑바로 쳐다보고 있는 것만이 내 말을 듣고 있다는 표시일 뿐이었다.

"힘들면 지금 말 안 해도 돼. 이번엔 내가 기다릴게. 대답해 줄 때까지 네 옆에서 기다릴게. 그러니까 나중에라도 꼭 말해 줘. 부탁이야. 준석아, 사랑해."

대답 없는 사람에게 사랑을 외치는 기분이 바로 이런 것이었을까. 준석은 내내 나에게 이런 기분을 느꼈던 것일까. 나는 눈물을 흘리며 준석에게 다시 입 맞추었다. 준석은 이번에도 순순히 입을 벌려 주었다. 내 머리를 쓰다듬으며 나의 눈물 젖은 키스를 받아 주었다.

한동안 우리는 같은 베개를 베고 서로만을 바라보며 누워 있었다. 말이 없어도 그를 본다는 것만으로 그득한 느낌이었다. 간절히 보고 싶고 만지고 싶었지 않은가. 그의 얼굴을 찬찬히 손으로 쓰다듬어 내리자 잠시 눈을 감았다가도 준석은 금세 눈을 뜨고 나를 똑바로 쳐다보았다. 마치 내가 눈앞에서 없어질 것을 두려워하는 것처럼.

문득 준석이 이렇게 정신을 차렸을 때 밥을 먹여야겠다는 생각이 들었다. 그래서 일어서려 하는데 준석이 눈썹을 찡그렸다. 팔에 힘을 꽉 준 채 나를 못 움직이게 했다.

"가려는 거 아니야. 너 밥 안 먹었다며? 식사 준비할게. 그리고 나 지금 울어서 엉망이라 세수도 하려고. 참, 너도 씻으러 갈까? 아니면 밥부터 먹을래?"

아닌 게 아니라 준석은 그동안 씻지도 않고 누워만 있었는지 꼴이 말이 아니었다. 몸에서 냄새도 났고, 수염도 덥수룩했다. 일단 씻기기부터 해야겠다 싶어 그의 손을 잡아당기자 이번에는 준석도 순순히 내 손길에 이끌려 왔다. 혹시 침대에서 일어서며 넘어지지는 않을까 걱정했지만 조금 휘청댈 뿐 생각보다 잘 걸었다. 나는 준석을 이끌고 욕실로 향했다.

"준석아, 이부터 닦을래?"

칫솔에 치약을 묻혀 준석에게 건네주고, 나는 옆에 서서 블라우스의 소매를 걷어 올렸다. 수납장을 열어 보니 면도기와 면도 크림이 구비되어 있었다. 고무줄도 보여 일단 흘러내리는 머리가 거추장스러울까 고무줄로 머리를 묶었다. 준석은 이를 닦으면서도 내가 하는 양을 계속 쳐다보고 있었다. 그래서 준석에게 배시시 웃어 보이자 갑자기 이를 닦던 손을 멈추었다.

"왜? 못 닦겠어? 그만 헹굴까?"

내가 컵에 물을 받아 주니 준석은 컵을 받아 들고 입을 헹궜다. 다 헹궜지만 아직도 입가에 치약 거품이 남아 있어 손에 물을 묻혀 닦아 주었다. 이렇게 해 주는 대로 가만있는 걸 보니 준석이 꼭 어린아이가 된 것 같았다. 순간 장난기가 들어 그의 엉덩이를 톡톡 쳐 주었다.

"잘했어요, 백준석 어린이."

생긋 웃으며 올려다보았더니 준석이 눈썹을 찡그렸다. 그 모습이 귀여워 나는 또 웃었다.

"자, 그럼 이제 면도할 시간. 일단 여기 앉아요."

준석을 변기에 앉히고 그의 얼굴에 면도 크림을 발랐다. 그리고 그의 다리를 벌리고 그 사이에 서서 면도기를 보여 주었다.

"나 이런 거 해 보고 싶었어. 한 번도 안 해 봤거든. 혹시 너 무서워? 그럼 하지 말까?"

준석의 턱에 손을 대어 내 얼굴을 바라보게 하자, 그는 순순히 얼굴을 내밀면서 나의 눈을 똑바로 쳐다보았다. 표정 없는 눈빛이었지만 무서워하는 것은 아니었다.

"나 이래 봬도 의사야. 수술도 할 줄 안다고. 설마 면도도 못 해 주겠어?"

처음이었지만 못 할 것도 없다는 생각이었다. 혹시 다칠까 무서워 긴장을 하긴 했지만. 이렇게까지 얘기를 하는데도 아무 반응이 없어 조심스럽게 면도를 시작했다. 그의 얼굴선을 따라 사각사각 수염이 잘려 내려갔다.

"나 꽤 잘하지? 있잖아, 네가 수염이 별로 없는 편이라 다행인 것 같아. 예전에 우리 아버지는 수염이 굉장히 많아서 퇴근해서 돌아오시면 산적 두목 같았거든. 그래서 나한테 뽀뽀해 주시면 따가워서 막 울고 그랬지. 넌 수염이 많지 않아서 키스해도 별로 안 따가워. 그래서 좋아."

종알종알. 사각사각. 입도 손도 쉴 새 없이 놀렸다. 그런데 갑자기 준석의 손이 내 허리를 잡았다.

"야아, 다치면 어떡하려고 그래? 아직 다 안 끝났단 말이야."

하지만 준석은 면도기를 들고 있는 내 손을 멀리 치우고는 내 머리를 끌어당겼다. 내게 키스하고 싶어 하는 것 같았다.

"잠깐만."

수건으로 그의 볼에 묻어 있는 면도 크림을 대강 닦아 주고는 그에게 입 맞추어 주었다. 그러자 준석은 생각 이상으로 강하게 나를 끌어안았다. 나를 자신의 무릎 위에 앉히고 내 머리를 붙잡아 폭풍같이 키스했다. 나 역시 그의 목을 끌어안고 열렬히 키스를 되돌려주었다.

"하아, 하아, 그래도 면도는 다 해야지."

면도 크림을 닦아 낸 준석은 절반만 면도가 되어 절반은 여전히 수염이 남아 있었다. 그 모습이 우스워 푸하하 웃었다.

"거울 좀 봐 봐. 이게 뭐야, 반쪽 인간이 됐잖아. 이쪽은 폐인 모드, 이쪽은 잘생긴 우리 준석이."

잘생겼다고 말을 하긴 했지만 그간 식사를 안 하려 했다는 말처럼 준석의 볼은 야위어 있었다. 홀쭉해진 볼이 안타까워 얼굴에 손을 대자, 준석은 내 손에 얼굴을 기대면서 내 얼굴을 가리는 머리카락을 쓸어 넘겨 주었다. 그 손길이 애틋하고 다정해서 눈물이 나올 것 같았다.

"우리 얼른 씻고 밥 먹자. 배고프지 않아? 왜 이렇게 얼굴이 상했어? 마음 아프게······."

환한 얼굴만을 보여 주고 싶었지만 울컥하며 말끝이 떨렸다. 그러자 준석이 천천히 입을 열었다.

"너도……, 그래. 왜……, 이렇게……, 얼굴이……, 상……
했어?"

나를 걱정해 주는 준석의 말에 더없이 행복해 눈물이 그렁
그렁하면서도 웃음이 새어 나왔다.

"너한테 못되게 굴어서 막 나한테 벌줬어. '너 왜 이렇게 못
된 거야' 하면서 막 혼냈어. 잘했지?"

"바……보야, 하나도……, 안……, 잘했어."

준석은 내 얼굴에 손을 대어 흘러내리는 눈물을 닦아 주었
다. 준석이 닦아 주는 대로 눈물이 사라져야 할 텐데 그가 나를
쓰다듬어 주면 쓰다듬어 줄수록 눈물이 계속 샘솟았다. 가슴속
에 단단하게 박혀 있던 얼음이 녹아내리는 것 같았다. 하지만
이건 슬픔의 눈물이 아니라 기쁨과 안도의 눈물이었다. 눈물을
흘리면서도 '아, 이런 게 행복이구나' 싶었다.

하지만 지금은 내가 준석의 품에 안겨 위로받고 있을 때가
아니었다. 빨리 준석에게 밥을 먹여야 했다.

"준석아, 혼자 샤워할 수 있겠어? 너 샤워하는 동안 식사 준
비할게. 혼자 하려면 힘들까? 힘들면 꼭 씻지 않아도 돼."

준석은 순간 화난 얼굴이 되더니 고개를 흔들었다.

"가지……, 마."

"아니야. 이 집에서 나가는 게 아니라 너 식사 준비하려고
주방에 간다는 거야. 왜? 불안해? 나랑 같이 있을까?"

준석은 내 눈을 들여다보며 말없이 고개를 끄덕였다.

"그럼 밥 먼저 먹을까? 아니면 샤워?"

"같이……, 씻어."

"뭐어? 너랑 같이 샤워하자고?"

농담인 줄 알고 웃었지만 준석의 눈은 진지하기만 했다. 그래, 서로 알몸을 다 보여 주며 만져 댔던 사이인데 같이 씻지 못하게 뭐람. 내가 고개를 끄덕이자 준석의 눈이 부드러워졌다. 조금이나마 마음이 풀린 것 같아 기뻤다.

일어서서 준석의 셔츠를 벗겼다. '팔 들어' 하는 소리에 팔을 드는 모습이 꼭 어린아이 옷 벗기는 것 같았다. 무지 덩치 큰 어린아이이긴 하지만.

바지와 속옷을 벗겨 내고 준석을 샤워기 밑에 밀어 넣었다. 샤워기를 들고 온도를 맞추어 건네주자, 준석이 말없이 내 손을 잡아끌었다.

"알았어. 일단 뜨거운 물로 몸 적시고 있어. 나도 옷 벗고 들어갈게."

준석은 내 말대로 샤워기를 몸에 대고 물을 맞고 있었지만, 그의 눈은 나를 향해 있었다. 내가 옷 벗는 모습을 지켜보고 싶은 것이다. 나는 마치 시험대 위에 올려진 실험동물 같은 기분이었다. 왠지 준석이 나를 시험하고 있다는 느낌도 들었다.

'그래, 준석아. 나를 믿고 지켜봐 줘.'

준석의 눈길 앞에서 나는 천천히 옷을 벗어 나갔다. 블라우스 단추를 하나씩 풀어 내려가자 준석의 눈은 내 손을 따라 내려왔다. 스커트 지퍼를 열어 바닥에 툭 떨어뜨리고 블라우스를 벗어 내자 그 눈빛이 뜨거워졌다. 어깨에 걸린 슬립의 끈을 옆으로 밀어젖히니 스르르 흘러내리며 드디어 속옷 차림이 되었다. 준석은 더 이상 그럴 수 없을 것처럼 나를 열렬하게 향하고 있었다.

등으로 손을 돌려 브래지어를 풀고 팬티를 벗어 내리고는 그를 향해 걸어갔다. 그의 목울대가 크게 오르내렸다. 준석의 손에서 샤워기를 받아 거치대에 꽂고, 천천히 그를 안았다. 머리 위에서 전신으로 떨어지는 따스한 물줄기를 맞으며 우리는 한동안 그 자세로 있었다.

"춥지 않아?"

"응."

"내가 씻겨 줄게."

스펀지에 샤워 젤을 묻히고 그의 몸을 닦았다. 준석은 꼼짝 않고 나만 내려다보고 있었다. 목, 어깨, 팔, 가슴, 그리고 손을 더 아래로 내리려 하자 준석이 얼른 내 손을 잡았다.

"나도……."

준석은 스펀지를 받아 내 몸을 문지르는 것 같더니 어느새 손으로 어루만지고 있었다. 비누 거품이 가득해 미끄덩한 손으로 한참을 가슴 위에서 머물렀다. 마치 처음 만지는 것처럼 나의 가슴에 몰두하고 있었다. 그의 눈빛이 뜨거워 움직일 수가 없었지만 너무 자극이 심했다. 빨리 나를 안아 주었으면…….

"준석아……."

준석은 내 얼굴을 흘끗 보더니 샤워기를 들어 물로 몸을 씻어 주었다. 그리고 입을 내려 젖가슴을 물었다.

"하아."

내가 신음하자, 준석은 도망치지 못하게 한 손으로 허리를 붙잡더니 다른 손을 엉덩이 아래로 내렸다. 그의 손가락이 내 안으로 들어와 문지르기 시작하자 나는 그만 무릎에 힘이 풀려 준석에게 기댔다.

"준석아……."

한참을 가슴 위에서 헤매던 준석의 입술이 차츰 올라오더니 이윽고 내 입술을 차지하였다. 그리고 얼굴로 물이 떨어지는 것이 귀찮았는지 준석은 나를 벽으로 밀어붙였다. 잔뜩 성이 난 그의 것이 배를 찔러 댔다. 손을 내려 그것을 만져 주자 준석의 키스가 더욱 거칠어졌다. 우리는 키스를 하면서 서로를 만져 댔다. 나의 쾌락을 위해 그를 어루만지고, 그를 위해 나를 거리낌 없이 내어 주었다.

갑자기 준석이 나를 돌려 벽을 짚게 하더니 내 안으로 들어왔다.

"준석아!"

준석은 두 손으로 내 허리를 꽉 잡고 세차게 몸을 밀어붙였다. 이런 자세는 서로의 얼굴을 볼 수가 없어 별로 좋아하지 않았는데…….

'준석이 나를 받아 주는 게 아닌 건가?'

나는 확신할 수가 없었다. 그런데 아차 하며 또 다른 생각이 떠올랐다. 병원에 입원하느라 피임약 복용을 중지했던 것을 떠올린 것이다. 어째야 하나 망설였지만 곧 아무렴 어떠냐는 생각이 들었다. 지금 다른 생각을 할 겨를이 없기도 했지만, 만약 임신이 된대도 그건 그것대로 좋을 거라는 생각이 들었다.

앞으로 준석과 함께라면 뭐든지 좋을 것이다! 생각만 해도 가슴에 행복이 흘러넘쳤다. 내가 그를 사랑하는 데 아무런 제약이 없었다. 스스로의 족쇄를 풀어 버리자 어찌할 수 없는 해방감이 가슴 가득 찼다.

"준석아, 사랑해!"

큰 소리로 외치며 나는 절정에 올랐다. 준석 역시 함께 절정에 오르며 크게 신음을 내질렀다. 자궁 깊숙이 뜨거운 것이 쏟아지는 걸 느꼈다. 나는 다시 한 번 절정에 올랐다.

어떻게 침대로 돌아왔는지 생각이 나지 않았다. 온몸이 싸늘해 정신을 차리고 보니 축축한 이불 위에서 아무렇게나 서로를 껴안고 자고 있었다. 시계를 봤더니 아까 목욕하러 들어간 후로 서너 시간이 흘렀다. 으슬으슬 추운 게 딱 감기에 걸릴 것 같았다. 그간 둘 다 영양 상태도 최악이었는데.

"준석아, 일어나. 이러다 감기 들어."

준석이 퍼뜩 눈을 뜨더니 나를 보고는 몹시 놀란 듯 눈이 동그래졌다.

"효진……이?"

"이쪽 침대로 옮기자. 여긴 너무 젖어서 시트를 다 갈아야 할 것 같아. 얼른 일어나."

준석은 얼떨결에 일어나 옆 침대로 옮겼다. 이불을 젖히고 준석을 눕히고는 다시 이불을 덮어 주었다. 그러고 나서 옷을 입으려 돌아서는데 준석이 팔을 잡았다.

"어디 가는……, 거야?"

"옷 입으러. 갈아입을 옷 어디 있는지 알아? 너도 입고 나도 입어야겠어. 너무 추워."

"서랍 열어 봐."

방 한구석에 놓여 있는 서랍장을 열었더니 티셔츠 몇 개와 트레이닝복이 들어 있었다. 급한 대로 티셔츠 하나를 덮어쓰고는 다른 한 벌을 준석에게 건네주었다. 내가 다시 돌아오자 준석은 또 내 팔을 잡았다.

"얼른 옷 입자. 감기 들면 안 돼."

욕실에서 나와 또 한바탕 일을 치르고는 잠이 들었던 것이다. 아픈 환자를 데리고 밥도 안 먹고 무슨 짓을 한 건지. 내 머리를 쥐어박고 싶었다.

"이게……, 꿈이야? 왜 네가……, 여기 있는 거야?"

"너랑 같이 있으려고 왔다고 했잖아. 일어나. 얼른 옷 입어."

누워서 꼼짝 않고 나만 올려다보고 있는 준석을 겨우 일으켜 티셔츠를 입혔다. 다시 서랍장에서 바지를 꺼내어 준석에게 입으라고 건네주었다.

"나 밥 준비할게. 배고파 쓰러지겠어. 너도 그렇지? 더 누워 있을래, 아니면 나랑 같이 갈래?"

내가 팔을 걷어붙이며 문으로 향하자, 준석은 벌떡 일어나 바지를 입었다. 그러고는 내 뒤를 졸졸 따라왔다.

일단 욕실로 가서 아까 벗어 놓은 속옷을 챙겨 입고, 다른 옷들은 말리기 위해 소파 위에 걸쳐 놓았다. 옷이 젖어 당장 입을 수가 없었던 것이다.

주방으로 들어가 전등을 켜고 냉장고를 열어 보았다. 밀폐 용기에 죽이 들어 있는 것이 보여 냄비에 덜고 불을 붙였다. 그리고 그다음으로 눈에 띈 포도를 꺼내 얼른 씻었다. 접시에 담아 돌아서는데 준석은 아직도 주방 입구에 서 있었다.

"준석아, 여기 앉아. 배고프니까 일단 포도라도 먹고 있어."

멍하니 나만 바라보고 있기에 준석의 손을 잡아끌었다. 그러자 준석은 되레 나를 잡아당기더니 품에 꼭 안았다.

"정말 너 맞는 거야? 이상해. 꿈인 줄 알았는데……, 꼭 진짜 같아."

준석은 내 여기저기를 만져 보고, 또 내 얼굴을 쓰다듬었다.

"나 진짜 맞아. 그런데 네가 나 지금 안 놓아주면 이대로 쓰러져서 진짜 꿈이 돼 버릴지도 몰라. 그러니까 밥 차리는 걸 도와주든지, 아니면 그냥 날 놔주고 의자에 앉아 있어. 알았지?"

내가 쓱 주먹을 들어 그의 코앞에 들이밀자, 준석은 얼떨결에 고개를 끄덕이고는 자리에 앉았다.

나는 겨우 준석의 손에서 벗어나 다시 냉장고로 향했다. 냄비의 죽이 눌어붙지 않게 저어 주랴, 냉장고에 들어 있는 음식들을 일일이 꺼내 확인하랴 정신이 없었다.

"백준석, 여기 와서 이거 들고 저어. 눌어붙지 않게 바닥까지 잘 저어.”

　명령조에 가까운 말이어도 준석은 고분고분 말을 잘 들었다. 나는 일단 죽 냄비를 준석에게 맡기고는 냉장고에서 나온 음식들을 살펴보았다. 처음엔 준석이 먹을 만한 것을 중심으로 살펴봤는데, 나도 먹어야 하니 어느 것이든 상관없다 싶었다.

　그동안 밥을 안 먹으려는 준석을 위해 어머니가 애쓴 흔적이 보였다. 지금 냄비에 덜어 데우는 죽뿐 아니라 잡곡밥도 있었고, 그가 좋아하는 고기반찬에서부터 깔깔한 입에 입맛을 돋우어 줄 생선조림과 젓갈류, 샐러드와 물김치, 그리고 다른 여러 가지 김치까지 밑반찬이 한가득이었다.

　그뿐 아니라 과일 칸엔 과일도 여러 종류 있었다. 과연 나처럼 먹을 것 좋아하는 사람에겐 ‘천국의 냉장고’라고 할 수 있었다. 나는 신이 나서 반찬을 접시에 옮겨 담았다. 그런데 너무 조용하다 싶어 돌아봤더니 냄비를 저으면서도 준석의 눈은 나만 좇고 있었다.

　“백준석, 그렇게 대충 저으면 밑은 다 눌어붙어. 그러니까 바닥까지 긁으면서 열심히 저어!”

　준석은 움찔하더니 냄비 손잡이를 붙잡고 주걱으로 젓기 시작했다. 나는 히죽 웃으며 식탁을 차렸다. 비록 요리는 잘 못하지만 데워 먹고 덜어 먹는 데는 일가견이 있는 나였다.

　일단 식탁이 다 준비되어 준석이 젓고 있는 죽을 살펴보았다. 역시 바닥은 눌어붙어 있었다.

　“에구, 바닥에 눌어붙은 거 너무 아깝다. 이것만 해도 한 그릇은 나올 텐데. 아무튼 죽은 너 먹을 거니까 나는 상관없지. 나는 잡곡밥 먹을 거니까. 이제 앉아서 먹자. 배고파 쓰러지겠다."

맛있는 것을 앞에 둔 나는 무지 기분이 좋았다. 물론 준석이 곁에 있어서 더욱 좋았지만.

"나는 왜 죽이야?"

준석이 의아하다는 표정으로 물었다.

"너 그동안 밥 안 먹었다며. 빈속에 처음부터 밥 먹으면 위에 탈 나. 금식하고 나면 무조건 처음은 죽이야. 낼 아침엔 밥 줄게. 알았지?"

다분히 의사의 지시처럼 명령을 내리고선 나는 밥을 먹기 시작했다. 인상을 찌푸리긴 했지만 준석도 천천히 먹기 시작했다. 나는 그런 준석을 감사한 마음으로 바라보았다. 준석이 내 말을 들으려고도 하지 않고 계속 나를 거부했다면 어찌했을까. 생각할수록 머리가 아찔했다.

"어때? 먹을 만해?"

"맛없어."

준석은 부루퉁하니 입을 내밀었다. 얼른 준석의 그릇에서 죽 한 숟가락을 떠서 먹어 보았다. 냉장고에서 꺼낼 때부터 좀 된 것 같았는데 냄비에 끓이다 보니 완전히 떡이 돼 있었다.

"냄비에 데우지 말고 전자레인지에 데울걸 그랬나?"

생각해 보니 그동안 나는 죽을 데워 먹어 본 적이 없다는 걸 깨달았다. 그다지 죽을 좋아하지 않아 아무리 아파도 굳이 죽을 먹으려 하지 않았기 때문이다.

"미안, 미안. 또 잘난 척하면서 망쳤네. 어쩌지? 냉장고에
아직 죽 남았어. 다시 데워 줄게."

당황스러워서 얼른 일어서자 준석이 풋 웃었다.

"어련하시겠어. 잘난 척은 엄청 잘하는데 알고 보면 순 허당
이라니까."

감히 나를 '허당'이라고 놀려 대다니. 평소 같았으면 바로 응
징에 나섰겠지만, 지금 나는 준석을 그저 감격 어린 눈으로 보
고 있었다. 준석의 미소를 본 게 반만 년은 된 것 같아서였다.

"준석아, 나를 보고 웃어 주는구나."

몹시 기뻐서 웃음이 나왔다. 그런데 눈물도 같이 나왔다.
내가 말없이 눈물만 흘리고 있자, 준석은 슬픈 미소를 지으며
내 팔을 잡아당겼다. 그리고 내 허리를 안고 가슴에 얼굴을 묻
었다.

"너도 아까 나한테 웃어 줬잖아. 다시는 네가 웃는 거 못 볼
줄 알았는데."

준석도 조용히 울고 있었다. 얼굴을 보려 했지만 창피한지
이번에는 순순히 말을 듣지 않았다. 하지만 그는 내 품 안에 있
었다. 그래서 그를 달래 줄 수 있었다. 나는 찬찬히 그의 머리
를 쓰다듬으며 위로했다.

"나도 그랬어. 널 다시 못 보게 된다는 생각만으로도 죽을
것 같았어. 준석아, 보고 싶었어. 너 보고 싶어서 여기 왔어.
너랑 같이 있으면 안 될까? 나 너무 늦은 거야? 나 너 보고 싶

어서 여기 온 거니까 한 번만 봐줘. 준석아, 널 사랑해. 너무 늦게 말해 줘서 미안. 이제는 앞으로 네 옆에서 평생 말해 주고 싶은데. 준석아, 나 그래도 되니?"

"너 이상해. 내가 아는 효진이는 이런 말을 안 해. 너 귀신이야? 난 지금 환각을 보는 건가?"

준석은 나를 올려다보며 눈물을 흘렸다. 그 모습이 안타깝고 애처로워 준석을 꼭 끌어안고 말았다.

"준석아, 나 효진이 맞아. 나 귀신 아니야. 환각도 아니야. 한 번만 더 나를 믿어 줘. 앞으로 내가 잘할게, 응?"

내 입술이 닿는 곳이라면 어느 곳이라도 키스를 해 댔다. 준석이 나에게 해 주었던 대로였다. 준석의 어느 곳 하나 사랑스럽지 않은 곳이 없었다. 준석의 모든 곳을 다 맛보고 싶었다.

"그러다가 넌 또 나보고 가라 하겠지. 한창 행복에 젖어 있게 했다가 날 떠난다고 할 거야."

"아니야, 이젠 안 그럴게. 주위에서 아무리 뭐라 해도 안 그럴게. 다른 사람이 뭐라고 하면 우리 같이 떠나자. 너랑 나랑 같이 떠나자. 그래 줄래?"

준석은 피 끓는 신음을 내지르며 나를 끌어안았다. 그리고 우리는 서로를 맛보기 위해 짐승같이 몸부림쳤다. 닥치는 대로 만지고 물고 빨고 핥았다. 그러면서도 충분한 느낌이 들지 않는다고 생각했지만, 또 한없이 충만했다.

"효진아, 사랑해! 효진아!"

드디어! 준석이 나를 사랑한다고 말해 주었다.

"준석아, 나도! 나도 널 사랑해! 사랑해!"

도대체 사랑이 무엇이관데 그동안 우리는 그렇게 아팠을까. 같이 있으면 이렇게 좋기만 한데.

*

우리는 그 후 한 달가량 이 별장이 마치 우리들만의 파라다이스인 양 지냈다.

먹을 것이나 필요한 게 있으면 차가 있으니 근처에 나가 장을 봐 왔다. 하지만 그럴 때를 제외하고는 굳이 밖의 생활을 찾지 않았다. 둘만 있어도 세상이 가득했다.

아침에 일어나면 마당 한편의 텃밭에 물을 주었다. 잔디가 길어 보기 싫다 싶으면 준석을 닦달해 잔디를 깎으라고 시켰다. 그동안 나는 집 안 청소를 하거나 빨래를 했다. 아파트가 아닌 주택이어서 구석구석 손이 갈 곳은 많았다. 그러다가 아무것도 하기 싫어지면 독서를 하기도 하고, 음악도 듣고, TV를 보면서 시간을 보냈다.

서로 만지작거리며 앉아 있다 흥이 일면 거리낌 없이 몸을 나누었다. 집 안 어디에서든 상관없었다. 굳이 청할 것도, 부탁할 것도 없이 상대가 원한다면 언제든지 환영이었다. 때로는 짧고 격렬하게, 때로는 안타까울 정도로 세심하고 자상하게 서로를 안았다. 우리는 그러면서 서로의 상처를 달래 주었다. 그리고 자신의 상처도 핥아 내렸다.

준석은 회사에 병가를 내 놓은 상태였다. 그리고 나도 일단 병원에 나가지 않겠다고 말을 해 두었다. 그렇게 중요하다고 생각했던 모든 것들이 준석이 없으면 시시하기만 했다. 뭘 위해서 그렇게 열심히 살았는지 이해가 되지 않았다.

당분간 쉬겠다는 나의 말에 원장님과 현우 선생님은 흔쾌히 그러라고 말해 주었다. 물론 그러지 않았더라도 상관 안 했겠지만 그들의 전폭적인 지원을 받으니 더욱 마음이 편했다.

일단 내 일은 정리가 되었지만, 준석을 생각하면 가슴 한구석이 찜찜했다. 준석에게는 가족이 있지 않은가. 나만큼이나 그를 소중하게 생각하는 가족이. 그래서 가족에게 연락하지 않으려는 준석 몰래 준석의 큰형에게 연락을 해 두었다.

"……준석이가 연락하는 걸 싫어해서요. 당분간 준석이는 제가 챙길 테니 걱정 마세요."

— 알겠습니다. 준석이가 좋아졌다니 그저 다행이죠. 어머니라면 끔찍했던 녀석이라 더 실망이 커서 그럴 겁니다. 나중에라도 다시 만난다면 그걸로 괜찮겠죠. 강 선생님께서 잘 좀 말씀해 주시면 감사하겠습니다.

"제가 할 수 있는 일이 뭐가 있을지 모르겠지만, 그럴게요. 그런데 어머니께서는……, 좀 괜찮으신가요?"

— 부쩍 힘이 없으신 것 말고는 별일 없습니다. 연세가 있다 보니 좀 걱정이 되긴 합니다만, 괜찮을 겁니다. 준석이가 괜찮아졌다고 하면 그걸로 충분히 좋아하실 겁니다. 가족이니까요.

내가 '어머니'라고 부르는 게 괴롭다는 분이셨다. 내가 부족하다는 이유로 나를 거부하셨던 분이셨다. 하지만 준석을 사랑하시는 마음은 원초적일 정도로 순수했다. 그분은 준석의 어머니였으니까.

갑자기 엄마가 떠올랐다. 나를 혼자 두고 떠나기가 두려워 내 살 길을 찾으라고 대학에 가는 것도 강권하고, 하고 싶지도 않았던 결혼을 종용하셨다. 그때 나는 아버지도 돌아가셔서 홀로 계신 엄마를 위해서라면 못 해 줄 것도 없다는 생각이 대부분이었다. 하지만 결국 그 모든 것이 나를 위한 것이었다는 것을 깨달았다. 이제야.

현관 옆 흔들 그네에 멍하니 앉아 있는데 갑자기 어깨에 담요가 둘러졌다. 고개를 돌려 보니 준석이 나와 있었다.

"뭘 그렇게 생각하는 거야? 날도 추운데."

"응? 아, 엄마 생각."

"어머니? 갑자기 왜?"

준석은 내 옆에 앉더니 내 머리를 자기 어깨에 기대게 하고 나를 품에 꼭 안았다. 나는 준석에게도 담요를 둘러 주고 그의 품에 푹 안겼다.

준석은 상태가 호전되고 있다고는 하지만 내가 그를 떠날지도 모른다는 불안감을 계속 가지고 있었다. 때에 따라 돌연 화를 내거나 극도로 침울해졌다. 그래서 나는 될 수 있는 대로 혼자만 생각하는 것 없이 그대로 준석에게 전달하려고 노력하고 있었다. 노력이 결실을 맺는지 준석은 차츰 차분해졌고, 내게 마음을 더 열어 주고 있었다.

어느덧 밤바람이 차가웠다. 이제 계절은 완연한 가을이었다. 엊그제는 추석이었다. 준석과 나는 당연하게도 둘이 보냈는데, TV 프로그램들마다 명절 분위기를 내기 위해 계속 '가족'을 외치는 것을 애써 외면하다가 나중엔 짜증이 나서 TV를 꺼 버렸다. 하지만 가족이란 외면한다고 해서 외면당할 것이 아닌 것이다.

원장님께 전화를 걸어 인사를 하긴 했지만, 사모님과 두 분이서 외롭게 계실 것이 마음 아팠다. 그건 준석이네도 마찬가지겠지. 가족이란 항상 같이 있지 않다 하더라도 명절까지 같이 있지 못하는 것은 또 다른 문제이니까.

"추석이라 그런지 엄마, 아버지가 보고 싶네."

"어제 갔다 와서 더 그런가?"

어제 아침 일찍 의정부 납골당에 계신 엄마, 아버지를 뵙고 왔다. 거기서 준석을 보여 드리며 내가 사랑하는 사람이라고 잘 보살펴 달라고 기도했다. 그리고 오늘은 이천 묘역에 계신 엘리사벳 할머니께도 다녀왔다. 우리가 이렇게 만날 수 있었던 것도 다 할머니 덕분이라 감사하고 또 감사하다고, 앞으로 잘 살겠다고 기도드렸다.

"준석아, 사랑해."

"나도."

곁에 없는 사람을 추억하면서, 곁에 있는 사람의 보배로움을 깨달았다. 엄마, 아버지가 안 계시는 내 곁에 든든히 자리 잡고 있어 주는 준석이 더없이 소중했다. 준석의 곁에 계셔 주시는 그의 가족들도 그럴 것이다.

"이젠 어머니께 연락드려야 하지 않겠어?"

"하기 싫다고 했잖아. 네가 엄마 생각난다고 괜히 나까지 갖다 붙이지 마. 아직 난 아니야."

준석은 고집스럽게 말했다. 이럴 때 보면 꼭 어린애가 심통 부리는 것 같아 보이기도 했지만, 사실 그가 입었던 상처를 생각하면 급하게 밀어붙이는 것만이 능사는 아니었다. 마음의 상처도 상처이기에 치유할 시간이 필요한 것이니까.

"나도 너한테 자꾸 이렇게 말하기 싫어. 하지만 언제까지 곁에 계셔 주시는 분들이 아니야. 안 계시고 나면 아무리 네가 후회해도 소용없는 거니까, 그래서 그래."

나는 조용히 한숨을 내쉬었다. 준석의 아버지는 아직도 출장에서 돌아오시지 않았다고 했다. 그래서 돌아오신 다음에 또 어떤 일이 발생할지 두려웠다. 하지만 예전처럼 절망의 나락에 떨어지는 기분이 들지는 않았다. 적어도 나에게는 버틸 만한 힘이 있었다. 그것은 준석의 사랑이었다. 비록 준석의 아버지에게 인정을 못 받는다 할지라도 그저 서운할 뿐 우리가 같이 하는 데엔 변함이 없을 테니까.

"알아. 머리로는 이해되니까. 그런데 너를 막 대하신 건 용서가 안 돼. 한 번도 아니고 두 번씩이나. 어떻게 그렇게 어리고 힘들었던 너한테 그런 말씀을 하셨을 수가 있어? 자기도 자식 키우는 사람이면서."

준석은 기억을 되살릴 때마다 처음처럼 화를 내었다. 그는 이번에야 우리가 고등학교 때 헤어진 이유가 어머니 때문이었다는 것을 알게 되었다. 막내였기 때문에 더 극진한 사랑을 받고 자랐던 준석이었기에 어머니가 자기의 사랑을 그렇게 폭력적으로 끊어 놨다는 것에 너무나 심한 상처를 받고 말았다. 그것도 두 번씩이나.

"내가 왜 너한테 못 돌아갔는지 알아? 너한테 너무 미안해서였어. 너에게 그렇게 상처를 준 사람의 아들을 어떻게 사랑해 달라고 할 수 있겠어. 아무리 내가 널 사랑한다고 해도 나를 볼 때마다 어머니를 떠올릴 테고 그러면 나 역시 미워졌을 거야. 그걸 도저히 참을 수 없었어. 차라리 내가 괴롭고 말자 했어. 사실 네가 없다면 사는 것도 의미가 없……."

나는 손으로 준석의 입을 막았다. 더 이상 그런 얘기를 듣고 싶지 않아 고개를 흔들었다. 준석이 아팠을 때, 또 내가 아팠을 때를 떠올리는 것은 지금도 힘들었다. 까딱하면 '세상 어딘가에 살고 있겠지' 하는 생각도 할 수 없는 최악의 상황까지 갔을 수 있었다는 게 아찔했다.

"아니, 어머니 탓이 아니야. 어머니가 계기가 된 건 사실이지만……, 그래도 다 내가 잘못한 거였어. 너를 잃고도 혼자 살아갈 수 있다고 생각한 게 착각이었어. 모든 것을 감수하고 너를 얻는 것이 아니라 너를 얻기 위해선 모든 것을 감수했었어야 했는데, 내가 문제였던 거야. 내 자격지심 때문에 널 놓칠 뻔했어. 미안해. 너를 세상에서 제일 소중하게 생각하지 못해서 미안해. 앞으론 안 그럴게. 사랑해, 준석아."

순간 찌푸리고 있던 준석의 표정이 놀랄 만큼 부드러워지더니 빙긋이 웃었다. 그리고 그의 입을 막은 내 손을 잡고 따뜻하게 키스했다.

"요즘 네가 사랑한다고 말할 때마다 정말 예뻐 보인다고 말했었나? 미치겠어. 그럴 때마다 널 안고 싶어서 불끈 서 버려."

내가 풋 웃자, 준석 역시 다정하게 웃으며 내게 키스해 주었다.

"그래, 네가 잘못한 거야. 하도 네가 이혼녀, 이혼녀 하기에 사실 나도 확 결혼했다 이혼하고 나서 널 찾아갈까도 생각했다니까. 그땐 나도 이혼남이라고 그러려고."

"뭐야?"

내가 도끼눈을 뜨자, 준석은 얼른 내 손을 자신의 바지춤에 가져다 대었다.

"이거 먼저 해결해 주고 화내면 안 될까? 지금 네가 예뻐서 미칠 것 같아."

나는 고개를 흔들며 웃고는 스커트 밑으로 속옷을 벗어 내리고 준석에게 올라탔다. 준석은 내가 춥지 않게 담요를 둘러 주고는 나를 꼭 안아 주었다.

"네 말대로 널 얻기 위해 모든 것을 감수하는 거야. 네가 결점 없는 사람이면 더욱 좋겠지. 하지만 결점이 있는 너하고 결점이 없는 다른 여자 중 하나를 택하라면, 난 당연히 널 택할 거야. 내가 평생 같이 있고 싶은 사람은 바로 너니까."

준석은 이렇게 말하며 나를 자기 위로 앉혔다. 비록 공기는 차가웠지만 담요 속의 우리는 뜨거웠다. 우리는 웃으며 서로에게 키스했고, 흔들 그네를 타고 한들한들 사랑을 나누었다.

나는 이런 준석을 보고 있는 게 좋았다. 무조건 내 편을 들어주고, 그래서 심지어 자기 어머니께도 대신 화를 내 주는.

거리낌 없이 사랑을 얘기하다 보니 사랑이 더욱 깊어지는 느낌이었다. 말을 하면 할수록 닳아지는 것이 아니라 더욱 풍부해지는 것이 바로 사랑이었다. 몇 번을 반복하더라도 질리게 되지 않는 상태가 중독이라던데, 그렇다면 나는 준석에게 중독된 게 확실했다.

이렇게 우리 둘 다 더욱 충만해지다 보면 다른 사람까지 사랑할 수 있는 여유도 생길 것이다. 그렇게 되면 준석도 어머니를 용서할 수 있을 것이다. 내가 그랬던 것처럼. 하나의 사랑에 확신이 들다 보면 한없이 마음이 넓어지게 되는 것 같으니까.

더 이상 오직 우리 둘만의 공간이 필요할 만큼 세상에 자신이 없지 않았다. 서로를 갈구하면서 마주 보는 것에만 급급했던 시간은 지나갔고, 이제는 서로의 손을 꼭 잡고 앞으로 나아갈 수 있는 힘이 생겼다. 서로가 곁에 있다는 것을 믿기에 가능한 일이었다.

이제는 때가 된 것 같았다. 이 집을 떠날 때가.

Step 13

Meeting the Parents

상견례

    준석이네 별장에서 내 집으로 돌아온 후 시작한 일은 앞으로 무엇을 할까 고민하는 것이었다. 마침 병원도 쉬고 있겠다, 그동안 하고 싶어도 시간이 없어서 하지 못했던 일들을 해 볼 참이었다. 거기엔 여행도 있었고, 미국에서 레지던트 과정을 수료하는 것도 있었다. 꼭 해야 하는 것은 아니지만 경험을 쌓아 놓으면 앞으로의 삶이 더 풍요로워지는 것들이었다. 돈도 있고 시간도 있으니 못 할 이유는 아무것도 없었다. 준석만 빼고는.

    준석은 여전히 나와 함께 살고 있다. 내게서 한시도 떠나 있고 싶지 않다는 말에 나는 순순히 응해 주었다. 다만 회사엔 다시 출근하도록 했다. 준석이 치료받던 병원에서 그렇게 권유했기 때문이다.

트라우마란 어떤 사고나 충격으로 인해 그러한 기억들이 이후 삶에 심리적, 육체적 고통으로 지속되는 것을 말한다. 준석의 경우 고등학교 때 나와 헤어진 것이 최초의 충격이었고, 이후 믿었던 어머니의 배신과 또다시 나와 헤어지게 된다는 사실이 다시 한 번 충격의 뇌관을 건드린 셈이 되었다. 약간의 공황장애 증세는 한 달간 엘리사벳 할머니 집에서 나와 단둘이 있었던 덕에 진정되었지만, 그의 우울 증세는 지금 잠시 안 보일 뿐이라는 게 담당 의사의 진단이었다.

지금은 굳이 약을 먹지 않아도 될 만큼 정상적인 삶을 유지하고 있지만, 나와 다시 헤어진다면 어쩌면 다시는 회복할 수 없을지도 모른다고 했다. 처음엔 회사에 출근하기를 거부했던 준석이었지만 퇴근하고 왔을 때도 내가 집에 있다는 것을 확인한 후부터는 자기 스스로 알아서 출근 준비를 시작했다. 하지만 준석을 이렇게 지켜볼 수만은 없는 일이었다. 남은 인생 내내 집에서 준석이 퇴근하기만을 기다리며 지낼 수는 없는 일 아닌가. 무언가 같이할 수 있는 일을 찾는 게 급선무였다.

적어도 4년을 예상하는 레지던트 과정은 준석과 함께 가는 수밖에 없었다. 일단 공부하러 외국에 나가 보는 건 어떠냐는 식으로 언질을 던졌으나 준석은 상상외로 심하게 거부 반응을 보였다. 미국 생활이라는 것이 그리 좋지 않았다고, 다시 가서도 또 그럴까 봐 불안하고 두렵다고 했다. 준석은 아직 상황 변화에 능동적으로 대처할 만큼 정신적 여유가 없는 듯했다.

정신과 의사는 아마도 나와 헤어져 힘들었던 시기에 가족과도 떨어져 혼자 지내야 했기에 미국 생활이 그만큼 괴로웠을 것이라는 소견이었다. 그래도 이번에는 나와 같이 가는 경우이니 희망을 버리지 말라고 했다. 오히려 자연 풍광 좋은 곳에서 지내다 보면 마음 치료에 훨씬 도움이 될 수도 있고, 한국에서의 나쁜 기억에서 벗어날 수 있는 기회가 될 수도 있다고 했다. 그래서 나는 준석의 눈치를 보며 우물쭈물하기보다는 차라리 과감히 결단을 내리기로 했다.

아무튼 가장 시급한 일은 준석을 원장님 댁에 인사시키는 것이었다. 그동안 그렇게 걱정을 끼쳐 드렸는데, 이제 어느 정도 상황이 안정되었으니 정식으로 준석과 인사드려야 했다. 친정아버지를 자처하신 원장님께 '제 짝이에요' 하면서 보여 드리고 인정받고 싶었다. 나를 아는 누구라도 내가 준석과 함께하는 것에 찬성해 주었으면 하는 바람이었다.

그리고 아무래도 원장님과 현우 선생님은 분명 나에게 앞으로 어떻게 할 것인가를 물어보실 것이다. 그렇게 자연스럽게 준석과 앞으로의 일을 같이 얘기할 수 있으면 좋겠다는 바람도 있었다.

"준석아, 얼른 갈 준비하자."

일찌감치 일주일 전부터 이야기했었다. 그런데 가겠다는 말까지 다 해 놓고도 막상 갈 시간이 되자 준석은 웬일인지 미적대면서 가기 싫은 눈치를 보였다.

"원장님 뵙기 싫어?"

준석은 인상만 찌푸릴 뿐 말을 하지 않았다. 그동안 내가 하자면 뭐든 오케이였는데, 원장님 댁에 가는 건 웬일인지 쉽지가 않았다.

"준석아, 이리 앉아 봐."

나는 준석을 소파에 앉히고, 그의 어깨 사이로 파고들어 가 나를 감싸 안게 했다. 준석이 가장 좋아하는 자세였다.

"원장님은 나한테 친정아버지 같은 분이셔. 너 데려가서 내가 사랑하는 사람이라고 자랑하고 싶은데, 싫어?"

"그런 게 아니야."

"그럼?"

준석은 말없이 소파에 기대 눈을 감았다. 불안한 마음을 애써 감추려는 것이 보였다. 왠지 모르겠지만 정말 힘들면 가지 말아야 하나 생각을 했다가 마음을 바꿨다. 이번에 미루면 다시 가는 것은 더 힘들 것이다. 어쩌겠나, 설득하려면 미인계라도 써야지.

나는 준석을 타고 올라 준석의 얼굴을 두 손으로 꼭 잡았다. 그리고 쪽 소리 나게 키스해 주었다.

"준석아, 사랑해."

"알아."

준석은 눈도 뜨지 않고 피식 웃었다.

"엥? 이제는 나한테 사랑한다는 말도 안 해 주기야?"

내가 인상을 써도 준석은 그저 미소만 지으며 나를 안고 있었다. 아무 대답도 없는 준석이 얄미워 나는 종알종알 잔소리를 퍼부었다.

"이젠 사랑이 식은 거지. 지가 먼저 나한테 사랑한다고 해 놓고선, 내가 사랑한다고 하니까 이젠 배가 부른 거지. 이럴 줄 알았으면 좀 더 뜸들일걸. 괜히 미리 말해 가지고선……."

"훗, 먼저 고백한 사람은 평생 저자세로 있어야 하는 거야?"

"당연하지. 원래 사랑이란 게 그런 거야."

내가 당돌하게 단언하자, 준석은 그제야 눈을 뜨며 쿡쿡대고 웃었다.

"당연히 널 사랑하고말고. 그런 건 의심 안 해도 돼. 그리고 나 괜찮으니까 괜히 기분 풀어 주려고 일부러 그럴 거 없어, 효진아."

준석은 내 얼굴을 끌어당겨 조용히 키스해 주었다. 나는 준석의 셔츠 속으로 손을 집어넣어 가슴을 쓰다듬었고, 준석은 빙긋 웃더니 내 원피스를 위로 벗겨 내었다.

"기분 풀어 주기 2단계야?"

준석은 말은 그렇게 했어도 전혀 싫지 않은 얼굴로 내 남은 옷가지를 다 벗겨 내더니 자기 옷도 벗어 내렸다.

"이젠 3단계. 준석아, 나 안아 줘."

내가 팔을 벌리자, 준석은 어쩔 수 없다는 듯 웃으며 나를 안았다.

"정말 너는……, 보기만 해도 좋아서 죽을 것 같아. 너를 먹어 버리고 싶어. 이대로 녹여서 나랑 한 몸이 되었으면 좋겠어."

준석은 정말 그럴 것처럼 나를 열렬히 탐했다. 하염없이 젖

가슴만 욕심내며 나를 애태우더니 돌연 숨이 넘어갈 만큼 밀어붙였다. 하지만 절정을 느끼고 나를 품에 안고 있어도 준석의 불안감은 해소되지 않는 것 같았다.

"왜 그러는데? 원장님이 너 싫어할까 봐 그래?"

준석은 아무 말 없이 지그시 나를 내려다볼 뿐이었다. 내 얼굴을 만지작거리는데 그 눈에 슬픔 같은 것이 보였다.

"내가 사랑하는 사람이라고 말씀드릴 거야. 그러면 원장님은 그냥 좋다고 말해 주실 거야. 아니면 아직도……, 다른 사람들 만나기가 힘들어서 그래?"

사실 준석이 회사를 다니고는 있었지만, 나와 준석, 둘 다를 알고 있는 사람을 이제까지 만난 적은 없었다. 다시 불안 증세가 도지는 건 아닌가 싶어 조심스러웠다.

"그냥 조금 불안해. 너랑 같이 나갔다가 다시 널 잃어버리는 건 아닐까 걱정돼서 그런가 봐. 안 그럴 거라고 생각하는데도 맘대로 안 돼."

준석은 한숨을 쉬더니 팔로 눈을 가렸다.

"내가 아직도 못 미더워서 그래? 이렇게 맨날 날 품는데도, 그래도 그렇게 불안해?"

"그러게 말이야. 네가 내 품 안에 있으면 괜찮은데, 하지만 이런 건……, 네가 침대에서 일어나 등 돌리고 나가는 순간 그대로 끝일 수도 있잖아. 하아, 어떻게 하면 네가 내 거라는 확신이 들까? 확인 도장이 있으면 도장이라도 찍어 놓고 싶어."

준석은 여전히 눈을 가린 채 고통스럽게 말했다. 나는 한숨이 나왔다. 정답을 알고 있기 때문이었다. 준석을 받아들이려면 어디까지 나를 허용해야 하는 걸까.

"나랑 결혼하고 싶어?"

준석은 말이 없었다. 내가 결혼이라는 것에 거부감이 있다는 것을 알고 있기 때문이었다.

사랑하는 사람과 같이 있기 위해 꼭 결혼이라는 제도를 이용할 필요는 없다고 생각했다. 이 남자와 같이 있고 싶을 뿐이지 그의 가족까지 연관된 삶을 지내고 싶지 않아서였다. 처음부터 그것 때문에 준석을 거부했던 것인데, 받아들이고 난 후에도 아직까지 나에게 걸림돌로 남아 있었다. 게다가 나에겐 '헤어짐'에 대한 트라우마가 있었다.

"준석아, 우리 미국 갈래?"

준석은 그제야 팔을 들고 나를 보았다.

"예전부터 공부 좀 더 할까 생각했거든. 너도 이 기회에 공부 더 해 보는 건 어때?"

준석은 눈썹을 약간 찡그릴 뿐 여전히 말이 없었다. 그저 내 눈만 똑바로 들여다볼 뿐이었다.

"내가 앞으로 너랑 함께하는 건 변함없을 거야. 그래서 내 계획도 너랑 같이 의논하는 거고. 하지만 네가 정 그렇게 불안하다면 우리 결혼하자."

"정말이야?"

준석은 믿기지 않는다는 듯 눈을 크게 떴다.

"대신 우리 당분간 한국에서 떠나 있었으면 좋겠어. 나도 그렇고 너도 그렇고, 그동안 있었던 나쁜 기억 싹 지워 버리고 오자. 그러면 우리 더 잘살 수 있지 않을까?"

찬찬히 내 말을 듣던 준석은 점점 입가가 벌어지며 크게 미소 지었다.

"정말 나랑 결혼해 줄 거야?"

"결혼하고 싶다고 이렇게 투정이나 부리고. 철딱서니 없는 남편감이지만 그래도 이게 강효진 팔자라면 받아들여야지, 뭐. ……너라면 좋을 것 같아. 내 남편감으로."

수줍은 미소로 승낙의 말을 꺼내자 준석은 환호성을 질렀다.

"만세! 우리 결혼한다! 내가 강효진이랑 결혼한다!"

준석은 나를 꼭 껴안더니 좀 전까지의 우울했던 것은 언제 적 일이냐는 듯 희희낙락했다.

"효진아, 내가 많이 사랑해 줄게. 꼭 행복하게 해 줄게. 사랑해. 정말 사랑해."

준석은 내 입술에 키스 공세를 퍼붓더니 기운이 뻗치는 듯 전희도 없이 곧장 내 안으로 몸을 밀어 넣었다.

"야, 너 너무 오버하는 거 아니야?"

"아니야. 네가 내 심정을 알면 이 정도는 오버도 아니야. 사랑해, 효진아. 사랑해."

아까 우울했던 건 내 입에서 결혼하자는 말이 나오도록 준석이 일부러 술수를 쓴 게 아닐까 생각될 정도였다. 그러나 언제나 그랬듯이 준석이 말해 주는 '사랑해'라는 주문은 나에겐 최음제였다. 준석은 사랑을 나누는 내내 귀에 대고 '사랑해'라고 말해 주었고, 나는 더 이상 뜨거워질 수 없을 정도로 열렬히 그 사랑을 받아들였다.

"이제 원장님 댁에 가야지."

"아, 오늘 꼭 가야 돼? 내일 가면 안 될까?"

내가 일어서려는데 준석은 나를 놓아주려 하지 않았다. 한 껏 들뜬 준석에겐 이 정도도 부족한 모양이었지만, 오늘 안에 원장님 댁에 가려면 어서 출발해야 했다.

"백준석, 까불지 말고 얼른 일어섯!"

토요일 진료가 끝난 후 찾아뵙기로 했기 때문에 더 늦었으면 저녁 식사 시간에도 못 맞출 뻔했다. 너 때문에 늦었다고 준석을 있는 대로 구박하면서 겨우 원장님 댁에 도착하였다.

벨을 누르자 현우 선생님이 대문까지 나와 문을 열어 주었다. 원장님 댁은 작은 정원이 있는 단독주택으로 서울 한복판에 있지만 들어서는 순간 서울이라는 것을 싹 잊게 해 줄 만큼 정감 어린 곳이었다.

"왜 이렇게 늦게 와? 너희들 기다리다 배고파 쓰러지는 줄 알았다."

문이 열리자마자 쏟아지는 현우 선생님의 꾸중에 무안해서 고개를 들 수가 없었다.

"죄송해요. 갑자기 일이 생기는 바람에."

내가 연신 사과를 하고 있는데도 여전히 고개를 빳빳이 쳐 들고 현우 선생님만 노려보는 준석의 옆구리를 쿡 찌르며 인사를 시켰다.

"인사해. 이현우 선생님이셔. 원장님 자제분이야."

"우리 구면이죠? 그간 안녕하셨습니까."

말하는 투가 하도 위협조라 준석의 옆구리를 이번에는 퍽 소리 나게 쳤다.

"좀 공손히 말해. 선생님, 원장님하고 사모님 많이 기다리셨죠? 얼른 들어갈게요, 네?"

현우 선생님이 길을 막고 있는 바람에 어쩔 수 없이 사정조로 말했다. 그런데 선생님은 나는 아랑곳하지 않고 옆구리를 쥐어 싸고 있는 준석을 보며 안됐다는 표정을 짓고 있었다.

"효진이랑 살려면 고생 좀 해야 할 거야. 보기엔 비리비리해도 얘가 좀 힘이 세더라고."

"그러게 말입니다. 사실 저번에는 여기 멍도 생겼지 뭐예요."

좀 전까지 으르렁대다 순식간에 동맹을 형성한 두 남자를 보니 기가 막혔다. '흥' 소리를 날리며 계단을 올라 집으로 들어서는데, 뒤에서 두 남자는 쑥덕공론을 펼치고 있었다.

"효진이 쟤 태권도 2단이잖아. 조심해."

"네? 효진이가 태권도를요? 금시초문인데요."

"뭐라고? 그럼 거짓말이었다는 거야?"

그러든가 말든가, 나는 히죽 웃으며 문을 열고 반겨 주시는 사모님의 품에 안겼다.

"사모님, 빨리 와서 도와드렸어야 했는데 너무 늦었죠? 죄송해요."

"손님이 무슨 그런 말을 해? 어서 들어와. 거기 총각도 어서 와요."

거실에 들어서자 원장님이 소파에서 일어서며 환한 미소로 반겨 주셨다.

"효진이 왔니?"

"원장님, 저 왔어요."

원장님 품에 안기자 드디어 집에 돌아온 느낌이었다. 세찬 폭풍우 속에서 이리저리 떠돌다가 이제야 제자리를 찾은 아련한 느낌. 한바탕 어리광도 부리고 싶었지만 남자까지 데리고 온 이 마당에 그럴 수는 없는 노릇 아닌가. 나는 뒤에서 원장님과 나의 재회를 보고 있는 준석을 인사시켰다.

"원장님, 백준석이에요. 준석아, 어서 인사드려. 우리 병원 이정근 원장님이셔."

"안녕하십니까, 백준석입니다. 효진이한테 말씀 많이 들었습니다. 절부터 받으세요."

준석은 원장님과 사모님을 자리에 앉으시게 하더니 그 앞에서 넙죽 절을 했다. 원장님과 사모님은 무안해하시면서도 기분이 좋은지 껄껄 웃으셨다.

"여기까지 인사하러 와 줘서 고마워요. 편히 앉아요."

원장님은 우리를 소파에 앉히고서야 다시 자리에 앉으셨다. 이렇듯 귀중한 손님 대접을 해 주시다니, 코끝이 찡할 정도로 고마웠다. 현우 선생님은 우리를 마주 보며 뻐딱하게 소파에 앉았다.

"둘이 그간 회포 푸느라 정신없어서 이제야 인사하러 오는 거야. 추석 때도 안 오고 말이지."

"선생님, 이번 추석엔 골프 치러 안 나가셨어요?"

눈이 동그래져서 묻자 현우 선생님이 투덜거렸다.

"누구 때문에 정신없이 바빠서 부킹도 못 했어. 요즘은 하도 힘들어서 일요일에도 잠만 잔다. 에구, 내 팔자야."

"이 녀석이, 자기 일 하면서 누구 탓을 해? 쯧쯧."

"그러면 아버지가 일을 좀 더 해 주시든가요. 아니면 사람을 한 명 뽑아 주시든지. 나 혼자서 그 많은 환자들을 다 어떻게 보라고……."

"예전엔 아버지 혼자 그 환자들 다 보셨다."

계속해서 투덜대던 현우 선생님은 원장님 뒤에서 사모님이 무서운 눈초리를 하자 찔끔 꼬리를 내렸다. 선생님은 잠시 우물쭈물하다가 화살을 나에게로 돌렸다.

"넌 언제부터 다시 나올 거야? 아니, 다시 나오기는 할 거야?"

"현우야, 다른 손님도 왔는데 일단 식사부터 하고 얘기하지 그러니? 여보, 우리 식사해요."

사모님이 원장님을 재촉하자 다들 군말 없이 식탁으로 향했다. 언제나 사모님은 조용한 카리스마를 휘두를 줄 아는 분이셨다. 그리고 원장님과 현우 선생님은 그런 사모님에게 꼼짝도 못했다.

저녁 식사 메뉴는 잡곡밥과 쇠고기시래기된장국에 각종

나물 반찬이었다. 하지만 손수 담근 된장에, 호박오가리며 무말랭이, 시래기까지 모두 사모님이 직접 집안 곳곳에 걸어 말린 정성이 깃든 식재료로 만든 반찬들이었다. 겉으로는 전혀 호화롭지 않더라도 나는 이렇게 정성이 깃든 사모님의 음식들이 좋았다. 차리는 사람도 먹는 사람도 부담이 없어서 더욱 좋았다.

식사 내내 준석과 내가 얼마나 맛있게 먹었는지 사모님은 두 볼을 발그레하며 좋아하셨다. 솔직히 무척 배가 고팠던 건 사실이었지만 정말 맛이 있었다. 원장님은 집이란 이렇게 떠들썩해야 한다며 같이 좋아하셨다.

식사를 끝낸 뒤 남자들을 거실에 내보내고 주방에 사모님과 둘이 남았다. 식탁을 치우고 설거지를 하고 과일을 깎는 동안, 나는 사모님께 입으로 주문만 하시라고 하며 부산하게 몸을 놀렸다.

"효진이는 참 바지런하고 손재주가 좋아. 과일도 어쩜 이렇게 예쁘게 깎니?"

"헤헤, 그래도 저 요리는 못해요. 사모님께 좀 배워야겠어요. 어쩌면 그렇게 맛있게 요리를 하세요?"

"오늘 건 요리랄 게 뭐 있었나. 다 집에 있는 걸로 한 건데. 일하느라 할 시간이 없어서 그렇지, 효진이는 눈썰미가 있어서 조금만 배우면 나보다 훨씬 더 잘할 거야."

잘 한다, 잘 한다 자꾸 추어주시니 머쓱하면서도 기분이 좋았다. 모범생 기질을 가진 대부분이 그렇겠지만 나는 결정적으로 칭찬에 약했다. 비록 사모님이 내 약점을 알고 하시는 말씀은 아니겠지만 사모님의 칭찬이 이어지자 요리를 배워야겠다는 생각이 불쑥 솟았다.

"그래, 저 총각하고 결혼하려고?"

"그럴까 봐요."

그간의 일을 다 아시는 분이기에 왠지 부끄러워 얼굴을 붉히자, 사모님은 내 어깨를 도닥도닥 다독여 주셨다.

"비 온 뒤에 땅이 굳는 법이야. 힘든 일 겪었으니 이제 앞으로는 좋은 일만 있을 거야. 잘 생각했어. 세상이란 게 혼자 살기 힘들단다. 좋은 남자 있으면 같이 사는 게 제일 좋지."

사모님과 함께 도란도란 이야기를 나누다가 과일과 차를 들고 거실로 나갔다. 그런데 세 남자의 표정이 심상치 않았다. 현우 선생님과 준석은 뭔가 언쟁을 주고받았는지 흉흉한 얼굴이었고, 원장님은 가운데서 난처한 표정을 짓고 계셨다.

"원장님, 과일 드세요."

얼른 배 한 조각을 포크로 찍어 원장님께 드리면서 주위를 살펴보았는데 기색들이 영 마땅치 않았다.

"다들 왜 그러세요?"

"강 선생, 너 미국 갈 거냐?"

현우 선생님이 먼저 툭 말을 꺼냈다.

"아, 그게……, 원장님하고 선생님한테 먼저 의논을 드렸어야 하는데……."

"의논은 무슨 의논. 나랑 미국 가서 결혼하기로 했잖아."

내가 말을 얼버무리자 준석이 대뜸 화를 내었다. 그러자 사모님이 분위기를 잠재우려는 듯 손뼉을 치면서 소녀처럼 기뻐하셨다.

"두 사람, 결혼 축하해요. 아이 참, 여보, 효진이랑 이 총각 정말 잘 어울리지 않아요? 그런데 효진아, 미국에 가기로 했어? 왜? 공부하려고?"

"그게요, 지금은 아직 계획만……."

사모님과 내가 어떻게든 분위기를 부드럽게 해 보려고 했지만, 현우 선생님과 준석 사이의 냉기는 가실 줄을 몰랐다.

"아니, 명색이 우리가 효진이 보호자인데, 당연히 우리랑 의논을 하고 결정을 해야지. 그렇게 구렁이 담 넘어가듯 효진이만 휙 데려가 버리면 다 되는 건가. 자기 몸 하나도 간수 못 하면서 미국 가서 효진이 고생시키면 어쩌려고."

"현우야!"

"현우 선생님!"

사모님과 내가 동시에 현우 선생님에게 소리를 질렀다. 준석이 아직 성치 않은 것은 사실이나, 그렇게 대놓고 공격을 하면 누구든 기분이 나쁘지 않겠나. 그러나 준석은 당당하게 맞받아쳤다.

"어쨌든 효진이와 결혼하는 것은 접니다. 제가 알아서 할 테니 형님은 걱정 마십시오. 누가 보면 브라더 콤플렉스라고 합니다."

준석의 눈은 혹시라도 현우 선생님이 나를 낚아채 가는 건 아닌가 경계하는 듯 매섭기만 했다. 예전에 내가 사귄다고 거 짓말을 한 이후로 준석은 현우 선생님에 대한 감정이 안 좋았 다. 아 참, 저번엔 주먹으로 맞았다고도 했지?

"뭐, 형님? 브라더 콤플렉스?"

현우 선생님은 기가 막힌다는 듯 말을 멈추더니 갑자기 킬 킬대고 웃기 시작했다.

"아, 이 자식, 진짜……. 강짜 좀 부리려고 했더니 완전 귀엽 게 구네. 형님이라고 분명 말했겠다. 그래, 앞으로 넌 내 동생 이다. 앞으로 형님 말씀 잘 들어!"

현우 선생님은 꽤나 기분이 좋은지 눈물까지 닦아 내면서 웃고 있었다.

"안 그래도 모셔야 할 형님이 벌써 둘이나 있는데, 거기에 한 명쯤 더 는다고 힘들 것도 없습니다. 효진이 데려가려면 그 정도는 감수해야죠."

준석은 내 허리에 손을 대더니 바짝 끌어당기며 자기 옆에 꼭 붙여 놓았다. 그 모습이 하도 진지해 나머지 식구들이 다 한 바탕 웃어 댔다. 정말 못 말리는 남자라니까. 창피하기도 해서 준석의 팔을 풀려고 했지만 준석은 기분이 영 안 좋은지 말을 듣지 않았다.

원장님은 얼굴의 웃음을 다 지우지 않은 채 나와 준석을 바 라보더니 말씀하셨다.

"효진아, 미국엔 왜 가게?"

"아, 예전부터 생각만 하긴 했는데요, 아무래도 치주과로 전공을 하나 더 할까 해서요."

"치주과? 그러면 우리도 임플란트 전문으로 확장할 수 있겠네. 네가 보철이랑 치주과 하고, 내가 구강외과랑 교정과 하면 되니까. 잘됐다. 가서 하고 와. 그럼 병원도 확장할 수 있고 좋지."

현우 선생님이 의외로 진지하게 병원에 대한 구상을 하자, 원장님은 흐뭇한 듯 바라보시면서도 입으로는 타박을 주셨다.

"지금도 힘들다고 엄살이면서 여기서 병원만 키우면 뭐하게? 지금까지 30년 동안 그 규모로도 우리 가족 네 사람에 치과 식구들 다 먹여 살리면서도 충분했다. 괜히 효진이 부담 주지 말고 네 일이나 열심히 할 생각해."

"에이, 아버지는 효진이 공부 마치고 오면 냉큼 데리고 오실 거면서 괜히 안 그런 척하시기는. 암튼 열심히 하고만 와. 병원 늘리는 건 너 오고 나서 해도 충분하니까. 알았지?"

말만 꺼낸 것이었는데 원장님과 현우 선생님은 일사천리로 미래의 일을 생각하고 있었다. 절대 내가 못 해낼 것이라고는 생각도 않는 것이다. 그리고 내가 당연히 돌아와 줄 것이라고 믿고 계셨다. 그만큼 나를 마음에 두고 계시는구나 싶으니 절로 힘이 생겼다. 기분이 좋아 준석을 보는데, 그는 나를 보고 웃어 주면서도 여전히 찜찜한 표정이었다.

"지금부터 알아보고 시작해도 끝나려면 적어도 4년은 잡아야 돼요. 영어도 자신 없고요. 제대로 해낼 수 있을지 모르겠어요. 너무 기대가 크면 나중에 실망하실지도 몰라요."

막상 계획을 하면서도 솔직히 잘 해낼 수 있을까 걱정이 많았다. 나 혼자만의 일이 아니라 준석까지 고려해야 되는 상황이라 더욱 신경이 쓰였다. 그런데 준석은 무슨 일일까? 왜 저렇게 기분이 안 좋은 거지?

"찬찬히 생각해 보고 무리 안 되는 방향으로 하면 돼. 몸이 제일 먼저야. 그리고 만약 결혼 생각하면 아이도 계획해야지. 여러모로 무리하지 말고 천천히 하려무나. 치과 일은 그다음 문제고. 알았지, 효진아?"

"네에, 원장님."

원장님은 준석과 나를 동시에 다독여 주셨다.

'아이라……'

아직까지 별 이상이 없어서 거기까지는 생각하지 않고 있었는데. 아무런 조치도 하지 않은 채 매일 몸을 나누고 있으니 조만간 임신이 될 가능성이 높았다.

만약 임신이 된다면 힘들기는 하겠지만 그렇게 걱정은 되지 않았다. 당분간 벌지를 못하니 가지고 있는 돈을 까먹어야 한다는 부담감은 있었지만 돈이야 나중에 또 벌면 되는 것 아닌가. 그 정도의 투자는 얼마든지 가능했다. 임신과 출산에 2년 정도 잡으면 그다음엔 다시 일을 할 수 있으니 별문제 없을 것이다. 뭐든지 준석과 함께할 수 있고, 내가 할 수 있는 능력이 있었다. 세상의 모든 일이 어렵게 생각되지 않았다.

그리고 아이가 생기면 진정한 나의 가족이 생기는 것이다. 전혀 싫을 이유가 없었다. 생각만으로도 나는 한껏 기분이 좋아져 준석의 손을 꼭 잡았다.

집에 돌아오는 길에도, 집에 돌아와서도 준석은 말이 없었
다. 집에 도착하자마자 욕실로 들어가 한참 동안 샤워를 하더
니 침실에 들어가 나와 보지도 않았다. 내가 말을 걸어도 잠시
혼자 있고 싶다고만 할 뿐 아무런 반응이 없었다. 무슨 일 때문
에 그러는지 도통 알 수가 없었다. 그렇게 원하는 결혼도 해 준
다고 했는데.

거실에 홀로 앉아 책도 보고 TV도 보고 음악도 들으면서 뒹
굴뒹굴 하는데, 도대체 같이 살고 있는 사람이 저렇게 기분이
안 좋으니 영 기분이 안 살았다. 아무래도 안 되겠다 싶어 식탁
에 와인을 꺼내 놓고 몇 가지 치즈로 안주를 만든 다음 준석을
불렀다. 아무리 혼자 있고 싶다고 해도 내가 이렇게까지 하는
데 안 나올 수는 없었는지 그는 내키지 않는다는 표정으로 방
에서 나와 식탁에 앉았다.

"왜 그러는데?"

"그냥. 생각할 게 좀 있어서."

준석은 원래 성격이 낙천적인 편이었다. 그래서인지 좋은
일이 있으면 안 되던 일도 일사천리로 해내는 괴력을 발휘하
곤 했다. 오늘같이 결혼을 약속한 날이었다면 더더욱 그랬어
야 했다.

"괜히 결혼 얘기 하니까 부담스러워진 거 아니야?"

"무슨 소리야?"

장난처럼 건넨 말이었는데, 준석이 화를 내는 바람에 움찔 놀라 버렸다.

"너야말로 내가 부담스러운 거 아니야? 앞으로 할 일도 많은데 나까지 곁에 있으면 힘들 테니까 말이야."

준석의 반응이 하도 생각 밖이어서 그저 의아할 뿐이었다. 준석은 들고 있던 와인을 쭉 들이켜더니 한 잔을 다시 따랐다.

"효진이 너 그동안 참 열심히 살았다는 생각을 했어. 아버지, 어머니 돌아가시고, 이혼까지 하면서도 네 커리어 탄탄히 쌓아 왔잖아. 그런데 나는 그동안 뭘 한 걸까? 겨우 대학 졸업해서 회사 취직한 게 전부야. 그나마도 미국에서 비즈니스 전공했다고 하니까 뽑힌 거지만, 석사, 박사들도 많아서 학사 출신으로는 별 볼 일도 없는 게 내 현실이지."

"넌 군대도 갔다 왔잖아. 남자가 여자보다 커리어가 더 늦게 쌓일 수밖에 없는 건 당연해. 너도 알고 있잖아?"

씁쓸하게 술잔만 만지작거리는 준석을 위로하고자 그의 옆자리로 가서 어깨에 기대었다. 준석은 내 머리에 얼굴을 기대며 깊게 한숨을 내쉬었다.

"그동안 내가 뭘 하고 살았는지 모르겠어. 앞으로 뭘 할까 계획도 없이 그냥 눈앞에 보이는 것만 해치우며 살았어. 지금 회사에 취직한 것도 별로 생각해 보지 않고 결정한 거야. 졸업은 했으니 취직해서 돈은 벌어야겠는데 내가 아는 회사라고는 아버지가 한평생 몸담고 일하셨던 이 회사밖에 없었지. 그냥 아버지처럼 열심히 일하면 언젠가는 아버지처럼 되겠지, 그런

막연한 생각이었나 봐. 너에 비하면 난……, 그냥 철모르는 어린애였어."

"왜 그렇게 생각해? 아버지처럼 되는 게 어때서?"

준석은 속이 타는지 다시 와인을 한 잔 더 마셨다.

"아까 원장님 댁에 가기 전에 초조했던 건 이현우 선생님한테 널 뺏길까 봐 무서워서였던 것 같아. 나도 잘 몰랐는데, 그 사람을 눈앞에서 맞닥뜨리니까 확실히 알았어. 그런데 그때 내가 그 사람한테 자신 있는 건 너와 결혼한다는 것뿐이었어. 원장님, 이현우 선생님, 그리고 너, 그렇게 셋이 이야기를 나누는데 다들 한 분야의 전문가로서 입지가 탄탄해 보였어. 자기가 하고 있는 일에 대한 확신이 있는 거지. 미래에 대한 계획을 말하는데 다들 눈빛이 반짝이는 게, 사실 부러웠어. 나도 네 옆에 그렇게 당당하게 서야 하는데……."

준석이 어떤 기분이었는지 이제야 이해가 될 것 같았다. 의사란 남들 보기엔 그저 좋게만 보이는 직업이니까.

"너만 그러는 게 아니야. 다들 의사라고 하면 과정은 힘들어도 면허증 받고 나면 탄탄대로가 열리는 거라고 생각들 하니까. 하지만 꼭 그렇지도 않아. 전문인이라는 건 어쩌면 전공 외의 모든 것에 대해선 문외한이라는 거니까. 혹시라도 다른 일 찾고 싶어도 그렇게 하기 힘든 게 이쪽이라고. 어렸을 때 한번 정한 길로 평생을 가야 하는 거지. 정말 치과 의사가 소원이었던 사람이 얼마나 있는지 모르겠지만, 다들 다른 생각은 못 하고 그냥 앞만 보고 가는 거야. 나도 그래. 치대에 들어가고 나면 어쨌든 길이 정해져 있으니까. 주위에서 인정받고 돈도 버는 직업이니까 밀고 가는 거야. 일이 정말 재미있다면서 하는 사람들 많지 않다고. 하지만 너는 지금이라도 네가 원하는 걸 찾아갈 수 있잖아. 그렇게 할 수 있는 네가 나는 부러운걸."

내가 준석의 입술에 쪽 키스해 주자, 준석은 다정한 눈길로 나를 바라보며 피식 웃었다.

"아무튼 나는 너 따라가려면 한참 뒤진 것 같아. 이제 시작해서 언제 다 따라가지?"

"시작이 반이야. 넌 영어도 되잖아. 나야말로 영어 때문에 골치 아파 죽겠는데. 아무튼 뭘 하고 싶은지만 정하면 나랑 같이 시작하자. 같은 지역으로 정해서 난 레지던트 하고, 넌 공부하고. 어때? 정말 좋을 것 같지 않아?"

"모르겠어. 거기에 아이까지 생기면 어떡하지? 그 모든 일을 다 해낼 수 있을까?"

역시 오늘 준석의 상태는 정상이 아니었다. 불안한 생각이 들면 순식간에 극도의 불안 증세가 찾아오는 것이 그의 병이었다. 일단 증세가 더 악화되기 전에 다른 걸로 준석의 관심을 돌려야 했다. 나는 얼른 준석의 무릎에 올라앉아 그의 목에 팔을 두르고 얼굴을 마주 보았다.

"내 뱃속에 벌써 아이가 있다면 어떡할래?"

준석은 화들짝 놀라더니 내 눈을 들여다보았다.

"정말? 임신했어?"

"그런 건 아니지만……, 아무튼 나 피임 안 한 지 좀 됐어.

그리고 너도 전혀 피임 생각 안 했잖아."

"정말이야? 그동안 피임약 안 먹었던 거야?"

준석은 경이롭다는 얼굴로 내 배에 손을 얹었다.

"왜 이래? 아직 임신한 건 아니라니깐."

하지만 준석은 내가 엄청나게 소중한 보물이라도 된다는 듯 조심스럽게 꼭 껴안았다. 감격에 겨운지 말을 하는데도 목소리가 떨렸다.

"아, 갑자기 정신이 확 든다. 내가 너한테 이렇게 어리광 부리고 있을 때가 아니구나. 막상 결혼한다고 해도 너랑 둘만 있는 생활만 생각했지, 아이는 꿈도 안 꾸고 있었어. 그런데 어느새 임신이 됐을 수도 있다니, 정말 꿈만 같아. 효진아, 사랑해."

"응, 나도. 그런데 나 아직 임신 안 했다니까."

내가 계속 부정을 해도 준석의 귀에는 그 말이 들리지 않는 것 같았다.

"효진아, 네가 나와의 사이에서 피임을 안 하고 있었다는 게 고마운 거야. 이렇게 말하면 미안하지만, 지금에서야 너의 마음이 진심이었다는 것을 깨달았어. 정말로 얼마나 좋은지 심장이 폭발할 것 같아."

나를 꼭 껴안는 준석의 가슴은 그의 말대로 진짜 미친 듯이 뛰고 있었다. 준석의 기쁨이 절로 전염되어 나 역시 기뻤다. 진짜 임신이 되어 뱃속에 아이가 있다면 더 좋을 것 같았다.

그런데 갑자기 준석이 큰일 났다는 듯 호들갑을 떨었다.

"어쩌지? 나 그동안 약 먹고 있었잖아. 영향 있으면 어떡해?"

"내가 미리 의사한테 물어봤어. 임산부가 약을 먹는 경우에는 문제가 생길 수 있지만, 남편이 먹는 경우는 괜찮대. 그 약은 애들한테도 처방되는 약이라는데? 그리고 아직 임신 안 됐다니깐! 그런 걸로 걱정하지 마."

준석은 내가 하도 딱 잘라 말하니 고개를 끄덕이면서도 내심 계속 불안한 모양이었다. 한숨을 푹푹 내쉬다가 갑자기 선언했다.

"당장이라도 결혼식을 올려야겠어. 결혼도 안 하고 애를 낳을 수는 없잖아!"

*

나는 강남에 위치한 한정식집 '진연進宴'에 앉아 있었다. 잠시 후 준석의 아버지와 어머니, 그리고 준석의 큰형을 만나기 위해서였다. 약속을 7시로 잡았지만, 먼저 청했기에 일찍 도착해서 기다리는 게 도리라고 생각해 6시 반부터 와 있었다.

준석의 아버지를 뵙는 것은 이번이 처음이었다. 준석이 아팠을 때는 한국에 안 계셨고, 이후 한국에 돌아오셨어도 준석이 계속 만나기를 거부하여 여기까지 이른 것이다. 대체 준석의 어머니가 다른 가족들에게 우리 둘을 어떻게 이야기하셨는지 모르겠지만 그동안 우리 두 사람을 건드리는 사람은 아무도 없었다.

한 번쯤 준석의 아버지가 나를 따로 부르시지 않을까 기대를 했지만 어찌 된 영문인지 계속 잠잠하셨다. 배려를 해 주시는 건지, 아니면 관심이 아예 없으신 건지 통 알 수가 없었다. 어찌 됐건 우리 둘은 이미 결혼을 이야기하였고, 이렇게 된 이상 부모님을 만나 뵈어야 하는 것은 당연한 것이기에 이 자리를 마련하게 되었다. 언제까지 준석의 뒤에만 숨어 있을 수는 없는 노릇이었다.

종업원이 준비해 준 차를 한 잔 마시면서 오늘 일이 순조롭게 흘러가기를 빌었다. 준석 없이 나 혼자만 우선 따로 만날까도 생각했지만 어차피 그에게 숨길 수도 없는 일이었다. 그와 결혼하기로 결정한 이상, 나는 준석과 가족을 다시 화해시켜야 했다. 그러기 위해선 나의 역할이 중요했다. 내가 고개를 빳빳이 쳐들고 준석의 가족을 모른 척하게 되면 준석은 평생 가족과 함께할 수 없을 것이다. 그를 위해서 뭘 못 하겠는가. 나중에 아무것도 모르고 나타날 준석은 분명 화를 내겠지만, 나는 일단 저지르고 보기로 했다. 요즘 나는 뭔가를 저지르는 데 재미를 붙인 것 같다.

재미라고 말하니까 하는 소리인데, 나는 요즘처럼 사는 게 재미있던 적이 없다. 미래를 계획하고 그것을 이루려고 거침없이 노력하는 것이 이렇게 재미있을 줄이야. 정해진 코스 속에서 그저 눈앞의 것만 쫓아 종종거리며 어떻게든 지루하기만 한 시간을 벗어나려고 했던 것에 비하면 매시간 너무나 흥미진진하여 마치 액션 영화를 보는 것 같은 기분이었다. 게다가 사랑하는 사람과 항시 짜릿함을 나누고 있으니 내가 로맨틱 코미디의 주인공이 된 기분이랄까.

아무튼 준석의 부모님에게 연락을 하려 해도 딱히 방도가 없어 어쩔 수 없이 준석의 큰형에게 연락을 했다. 준석의 큰형은 몹시 고마워하며 꼭 약속을 잡겠다고 했다. 그러면서 혹시 자기도 참석해도 되겠느냐고 물었다. 어차피 상견례 자리이니 상관없을 것 같아 그러라고 했더니 준석의 작은형도 부르겠다는 거다. 점점 자리가 커지는 것 같아 조금 불안했지만, 준석의 작은형은 도저히 시간을 뺄 수가 없어 참석하지 못하겠다는 연락이 왔다.

나도 부모님이 계셨으면 이런 자리에 나 혼자 나와 있는 일은 없을 테지. 하지만 더 이상 그런 걸로 서글퍼하지는 않을 셈이었다. 이미 돌아가신 분들을 탓해 봤자 무엇하겠는가. 이제 나는 모든 것을 혼자 책임져야 할 내 집안의 대표였다. 그렇게 생각하자 어깨에 더욱 힘이 들어갔다.

방문 밖에서 수런거리는 소리가 들리더니 '손님 들어가십니다' 하는 소리와 함께 문이 열렸다. 나는 자리에서 일어서서 어른들이 들어오기를 기다렸다.

먼저 준석의 아버지가 들어왔고, 뒤따라 어머니와 큰형이 들어왔다. 각각에게 일일이 목례를 드리고 준석의 부모님이 자리에 앉으신 후 나도 따라 자리에 앉았다.

"안녕하세요, 강효진입니다."

"그래요. 말 들었어요."

준석의 아버지는 생각했던 것보다 상당히 젊었다. 준석이 막내이기에 벌써 환갑이 넘으셨을 텐데 아직 현직에 몸담고 계셔서 그런지 활기가 넘쳤다. 준석의 어머니는 저번 별장에서 잠깐 본 이후 처음 보는 것이었는데 여전히 얼굴이 초췌했다. 눈이 마주치자 급히 피하는 모습이 아직 나를 불편해하시는 것 같았다. 어머니 옆에 앉아 있던 준석의 큰형은 그나마 계속 연락을 주고받았던 터라 눈인사로 아는 척을 해 왔다.

"오늘 준석이는 안 오는 건가요? 나는 온다고 얘기를 들었는데."

준석의 아버지는 큰형에게 어찌 된 일이냐는 듯 눈짓을 했다. 하지만 이 일을 주선한 것은 나였기에 준석의 형에 앞서 내가 대답을 하였다.

"준석이는 30분쯤 뒤에 올 겁니다. 먼저 제가 아버님, 어머님께 드릴 말씀이 있어서요. 일단 차 드세요."

나는 준석의 아버지와 어머니께 일일이 차를 따라 드렸다. 미래의 시부모님을 만나게 되는 자리는 이번이 두 번째였지만, 예전과 달리 손이 떨렸다. 처음 결혼을 준비할 때는 시부모님 될 분들과 엄마가 말씀 나누는 걸 옆에서 마치 다른 사람의 일인 양 보고 있다 끝난 게 전부였다. 맡은 바 역할에 충실한 연극을 보는 것 같다는 생각을 하면서 앉아 있었던 것 같다. 하지만 오늘은 내가 주인공이었다. 아무도 내 대신 이 역할을 해 줄 사람이 없었다.

"그런데 아직 준석이라고 부르나요?"

"네. 결례라고 생각하셨다면 죄송합니다. 아직 호칭에 대해서 생각을 안 해 봐서요. 그리고 말씀 낮추세요."

준석의 아버지는 수긍한다는 듯 고개를 끄덕이면서도 아직도 못마땅한 듯 헛기침을 하셨다.

"그러지. 자네가 준석이보다 나이도 더 위고 학교 선배라고 들었는데, 그래서 더 그러는지 궁금해서 물어본 거네."

"어른 앞에서 서로 이름 부르는 게 언짢게 들리실 수도 있겠군요. 앞으로 고쳐 나가도록 하겠습니다."

준석의 아버지는 호락호락하게 나를 봐주지 않을 모양이었다. 처음부터 호칭을 문제 삼는 통에 페이스가 흔들렸다.

"사람을 어떻게 부르느냐는 사소한 것이지만, 그 호칭에 그 사람에 대한 마음가짐이 그대로 반영된다고 생각하네. 만약 자네가 준석이를 예전처럼 부르고 있었다면 아직도 준석이를 학교 후배 이상으로 생각하지 않을 수 있겠다는 걱정이 드는군."

역시 사람 대하는 게 직업인 분이라 그런지 말 하나로 나를 평가해 내는 것이 격이 달랐다. 준석의 아버지 말씀대로 정말 그랬을 수도 있겠다는 생각이 들었다. 나는 아직 준석을 내가 돌봐 주어야 할 사람으로 생각하고 있었으니까. 하지만 걱정하시는 것처럼 준석을 얕본다거나 무시하는 마음을 가진 건 절대 아니었다.

"학교 후배였던 건 사실입니다. 하지만 단순한 후배였다면 이렇게 오래 마음에 담고 있지는 않았을 겁니다. 준석이를 알게 된 건 고등학교 때지만, 지금의 준석이는 저에겐 어엿한 남자입니다."

내가 솔직하게 대답을 해 나가는데도 여전히 준석의 아버지 눈은 날카로웠다.

"흠, 지금 준석이 상태는 어떻지?"

"준석이는 현재 상태가 많이 좋아졌습니다. 약을 먹지 않아도 괜찮을 만큼요. 간혹 불안 증세를 보이기도 하지만 본인의 의지로 잘 이겨 내고 있습니다. 매주 가던 심리 치료도 이젠 격주로 가고 있고요. 담당 선생님 말로는 조만간 그것도 종료할 수 있을 거라고 합니다."

"다행이구나. 정말 다행이야."

준석의 어머니는 두 손을 꼭 붙잡고 울듯이 말했다. 그러더니 급하게 핸드백을 뒤져 손수건을 꺼내 눈물을 찍어 내시는데, 그동안 얼마나 마음고생이 심했는지 한눈에 알 수 있었다.

"집사람 말대로 다행스런 일이군. 큰애가 말하기로 자네가 그동안 수고가 많았다고 하던데, 아무튼 그 녀석 놓지 않고 챙겨 줘서 고맙네."

"아니에요. 제가 할 일을 했다고 생각합니다."

고맙다고 말을 하면서도 준석의 아버지 눈은 아직도 따사로운 빛이 아니었다. 나의 됨됨이를 샅샅이 살펴보는 듯 매서운 눈초리였다.

"여전히 준석이는 가족들과 안 만나겠다고 한다는데, 그래서 자네는 준석이와 앞으로 어떻게 할 생각인 건가?"

마치 내가 준석과 가족을 이간질시켜서 못 만나게 하는 건 아닌가 의심하는 말투였다. 원래 계획은 차분히 진행시키겠다는 것이었는데, 갑자기 발끈 화가 났다.

"준석이가 가족을 안 만나겠다고 하는 것은 가족에 대한 배신감 때문입니다. 배신감을 느꼈다는 건 다시 말해서 인간의 본능적인 신뢰 기반을 무너뜨린 거죠. 한동안 제가 그와 둘만 있으면서 해 주었던 것은 이 신뢰 기반을 다시 세우는 거였습니다. 일단 저에 대한 신뢰만이라도 탄탄히 선다면 그 이후 다른 이들과의 신뢰도 생길 수 있다고 생각했습니다."

나의 차분한 설명에도 준석의 아버지는 눈썹을 약간 꿈틀하기만 할뿐 여전히 똑같은 표정이었다.

"자네가 두 번이나 준석이를 떠났는데도 그 녀석이 또 자네를 받아들였다는 건데, 그건 말이 안 되지 않나? 태어나면서부터 믿었던 가족은 아직도 등한시하면서 어떻게 자네가 또 떠나지 않을 수 있다고 믿는다는 거지?"

준석의 아버지는 여전히 나를 의심하고 있었다. 내가 준석을 정말 사랑하고 있는지, 과연 자신의 아들과 함께할 만한 여자인지를. 여기서 말을 잘해야만 시험에 통과할 수 있을 것이다. 어느새 손에 땀이 차고 있었다. 나는 자리에서 일어섰다가 준석의 부모님 앞에 정식으로 무릎을 꿇고 고개를 숙였다.

"그동안 준석이가 저를 좋아해 주었던 마음보다 제가 준석이를 생각했던 마음이 작았다는 걸 이제야 알게 되었습니다. 제가 준석이를 더 생각했더라면 이렇게 상처 주는 일을 하지 않았을 거라 후회했습니다. 준석이보다 제가 힘든 걸 더 먼저 생각했습니다. 그런데 준석이와 헤어지려고 하자 그게 더 힘들더군요."

갑자기 목이 메어 말을 이을 수가 없었다. 무릎 위의 손이 떨리고 있었다. 준석의 아버지는 잠자코 그러는 나를 바라보고 있었다.

"제가 부족해서 준석에게 어울리지 않는다고 하신 말씀 다 옳다고 생각합니다. 하지만 부족한 것은 채우려고 노력하겠습니다. 그의 아내감에 어울리도록 제가 더 열심히 살겠습니다. 그러니 아버님, 어머님, 제가 준석이 곁에 있는 거 허락해 주세요. 저도 준석이도 서로 헤어져서는 못 살 것 같습니다. 부디 허락해 주세요."

준석과 함께할 수만 있다면 그의 부모님께 엎드려 비는 것보다 더한 것도 할 수 있었다. 이건 자존심의 문제가 아니라 내 일생을 거는 문제였으니까.

그런데 생각보다 준석이 빨리 도착한 모양이었다. 다시 '손님 들어가십니다' 하는 소리가 나면서 문이 열리더니 준석이 들어섰다.

"이게 뭐야?"

준석은 눈앞에 펼쳐진 광경이 믿어지지 않는다는 얼굴이었다. 아버지, 어머니, 큰형을 차례대로 보더니 무릎 꿇고 눈물 흘리고 있는 나에게 곧장 시선이 쏟아졌다.

"너 왜 이러고 있어? 아버지, 어머니, 또 뭐라 그러시려고 얘만 부른 거예요? 앞으로는 저한테 말씀하시라고 했잖아요.

왜 효진이만 불러서 그러는 거냐고요!"

준석은 버럭 소리를 지르더니 경악하고 있는 주위는 돌아보지도 않고 내 팔을 붙잡아 일으켰다.

"준석아, 아니야. 내가 오시라고 한 거야. 내가 모신 거라고."

하지만 흥분한 준석에게는 내 말이 들리지 않는 모양이었다. 준석은 그대로 나를 붙잡고 밖으로 나갈 태세였다.

"가자고! 왜 여기서 그러고 있어? 너, 바보야? 얼른 따라나와."

"준석아, 자리에 앉자. 아버지도 계시잖니."

"백준석! 자세히 알아보지도 않고 왜 이래? 효진 씨랑 자리에 앉아서 얘기해."

준석의 어머니와 큰형이 준석을 말렸지만 준석은 들은 척도 하지 않았다. 준석의 아버지는 그대로 자리에 앉아 방 안의 상황을 못마땅하게 쳐다보고 계실 뿐이었다.

'어리석은 녀석!'

준석의 아버지가 준석을 바라보는 표정은 분명 그것이었다. 그리고 그런 준석의 아버지의 생각을 알아챈 순간 차갑게 머리가 식었다. 만약 내가 이 자리에서 준석에게 맥없이 끌려 나간다면 다시는 그분의 시험에 도전할 자격이 없을 것이라는 것도 알아챘다.

얼결에 준석에게 잡혀 일어섰지만 나는 내가 생각해도 무서운 힘으로 나를 끌고 나가려는 준석을 제지했다. 우리의 사랑과 미래를 단순히 어린애들 장난처럼 치부당할 수는 없는 일 아닌가.

"백준석, 내가 어른들 모신 자리야. 인사하고 이리 와서 앉아."

나의 말에도 준석은 문 앞에 그대로 서서 인상을 썼다. 얼굴을 찡그리면서 나를 향해 언성을 높였다.

"뭐라고? ……아무리 그래도 이런 건 나하고 상의를 하고 정했어야지! 대체 너는…… ."

"너 아니었으면 이 자리에 내가 있을 필요도 없어. 나 이대로 돌아가? 그게 네가 원하는 거야?"

얼굴빛 하나 변하지 않고 내뱉는 나의 차가운 말에 준석은 질린 표정을 지었다. 그러다 눈을 질끈 감았다. 한동안 주먹을 쥐락펴락하면서 심호흡을 하더니 그제야 눈을 뜨고는 테이블 앞으로 가 앉았다. 나는 속으로 안도의 한숨을 내쉬고는 그의 옆으로 자리했다. 자리에 앉긴 했지만 가족들과 눈도 마주치지 않고 가만히 있기에 옆구리를 쿡 찌르자 준석은 마지못해 인사를 했다.

"아버지, 어머니 안녕하셨어요. 큰형도 잘 있었어."

시선은 테이블 위에 고정시키고 마치 국어책 읽듯이 읊어대는 준석을 보자니 내가 다 창피할 지경이었다. 그러나 준석의 어머니는 그것마저도 반가운지 손수건으로 눈시울을 닦아내며 좋아했다.

"그래도 이젠 얼굴이 좋구나. 다행이다, 다행이야."

준석의 아버지는 준석의 태도가 영 마땅치 않은지 쯧쯧 혀를 차시더니 다시 나에게 엄한 시선을 보냈다.

"오늘 이 자리를 만든 건 우리에게 이런 꼴을 보여 주기 위한 건가?"

준석은 울컥해서 바로 아버지에게 대들려고 했지만 내가 말리려 그의 팔에 손을 얹자 나를 사납게 노려보더니 거칠게 팔을 뺐다. 그러고는 테이블 위로 시선을 고정시킨 채 거친 숨만 고르고 있었다. 영 못마땅한 표정이 어쩌나 보자 벼르는 것 같았다.

"어떻게 될지 저도 몰랐습니다. 세상에 계획대로 되는 일이 얼마나 있겠습니까. 다만 일종의 충격요법도 필요하다 생각했습니다. 아버님께서도 알고 계시겠지만 설득만 해서는 영 말을 안 듣는 고집불통이라서요."

내 말에 동감을 하는지 준석의 아버지가 갑자기 픽 웃었다. 옆에서 준석의 큰형도 쿡쿡 웃어 댔다. 옆에서 준석이 나를 맹렬히 노려보는 것이 느껴졌지만 모른 척했다. 지금 상대할 사람은 준석이 아니었다.

"아까 했던 질문을 다시 하지. 그래서 강 선생은 앞으로 어떻게 할 생각인가?"

"제 예정이라기보다는 준석이와 둘이 같이 하게 될 겁니다. 준석아, 어서 말씀드려. 우리 앞으로 어떻게 할지 말씀드리는 중이었어."

가족의 눈이 쏠리자 준석은 화가 나면서도 당황한 눈치였다. 부모와 자식 간에도 격식을 차려야 하는 순간이 있는데, 바로 이런 자리였다. 부모에게서 자신을 떼어 내어 객관적으로 부모님을 보며 자신의 생각을 말해야 하는 것이다. 비로소 하나의 독립된 인간이 되는 시작인 셈이다. 그리고 준석은 이런 일을 처음 하는 것이었다.

하지만 한 가족을 책임지겠다고 선언한 마당에 이 정도도 못 해내면 어찌할 것인가. 나는 슬며시 준석의 손을 잡아 주었다. 그리고 나를 바라보는 준석에게 힘내라는 듯 빙그레 웃어 주었다.

"아버지, 저 효진이하고 결혼하겠습니다."

준석은 아버지를 똑바로 보며 의젓하게 말을 꺼냈다.

"흐음."

준석의 아버지는 말을 아꼈다. 준석을 향해 계속 얘기해 보라는 듯 눈짓을 하자 그는 다시 말을 이었다.

"하루라도 빨리요. 지금 효진이 뱃속에 아이가 있을지도 모르거든요."

"뭐라고?"

"아니, 그런 것이 아니라……."

참 나, 이런 순간에 왜 그런 말이 먼저 나오는가 말이다. 나는 한숨을 내쉬며 준석의 손등을 꼬집었다. 내 앞에선 한없이 남자답게만 굴려 하더니 가족들 앞에선 어쩔 수 없는 막내였다. 하지만 준석은 아파하면서도 어깨를 한번 으쓱하더니 내 어깨를 감싸 안았다.

"아버지, 어머니, 효진이 정말 머리도 좋고 착하고 성실한 여자예요. 저한테 과분할 정도로요. 제 아이 엄마 될 사람이라면 이 정도는 되어야 하지 않겠어요? 저희 행복하게 살겠습니다. 그러니까 저희 결혼 허락해 주세요."

"팔불출 같은 녀석 같으니. 그래도 너한테 과분한 건 아는구나."

준석의 아버지는 준석이 미덥지 않은 눈초리였지만 그 속에는 사랑이 들어 있었다. 그 눈에서 준석이 막내로서 얼마나 사랑받고 자랐는지 알 수 있었다. 빈정거리는 말투였더라도 준석의 아버지가 나를 받아들여 주는 말은 이게 처음이었다. 찰랑찰랑 기쁨이 차올랐다.

"네, 효진이 저한테 과분한 사람이에요. 학교 다닐 때도 그랬지만 항상 제가 보고 배울 수 있는 사람이었어요. 내가 나쁜 길로 갈까 봐 먼저 걱정해 주고, 자기보다 저를 먼저 생각해 주고 위해 주는 사람이에요. 그런 사람이니 제가 못 놔줄 수밖에요. 그러니까 어머니, 저한테서 효진이 떼어 놓으려고 하신 거 정말 잘못하신 거예요."

준석의 어머니는 준석이 말을 꺼낸 순간부터 손수건에 얼굴을 묻은 채 울고 있었다. 준석 역시 울고 있는 어머니를 보며 눈시울이 붉어졌다. 이렇게 모자간의 앙금은 옅어질 것이다. 나는 약간의 감동을 안고 그 모습을 지켜보았다.

"그만 됐다. 어머니 그동안 너 때문에 많이 걱정하셨어."

준석의 큰형이 엄한 목소리로 준석을 말렸다. 준석은 그러는 큰형을 잠시 보더니 아버지 쪽으로 시선을 돌렸다.

"아버지, 예전에 어머니께서 효진이 안 만나셨으면 아마 저랑 결혼했을 거예요. 그랬으면 이혼 같은 거 안 하고 잘살았을 거라고요. 그냥 저희 사랑하는 대로 놔두셨으면 잘살고 있었을 겁니다. ……아무튼 저희 지금부터라도 잘살려고요. 지켜봐 주세요."

준석은 중간에 울컥하는 듯 말을 멈추더니 다시 감정을 추스르고는 단호하게 말했다. 조용한 가운데 준석의 어머니가 훌쩍이는 소리만 가늘게 들렸다. 준석의 아버지는 어머니의 무릎에 손을 올려 도닥도닥 달래 주었다.

"이봐, 왜 이런 자리에서 계속 울고 있나. 괜찮은 거 같으니 염려 놔. 저 녀석 강 선생한테 맡겨 놓으면 걱정 안 해도 되겠어."

준석과 나는 준석의 아버지 말씀에 눈을 동그랗게 떴다. 준석의 아버지는 우리를 돌아보더니 이제까지 보여 주지 않았던 따스한 눈빛을 보여 주었다.

"내가 집사람과 큰애한테 자네 얘기를 들었지만, 사실 준석이랑 나이 차이도 얼마 안 난다고 하기에 허풍이 심하다고 생각했지. 그런데 오늘 보니 말 들은 대로 참 어른스럽군. 부모님께서 일찍 돌아가셨다고 하기에 안 좋은 생각이 먼저 든 건 사실이었다만, 부모님께서 딸자식을 아주 똑똑하게 잘 키우셨구먼."

"감사합니다. 과찬이세요."

어른스럽다는 말을 듣게 되어 내 자신이 뿌듯했다. 하지만 내 부모님을 칭찬해 주셔서 더욱 기뻤다. 그제야 나는 준석의 가족 앞에서 처음으로 어깨에 힘을 빼고 미소 지을 수 있었다.

"치과 의사라고 하던데 지금 준석이 때문에 병원도 쉬고 있다 들었네."

"네."

"그럼 앞으로 무슨 계획이 있는 건가? 아니면 다시 병원에 나갈 생각인가?"

그런데 내가 대답하기도 전에 준석이 잽싸게 앞으로 나섰다.

"되는대로 빨리 날 잡고 결혼하려고요. 그리고 공부하러 나갈 겁니다."

"준석아, 결혼이란 게 그렇게 빨리 할 수 있는 게 아니야. 효진 씨 준비할 것도 있고 집안에서 준비할 것도 있을 텐데……."

준석이 서두르는 것처럼 보이자 준석의 큰형이 말렸다. 역시 결혼이란 걸 해 본 사람과 안 해 본 사람은 이렇듯 생각하는 게 달랐다.

"결혼식은 크게 하지 않을 거예요. 효진이는 친척도 많지 않고 하니까 가족들만 모여서……."

"아니, 그건 네 형 말이 맞다. 하게 되면 내가 사장 취임하고 처음 치르게 되는 결혼식이다. 회사에서 내 위치도 있고 하니 그렇게 쉽게 해치울 수는 없는 일이야."

자기 마음대로 빨리 안 될 것 같자 준석은 파르륵 달아올랐다. 하지만 아버님의 말씀이 옳았기에 준석의 팔을 잡아 말렸다. 결혼이란 당사자 둘만의 일이 아닌 것은 확실했으니까.

나 역시 호화로운 결혼식을 원하지 않았다. 하지만 내가 백준석이라는 남자와 결혼하겠다고 생각한 이상 준석의 가족이 원하는 대로 맞춰 줄 필요가 있었다. 이런 절차가 부담스러워 미국에 가서 조용한 결혼식을 올렸으면 했지만, 역시 뜻대로 되지 않을 모양이었다.

"어떤가. 자네, 준석이 이 녀석 데리고 살 생각이 있나?"

준석이 아버지의 이번 질문은 짓궂은 데가 있었다. 말뜻은 지금이라도 싫으면 그만두라는 것이었지만, 어쩐지 이번에도 나를 시험하는 기색이 보였다. 내가 심란한 얼굴을 비치며 가만히 있자, 준석이 도리어 나를 성급하게 재촉했다.

"효진아, 왜 대답을 안 해? 나랑 결혼한다고 했잖아?"

하지만 나는 잠시 생각을 정리한 후 준석의 아버지에게 말씀드렸다.

"아버님, 어머님, 저희 원래 계획은 미국 유학이었습니다. 저도 레지던트 과정 한 번 더 하려고 하고, 준석이도 이 김에 공부를 더 하면 좋을 것 같아서요. 그런데 준석이가 결혼 얘기를 꺼내는 바람에 여기까지 말이 나오게 됐네요. 아무래도 결혼식은 한국에서 하는 게 맞는 것 같습니다."

"당연히 그렇게 해야지. 그럼 너희 둘만 미국에서 하려고 했니?"

준석의 어머니는 어느 정도 진정되었는지 코를 훌쩍이면서도 대화에 끼어들었다. 역시 결혼 준비란 어머니들의 영역인 법이다.

"그럴까 생각했습니다. 그런데 아버님 말씀 들으니 저희 생각이 짧았습니다. 하지만 결혼식 올리고 나면 바로 출발해야 할 것 같아요. 아무래도 빨리 가서 어학 코스 듣는 게 더 나을 것 같아서요."

준석의 가족은 여기에 대해선 이의가 없는지 아무 말 없이 고개를 끄덕이고만 있었다.

"그래서 말씀드립니다만, 아버님, 저희가 미국 가서 살 동안 준석이 학비와 생활비를 대 주시면 감사하겠습니다."

"뭐라고?"

이번에는 준석도 놀란 모양이었다. 그리고 준석의 아버지와 어머니, 큰형까지도 뜻밖의 말이라는 표정이었다.

"만약 저 혼자였으면 그동안 제가 벌어 놓은 걸로 충분히 커버할 수 있을 거예요. 그런데 준석이 보니까 그동안 회사 다녔다고는 해도 모아 놓은 게 하나도 없더라고요. 준석이가 살던 오피스텔 보증금 빼서 간다고 해도 모자를 듯싶고요. 혹시 준석이 결혼 자금으로 준비해 놓으신 것이 있으시다면 결혼식 비용을 제외한 나머지는 그냥 저희 생활비로 매달 보내 주시면 감사하겠습니다. 저도 모아 놓은 돈이 있기는 하지만 결혼식 비용이 추가로 들게 되니 그것도 생각을 해야 할 것 같아서요. 그래야 제가 그동안 모아 왔던 돈을 손 안 대도 될 것 같아요. 그건 나중에 개업하게 되면 쓰려고 아껴두었던 자금이거든요. ……너무 뻔뻔하게 들리셨다면 죄송합니다."

전혀 죄송하지 않은 얼굴로 돈 내놓으라고 말하면서 죄송하다고 말하는 게 준석의 아버지는 무척 우스운 모양이었다.

"준석이 맡아 줄 테니 보육비 내라는 말 같구나."

"뭐, 꼭 틀린 소리는 아닙니다."

"뭐라고?"

준석은 기가 막힌다는 듯이 소리를 질렀지만, 나머지 준석의 가족들은 한바탕 웃어젖혔다. 나도 슬며시 따라 웃었다.

"제가 내조 열심히 해서 준석이 공부 잘 시켜서 데리고 오겠습니다. 저도 제 남편감 훌륭하게 되는 거 보고 싶거든요. 그리고 저도 나이가 있으니 아이도 생기는 대로 낳을 생각이에요. 어머니, 그때 제 산후 조리 좀 부탁드려요."

"어머, 애는 내가 어떻게……."

준석의 어머니는 뭐라고 항의를 하려 했으나 준석의 아버지가 헛기침을 하며 슬쩍 노려보시자 아무 말도 하지 못했다.

"준석이 형수님들께서는 직장에 안 다니셔서 아이는 직접 키우신다고 하시더군요. 그런데 저는 아무래도 일을 계속하게 될 것 같아요. 그러니 어머니께서 도와주세요. 제가 친정어머니가 안 계시잖아요."

아무래도 모든 것이 시작되기 전에 정리를 해야 할 것 같아서 말을 꺼냈긴 했는데 다들 꿀 먹은 벙어리처럼 내 입만 바라보고 있어 당황스러웠다.

"제가 너무 제 입장에서만 말씀드렸네요. 죄송합니다."

"아니다. 말 잘했다."

준석의 아버지는 처음과 달리 이제는 믿음직스러운 눈빛으로 준석과 나를 바라봐 주었다. 이제야 인정해 주시는 것인가. 나는 조금 먹먹한 기분으로 준석의 아버지를 마주 보았다.

"사실 준석이가 제대한 후 공부를 계속하지 않고 회사에 들어오기로 했다고 해서 내심 실망한 건 사실이었다. 회사에서도 승진을 하려면 적어도 MBA 이상 스펙은 가지고 있어야 좋은 법이거든. 계기야 어떻든, 공부를 계속하겠다니 나는 무조건 찬성이다. 그리고⋯⋯."

준석의 아버지는 나를 향해 인자한 미소를 보이셨다. 그 표정이 꼭 내 아버지를 떠올리게 해 괜히 눈시울이 붉어졌다.

"⋯⋯준석이 녀석 저래 보여도 회사 일은 곧잘 하는 축에 속하지. 잘 키우면 회사에서 원하는 인재가 되겠다고 주위에서도 기대가 커. 그러려면 내조해 줄 안사람이 똑똑해야 하는데, 요즘은 어딜 가도 마음에 차는 사람을 보기가 힘들더구나. 너무 편하게들 자라서 그런지 자기 몸 편하고 물건 욕심 부릴 줄이나 알지 욕심껏 뭔가를 해내려는 사람 찾기가 힘들어. 그런데 네 속에 옹골찬 게 들어 있는 것 같아 네가 마음에 든다. 말만 해라. 너희들 사는 데 힘 안 들게끔 도와주마."

준석의 아버지가 말을 하다 중간에 준석의 큰형을 바라보자 그는 부끄럽다는 듯 고개를 숙였다. 하지만 준석은 처음 칭찬을 듣는 아이처럼 얼굴이 상기되어 있었고, 나 역시 우리를 전폭적으로 지지해 주시겠다는 말에 감격에 차올랐다.

"고맙습니다. 그리고 죄송합니다. 머리 다 커서까지 부모님께 손 벌리는 거 부끄러워요. 나중에 살면서 다 갚겠습니다. 그때까지만 빌려 주세요. 감사합니다."

눈물이 나올 것 같아 고개를 들 수가 없었다. 내가 조용히 감정을 추스르고 있자, 준석이 다정하게 어깨를 다독여 주었다.

"어때요, 아버지? 저 신붓감 하나는 잘 골랐죠?"

준석의 아버지는 고개를 흔들며 준석이 한심하다는 듯 말씀하셨다.

"자네, 저런 모자란 애하고 아직도 결혼하고 싶나?"

'아버지!' 하는 준석의 외침에, 나는 눈물이 그렁그렁한 눈으로 웃었다.

"그럼요. 제가 제일 사랑하는 남자인데요."

Step 14

The Marriage & the Honeymoon

결혼 & 신혼여행

어차피 신혼여행 후 미국으로 바로 갈 거라 결혼식만 올리면 된다고 간단하게만 생각했는데, 여전히 이것저것 챙기는 준석의 어머니 때문에 점점 골치가 아파지기 시작했다. 혼수는 어차피 안 할 것이었고, 예단 문제는 내 생각으론 과하다 싶었지만 어머니께서 알려 주신 대로 그냥 현금으로 드렸다. 어차피 내가 도무지 알 수 없는 영역이었고, 피차간에 이런 일로 언성을 높이기 싫어서였다.

문제는 준석의 어머니께서 가톨릭 결혼인 혼배성사(세례를 받은 신자와 신자 간의 혼인)를 가지고 걸고넘어지신 것이다. 내가 세례를 안 받았으니 그냥 관면혼배(신자와 비신자와의 혼인)를 드리면 될 것 같다고 하자, 굳이 내가 세례를 받고 난 후 성당에서 혼배미사를 드리면 어떻겠냐고 권유를 하신 것이다.

그런데 세례 받는 것이 어디 쉬운가. 꼬박 6개월을 꾸준히 예비신자 교육을 받고 나서야 받을 수 있는 게 세례였다. 나 역시 제대로 혼배성사를 받고 싶은 마음은 굴뚝같았다.

　'이제 둘이 한 몸이다. 그러니 하느님께서 짝지어 주신 것을 사람이 갈라놓아선 안 된다.'

　이런 멋진 말을 성당같이 거룩한 곳에서 권위 있는 신부님으로부터 듣는다면 얼마나 좋겠는가. 하지만 우리에겐 그럴 만큼 여유 있는 시간이 없었다. 미국 대학원에 원서를 내야 할 시기여서 이것저것 준비하느라 바빴기 때문이다.

　준석이 하도 빨리 하자고 고집을 부리는 통에 준석의 부모님을 만나고 한 달 후인 12월 초로 날을 잡았는데, 어머니께서 굳이 혼배성사를 고집하시니 과연 우리가 결혼을 빨리하는 것을 반대하는 것인지, 아니면 결혼 자체를 반대하는 것인지 모를 지경이었다.

　나는 아무래도 상관없다며 이렇게 복잡할 바에야 아예 혼배성사를 안 올리는 게 낫겠다고 말했다가 준석과 어머니께 동시에 눈총을 받았다. 그래서 준석과 함께 준석이 다니는 성당의 신부님께 여쭤 봤더니 관면혼배를 받아도 내가 나중에 세례를 받는다면 혼인성사가 된다는 것이다. 이러면 될 걸 왜 고집을 부리시나 했지만, 독실한 가톨릭 신자들은 혼배성사를 받는 것을 큰 축복으로 생각한다고 하니 할 말이 없었다. 아무튼 결혼도 하기 전에 벌써 시집살이인가 싶어 찜찜하기만 했다. 결국 어머니께는 꼭 세례를 받겠다고 다짐한 후에 관면혼배를 하기로 결정했다.

관면혼배를 받기 위해서도 '예비부부 교육'이라는 과정이 있어서 준석과 시간을 내어 듣게 되었는데, 다음과 같은 구절들을 서로 주고받으면서 서약을 하는 것이었다.

'이 사람을 하느님이 주신 반쪽으로 받아들이고, 살아서나 죽어서 주님 곁에 갈지라도 잊지 않고 같이 가겠느냐……'

신부님이 이렇게 물으시면, 나는 다음과 같은 식으로 서약을 해야 했다.

'나는 앞으로 평생 이 남자를 남편으로 받아들여, 슬플 때나 기쁠 때나 괴로울 때나 즐거울 때나 항상 한결같이 사랑하는 마음으로 대하겠습니다.'

굳이 신자가 아니어도 눈물 나게 아름다운 말이 아닌가. 서약을 하면서는 준석의 어머니께서 고집스럽게 우겨 주신 게 한편으론 고맙기도 했다.

우여곡절 끝에 우리의 관면혼배는 결혼식 전날 성당에서 간단하게 치러졌다. 세례 받은 두 명의 증인이 있어야 해서 준석의 큰형 내외가 증인을 서 주었고, 준석의 부모님과 작은형 내외도 참석하였다. 원장님과 현우 선생님은 진료를 봐야 해서 나의 친지로는 사모님만 참석해 주셨다. 생각 외로 간단한 식이었지만, 진짜 결혼식이 이랬으면 좋겠다 싶을 정도로 온전히 식에만 몰두할 수 있어서 대단히 만족스러웠다.

'이 남자를 남편으로 받아들여……'라고 내가 서약하는 대목에서 준석과 눈이 마주쳤는데 순간 준석이 세상을 다 가진 듯

한 행복한 표정을 지어 그만 눈물이 날 뻔했다. 이렇게 나를 사랑해 주는 남자를 남편으로 맞이하게 되어서 얼마나 기쁜지는 아마도 하늘에 계신 분들만이 알 것이다.

준석의 형수님들은 이날 처음 보게 되었다. 나에겐 앞으로 동서 지간이 될 사람들이었는데, 첫인상으로는 곱게 자라 부모님이 정해 준 대로 곱게 시집온 참한 사람들이었다. 처음 보는데도 나를 선선히 대해 주는 태도가 좋았다. 겪어 볼 틈도 없이 헤어지게 되어 잘 알게 되는 것은 나중 일이 되겠지만 말이다.

그리고 다음 날, 우리의 본 예식인 호텔에서의 결혼식이 남아 있었다. 준석의 아버지께선 꼭 필요하신 분들만 초대해 단출하게 하시겠다고 했지만, 친척들은 물론이고 그룹 회장님부터 계열사 사장님들과 임원진들이 총출동해 오시는 바람에 혼비백산할 지경이었다. 내 쪽이야말로 말 그대로 '단출하게' 가까운 친척들 몇 분만 초대했기 때문에 그 차이가 너무 심했다. 내 친정아버지 좌석은 그나마 원장님과 사모님이 계셔 주어 마음이 든든했다. 이럴 때 원장님 내외분마저 안 계셨다면 아마 스트레스를 너무 많이 받아 쓰러졌을 것 같다.

결혼식 날짜를 결정하고 청첩장을 전해 드리려고 원장님을 찾아뵈었던 날, 현우 선생님은 나와 준석에게 몰디브 여행 상품권을 선물로 주었다.

"너무 과해요. 어떻게 이런 걸 선물로 받아요?"

내가 난처해하며 손사래를 치자 현우 선생님은 오히려 큰소리를 쳤다.

"동생 시집가는데 이 정도도 못 해 주냐? 그냥 받아 둬. 나중에 나 결혼할 때 똑같이 해 주면 되잖아."

"그럼 안 받을래요. 그럴 돈 없어요."

내가 냉정하게 자르자 현우 선생님은 눈앞에서 주먹을 흔들어 보였다.

"어차피 무르지도 못할 거니 배 째라는 거지? 어휴, 정말 콕 쥐어박고 싶다. 나는 어째 맨날 너한테 당하고만 사는 것 같냐. 알았다, 알았어. 나한테 안 해 줘도 되니 그냥 너 혼자 잘 먹고 잘 쓰세요."

"넵, 감사히 잘 쓰겠습니다."

원장님 내외와 준석은 현우 선생님이 나를 흘겨보는 걸 보며 옆에서 재밌다는 듯이 웃고 있었고, 나는 티켓을 손에 거머쥐고 희희낙락했다. 신혼여행을 굳이 가야 하는가, 간다면 어디로 갈 것인가로 준석과 티격태격했는데 공짜로 티켓이 생기는 바람에 졸지에 몰디브로 가게 되었다.

나는 공부 시작하게 되면 여행 갈 시간이 없을 것 같으니 프랑스, 독일 같은 나라 몇 군데를 갔으면 좋겠다고 주장했고, 준석은 추운 12월에 왜 하필 유럽이냐, 허니문은 허니문답게 따뜻한 열대 섬에 가서 휴양하는 게 최고라고 맞받아쳤다. 그러고 보니 몰디브라면 준석이 주장한 열대 섬이 아닌가. 흘끗 준석을 쳐다보았더니 그는 내가 보는 줄도 모르고 현우 선생님과 죽이 맞아 킬킬 웃고 있었다.

예전엔 서로 보기만 하면 으르렁대더니 요즘 준석은 현우 선생님과 이상할 정도로 잘 어울렸다. 한쪽은 남동생이 없던 터라 새로 동생이 생긴 것 같아 좋은가 하면, 다른 한쪽은 잘나고 어려운 형들만 있다가 이렇게 재밌는 형이 생기니 좋다고 했다. 여하튼 내가 좋아하는 사람들이 서로 잘 지내는 걸 보니 흐뭇하긴 했다.

드디어 식이 시작되고, 나는 원장님의 손을 잡고 입장했다.

'이번엔 잘살 거지?'

댁에 찾아뵈었을 때 원장님은 이렇게 딱 한마디 물으셨다. 나는 목이 메어 대답을 할 수가 없어 그저 고개만 끄덕였고, 옆에 있던 준석이 잘살겠다고 내 대신 목청껏 외쳐 주었다.

내 앞으로 하얀 주단이 깔려 있었고 그 길의 끝에 준석이 서있었다. 나와 평생을 함께할 나의 남편이 될 사람이었다. 내가 비록 여러 번 놓칠 뻔했지만 끝까지 나를 붙잡고 놓아주지 않았던 사람이었다. 그리고 내가 용기를 내어 붙잡지 않았다면 다시는 못 볼 사람이었다. 그래서 더욱 가슴 깊이 사랑하는 사람이었다.

내가 점점 거리를 좁혀 나가자 준석은 나를 보고 빙긋이 웃었다. 그리고 원장님으로부터 내 손을 건네받고 나서야 비로소 안심했다는 듯 활짝 웃었다.

"너무 크게 웃지 마."

"어떻게 그래? 좋아 죽겠는데."

우리는 그 와중에도 소곤거리며 티격태격했고, 그렇게 결혼식을 마쳤다.

＊

　지금 나는 준석의 품에 안겨 장엄한 일몰이 펼쳐지는 바다를 보고 있다.

　내가 있는 곳은 몰디브가 자랑하는 워터빌라의 발코니 위다. 워터빌라란 바닷물 위의 빌라인데, 한 길이 안 되는 얕은 바다에 긴 다리를 세워 작은 방갈로를 지어 놓은 것이다. 발코니에는 계단이 있는데, 이 계단을 내려가면 바로 바다로 들어갈 수 있다. 물론 밖에서 보면 이런 빌라가 줄줄이 서 있어 언뜻 보면 야외에 있는 방갈로촌처럼 보이지만, 막상 실내로 들어가면 발코니 전방에 남태평양의 바다만이 눈에 들어오게 되어 있는 것이 마치 우리 둘만이 이 땅위에 있는 것 같은 착각을 일으키게 했다.

　아무튼 이 워터빌라의 진수는 바다로 해가 지는 일몰을 가리는 것 하나 없이 그대로 즐길 수 있다는 것—해가 지고 나면 바다는 그야말로 암흑천지가 되어 무서울 정도지만—이다. 낮에는 바다에 들어가 놀기도 하고, 섬을 산책하면서 맛있는 것을 사 먹으러 돌아다니기도 했지만, 우리는 이 시간이 되면 놓칠세라 꼭 워터빌라로 돌아와 일몰을 감상했다. 데크 위에 있는 비치체어에 둘이 꼭 붙어 앉아, 산책 나갔다 오면 하우스키퍼가 준비해 놓는 샴페인을 한 잔씩 들고 일몰을 감상하는 것이다. 정말 멋지지 않은가.

준석이 어떻게 현우 선생님을 사주했는지는 모르겠지만, 나는 준석과 현우 선생님의 탁월한 선택에 깊이 감사를 하는 바였다. 결혼식이 끝나고 공항까지 두꺼운 외투를 입고 가야 했지만, 비행기를 탄 이후부터 겨울옷과는 안녕이었으니 말이다. 사실 정신없는 한 달을 보냈기 때문에 우리에겐 진정한 휴식이 필요하긴 했다. 내 말대로 신혼여행을 유럽으로 갔다면 우리나라보다 더 추운 곳에서 덜덜 떨면서 여행이나 제대로 했을지 모르겠다. 아무튼 거의 열일곱 시간이 걸리는 비행시간─경유지에서 휴식한 시간 포함─을 감내하고 여기까지 온 보람을 톡톡히 누리고 있다. 내가 사랑하는 남자의 품 안에서.

"난 언제 봐도 이 풍경이 좋은 것 같아. 평생 못 잊을 거야."

아무리 봐도 한숨이 나올 정도로 멋있는 경치였다. 내가 샴페인을 홀짝 마시고 다시 준석에게 머리를 기대자 준석은 내 볼에 쪽 뽀뽀를 해 주었다.

"난 너랑 있으니까 좋아."

나는 예쁜 말을 해 주는 준석을 지그시 노려보다 그의 입술에 키스해 주었다. 준석도 기쁜 듯이 받아들여 우리는 한창 키스에 빠져들었는데……, 갑자기 준석에게 해 주려던 이벤트가 생각났다.

"준석아, 잠깐. 잠깐만 기다려 봐. 내가 너한테 해 주려고 준비한 게 있어."

"뭔데? 나중에 하면 안 돼?"

"안 돼. 지금 안 하면 또 까먹을 거야."

나는 붙잡으려는 준석을 고집스레 뿌리치고 방으로 가 드레스 룸에 있던 가방을 뒤졌다. 그리고 서울에서부터 챙겨 온 MP3와 이어폰을 꺼내 의기양양하게 준석에게로 돌아갔다.

"그게 뭐야? 음악 들려준다고?"

"그래. 이것도 특별히 준비한 거다, 뭐."

신혼여행을 위해 준비한 거라곤 수영복을 사는 것 외에 딱히 할 일이 없었다. 그러다 이거라면 준석도 좋아하겠다 싶어서 준비해 온 것이었다.

"들어 봐."

나는 준석의 귀에 이어폰을 꽂아 주고 나 역시 나머지 하나를 귀에 꽂았다. 흘러나오는 음악은 쇼팽의 야상곡 작품 번호 9번의 No.2였다. 쇼팽의 피아노곡에서 제일 유명하다고 할 수 있는 이 곡을 우리는 고등학교 시절에 같이 듣고 좋아했다.

"나는 이 곡을 들으면 사랑하는 사람들이 서로 어깨를 끌어안고 기대앉아 있는 모습이 생각나. 지금 우리처럼. 장소는 벚꽃 잎 날리는 나무 밑이고, 둘은 한창 연애 중이지. 서로 사랑하는 것밖에 아무것도 눈에 들어오지 않는. 그래서 이 음악을 들으면 핑크가 떠올라. 그리고 너도."

준석은 내가 조용히 입을 맞추어 주자, 훗 웃으며 내 머리를 쓰다듬어 주었다.

"그랬어? 그런데 사실 나 이 음악 듣는 거 되게 오랜만이야. 한 10년 만에 처음 듣는 것 같네."

"왜애애? 너 이 음악 좋아했잖아. 그래서 내가 선물로 시디도 사 줬잖아."

갑자기 준석이 분위기 깨는 소리를 하는 바람에 나는 벌떡 일어나고 말았다. 준석은 나를 향해 빙긋 웃으면서도 긴 한숨을 내쉬었다.

"왜긴 왜야, 네 생각나서 그랬지. 아마 그 시디도 어딘가 처박아 뒀을걸. 보기도 싫어서."

준석이 나와 헤어지고 한창 마음고생 할 때였던 모양이다. 괜스레 쓰라린 추억을 들춰냈나 싶어 가슴이 아팠다. 나는 준석의 목을 끌어안았다.

"난 그것도 모르고……. 미안!"

"괜찮아. 이젠 네가 옆에 있잖아. 그래서 다시 이 음악도 들을 수 있으니까, 그걸로 충분히 좋아."

준석의 손이 내 등을 감싸 안았다. 나는 그의 이마에, 코에, 그리고 입술에 키스해 주었다. 그의 마음의 상처를 달래는 일은 앞으로 평생 할 일이었다. 나는 이제 평생 그의 곁에 있을 테니 당연히 가능한 일이었다.

"여자는 역시 독한가 봐. 나는 어쩌다 이 음악 들을 때면 속으로 너 떠올리면서 괜히 좋아하고 그랬는데."

안 그러려고 했는데도 울컥하고 말았다. 코가 맹맹해져 슬쩍 코를 비비자 준석은 괜찮다며 MP3 버튼을 눌러 야상곡을 다시 재생시켰다.

"대학교 다닐 때 여름방학에 친구들이랑 파리에 갔거든. 루브르박물관에 가서 작품들을 보는데, 거기 카노바라는 작가가 만든 '프쉬케와 에로스'라는 조각이 있더라. 나 그거 보면서 네 생각했었어."

준석은 나를 끌어안고는 내 머리를 쓰다듬어 내렸다. 나는 준석의 가슴에 귀를 대고 준석이 말할 때마다 울리는 느낌을 온몸으로 듣고 있었다.

"그래? 그게 어땠는데?"

"그 조각은 에로스가 프쉬케보다 작아. 그래서 프쉬케의 어깨에 에로스가 기대고 있지. 그러면서 에로스가 손바닥에 나비를 얹어 프쉬케에게 선물처럼 건네주는데, 프쉬케가 두 손가락으로 그 나비를 잡아. 그리고 둘은 다정하게 그 나비를 보고 있어. 설명으로는 나비가 프쉬케이기도 하고, 영원한 영혼이라고도 해. 아무튼 에로스가 제우스에게 부탁해 프쉬케에게 넥타르를 먹여 신으로 만들었다고 하잖아. 그런 장면이라지만, 신기하게도 나는 프쉬케를 보면서 너를 생각했어."

"뭐야, 그럼 너는 에로스라는 거야?"

준석은 내가 발끈하자 킥킥 웃어 댔다.

"에구, 이 단순한 이과생이 복잡다단한 문과생의 머리를 어떻게 따라오겠냐."

"뭐어? 너 점점 까부는 게 도를 지나친다?"

내가 주먹을 불끈 쥐자, 준석은 잽싸게 내 팔을 잡아채어 수갑 채우듯 등 뒤로 붙잡고 다시 나를 끌어안았다.

"나는 그 조각에서 에로스가 굳이 남자다움이나 신성神性을 강조하지 않고, 프쉬케에게 의지해 기대고 있는 게 마음에 들었어. 그때 내가 너한테 원했던 게 그거였나 봐. 네가 비록 이렇게 한 팔로 안아도 쏙 들어올 만큼 작아도………."

준석은 내 팔을 놓더니 바로 내 허리를 붙잡고 일어났다. 내가 꺅 소리를 질러도 아랑곳 않고 나를 두 팔로 번쩍 안아 들더니 워터빌라 안으로 들어섰다.

"……그래도 너는 내 안에서는 그만큼 컸어. 그래서 네가 없어지니까 나를 지탱해 주는 것이 사라져 버린 거지. 이젠 절대 그러지 마."

준석은 나에게 짧은 키스를 하더니 바로 침대에 던지듯이 내려놓았다. 그리고 걸치고 있던 옷을 벗어던지더니 바로 침대에 올라 나를 덮쳤다. 나는 내 옷을 벗기느라 분주한 준석을 올려다보며 그가 매우 기뻐할 만한 소리를 해 주었다.

"이젠 그럴 수도 없어. 난 네 아내니까."

내 말을 듣자 역시 준석은 더 이상 그럴 수 없을 것처럼 행복하게 웃었다.

"그래. 그게 너한테 가장 좋은 점이지, 나의 여신님."

"자꾸 그렇게 말하지 마. 나 부담스러워."

항상 하고 싶었던 이야기지만 기회가 없어서 하지 못했던 얘길 이번에는 꼭 하고 싶었다.

"무슨 말을?"

준석은 의아한 표정이었다.

"날 여왕이니 여신이니, 그렇게 말하는 거 말이야. 낯간지러운 정도가 아니야. 나한테 너무 부담스러워. 난 그렇게 훌륭한 사람이 아니란 말이야."

시무룩한 표정의 내 얼굴을 본 준석은 무척 당황해했다.

"왜 그래? 나한테 넌 정말로 그런 사람이라고. 단지 그뿐인 건데……."

나는 왠지 울컥하여 두 손으로 얼굴을 가려 버렸다. 준석이 손을 치우려 했지만, 나는 그 손을 거부하고 몸을 돌렸다.

"어머님 말씀이 맞아. 내가 너를 유혹한 거야. 네가 나를 좋아한다는 걸 알았을 때, 네가 나한테 푹 빠져들기를 원했어. 그래서 체육관으로 찾아가기도 한 거야. 내가 널 그렇게 만들었어. 순진한 널 유혹한 거야. 내가 그러지 않았다면 넌 어쩌면……, 그렇게 아프지 않아도 됐을 텐데."

그때 내가 유혹하지 않았더라면 지금쯤 준석은 아마도 나를 '학교 때 좋아했던 선배가 있었지' 정도의 기억으로 남겼을 텐데. 그랬다면 지금의 행복은 없었을 테지. 하지만 이 말을 입 밖으로 내는 것조차 가슴이 아파 차마 말할 수가 없었다.

내가 계속 얼굴을 가리고 엎드려 있자, 준석은 뒤에서 나를 안더니 이마로 내 뒤통수를 툭 쳤다.

"에구, 이 순진한 사람아. 그때 네가 나한테 관심 갖게 해 달라고 얼마나 기도했는지는 아마 하느님만 아실 거다. 네가 언제 날 유혹했는데? 항상 나만 죽자고 쫓아다녔지. 내가 너 생각하면서 자위했던 게 몇 번인지 알아? 너랑 사귄다고 하기 전에도 학교에서 네 얼굴 한 번이라도 보고 온 날엔 자기 전에 꼭 한 번은 해야 잠이 들 수 있었어. 키스 한 번 하고 싶어서 독서실에서 너 공부 끝날 때까지 기다렸다가 집에 데려다 주는데, 겨우 키스 좀 하려고 하면 오래 하지도 못하게 혼내고 그랬으면서. 그러고 나서 집에 오면 욕구불만 때문에 몇 번씩 해야 겨우 잠이 들 수 있었다고. 내가 머릿속에서 너를 가진 게 몇 번인 줄 알아? 그거 알면 내가 순진하다는 생각은 도저히 안 들걸? 자, 이제 날 좀 봐 봐. 널 안고 싶어서 미칠 것 같은 날 좀 보라고."

준석의 채근에 어쩔 수 없이 몸을 돌렸다. 하지만 아직도 그의 얼굴을 보기가 부끄러워 두 손으로 얼굴을 가린 채였다.

"아무튼 나한테 여신이니 그런 말 하지 마. 정말 창피해 죽을 것 같아."

그러나 준석은 쿡쿡 웃어 대면서 채 손으로 가리지 못한 내 입술에 쪽 키스를 남겼다.

"미술 작품에서 보면 신들은 옷을 안 입은 거 알아? 신은 수치를 모르니까. 하지만 인간은 태어나면서부터 수치를 아는 존재라 옷을 입거나 반이라도 걸치고 있어. 그런데 우리를 봐. 지금 옷 하나 안 걸치고도 창피하지 않잖아. 그러니까 우리끼리는 지금 신이라고. 알았어, 맹추야?"

"뭐, 맹추? 정말 보자 보자 하니까⋯⋯."

내가 주먹을 불끈 쥐자, 준석은 이때다 하며 내 팔을 잡아 침대에 밀어붙였다.

"그래, 이 맹추 같은 나의 여신님아. 남편님이 이렇게 몸이 달아 있는데 이상한 소리나 하면서 속상해하기나 하고. 앞으로는 그러지 마. 난 지나간 12년이 아까워서 너만 보면 안고 싶어 미치겠는데, 넌 안 그런 거야? 옛날에 날 유혹한 거라고? 부탁인데, 그런 건 날 좀 제대로 유혹해 보고 나서 말해 줘, 제발."

"뭐야?"

지금 내 섹시함에 찬물 끼얹는 소리를 한 거렷다! 준석은 도전장을 던지고선 빙글빙글 웃으며 내가 어떻게 나오나 기다리고 있었다. 아무래도 날 시험에 들게 하는 건 백씨 집안 내력인 모양이었다. 준석에게 팔을 잡혀 몸을 옴짝달싹하지도 못했지만 나는 그를 유혹해 내야만 했다.

나는 곧추세웠던 몸의 힘을 빼고 눈을 감았다. 그리고 천천히 고개를 옆으로 향하며 최대한 내 목이 훤히 보이도록 준석의 눈앞에 들이밀었다. 자고로 남자들은 여자의 긴 목에서 어깨로 이어지는 가녀린 선에 약한 법이다. 역시나 준석에게서 침이 꼴깍 넘어가는 소리가 들렸다. 나는 몸을 조금 움직여 내 팔을 잡고 있는 준석의 엄지손가락을 입에 물었다. 그리고 혀를 이용해 몇 번을 소리 나게 빨자, 준석은 금세 항복을 선언하며 내 목덜미로 내려앉았다.

"아, 효진아."

준석은 내 목을 정신없이 핥아 대더니 내 가슴으로 입술을 가져갔다. 나야말로 기회는 이때다 싶어 얼른 몸을 빼내 준석을 침대에 눕히고 그 위로 올라탔다.

"뭐? 내가 맹추라고 했겠다. 날 보고 제대로 좀 유혹해 보라고? 어디 두고 보자."

"효진아, 미안. 우리 그냥 하면 안 될까? 나 지금 죽을 것 같다고."

준석이 앓는 소리를 했지만, 이럴 때 나는 꽤 냉정한 구석이 있는 여자였다.

"내가 된다고 할 때까지 나한테 손대면 안 돼. 그러면 난 그대로 손 뗄 거니까. 알았어?"

내가 매섭게 노려보자, 준석은 난 이제 죽었다는 표정으로 눈을 꼭 감아 버렸다. 나는 히죽 웃으며 눈앞의 성찬을 차근차근 맛보기로 했다. 일단 준석의 귓불에 혀를 대고 살짝 빨았다. 그의 귀에 대고 훅 바람을 불어넣자 준석은 간지럽다고 난리였다.

"그만둘까?"

"아니."

준석이 마치 벌 받는 아이처럼 다시 눈을 꼭 감자 나는 생긋 웃고는 단추같이 오똑 솟아 있는 그의 가슴으로 향했다. 혀를 세워 건드리고 입술을 이용해 빨아들이자 준석은 차츰 신음을 흘리며 헐떡거렸다.

'이 정도로는 아직 안 넘어온다 이거지?'

나는 계속 입으로 그의 가슴을 공략하면서 손을 내려 그의 것을 어루만졌다. 이미 반쯤 곧추세워져 있던 것이 급속히 단단해지고 있었다.

"하아, 효진아!"

준석은 나를 애타게 불렀지만, 그래도 성실하게 두 손은 침대 시트만을 움켜쥐고 있었다. 역시 착한 녀석이라니까. 하지만 내 속엔 그가 나에게 미쳐 날뛰는 것을 보고 싶은 '여자'가 숨어 있었다.

나는 몸을 밑으로 내리며 그의 것을 눈앞에 두었다. 훅 바람을 불자 꿈틀 반응을 보였다. 손으로 툭툭 건드리고, 슬쩍슬쩍 혀를 대 가면서 한참을 뜸들이다 드디어 입에 집어넣는 순간, 준석은 광포한 신음을 흘리며 내 머리를 붙잡고 몸을 밀어 넣었다. 그러더니 안 되겠는지 내 다리를 잡아당겨 곧장 다리 사이로 얼굴을 묻었다. 우리 사이엔 감미로운 쾌락만이 존재했다. 사랑하는 사람하고만 누릴 수 있는 행복이었다. 절대 혼자서는 느낄 수 없는 쾌감이었다.

드디어 준석은 나를 제대로 눕히고는 내 몸 위로 올라와 사랑스러워 참을 수 없다는 듯이 나를 꼭 껴안아 주었다.

"날 제대로 유혹하지 않았다는 말 취소야. 넌 그냥 내 눈앞에 있는 것 자체가 유혹이야."

그의 말에 행복해진 나는 두 팔을 벌려 준석을 안았고, 그 역시 나의 열렬한 환영에 곧장 답하여 주었다. 우리는 계속 낄낄 웃어 대면서 서로 위로 올라가려고 엎치락뒤치락 싸워 댔다. 그러다 욕망에 져 버린 준석이 나를 덮치는 바람에 우리는 곧장 절정을 향해 달리기 시작했다.

이윽고 정상에 다다르자 최고의 충족감이 서로를 감쌌다. 무엇과도 바꿀 수 없을 만큼 만족스러움. 우리는 잘 포개 놓은 조개껍데기처럼 껴안고 눈을 감았다.

그리고 아침 햇살이 우리를 깨울 때까지 한 번도 일어나지 않고 푹 잤다. 서로의 품속에서.

*

우리는 여느 신혼여행지에서 보내는 다른 신혼부부들처럼 지냈다. 무슨 말이냐고? 둘이서 깨가 쏟아지게 지내기도 했지만, 결국은 부부 싸움을 했다는 말이다.

발단은 내가 내뱉은 힘드니까 그만 치근덕거리라는 말이었다. 종일 스노클링을 하고 와서 피곤해 좀 쉬려는데 자기가 무슨 지상 최고의 정력남인 양 계속 덤벼들려고 하니, 아무리 사랑한다고 해도 나도 나이가 있지 어떻게 매번 그 장단에 맞춰주느냐 이 말이다. 준석이 홱 삐치는 꼴이 보기 싫어서 그럴 거면 그 체력 좋은 어린애랑 결혼하지 그랬냐고 했다가 사달이 나고 말았다. 준석이 버럭 화를 내고 만 것이다.

내가 아무리 미안하다고 사정을 해도 어떻게 그런 말을 신혼여행 와서 할 수 있냐고 준석이 마구 언성을 높이는 바람에 그만 나도 같이 화를 내고 말았다.

"너 자꾸 그렇게 삐치면 나 너랑 안 잘 거야."

당당히 선언을 하고는 데크 위의 비치체어로 담요 한 장만 들고 휙 나와 버렸다.

솔직히 내가 말을 잘못 한 것은 맞았다. 하지만 준석이 아무렇지 않게 '예전에 괌에 갔을 때 정연이는 종일 스쿠버다이빙을 했다는데……' 하면서 그 계집애를 언급하는 바람에 나도 꼭지가 돌고 만 것이다.

정연이라는 여자는 준석이 나를 만나지 않았더라면 결혼까지 할 뻔한 사람이었다. 나라는 여자 때문에 졸지에 낙동강 오리알 신세로 전락하게 되었는데, 순순히 오리알 신세를 받아들이기 싫었는지 결혼하기 전 나를 찾아왔었다. 물론 준석은 모르는 일이지만.

"어떻게 이러실 수가 있어요? 언니가 준석 오빠와 같이했던 시간은 중요하고, 나와 준석 오빠가 같이한 시간은 아무것도 아닌가요? 결혼까지 했었다면서요. 그러면서 어떻게 그렇게 뻔뻔하게 준석 오빠를 다시 만날 생각을 할 수가 있어요?"

그 여자는 눈에 눈물이 한가득 차 있으면서도 눈물 한 방울 흘리지 않고 독하게 끝까지 말을 이었다. 준석이 갑자기 앓아누운 바람에 깨진 혼사였고, 그 여자를 설득하는 과정에서 준석의 어머니가 내 이야기를 흘린 모양이었다. 그리고 끝내 고집을 부려 내 연락처까지 어머니께 받아 내어 나를 만나러 온 것이었다.

준석의 어머니는 미리 전화를 주어 나에게 미안하다는 말과 함께 그 여자를 설득하는 것도 네 몫이니 준석이 알지 못하게 알아서 해 주기를 바란다고 말씀하셨다. 어째서 내가 이런 일까지 해결해야 하는지 모르겠지만, 준석과 결혼하겠다고 나선 '죄'로 순순히 알겠다고 말씀드렸다.

"누가 준석이를 먼저 알았는지는 별로 중요한 문제가 아니라고 생각해요. 내가 결혼한 적이 있다는 것도 그렇고요. 어쨌든 준석이는 정연 씨가 아니라 나를 선택했으니까요. 나는 분명 준석에게 나를 떠날 기회를 줬었고, 그걸 버린 건 준석이예요. 설마 내가 정연 씨를 위해서 준석이를 포기해야 한다는, 그런 말을 하려는 건 아니겠죠?"

"왜요? 내가 그런 말하면 안 되는 건가요? 준석 오빠를 위해서 그렇게 하실 수도 있잖아요. 나도 준석 오빠 사랑한단 말이에요. 그 누구보다도. 그런데 왜 내가 포기해야 하는 거예요?"

그때 나는 그 여자에 대해 맹렬한 살의마저 느꼈다. 내가 그토록 원하던 준석을 향해 자신 있게 나설 수가 없어 하마터면 잃을 뻔했는데, 이 여자는 어떻게 나한테 이렇게 당당하게 굴수가 있을까. 내가 느끼는 것은 스스로가 가진 것 외엔 아무것도 가지지 못한 자의 열등감이었다. 하지만 거꾸로 말하면 그여자는 외적으로 갖춰져 있는 것 외엔 스스로 가진 것이 하나도 없다는 말이었다. 심지어 준석의 사랑까지도. 그래서 나는 감히 말할 수 있었다.

"포기하지 않으면 어쩌겠다는 거죠? 남의 사랑을 뺏기라도 하겠다는 건가요? 정연 씨 말대로 내 사랑만 중요하고 남의 사랑은 중요하지 않다는 건가요? 세상엔 아무리 노력해도 안 되는 것들이 수없이 있어요. 정연 씨는 그런 일이 이번이 처음인 것 같네요. 부러운 일이에요. 하지만 이번 일로 알게 되었으면 좋겠어요. 세상은 정연 씨 노력과 상관없이 돌고 있다는 걸요. 그래도 노력하다 보면 언젠가는 기회가 오겠죠. 그걸 잡으세요. 정연 씨에게도 또 다른 사랑이 찾아올 거예요. 그때는 정연 씨도 놓치지 않고 꽉 붙잡도록 하세요."

이 아가씨는 이제까지 포기나 좌절이라는 단어를 모르고 살 아왔다. 아직 학생이니 교수님들에게 꾸중 정도나 들어 봤을 까. 살면서 이제까지 싫은 소리라곤 한 번도 들어 보지 못하고 살았을 것이다. 그런데 난데없이 나타난 여자 때문에 '내 거'라 고 생각했던 남자를 포기해야 한다는 건 이 아가씨에겐 분명 비극적인 일이었겠지. 동정이 들지 않는 바는 아니나, 그것이 내 문제를 침범하는 것은 또 다른 문제였다. 순진하게만 살아 왔던 그녀가 부러운 만큼 질투의 그림자도 짙었다. 준석은 내 인생을 걸고 쟁취한 남자였다. 나 아닌 다른 여자가 내 남자를 자꾸 언급하는 것에 대한 불쾌함은 이루 말할 수가 없었다.

"이런 일로 다시 만나는 일은 없었으면 좋겠어요. 다음엔 이 렇게 이성적으로 대할 수가 없을 것 같으니 말이에요. 오늘 이 자리에 나온 것도 어머님 부탁으로 어쩔 수 없이 나온 거예요. 정연 씨는 아직 나이도 어리니 좋은 남자 만날 기회가 분명 있 으리라고 믿어요. 그만 일어날게요."

못된 어른들처럼 말을 퍼붓자 충격을 받은 여자를 뒤로하고 나는 냉정히 자리를 물러났다. 스물여섯 살이나 되고도 저렇게 어린애처럼 굴 수 있다니. 이 말은 26년 동안 탄탄한 보호막 속에서 화분의 식물처럼 안온하게만 자라 왔다는 뜻이었다. 그 게 그녀의 인생에 있어 득이었을까, 실이었을까.

하지만 남들이 아픈 만큼 아픔을 겪어 봐야 남을 생각할 줄 알게 된다. 너무나 무식한 방법이지만, 또 이만큼 확실한 방법도 없었다. 그녀도 이번 기회를 통해 한 계단 어른으로 올라설 것이다. 어른이 된다는 것은 나를 생각하는 만큼 다른 사람도 돌아볼 줄 알게 된다는 것이니까.

사랑을 놓치고 나서 후회하는 것만큼 바보스러운 일도 없을 것이다. 하지만 우리는 눈을 멀쩡히 뜨고도 그것을 놓치는 걸 모르는 경우도 있다. 잠시 잠깐의 무관심 속에 시간이 흘러가 버리고 결국 돌이킬 수 없는 상황이 되고 마는 것이다. 그러고 나서 아무리 상황을 탓해 봐야 무슨 소용이 있나.

이런저런 생각을 하다 보니 좁디좁은 워터빌라 안에서 싸운답시고 둘이 말도 안 하고 얼굴도 마주치지 않고 있는 이 상황이 너무 우습기만 했다. 별것도 아니었는데 마치 기 싸움을 벌인 양 팽팽히 대치하고 있는 것 아닌가. 어휴, 맘 넓은 이 누나가 봐줘야지 어쩌겠나.

발코니 한구석에 마련되어 있는 자쿠지 욕조의 버튼을 눌러 보글보글 거품이 일게 했다. 그리고 부러 발소리를 내며 준석이 앉아 있는 소파 쪽으로 다가갔다. 준석은 흘끗 내 쪽을 바라보더니 못 본 척 다시 들고 있는 책으로 눈을 돌렸다. 여행지에 왔으니 한가롭게 비치체어에 앉아 읽겠다고 들고 왔지만 이제까지 한 페이지도 읽지 못했던 책이었다. 그러다 나와 싸우고 나서 할 일이 없자 이제야 읽는답시고 들고 있었다. 나는 의자 팔걸이에 기대앉아 준석의 어깨에 턱을 괴었다.

"재밌어?"

"별로."

"근데 왜 읽어?"

준석은 슬쩍 나를 흘겨보더니 다시 책으로 눈을 돌렸다.

"누구 보기 싫어서."

이 좀생이. 계속 삐치고 있는 준석이 얄밉기도 하고 귀엽기도 해서 고개만 돌려 볼에 쪽 뽀뽀를 해 주었다.

"왜 이래?"

준석은 귀찮다는 듯 몸서리를 쳤다. 그러나 누가 모르나? 준석은 내가 먼저 와 줬다는 것만으로도 벌써 반은 마음이 풀려 있었다.

"심심해서 같이 놀자고 유혹하는 건데?"

준석은 내 말에 긍정도 부정도 안 한 채 못 들은 척 책만 보고 있었다. 어디 더 해 보라 이 말이지? 나는 그의 귓구멍에 혀를 넣고 할짝할짝 핥기 시작했다. 준석은 몸을 뒤로 빼며 화를 벌컥 냈다.

"아, 간지럽다고. 자꾸 귀찮게 왜 이래?"

"뭐라고? 귀찮아?"

나 역시 같이 인상을 썼다. 아싸, 걸렸다!

"간지러운 거 싫어하는 거 알잖아. 알면서 왜 그래?"

준석은 내가 노려보는 것이 심상치 않은지 슬슬 꼬리를 말았다. 나는 준석의 손에서 책을 뺏어 테이블에 치워 놓은 후 그의 무릎 위에 앉아 다리를 소파 팔걸이에 올렸다. 내가 그의 목에 척하니 팔을 올리자 내가 뭘 하자는 건지 모르는 준석은 괜히 움찔했다.

"거봐. 너도 내가 좋아 죽겠다고 말은 하지만, 이렇게 귀찮을 때가 있는 거잖아. 원래 사람이라는 게 철저히 자기중심적이야. 아무리 사랑에 미쳤더라도 곁에 다른 사람이 있다는 걸 쉽게 받아들이기는 힘들다 이 말이지. 우리 살면서 계속 노력해. 삐쳐서 있는 시간이 길면 길수록 풀기 힘들어지니까. 아까는 미안해. 내가 말을 잘못 했어. 좀 변명을 하자면 네가 딴 여자 얘기를 아무렇지 않게 하니까 나도 화가 났던 거야. 앞으로는 안 그럴게. 그러니까 화 풀어, 응?"

일부러 입술이 아니라 그 옆에 진한 키스를 해 주고 혀로 살살 핥아 주었다. 무지 감질나게, 훗.

그 정도로는 안 넘어가겠다는 듯이 꼿꼿하게 앉아 있었지만 준석의 숨결은 슬슬 거칠어지고 있었다.

"그렇다고 다른 여자랑 결혼해 버리라고 하는 건 너무했잖아. 아무리 화가 나도 말은 가려서 했어야지."

"그래서 미안하다고 하잖아."

나는 깔깔하게 와 닿는 그의 턱수염을 공략하고 있었다. 아침에 면도를 했지만 밤이 되자 수염이 밀고 올라온 것이다. 턱에서부터 목울대로 이어진 부분 역시 수염이 나 있어 혀에 닿는 감촉이 거칠었다.

"아무튼 내 앞에서 다른 여자 얘기하는 거 싫어. 특히 걔 이야기하는 거 싫어. 알았어?"

문득 소유욕이 불끈 올라 바짝 이를 세울까 하다가 자국이 남을까 봐 목덜미를 슬쩍 물기만 했다. 준석은 소파에 기대어 눈을 감고 내 서비스에 온통 집중하고 있었다. 물론 그의 손도 나를 어루만지느라 바빴지만 말이다.

"그건 나도 미안해. 그런데 정연이는 나한테 그렇게 중요한 사람이 아니었어. 그래서 무심결에 자꾸 말이 나오나 봐. 아무튼 그건 좀 믿어 주라."

그렇게 안 중요한 사람이었는데 나한테까지 찾아와서 강짜를 부리니? 나에게 오기 전에 분명 자기에게도 찾아갔을 텐데 준석은 전혀 모르는 척 한마디 말도 해 주지 않았다. 하도 얄미워서 옷을 입으면 안 보일 가슴 쪽으로 콱 이를 세웠다.

"아얏, 아프잖아."

준석이 질색을 하며 나를 떨어뜨려 놓았다. 인상을 찌푸리고는 있지만 기분 나쁜 표정은 아니었다. 준석은 내가 그에게 설사 칼을 들고 설쳐도 목을 들이밀 만큼 나를 신뢰했다. 그리고 이제까지 고 계집애에 관한 복잡한 얘기가 한마디도 내 귀에 들어오지 않게 신경 써 주었다. 그만큼 나를 더 소중하게 생각한 것이다. 물론 준석에게 그녀가 아무 의미가 없다는 것을 믿지만, 그래도 내 남자의 입에서 다른 여자 이름이 흘러나오는 건 정말 싫단 말이지.

"이름도 말하지 말란 말이야."

내가 부루퉁하니 입을 내밀자 준석은 푸하하 웃었다.

"효진이 너, 지금 질투하는 거야?"

"몰라. 목욕할래. 욕조에 데려다 줘."

눈을 감고 당당히 명령을 내렸다. 준석은 풋 웃으며 나를 번 쩍 안아 들고 욕조로 향했다.

밤이 깊어 바다 쪽은 블랙 스크린이 쳐진 양 아무것도 보이지 않았다. 그저 철썩거리는 물소리만이 그 존재를 알리고 있었다. 욕조 근처에 세워진 조그만 전등으로도 물에 몸을 담그고 있는 것 정도는 충분히 할 수 있었기에 우리는 거품에 몸을 맡겼다. 오피스형 인간이 갑자기 스포츠를 하겠다고 나섰으니 온몸이 욱신대는 건 너무나 당연했다.

"마사지해 줄까?"

맥없이 누워 있는 내가 불쌍해 보였는지 준석이 나를 자기 앞에 앉히고는 목덜미를 주무르기 시작했다. 커다란 손으로 힘 있게 몇 번 주무르니 뜨거운 물의 작용과 더불어 금세 근육이 풀어지는 것을 느꼈다.

"하아, 음, 정말 시원해."

목이며 어깨, 팔, 등까지 거품 마사지로 근육이 풀어져 있는 상태에 준석의 손놀림까지 더하여 긴장은 물론 피곤까지 단번에 날아갔다. 나른하게 풀린 몸을 준석에게 기대자 그는 이제 정말 자기가 하고 싶었던 일로 착수했다.

"마사지 자주 해 줘야겠다. 네가 내는 신음 소리가 무지 섹시해."

준석은 내 목덜미에 입술을 묻고 이제 내 가슴과 다리 사이를 마사지하고 있었다.

"그럼 나야 좋지. 이렇게만 마사지해 주겠다면 맨날 같이 자

줄게."

"정말? 그럼 더 열심히 해야겠는걸?"

뜨거운 거품 속에서 나는 준석의 입술과 손으로 절정에 다다르고 있었다. 준석은 못 참겠는지 나를 자기 위에 앉히고 내 허리를 잡아 움직였다.

"네가 질투해 주니까 정말 내 마누라가 된 것 같아."

"그래서 싫다고?"

"아니, 좋아. 네가 날 정말 좋아하는 것처럼 느껴지니까."

"이 바보 신랑아, 그걸 이제 알았어?"

"그래, 나 바보니까 자꾸 말해 줘. 나 사랑한다고. 알았어?"

"알았어. 사랑해, 바보 남편."

사랑한다는 말은 해도 해도 질리지 않는 중독성이 있다. 하는 사람도, 듣는 사람에게도. 매일이 새로우니 매번 새로운 걸까. 같은 사람이라도 어제와 오늘은 분명 다를 테니까. 이렇게 시간은 흐르고 그렇게 결혼 10주년, 20주년, 30주년을 향해 갈 것이다.

지금 이 순간처럼 계속 행복하게만 지낼 수는 없겠지? 하지만 우리가 가진 시간은 우리 둘만의 것.

같이 쌓아 나갈 결혼 생활의 첫발이었다.

Epilogue
Baby & Family
아기와 가족

"민아 아직도 안 자는 거야?"

내일 제출해야 할 논문을 정리하다가 잠깐 잠들었던 준석이 아이 우는 소리에 깨서 방을 나왔다. 내가 아이를 보는 동안엔 신경 안 써도 좋다고 말했지만, 아빠라는 책임감 때문인지 준석은 힘든 와중에도 꼭 같이 아이를 봐주려고 노력했다.

"좀 더 자지 그랬어. 얘 잘려면 아직 먼 것 같아."

박사 과정에 들어간 준석은 요즘 교수님과 같이 하는 공동 연구 때문에 자기 공부 외에도 읽어 내야 할 논문들이 몹시 많았다. 시간 싸움이었기에 될 수 있는 대로 집안일에는 신경을 안 쓰게끔 하고 싶었다. 그러나 준석은 내 등에 포대기로 업혀 있는 민아를 훌쩍 안아 들더니 빙긋 웃었다.

"내 스트레스 해소는 민아 얼굴 보는 거라니까. 엄마 쉬시라고 하고 이제부턴 아빠랑 놀자, 민아야."

민아는 불편했던 내 등에서 널찍한 아빠 품으로 옮겨 가니 기분이 좋은지 금세 칭얼거리는 것을 멈추었다.

"알았어. 잠시만 봐줘. 젖병 소독하고 빨래 좀 널게."

지금 시각은 새벽 3시. 남들은 다들 꿈나라로 가 있을 시각이지만, 우리는 낮인 양 시간을 보내고 있다. 이게 다 낮밤이 바뀐 민아 때문이다. 저 불효자 녀석 같으니라고.

미국에 온 지도 벌써 5년이 지났다. 결혼식을 치르고 신혼여행에서 돌아온 뒤 곧바로 미국으로 왔다. 나와 준석 모두 공부를 시작하겠다고 온 터라 놀러 다닐 틈은 없었다. 그래도 9월 학기 시작 전까지는 아기자기한 신혼살림 재미에 푹 빠져 있었다. 이때까지만 해도 아이가 생기지 않는 것은 그냥 때가 되지 않아 그러려니 했다.

내가 레지던트 과정에 들어가고, 준석 역시 본격적으로 공부를 시작하게 되자 둘 다 눈코 뜰 새 없이 바빠지기 시작했다. 집에 드나드는 시간이 불규칙해 어떤 날은 서로 얼굴도 못 보는 날이 있을 정도였다. 나는 언어가 딸려 과정을 따라가는 데 급급했고, 준석은 석사 과정을 빨리 마치고 박사 과정까지 하려는 욕심에 마음이 바빴다. 그래서 한국에서 전화를 통해 이따금 어머님이 아이를 재촉하시는 소리는 그냥 귓등으로 흘려보내기 일쑤였다. 딱히 피임을 하고 있지 않으니 언젠가는 생기겠지 하면서.

그런데 그런 생활이 1년이 지나고 2년이 되자 점점 불안해지기 시작했다. 벌써 나이가 30대 중반으로 향하고 있었다. 초산이 너무 늦어지면 산모도 아이도 힘들다는데. 조금씩 걱정이 되기 시작했다. 어머님이 미국에 오실 때마다 가져오시는 한약도 슬슬 눈치가 보이기 시작했다.

레지던트 3년차가 되자 어느 정도 적응이 되어 내 자신에 신경을 쓸 만큼 여유가 생겼다. 나는 그때부터 임신에 대해 초조하게 매달렸다. 그러나 불임클리닉에 가서 검사를 해 봐도 부부 양쪽 다 건강해서 괜찮으니, 가능한 한 스트레스를 좀 줄이라는 말을 들을 뿐이었다. 하지만 내가 일을 하면서 스트레스를 받지 않을 수는 없는 일이었다.

하고 있는 과정을 중간에 그만둘 수는 없는 일이니 과감히 마음을 비웠다. 그리고 레지던트 과정을 수료한 다음, 나는 눈 딱 감고 모든 바깥 활동을 끊었다. 어차피 준석이 박사 과정에 들어선 이상 내조하는 일만도 만만치 않았다.

과연 정말로 신기하게도 내가 살림만 하게 된 지 3개월이 지나자 떡하니 임신이 되었다. 내가 받았던 스트레스가 그렇게 심한 것이었나 싶을 정도의 시간 아닌가. 정말 생명의 신비란 알 수가 없는 일인 모양이었다.

집에서 학교 가는 준석만 챙기고 나면 하는 일이라고는 집안 살림 외엔 아무것도 없어 그저 마음이 편했던 것이다. 시간 나면 음악을 듣고 책도 읽으면서 모처럼 한가로운 시간을 가졌는데 덕분에 아이가 생긴 것이다. 그렇게 몸과 마음이 편한 상태에서 아이가 생기게 된 건 정말 고마운 일이었다. 그 정신없던 레지던트 과정에 아이가 생겼다면 나는 분명 제대로 끝마치지 못했을 것이다.

"준석아, 우리 아이 생겼어."

임신 테스트기로 임신을 확인한 후, 전화로도 알리지 않고 종일 준석이 오기만을 기다렸다. 비싸지 않은 와인도 한 병 사고, 해산물파스타로 저녁을 차려 임신 축하 파티를 하려고 했다. 준석이 올 때까지 뭐라고 첫말을 뗄까 고민하면서 말이다.

"준석아, 아빠 된 거 축하해. 이렇게 말할까? 음, 더 극적인 거 없나? 이제 아빠도 되는데 이름만 부르는 건 좀 너무한 것 같네. 뭐라고 그러지? 여보? 애기 아빠?"

세상이 온통 내 것같이 행복했다. 준석이 얼마나 좋아해 줄까 생각하니 절로 웃음이 나왔다. 나에게 이렇게 소중한 것이 생기다니.

'나를 임신했을 때 엄마, 아버지도 이렇게 기뻐하셨을까?'

엄마를 떠올리자 갑자기 눈물이 왈칵 쏟아졌다. 심장이 약했던 엄마는 주위의 반대를 무릅쓰고 임신을 감행했다. 임신 기간 내내 병원에 누워 있어야 할 정도로 힘들었지만, 그래도 엄마는 그렇게라도 나를 가질 수 있어서 정말 기쁘고 행복했다고 했다. 불행히도 더 이상 임신하는 건 위험하다는 의사의 진단에 동생을 낳을 수는 없었지만. 하지만 엄마는 그 몫까지 나를 사랑해 주었다. 물론 그건 아버지도 마찬가지였다. 나는 두 분의 극진한 사랑 속에서 정말 행복하게 자랐다. 이제 나와 준석도 우리 아이를 그렇게 사랑으로 키워야 하겠지.

임신을 하면 감정이 불규칙해진다는 게 이런 건가 보다 하면서 손수건을 찾아 눈물을 닦아 내고 있는데 준석이 집에 들어섰다.

"응? 왜 울어? 무슨 일이야?"

준석은 무척 놀랐는지 현관에 가방을 떨어뜨리고는 소파에 있는 나한테 곧장 달려왔다. 내 앞에 무릎 꿇고 걱정스런 표정으로 나를 봐 주는 이 남자는 내가 일희일비할 때마다 같이 기뻐해 주고, 같이 걱정해 주는 내 남편이다. 나는 가슴이 벅차올라 눈물을 한가득 담은 채 그저 이 말밖에 할 수가 없었다.

"여보, 사랑해."

"응, 나도. 응? 여보?"

내가 울면서도 웃으며 준석을 바라보자, 그는 나를 의아하다는 듯 바라만 보았다.

"여보, 준석 씨. 이제 이렇게 부를게. 이제 당신도 아이 아빠가 되었으니 아이들처럼 함부로 이름만 부를 수 없잖아. 당신도 이제 내 이름만 부르지 말고 존칭을 해 줘. 우리는 이제 부모가 되었으니까."

"가만있어 봐. 진아, 지금 너 임신했다고 말하는 거니? 진짜로?"

준석은 갑자기 큰 소리로 웃어젖히더니 나를 안아 들고 빙빙 돌기 시작했다.

"와, 진짜야? 진짜 내가 아빠가 되는 거야?"

"아, 어지러워. 진짜라니깐. 이러다 잘못되면 어떡할 건데. 빨리 안 내려놔?"

"아, 그렇지, 그렇지."

준석은 어지러워 휘청대면서도 살그머니 나를 소파에 내려놓았다. 그리고 내 배에 얼굴을 묻고 속삭였다.

"아가야, 우리한테 와 줘서 정말 정말 고마워. 우리가 최고로 많이 사랑해 줄게. 사랑한다, 아가."

준석이라면 정말 아이를 사랑해 줄 것이다. 원체 품성이 다정하고 따사로운 사람이어서 좋은 아빠가 되어 줄 터였다.

"준석 씨, 이리 와 봐. 안고 싶어."

나는 소파에 누운 채 그대로 팔을 벌렸다. 준석은 어째야 할지 모르겠다는 표정으로 나에게 무리가 가지 않도록 조심스럽게 내 위로 올라왔다.

"임신인 거 어떻게 알았어?"

나는 머리 위로 손을 뻗어 테이블 위에 놓여 있던 임신 테스트기를 보여 주었다. 준석은 선명한 두 줄이 나타난 것을 보물이라도 되는 양 바라보더니 내 입술에 쪽 키스를 해 주었다.

"정말이네. 내일 당장 병원에 가 보자. 확실한 건지 다시 확인해야지."

정말 오랫동안 기다렸던 아이였다. 준석과 나는 서로 바라보며 그저 웃고만 있었다. 말을 하지 않아도 서로가 얼마나 기쁜지 알 수 있었다.

"그런데 '여보'라고? 이젠 우리 그렇게 불러야 하는 거야?"

준석은 낄낄대면서도 전혀 싫은 눈치가 아니었다.

"빨리 불러 봐. 나는 계속 '준석 씨'라고 부르잖아."

눈을 빛내며 기다리고 있었지만, 준석은 쉽게 말이 나오지 않는 모양이었다. 그저 나를 사랑스럽다는 듯이 바라보며 연신 내 얼굴에 키스만 퍼붓고 있었다.

"아, 난 못 하겠어. 어떻게 낯간지럽게 '여보'라고 그래? 그냥 계속 '진아'라고 부르면 안 돼?"

"그런 게 어디 있어? 그러면 나만 말 높이라는 거야?"

"그런데 '여보'라는 말 되게 짜릿한데? 네가 나한테 '여보'라고 하니까 갑자기 불끈 서 버려."

"뭐라고?"

정말 못 말린다는 표정으로 바라보았지만 준석이 보내는 신호에 거부할 마음은 전혀 없었다. 준석은 나를 다시 침실로 안고 가 침대에 내려놓고 씻으러 욕실로 들어갔다. 나는 준석이 오기 전에 다 씻고 준비를 해 놓은 상태라 옷만 벗고 침대에 들어가 있었다.

"와, 오늘 준비 상태 완벽한데?"

준석은 침대로 들어오려 시트를 들추다가 내가 알몸인 걸 보고 눈을 빛냈다.

"지금 모습 많이 감상해. 애 낳고 나면 다시 이 몸매로 못 돌아올지도 몰라."

말하고 나니 괜히 울적해졌다. 모델처럼 훌륭한 몸매는 아니었지만 커리어 우먼으로서 군살 하나 없이 단단하게 가꾸어

남부럽지 않다고 자부할 만한 몸은 되었다. 그런데 아이를 낳고 나면 가슴도 처지고 배도 늘어지겠지. 생각할수록 우울해졌다.

"그럴까? 어디 보자."

준석은 여전히 생생한 청년이었다. 슬슬 눈가의 주름을 걱정하고 있는 나와 달리, 남자들의 노화는 더 늦게 시작되는 모양이었다. 하물며 준석은 나보다 어리지 않은가.

"나 임신했다고 다른 여자한테 한눈만 팔아 봐."

내가 눈을 부릅뜨자, 한창 가슴을 애무하고 있던 준석이 풋 비웃었다.

"이봐, 아줌마. 딴생각 하지 말고 나한테나 집중하시지. 지금 한눈팔고 있는 건 누구야?"

그러나 나는 참을 수 없어서 두 손으로 준석의 얼굴을 꼭 붙잡고 눈을 맞추었다.

"진짜 나만 사랑할 거지? 나랑 우리 애기만 좋아해 줄 거지? 다른 여자 만나면 정말 나한테 죽을 줄 알아."

장난처럼 받아들이던 준석도 그제야 내 눈에 담긴 절실함을 읽은 모양이었다. 훗 웃고는 나를 안더니 빙그르르 몸을 돌려 누웠다.

"진아, 우리 지금까지 산 게 몇 년이야? 우리 얼마 안 있으면 만난 지 20년 다 돼 가. 그런데 내가 언제 너 말고 딴 여자한테 눈 돌리는 거 봤어? 난 아직도 너밖에 안 보여. 너 하나 만족시켜 주기도 힘들다고. 그런데 어떻게 여기에 딴 여자를 또 만나냐? 나 그러다 심장마비 걸려서 쓰러질걸?"

"뭐야?"

내가 그의 맨가슴을 철썩 때리자, 아구구 소리를 내면서도 준석은 킬킬 웃어 댔다.

"난 아무래도 정말 마조 기질이 있나 봐. 너한테 이렇게 맞고 살면서도 네가 좋으니 말이야. 우리 아이는 제발 이런 변태 기질은 안 타고나야 할 텐데."

"야아, 무슨 소리를 그렇게 해."

준석의 말에 속으로 찔끔해 하얀 가슴살에 대조되도록 빨갛게 부어오르는 내 손자국을 호호 불어 주었다.

"나는 좋다니까. 너 흥분하면 물기도 하고 그러잖아. 그러면 얼마나 짜릿한데."

"에이, 몰라."

부끄러움에 준석의 가슴에 얼굴을 가려 버렸다. 준석은 껄껄 웃으며 다시 나를 침대에 눕히고 내 위로 올라왔다.

"진아, '여보, 사랑해'라고 한번 말해 봐."

"자기는 안 그러면서 나한테만 시키는 거야?"

"빨리 얘기해 봐."

준석의 성마른 재촉에 나는 준석의 눈을 보며 말했다. 너무나 쑥스러웠지만 또 이상하게도 새로운 감동이 목소리에 담겼다.

"여보, 사랑해."

"나도. 나도 너만 사랑할 거야."

준석은 갑자기 기운이 뻗치는 듯 급하게 달려들었다.

"진아, 여보라는 말 정말 흥분된다. 계속 여보라고 불러 줘."

나는 계속 준석에게 여보라고 불러 주었고, 준석은 그 말에 보답이라도 하듯이 열렬히 나를 안아 주었다. 그렇게 우리는 부모 신고식을 성대히 치렀다.

"여보, 민아 잔다."

내가 빨래를 개고 있는데 준석이 뒤에 와서 속삭였다. 나는 얼른 가서 침대에 눕히라고 입으로만 말했다. 그러자 준석은 민아를 아기 침대에 눕혀 놓고는 조용히 방을 빠져나왔다.

"빨래 그만 개고 얼른 자."

내가 계속 손을 놀리고 있자 준석은 내 팔을 잡아끌어 억지로 침대에 눕혔다.

"낮에도 혼자 애 보느라고 힘든데 밤까지 잠을 못 자서 어떡해?"

준석은 지쳐 있는 내가 안쓰럽다는 듯이 나를 살폈다.

"괜찮아. 자기야말로 자라니까 왜 일어나. 아아, 정말 힘들긴 하다. 자기도 얼른 자."

"이리 와. 내가 안아 줄게."

"자기 힘들어. 그냥 자도 돼."

나는 벌써 눈을 감고 꿈나라로 향하고 있었다. 하지만 준석은 그게 아니었는지 나를 끌어당겨 품에 안았다. 나는 할 수 없이 그의 어깨를 베고 가슴에 손을 얹었다. 그리고 다리도 그의 다리 위로 걸쳤다. 준석은 불편할지 모르겠지만 나는 그에게 이렇게 기대어 자면 정말 편했다. 특히 겨울이면 난로가 따로 없었다.

"난 네가 이렇게 나한테 붙어 있어야 잠이 잘 온다는 게 좋다니까. 그러니 걱정 말고 자."

그런데 준석의 손은 말과는 달리 내 엉덩이 근처를 배회하고 있었다. 나는 눈도 뜨지 않고 칭얼거렸다.

"자라며?"

"응, 자. 그냥 내가 알아서 할게."

한쪽 눈만 힐긋 뜨고 노려보니 준석은 미안하다는 듯 웃어 보였다.

"이러려고 일어난 거지?"

"아, 억울해. 마누라 도와주려고 일어난 건데, 뭘 그렇게 곡해하냐? 그리고 간만에 마누라가 옆에 있으니 아랫도리가 동하는 건 당연지사거늘, 뭐 이런 걸 가지고 시비를 거시나?"

"치, 말이나 못하면."

준석은 내가 더 이상 거부를 안 하자 신이 나서 옷을 벗기고 본격적으로 내 몸을 탐하기 시작했다. 그런데 갑자기 들리는 민아의 울음소리.

"어머, 민아 일어났나 봐."

내가 일어나려 하자, 준석은 털썩 엎어지며 몸서리를 쳤다.

"으으으으, 쟨 대체 언제 자는 거야? 모처럼 부모님이 회포 좀 풀겠다는데 이렇게 안 도와주나."

"얼른 자. 내가 가 볼게."

침대에서 일어나 주섬주섬 옷을 입기 시작하자 준석이 나를 그대로 침대에 눕히더니 말했다.

"그냥 자. 내가 볼게. 어차피 논문 볼 것도 있으니까 논문 보면서 민아 보면 돼. 얼른 자."

"괜찮은데."

하지만 나는 준석이 침대를 빠져나가기도 전에 벌써 눈을 감고 있었다. 아무리 수련 과정으로 단련되었던 몸이긴 하지만, 아이를 보는 것은 순전히 육체노동이었다. 기꺼이 나를 도와주겠다고 나서는 준석이 꽤 믿음직스러웠다.

그날 밤 나는 엄마, 아버지와 함께 노는 꿈을 꾸었다. 내가 인형을 가지고 놀고 있는데, 엄마와 아버지가 인자하게 웃으시며 나를 보고 있었다.

'효진아, ……소중하게 잘 간직하렴.'

뭐라고 길게 말씀하신 것 같았는데 눈을 뜨고 나서 생각나는 것은 소중하게 잘 간직하라는 말뿐이었다. 무엇을 소중하게 간직하라는 말이었을까. 하지만 엄마, 아버지가 나한테 오로지 바라는 것이라곤 준석과 나, 민아로 이루어진 내 가족이 행복하게 사는 것 아니겠는가.

어느덧 나도 가족을 이루었다. 결혼이라는 것은 단지 둘이 같이 살기로 하는 통과의례였을 뿐, 진정한 가족을 이룬다는 의미를 아이가 생기고 나서야 비로소 알게 되었다.

아이는 부모가 없어도 자랄 수 있지만, 부모는 아이가 없으면 될 수가 없다는 말이 있다. 이 말처럼 준석과 나는 민아 덕분에 부모가 될 수 있었다. 아니, 부모란 것이 무엇인지 알게 되었다. 아이 덕분에 나는 단숨에 어른이 되고 말았다.

민아 앞에서 나는 전지전능한 신이 되어야 했다. 오로지 울음으로만 의사 표현을 하는 민아를 위해 노심초사하며 전전긍긍했다. 내가 보살피지 않으면 아무것도 못 하는 민아를 위해 나는 투사가 되어야 했다. 민아를 해치는 것이 무엇이더라도 나는 단단히 싸울 준비가 되어 있었다. 내가 약해지면 민아를 돌볼 사람이 아무도 없기에 나는 더욱 강해져야 했다. 내 생애 그 어느 때보다 이 땅에 우뚝 서 있는 나를 발견했다.

민아를 안고 돌아다니며 내가 어렸을 때 엄마가 들려주신 자장가를 불러 주었다. 민아는 그렇게 해 주면 잠이 잘 들었다. 나중에 민아가 엄마가 되어 아이를 낳게 되면 민아 역시 엄마가 불러 주었던 자장가를 되새기며 아이에게 들려줄 것이다.

'그렇게 역사는 반복되는 거지.'

어느덧 잠이 든 민아를 보고 생긋 웃어 주었다. 잠자는 아이는 정말 천사 같다.

모처럼 한가로운 일요일이었다. 햇볕이 내리쬐는 소파에서 책을 읽던 아이 아빠 역시 잠을 자고 있었다. 달게 자고 있는 준석을 보니 나도 졸렸다. 간만에 그의 품에 안겨 낮잠을 자고 싶었다.

"아우, 졸려."

민아를 침대에 눕혀 놓고, 나는 준석이 누워 있는 소파에 비집고 들어가 그의 어깨를 베고 누웠다. 준석은 힐긋 눈을 뜨더니 아무 말 않고 품을 내주었다.

햇볕이 참 따사로운 오후였다.

『어른의 계단』 끝

작가 추기

　지나온 시간을 돌이켜 볼 수 있다는 것, 또 그 시간이 참 길었다고 생각되는 것을 보면 저도 어지간히 나이를 먹긴 했나 봅니다.

　사실 어렸을 땐 나이 먹는 게 막연히 싫었습니다. 구태의연한 생각과 행동만을 하게 되는 어른들이 싫었거든요. 그래서 저는 다르게 살아 보자 생각도 하고 실천에도 옮겨 봤습니다만, 참, 어른이 된다는 것은 거저먹기가 아니더군요.

　시간이 흘러감에 따라 나이는 저절로 먹었습니다만, 어느새 훌쩍 자라 있는 딸들을 보면 '난 하나도 안 바뀐 거 같은데 쟤넨 언제 저렇게 큰 거야!' 하며 깜짝 놀라곤 했습니다. 사실 아직도 제 나이가 믿겨지질 않습니다.

　이젠 누구도 어리다고 볼 수 없는 나이가 되다 보니 텅 비어 있는 줄만 알았던 제 속에도 뭔가가 들어차 있더군요. 그걸 깨닫자 참 기분이 좋아졌습니다. 젊은 사람들이 이젠 그렇게 부럽지 않네요.

사는 동안은 내내 지겹고, 아무것도 하는 일 없이 시간이 흘러간 줄 알았는데, 그게 누구도 가질 수 없는 나만의 경륜이 되니 '어른'이란 거 참 할 만하다는 생각이 듭니다. 물론 이걸로 젊은 사람을 훈계하거나 할 생각은 없지만요.

지난번 책을 출간하고 몇 년을 글에 손도 못 댔습니다. 마음이 복잡하니 그 좋아하는 책도 손에 안 잡히는 날이 숱했습니다. 그런데 그런 것이 쌓이고 쌓이다 갑자기 폭발하듯이 이 글을 써 내려갔습니다. 작품을 감상할 때만 카타르시스가 있는 줄 알았는데 이번엔 글을 쓰면서 느꼈습니다. 효진과 준석이 효자 노릇을 해 준 셈입니다.

공약 남발하며 늑장 부려도 무조건 이해해 주시는 우리 임수진 편집장님과 〈파란미디어〉 편집팀 여러분, 기다려 주셔서 감사합니다. 더불어 서울에 있었으면 반드시 술 한 잔은 사주셨을 박 사장님도 보고 싶습니다.(예전에 같이 막걸리 마셨던 홍대 앞 모듬전집이 정말 그립네요.) 우리집냥반과 큰딸래미, 보고 싶고 사랑합니다.

작년부터 올해에 걸쳐 있었던 여러 복잡한 일들이 생각대로 잘 진행이 되어 한시름 돌리고 있습니다. 그래서 간만에 여유 있고 평화로운 나날을 보내게 되어 행복합니다. 여러분께도 이 행복한 기운이 전해지기를 진심으로 바랍니다. 감사합니다.

초록이 이렇게 눈부신 색이었다는 것을 새삼 알게 된 때,

작가 이미사 올림